中国文学研究

第 三十七 辑

教育部人文社会科学重点研究基地
复旦大学中国古代文学研究中心 | 主办

上海人民出版社

目　录

书评

东晋诗补遗

陈尚君

[摘　要]　本文为增订本《先秦汉魏晋南北朝诗》东晋部分拟增补之诗篇。先期发表,敬请学者指正。

[关键词]　先秦汉魏晋南北朝诗　逯钦立　东晋诗　补遗

自 2005 年以来,我受中华书局与《先秦汉魏晋南北朝诗》著作权代表人、逯钦立先生子逯弘捷先生委托,承担《先秦汉魏晋南北朝诗》的增补校订工作。2006 年 5 月,该项工作经评审鉴定,得以立项为国家社科基金重点项目(批准号:06AZW002)。最初是将原书剪开或复印,粘贴后在纸本上校改。2008 年以后,因独立校订全唐诗而中辍。后者交稿后,中华书局提供精校电子本,乃据以重新校录。最后定稿大约会形成两部书。一是维持逯书的基本体例,对原书征引文献作了全面复核,对宋以前著作中征引唐前诗歌情况作了全面调查和分析;对原书所收诗有少量删除,未收诗有一定增补;改写了全书大部分小传,并酌情调整了原书的次第;改变原书以《古诗纪》为底本的表达方式,尽可能地依据较早的可靠文献改录了各诗写作本事;将全书改用新式标点。二是将逯书因文体、断代或传说不收的类诗作品,另收为一书。这一工作近期即将定稿,希望可以为学术界提供相对更为完整准确的唐前诗歌文本。在此谨将东晋诗补遗部分先期发表。逯书已收作者,在姓名下注明卷次,未收者补录小传。其中十六国部分,新版将另成一编,此皆不取。《真诰》及仙道诗情况复杂,亦暂不涉及。敬请各位方家不吝赐教。

李充《晋诗》十一

正月七日登剡西寺《岁时广记》下有赋诗二字

命驾升西山,寓目眺原畴。《初学记》四、《御览》三十、《岁时广记》九。

李颙《晋诗》十一

悲四时《类聚》三作悲四时赋,《初学记》三作悲四时诗

悲春日兮!悲阳泽之方宣。建灵威以延蛰,叩东震而响天。布和气之烟《书钞》作氤煴,舒朗景之淑鲜。云兴滋于秀石,飙鸣柯于崇山。平皋眇莽,中林葱青。野马飞涧,晨虹垂旌。阳燕南徂,阴雁北征。素华浩浩,丹秀荧荧。《类聚》三。《书钞》百五十四引首句及鲜一韵。《初学记》三引悲阳一句、舒朗一句及山一韵。

春日悲兮,鱼挥鳞于巨川。《初学记》三。

悲夏日兮,悲炎节之赫羲。览祝融之御辔,游井耀兮南离。晞辰凯之长吹,荫绿柳之扬枝。云郁律以泉涌,雨淋漓而方筛。奋骇霆之奔磕,舒惊电之横摛。《类聚》三。

秋日悲兮,火流天而涤暑,风入林而疏条。菊挺葩于绿茎,兰飞馨于翠翘。《书钞》一五四。《初学记》三录十五字。

云霭霏以时兴,雪联翩而聚密。枯林皦如,琼翰空岫,朗若玉室。《御览》十二。

> 陈按:《全晋文》五十三亦收。《书钞》百五十四又引"麦芃芃而含秀,叶蔼蔼而敷荣"二句,为晋湛方生《怀春赋》,见《类聚》三、《初学记》三。

郭璞《晋诗》十一

游仙诗

奈何虎豹姿。《诗品》中、《野客丛书》二十三、《类说》五十一。

戢翼栖榛梗。同上。

> 钟嵘《诗品》中:但《游仙》之作,词多慷慨,乖违玄宗。其云:"奈何虎豹姿。"又云:"戢翼栖榛梗。"乃是坎壈咏怀,非列仙之趣也。

庾阐《晋诗》十二

诗

箫史吹鸣管,王子吐凤歌。《初学记》十五、《锦绣万花谷》后集三十二。

诗

玄景如映璧,繁星如散锦。《初学记》一、《御览》七、《事类赋》二、《海录碎事》一。

曹毗《晋诗》十二

杜兰香赠诗

纵辔代摩奴,须臾就尹喜。《御览》一百四十一引《杜兰香传》。

> 《杜兰香传》:晋太康中,兰香降张硕。为诗赠硕云(诗略)。摩奴是香御车奴,曾忤其旨,是以自御。硕说如此。

张翼《晋诗》十二

道树经赞

峨峨王舍国，郁郁灵竹园。中有神化长，空观体善权。私呵睎光景，岂识真迹端。恢恢道明玄，解发至神欢。飘忽凌福州藏本作陵虚起，无云受慧难。《广弘明集》三十。

三昧经赞

迹超十二烧，戒由三昧成。贤行极妙住，道志慧以明。九本既殊动，四禅不同冥。渊哉不起灭，始自无从生。借问道金刚寺本作导气伦，安测泥洹灵。同上。

王坦之

坦之(三三〇—三七五)，字文度，晋阳人。早辟抚军大将军掾。自相府参军累官大司马长史。守服后，袭爵蓝田侯，拜侍中，领左卫将军。转中书令，领丹阳尹。寻迁徐、兖二州刺史。卒年四十六。有集五卷。事迹见《文馆词林》四百五十七伏滔《徐州都督王坦之碑铭》、《晋书》七十五本传。

赠许询

吾生挺奇干，领略总玄标。《文选》三十一《江文通杂体诗》孙廷尉杂述注。

毛伯成

毛伯成，名玄，以字行。颍川人。仕至征西行军参军。负其才气，常称"宁为兰摧玉折，不作蒲芬艾荣"。晋隆和前在世。有集一卷。事迹见《世说新语·言语篇》刘孝标注引《征西寮属名》、《文选》六十颜延年《祭屈原文》注引裴启《语林》、《隋书·经籍志》集部。钟嵘《诗品》列其为下品，误作齐参军。参徐俊所考。

诗十四首

其一

前缺增遐叹。Ch.3693v。

按：此组诗前残，存残句"英逐豪"，或为诗题或诗序之残文。

其二

□□□□□，□□□□□。幽厉何为昏，旌才良□□。□□□□□，□□□有余。岂忆原作亿关后叶，翻与□□□。□□□□□，萧公竟玉折。京□□□□□，□□□□□，儒夫悲□□。既□柴录疑作见□□□，□□□□□□。Ch.3693v。

其三

□□□□□，□□□□□。□知大柴录作天宗□，胜□□□□。□□□□□□，□□□□□。一官□疑为凭字，柴录疑作炫字公勉。素□□□□，□□□□□。□□□□□，□曜比云端。白□□□□，□□□□□。□□□□□省，

瑰然□醉柴录疑作丑颜柴录作亲。□□□□□，□□□□□□。□岩或录作踪复下言智，所以□□□。Ch.3693v、Ch.3699v。

其四

□□□□□，□□□群英。齐桓杖菅□，□□□□□□。□□□□□□，□□宛风振。虎熊□□□，□□□□□。□□谢络疑当作洛童，弱冠愧柴录作隗□□。□□□□□，□□成寻顷原作倾。方刚正励志，□□□□□。□□□□□，金石有余声。同前。

陈按：诗前原署：晋史毛伯成□（下缺）。

其五

□□□□□，□□□□□。进不守衡门，退不耽□□。□□□□□，□□四方客柴录作突。□乱□豪丈，□□□□□。□□先哲言，不求故无获。谁□□□□，□□□似白。Ch.3699v、Ch.2400v。

其六

□□□□□，□□□事柴录作争弘。垂发建豪志，□□□□□。□□□□□，取比柴录作此九万鹏。既亮趋柴录作泛超□□，□□□□□。同前。

其七

□□□岭构，败亦千荣徐初录作土岳崩。裕□□□□，□□□□登。□□□□□，□□□因。风云时未积，豪士守穷□。□□□□□，□□临洪津。仰寻振百□，□□□□□。□□□遐思，英炁排三辰。□□□□□，□□□□□。同前。

其八

□□□□□，□□□□□。剑啸原作潚汉王郁，□□□□□。□□□□□，□□□□□□。□刃谢布衣，子□□□□。□□□□□□，□□耻求人。张仪游北燕，蔡□□□□。□□□□模，烦疑当作规矩何足询。Ch.3865v、Ch.2400v。

其九

□□□□□，□无尘俗韵。韵往故不周，俯仰□□或录作情□。□□□□□。悲哉三十年，白发已生鬓。燕来意□□，□□□□□疑为韩字信。咄哉忻柴录作析胜公，手辟襄矣□。□□□□□，□□□□□。□禀腾跃原作翟姿，云崖未为峻。Ch.2400v、Ch.3865v。

其十

□□□□境，既优柴录作胸忧成陆沈。三迳春鸟鸣，再闻秋□□。□□必亲贤，用慰羁旅心。玄古既已邈，道□□□□。□悦柴录作阁情初好，必使成兰金。

愧无愁生才，□□□□□。人间可知来，且共啸原作潇山林。同前。

其十一

□□□□兆，吉凶苑人事。世隆可无知，世丧必□□。□□□□□，□□□五道。愿挑山岳起，奋剑亢柴录作泛客思。俎□□□□，□□水难备。借问儒墨原作默徒，轩辕安得治？大□□□□，□附委曲意。同前。

其十二

□□□□□，否泰原作太无定踪。慨矣生周末，戕我洙泗公。□□□□□，□□涧下龙。福掾原作橡苟难求，有故安得从？长□□□□，□□之山峰。凤鸟时不至，翻飞谁与同？苦哉□□□，□□□叶原作业丛。同前。

其十三

□□□□□，黔首将移树。□似隐或薄字哉丰沛公，桀起亢□□。□□□□□，□腾群归附。矫锋六合倾，投戈二仪固。□□□□□，醉衿欢黎庶原作犁谜。桓桓英风迈，落落客踪□。□□□□□，陵谷岂常处。如何布衣叟原作溲，啸叱登□□。同前。

其十四

□□□□□，年立犹未珍。岂无凌奋怀，初九鬲□□。□□□池下，顿足驾骀群。谁谓知难戢，□□□□□。□□愧葛巾，□柴录疑作咎字可□□□。下缺。同前。

按：以上毛伯成残诗十四首，见柏林德国国家图书馆藏 20 世纪初格伦威德尔、勒寇克率领德国吐鲁番考察队在吐鲁番地区搜集所得文书 Ch.3693＋Ch.3699＋Ch.2400＋Ch.3865 残片。据徐俊、荣新江《德藏吐鲁番本"晋史毛伯成"诗卷校录考证》校录。另柴剑虹《敦煌吐鲁番学论稿》收《德藏吐鲁番写本魏晋杂诗残卷初识》，对此四纸残片有不同之解读，部分录文已作校补，可参看。补校荣新江、史睿《吐鲁番出土文献散录》，中华书局 2021 年 4 月版。

孙绰《晋诗》十三

答许询

倒景沦东溟。《文选》二十二颜延之车驾幸京口侍游蒜山作注、《海录碎事》三上。

目会稽四族

沈为孔家金，颐为魏家玉。虞为长琳宗，谢为弘道伏。《世说新语·赏誉》第八、《海录碎事》八上、《诗纪别集》三十二。

《世说》：会稽孔沈、魏颐、虞球、虞存、谢奉，并是四族之俊，于时之杰。孙兴公目之曰(语略)。

王献之《晋诗》十三

诗

袁生开美度。《世说新语·赏誉》《小字录》。

《世说新语·赏誉》：殷允出西，郗超与袁虎书云："子思求良朋，托好足下，勿以开美求之。"世目袁为开美。故子敬诗曰(诗略)。

习凿齿《晋诗》十四

诣释道安互嘲

四海习凿齿,故故来看尔。习凿齿。弥天释道安,无暇得相看。释道安。头有钵上色,钵无头上毛。习凿齿。面有匙上色,匙无面上坳。释道安。大鹏从南来,众鸟皆戢翼。何物《御览》作忽冻老鸱,腩腩低头食。习凿齿。微风入幽谷,安能动大才。猛虎当道食,不觉蚤《御览》作蚊虻来。释道安。《金楼子》五《捷对》。《高僧传》五引四海习凿齿、弥天释道安两句。《御览》九百四十五引来一韵,九百二十七引翼、食二韵。

《金楼子·捷对》:习凿齿诣释道安,值持钵趋堂,凿齿乃翔往众僧之斋也。众皆舍钵敛衽,唯道安食不辍,不之礼也。习甚恚之,乃厉声曰(嘲略)。道安应曰(嘲略)。习愈忿曰(嘲略)。道安曰(嘲略)。习面坳也。习又曰(嘲略)。道安曰(嘲略)。于是习无以对。

陈按:《晋诗》二十于释道安下仅据《御览》九百四十五引来一韵,十四于习凿齿下据《御览》九百二十七录翼、食二韵,皆不全。

桓温

桓温(312—373),字元子,谯国龙亢人。宣城太守桓彝子。尚南康长公主,拜驸马都尉。明帝时,为安西将军伐蜀,以功进征西大将军、开府,封临贺郡公。隆和中,加侍中、大司马、都督中外军事,假黄钺。温负才力而怀异志,欲立功河朔,归受九锡,然征燕败北,声名顿损。宁康元年病卒,年六十二。有集四十三卷。事迹见《晋书》九十八本传。

八阵图铭《蜀中广记》作诗

望古识其真,临源爱往迹。恐君遗事节,聊下南山石。《唐语林》二、《全蜀艺文志》十五、《蜀中广记》二十一。

《唐语林》二:王武子曾在夔州之西市,俯临江岸沙石,下看诸葛亮八阵图,箕张翼舒,鹅形鹤势,聚石分宛然尚存。当峡水大时,三蜀雪消之际,濒滂混瀁,大树十围,枯槎百尺,破礛巨石,随波塞川而下,水与岸齐,雷奔山裂,聚石为堆者,断可知也。及乎水已平,万物皆失故态,惟阵图小石之堆,标聚行列依然。如是者垂六七百年间,淘洒推激,迫不动。刘禹锡曰:"是诸葛公诚明,一心为先主效死,况此法出《六韬》,是太公上智之材所构,自有此法,惟孔明行之,所以神明保持一定,而不可改也。"东晋桓温征蜀过此,曰:"此常山蛇阵,击头则尾应,击尾则头应,击其中则头尾皆应。"常山者,地名。其蛇两头出于常山,其阵适类其蛇之两头,故名之也。温遂勒铭曰(铭略)。

陈按:此则出唐韦绚《刘宾客嘉话录》。

郝隆

郝隆,字佐治,汲郡人。入桓温幕,为南蛮参军。仕至征西参军。《世说新语·排调》注引《征西寮属名》)

诗

娵隅跃清池。《世说新语·排调》、《渚宫旧事》五,《御览》二百四十九、三百九十、七百八十五,《广川画跋》一、《岁时广记》一八。

> 《世说新语·排调》:郝隆为桓公南蛮参军。三月三日会,作诗,不能者罚酒三升。隆初以不能受罚,既饮,揽笔便作一句云(诗略)。桓问:"娵隅是何物?"答曰:"蛮名鱼为娵隅。"桓公曰:"作诗何以作蛮语?"隆曰:"千里投公,始得蛮府参军,那得不作蛮语也?"

桓玄 《晋诗》十四

了语

火烧平原无遗燎。顾恺之。白布缠棺竖《渚宫旧事》《御览》《册府元龟》作树旒旐。桓玄。投鱼深《册府元龟》作人渊《晋书》《渚宫旧事》《册府元龟》《类林杂说》作泉放飞鸟。殷仲堪。《世说新语·排调》、《晋书》九十二、《渚宫旧事》五、《太平御览》三百九十、《册府元龟》八百三十四、《吟窗杂录》三十四下、《诗纪别集》十二。《类林杂说》五引裴启语林引燎、鸟二韵,以燎韵为桓玄作。

危语

矛头淅米剑头炊。桓玄。百岁老翁攀枯枝。殷仲堪。井上辘轳卧《御览》作安婴《渚宫旧事》作小儿。顾恺之。盲人《册府元龟》作儿骑瞎马,夜半《晋书》《御览》无二字临深池。参军。《世说新语·排调》、《渚宫旧事》五、《太平御览》三百九十、《诗纪别集》十二。《晋书》九十二、《册府元龟》八百三十四缺儿一韵。《类林杂说》五引裴启语林引前三句,以前二句为桓玄作,儿韵为殷作。

> 《世说新语·排调》:桓南郡与殷荆州语次,因共作了语。顾恺之曰:"火烧平原无遗燎。"桓曰:"白布缠棺竖旒旐。"殷曰:"投鱼深渊放飞鸟。"次复作危语,桓曰:"矛头淅米剑头炊。"殷曰:"百岁老翁攀枯枝。"顾曰:"井上辘轳卧婴儿。"殷有一参军在坐,云:"盲人骑瞎马,夜半临深池。"殷曰:"咄咄逼人!"仲堪眇目故也。

湛方生 《晋诗》十五

神仙诗

菱有逸客,栖迹幽穴。仰超千里,夷此九折。《书钞》百五十八。

> 陈按:此与《庐山神仙诗》当为同一诗。

秋夜

火星倾晖,耀于流素。《书钞》百五十四引《秋夜赋》。

苏韶

> 苏韶,晋中牟令。咸宁中卒。事迹详后。

死生篇

运精气兮离故形,神眇眇兮爽玄冥。归北帝兮造酆京,崇墉郁兮廓峥嵘。升凤阙兮谒帝庭,迄卜商兮室颜生。亲大圣兮项良成,希吴季兮慕婴明。抗清论兮风英英,敷华藻兮文璨荣。庶擢身兮登昆瀛,受祚福兮享千龄。《律相感通传》引干宝撰《搜神录》。

《律相感通传》：余曾见晋太常干宝撰《搜神录》，述晋故中牟令苏韶有才识，咸宁中卒。乃昼现形于其家。诸亲故知友闻之，并同集。饮唉言笑，不异于人。或有问者："中牟在生，多诸赋述，言出难寻，请叙死生之事，可得闻耶？"韶曰："何得有隐。"索纸笔著《死生篇》。其词曰（诗略）。余多不尽。初见其词，若存若亡。

竺慧猷

慧猷，东晋孝武帝时僧人。事迹详后引。

梦读诗篇后

陌南酸枣树，名为六奇木。遣人以伐取，载还柱马屋。异苑七、御览九百六十五引刘敬叔异苑。

《异苑》七：晋武太元二年，沙门竺慧猷夜梦读诗五首，其一篇后云（诗略）。

释慧远《晋诗》二十

报罗什偈

本端竟何从？起灭有无际。一微涉动境，成此颓山势。惑想更相乘，触理自生滞。因缘虽无主，开途非一世。时无悟宗匠，谁将握玄契？来问尚悠悠，相与期暮岁。《高僧传》六《晋庐山释慧远传》、《历代三宝记》七、《大唐内典录》三上。

《高僧传》六《晋庐山释慧远传》：远重与罗什书曰："日有凉气，比复何如？去月法识道人至，闻君欲还本国，情以怅然。先闻君当大出诸经，故来欲便相谘求，若此传不虚，众恨可言。今辄略问数十条事，冀有余暇一二为释。此虽非经中之大难，欲取决于君耳。"并报偈一章曰（偈略）。

按：《正德南康府志》十收慧远《硃砂峰》："一峰高插白云边，下有硃砂似火燃。已是气蒸千里暖，如何涧石溜温泉？"此唐以后依托诗也。

帛道猷《晋诗》二十

招道壹上人居云门《唐诗纪事》题作招隐诗，《诗纪》题作陵峰采药触兴为诗

连峰数千里，修林带平津。云起远山曀，风至黄荒榛。茅茨隐不见，鸡鸣知有人。蹑蹬《高僧传》《诗纪》作闲步践其迹，处处见遗薪。乃知百代下，固有上皇民。开此无事迹，以待疏俗宾。长啸自林际，归此保天真。《会稽掇英总集》七。《高僧传》五、《剡录》三、五、《古诗纪》三十七及逸书缺末四句。《会稽掇英总集》一八、《白氏长庆集》五十九《沃洲山禅院记》引津、人两韵。

陈按：《唐诗纪事》七六、《唐诗类苑》八九、《全唐诗》八五〇引前五韵，作僧昙翼诗，误。

无名氏《晋诗》十九

陇头歌

震关遥望，秦川如带。《寰宇记》三十二引《三秦记》、《御览》五十。

改兴宁歌建康实录作兴宁童谣

虽复改兴宁《建康实录》三字作宁转，亦《建康实录》无亦字复无聊生。《晋书》二十八《五

行志》中、《建康实录》八。

《建康实录》八：(哀)帝即尊位，而政不由己，军事权于桓温，机务在于会稽，天子不得自由。故兴宁童谣云(谣略)。

义熙间小儿歌

卢健健。斗叹斗叹《元龟》不重二字。翁年老，翁年老。《宋书》三十一《五行志》。《晋书》二十八《五行志》中、《册府元龟》八百九十四

《宋书》三十一《五行志》：义熙三年中，小儿相逢于道，辄举其两手曰："卢健健。"次曰："斗叹，斗叹。"末复曰："翁年老，翁年老。"当时莫知所谓。其后卢龙内逼，舟舰盖川，健健之谓也。既至查浦，屡克期欲与官斗，斗叹之应也。翁年老，群公有期颐之庆，知妖逆之徒，自然消殄也。

葛洪引俚语《意林》作里语

人在人《意林》作世间，日失一日。《抱朴子外篇·勤求》第十四、《意林》四引抱朴子。

《抱朴子外篇·勤求》：俚语有之(语略)。如牵牛羊以诣屠所，每进一步，而去死转近。此譬虽丑，而实理也。

陈按：《神仙传》四载此为神仙玉子自叹之辞。

葛洪引谚

子不夜行，不《云笈七签》不前有则字知道上有夜行人。《神仙传》四、《太平广记》八引神仙传、《云笈七签》一百六引《马明生真人传》附《阴真君传》。

《神仙传》四：抱朴子曰：洪闻谚书有之曰(谚略)。故不得仙者，亦安知天下山林间有学道得仙者耶？

《云笈七签》一百六引《马明生真人传》附《阴真君传》：弟子丹阳葛洪，字稚川，曰："尝闻谚言有云(谚略)。今不得仙者，亦安知天下山林间，密自有学道得仙者耶？（下略）"

无肥仙人富道士也。《抱朴子内篇·黄白》、《意林》四引抱朴子。

《抱朴子内篇·黄白》：郑君答余曰："世间金银皆善，然道士率皆贫。故谚云(谚略)。师徒或十人，或五人，亦安得金银以供之乎？"

盛弘之引谚

东驴西磨，麦城《寰宇记》《舆地纪胜》无城字自破。《水经注》三十二、《太平寰宇记》百四十六、《舆地纪胜》七十八并引盛弘之《荆州记》。

《水经注》三十二引盛弘之《荆州记》：沮水又东南迳驴城西，磨城东。又南迳麦城西。昔关云长诈降处，自此遂叛。传云子胥造驴、磨二城，以攻麦邑，即谚所云"东驴西磨，麦城自破"者也。

盛弘之引楚谚

洲不满据《寰宇记》《御览》《方舆胜览》补满字百，故不出王者。《水经注》三十二引盛弘之曰、《太平寰宇记》百四十六引盛弘之《荆州记》、《御览》六十九、《方舆胜览》二十七。

《水经注》三十二：盛弘之曰：县旧治沮中，后移出百里洲，西去郡百六十里。县左右有数十洲，槃布江中，其百里洲最为大也。中有桑田甘果，映江依洲。自县西至上明东及江津，其中有九

十九洲。楚谚云(谚略)。桓玄有问鼎之志,乃增一洲,以充百数。僭号数旬,宗灭身屠,及其倾败,洲亦消毁。今上在西,忽有一洲自生,沙流回薄,成不淹时。其后未几,龙飞江汉矣。

张方引谚

黄尚为司隶,奸慝自弭。左雄为尚书令,天下慎选举。《太平御览》四百九十六引《楚国先贤传》。

贺峤妻于氏引鄙谚

黄鸡生卵,乌鸡伏之。《通典》六十九。

《通典》六十九:东晋成帝咸和五年,散骑侍郎贺峤妻于氏上表云:"妾昔初举醮归于贺氏,胤嗣不殖。母兄群从以妾犯七出,数告贺氏,求妾还。妾姑薄氏过见矜愍,无子归之,天命婚姻之好,义无绝离。故使夫峤多立侧媵。峤仲兄群哀妾之身,愍妾之志,(中略)复以子率重见镇抚。妾所以讫心尽力,皆如养辉,故率至于有识,不自知非妾之子也。(中略)其后言语漏泄,而率渐自嫌为非妾所生。率既长,与妾九族内外修姑姨之亲,而白谈者或以峤既有纂,其率不得久安为妾子,若不去,则是与为人后。去年,率即归还周氏。(中略)凡为后者,降其本亲一等,以成人之性,奉父母之命,而出身于彼,岂不异婴孩之质,受成长于人,不识所生,惟识所养者乎?鄙谚有之曰(谚略)。但知为乌鸡之子,不知为黄鸡之儿。此言虽小,可以喻大。今以义合之后,比成育之子,此妾四不解也。"

孙尹引谚

受尧之诛,不能称尧。《晋书》四十五《刘毅传》。

《晋书》四十五《刘毅传》:陈留相乐安孙尹表曰:"(略)昔郑武公年过八十,入为周司徒,虽过悬车之年,必有可用。毅前为司隶,直法不挠,当朝之臣,多所按劾。谚曰(谚略)。直臣无党,古今所悉。"

时人为蔡谟语

蔡公过浮航,脱带腰舟。《晋书》七十七《蔡谟传》。

《晋书》七十七《蔡谟传》:性尤笃慎。每事必为过防。故时人云(语略)。

时人为张湛袁山松语

张《晋书》作湛屋下陈尸,袁《晋书》袁作山松道上行殡。《世说·任诞篇》注、《书钞》九十二、《御览》三百八十九、五百五十二引裴启语林。

《古小说钩沉》本裴启《语林》:张湛好于斋前种松柏,养鸲鹆;袁山松出游,好令左右作挽歌。时人谓"张屋下陈尸,袁道上行殡"。

时人为赵孟语

诸事不决,皆当问疵面《蒙求集注》作诸事不决问疵面。《御览》六百十七引《晋书》、《蒙求集注》下。

《御览》六百十七引《晋书》:赵孟字长舒,为尚书都令史。善于清谈。其面有疵黯。时人言(语略)。

陶渊明引谚

数面成亲旧。《陶渊明集》二《答庞参军诗序》。

《陶渊明集》二《答庞参军诗序》：三复来贶，欲罢不能。自尔邻曲，冬春再交，款然良对，忽成旧游。俗谚云（谚略）。况情过此者乎！

时人为江应元谚

嶷然希言江应元。《太平御览》四百九十六引《文士传》

《御览》四百九十六引《文士传》：江应元，时人谚曰（谚略）。

时人为相里张谚

相里张，多贤良。积善应，子孙昌。《太平御览》四百九十六引《文士传》

《御览》四百九十六引《文士传》：留侯七世孙张赞，字子卿。初居吴县相人里。时人谚曰（谚略）。

石鼓谚

石鼓鸣，则三吴有兵。《太平寰宇记》九十四、《嘉泰吴兴志》十八。

《太平寰宇记》九十四：夏驾山，一名石鼓山，在县东南三十六里，高九百尺。张元之《山墟名》云："昔帝杼南巡，至于此山，因而名之。山上有石鼓，高一丈，下有磐石为足。谚云（谚略）。"

陈按：张元之为晋吴兴太守，见颜真卿《湖州乌程县杼山妙喜寺碑铭》。

时人为四僧语

通情则生融上首，精难则观肇第一。

《高僧传》七《宋京师道场寺释慧观传》：释慧观，姓崔，清河人。十岁便以博见驰名，弱年出家，游方受业，晚适庐山，又谘禀慧远。闻什公入关，乃自南徂北，访核异同，详辩新旧，风神秀雅，思入玄微。时人称之曰（语略）。

会稽人士嘲吴人

吴中高士，便是求死不得死。《晋书》九十四《隐逸·谢敷传》。

《晋书》九十四《隐逸·谢敷传》：谢敷，字庆绪，会稽人也。性澄靖寡欲，入太平山十余年。镇军郗愔召为主簿，台征博士，皆不就。初，月犯少微，少微一名处士星，占者以隐士当之。谯国戴逵有美才，人或忧之。俄而敷死。故会稽人士以嘲吴人云（嘲略）。

[作者简介]　陈尚君，复旦大学中国古代文学研究中心主任、教授，博士生导师。

晋人的定霸之战：城濮之战

——兼说晋人的"谲而不正"

傅　刚

[摘　要]　本文以《左传》僖公二十八年城濮之战叙述为例，分析其发生的背景、过程，可以见出晋文公继齐桓公之后能够成为霸主的历史动因。同时，也看出晋文公"谲而不正"，即善用阴谋手段的行事特征，与齐桓公的"正而不谲"不同。

[关键词]　《左传》　晋文公　城濮　谲而不正

城濮之战是晋文公成霸之战，也是齐桓公之后中国诸侯结束无霸主时期的标志性战役。城濮之战的发生，完全是诸侯为填补齐桓公去世后的霸主真空而运行的结果。我在《时机——后齐桓公时代的诸侯争霸》一文中，对齐桓公去世后齐、宋、楚诸国争霸的情形作过叙述，争霸的结果，以晋文公的出现，填补了这个真空为结束。晋文公能够成为新的霸主，就因为城濮之战的胜利。那么城濮之战是如何在大国争霸背景中发生的呢？

城濮是卫国的地方，今山东省鄄城西南有临濮集，当其故地。

晋、楚之战为什么会发生卫地呢？这就要从齐桓公死后中国诸侯争霸说起了。齐桓公死后，主要是宋襄公和楚成王争嗣霸主，结果宋襄公败于僖公二十二年的泓之战，第二年死于伤病，楚成王遂成当时最强的诸侯。靠近楚国的蔡、陈、郑、许自然都降服楚国，再往北面的鲁、曹、卫亦皆服楚。僖公二十七年《传》载狐偃说："楚始得曹，而新婚于卫。"卫不仅服楚，且与楚婚。宋国也因襄公去世而衰弱，僖公二十四年，宋及楚平，宋成公如楚，是中国诸侯在宋襄公之后，渐次服楚，楚人俨然霸主矣。就在楚成王欲成霸之时，晋国政坛发生了变化，僖公二十四年，在外流亡十九年的公子重耳，在秦穆公的帮助下，返回晋国，是为晋文公。晋文公归晋后，一番整肃安顿，晋国上下一心，加上晋文公卓越的领导力，晋人于二十五年即勤王而树立了威望，这让原本并不真心服楚的宋国看到了希望。僖公二十六年《传》曰："宋以其善于晋侯也，叛楚即晋。"所谓善于晋侯，指二十三年晋文公流亡时，由齐之楚，路过宋国，宋襄公对他很礼遇，赠给他马二十乘，也即八十匹。仅因宋善于晋侯，即叛楚即晋，恐非事实，自是晋自文公为国君，先后修义、信、礼（定襄王之位以示义，伐原以示信，大蒐以示礼），为内心不服楚人之诸侯瞩目矣，故宋即叛楚即晋。楚人自不能坐视宋叛，因此，其年冬，楚令尹子玉、司马子西帅师伐宋，围缗，晋、楚之战由此展开。

二十六冬《春秋》书"楚人伐宋，围缗"，《传》亦载其事。二十七年冬《春秋》又书"楚人、陈侯、蔡侯、郑伯、许男围宋"，杜注："耻不得志，以微者告。"不得志，谓楚围宋不克。是二十六年冬楚人伐宋、围缗，宋人不服，至于二十七年冬，楚又伐宋，故宋使公孙固如晋告急。晋大夫先轸曰："报施救患，取威定霸，于是乎在矣。"晋自文公归国，汲汲所求者，正是"取威定霸"。如何取威？又如何定霸？当然是求得诸侯，如齐桓公为侯伯那样。但齐桓公前后九合诸侯，从庄公十三年的北杏之盟开始，至僖公四年的伐楚，定召陵之盟，前后二十六年始成霸业，文公二十四年始归国，只勤王一次，尚未合诸侯，所以不可能花费二十余年时间去合诸侯（文公归国已四十岁矣[①]，三十二年即去世，所以他所有的动作其实与他的年龄老大有关），最快捷、最有效的当然是直接与楚人战，一战定霸。但是与楚人战，需要有正当的理由，文公流亡时奔楚，受楚成王恩惠，所以要战，总要有理由的。因此，当楚人伐宋，宋人来告急时，晋人便有了理由。读者要抓住这个要点，即晋人所有的举动，都在强调这个理由。为了防止楚人撤兵，使自己失去这个理由，晋人设计了很多种方案，都在挑唆楚将子玉与晋人战。晋人必战，战必须要胜，否则就如同宋襄公一样了。晋人如何办呢？且看晋人接到宋人告急后的谋算和策划：

> 宋人使门尹般如晋师告急。公曰："宋人告急，舍之则绝，告楚不许。我欲战矣，齐、秦未可，若之何？"先轸曰："使宋舍我而赂齐、秦，借之告楚。我执曹君，而分曹、卫之田以赐宋人。楚爱曹、卫，必不许也。喜赂、怒顽，能无战乎？"公说，执曹伯，分曹、卫之田以畀宋人。

---

① 《史记》说重耳奔狄年四十三，返国年六十二，与史实不合。参齐召南《春秋左氏传注疏考证》。

宋人告急，文公谋之于大夫，说："宋人告急，舍之则绝，告楚不许。"这对于晋人来说，其实是不可能存在的事，即不可能舍宋人之告，但话说得很巧妙，很上台面。宋是中国诸侯，遇难来求助，诸侯有同恶相恤之义，故不能舍宋，舍宋，则宋归楚矣。告楚不许，楚人志在伐宋，晋人为宋求楚，自然楚人不会同意。因此，只有一战。但战须求胜，若晋一国之力，没有太大胜算，最好能得到齐、秦二强国的帮助。但齐、秦未必施以援手，怎么办呢？先轸出计曰："让宋人舍晋而以财货赂齐与秦，请齐、秦求告于楚。"晋文公忧齐、秦不助己与楚人战，当然战与齐、秦没有多少利益，齐、秦自然不愿意，晋又不是伯主，齐、秦宜其不听。但如果宋人赂以财货，且只是请齐、秦请于楚人收兵，则齐、秦既得财货，又不需付出牺牲，自然是愿意的。但是这样一来，假如楚人同意了齐、秦之请而撤兵，岂不是与晋欲与楚一战的初衷相违背了吗？那怎么可以呢？所以先轸说，我们可以抓住曹国君，将曹国、卫国的土田分赐给宋人，曹与卫都是楚的附与国，楚人当然不能允许晋人这么做，因此一定不会同意齐、秦的请告，而必与晋人战。齐、秦既受宋人赂，楚人又不许其请，齐、秦无法向宋人交待，所以也便会与晋同盟，而与楚战了。

> 子玉使宛春告于晋师曰："请复卫侯而封曹，臣亦释宋之围。"子犯曰："子玉无礼哉！君取一，臣取二，不可失矣。"先轸曰："子与之！定人之谓礼，楚一言而定三国，我一言而亡之。我则无礼，何以战乎？不许楚言，是弃宋也；救而弃之，谓诸侯何？楚有三施，我有三怨，怨雠已多，将何以战？不如私许复曹、卫以携之，执宛春以怒楚，既战而后图之。"公说。乃拘宛春于卫，且私许复曹、卫，曹、卫告绝于楚。

晋人按照先轸的计谋实施，楚人果然愤怒，因而向晋人提出条件，说如果晋人复卫侯而封卫，楚人也便会解宋之围。《左传》在这里插了一件事，即楚成王看出晋人的谋算，因此不想与晋人战，而准备直接撤兵：

> 楚子入居于申，使申叔去穀，使子玉去宋，曰："无从晋师！晋侯在外十九年矣，而果得晋国。险阻艰难，备尝之矣；民之情伪，尽知之矣。天假之年，而除其害，天之所置，其可废乎？《军志》曰：'允当则归。'又曰：'知难而退。'又曰：'有德不可敌。'此三志者，晋之谓矣。"子玉使伯棼请战，曰："非敢必有功也，愿以间执谗慝之口。"王怒，少与之师，唯西广、东宫与若敖之六卒实从之。

楚成王入居于申，据杜《注》，申在方城之内，方城今在南阳市北，是楚子从宋撤至楚腹地，并且使原先戍守鲁榖邑的申叔撤回，亦让子玉撤宋之围。从楚成王所言，见其对晋人所谋有所警惕，惜楚令尹子玉刚愎不听，所谓"愿以间执谗慝之口"，指楚蒍贾说他"刚而无礼，不可以治民，过三百乘，其不能以入"（见二十七年传）的话。纵观城濮之战全局，不能不叹晋文公之成功，幸有楚子玉，无子玉，不能成就晋文之功。正是天之所助，人力难以阻止。虽楚成王明智，天欲助晋文成伯，故使刚愎之子玉成就之也。否则若子玉听从楚成王言，晋文公欲借与楚战而成其霸业就难以实现了。

对于子玉的条件，晋人表示得很愤怒。子犯曰："子玉无礼哉！君取一，臣取二，不可失矣。"所以说，从古至今，无论做什么样的事，都要先抢先占理。子犯责子玉无礼，因为作为臣，怎么可以提两个要求，而晋国君才仅得一利呢？责子玉无礼，对于鼓舞士气及争取诸侯的同情，都大有益处。晋人很懂得舆论的重要啊！但先轸认为还不够，先轸曰："子与之！定人之谓礼，楚一言而定三国，我一言而亡之。我则无礼，何以战乎？不许楚言，是弃宋也；救而弃之，谓诸侯何？楚有三施，我有三怨，怨雠已多，将何以战？不如私许复曹、卫以携之，执宛春以怒楚，既战而后图之。"就这一点说，先轸远比子犯更有谋略，实则更为诡诈。他说应该同意子玉的要求，为什么呢？先轸说，子玉是很险恶的，他的这个要求看上去无礼，却能够让三国回到和平，即曹共公被释放，卫成公复位，宋之围也便解了，这个前提就是晋文公同意子玉的要求。如果晋文公不同意，就让三国陷于战争之中，所以说是"楚一言而定三国，我一言而亡之"。楚人轻轻一言就能够换来和平，而晋人如果不同意，就是让三国陷于战乱，所以子玉一下子就占在了礼的制高点。谁说子玉是一个刚而无礼之人？这是多么有政治智慧的作法！占领制高点，无论是道理，还是舆论，都是多么重要！这一来晋人就难办了，明明是己方占理，一下就让楚人占到了理，如果按照子犯的意思，那是硬刚：你身为外臣，提出了两个要求，是无礼的行径，所以你该被打！但是世界不是你晋人一家说了算，楚人一言就让天下和平了，身为臣又怎么样？能够让诸国和平不是远比这个身份更为重要吗？晋人如果不同意楚人要求，如子犯所说的那样，那么就会得罪曹、卫、宋三国，而楚人则坐得三国之恩惠，旁观的诸侯也认为晋人不对。这样一来，晋人还怎么与楚战呢？诸侯都跑到楚人那边了，晋国一家如何与全体诸侯相对抗呢？幸亏晋有先轸，他看穿了子玉的伎俩，既然不能硬刚，我就按你说的办，我同意你的要求，同意释曹复卫，在大舆论面前，还是不要硬刚的好。当然，不要硬刚，不是不刚，不硬刚一样能够达到目的的。所以先轸建议是，虽然我同意了你子玉的要求，但是我可以私下与曹、卫做交易，所谓"不如私许复曹、卫以携之，执宛春以怒楚，既战而后图之。"什么意思？就是说私下与曹、卫说好，你们与楚国断交，我就释放曹共公，并让卫成公复位。这当然是离间之计了。但是曹、卫不能拒绝啊！为什么呢？因为执曹共公和逐出卫成公的都是晋人，曹、卫二公要么与楚断绝，要么我晋人不释放你们，主动权在晋人哪！这样一来，曹、卫只好入晋人毂中。但曹、卫与楚断交，仍然不能达到晋要与楚决战的目的，因此，先轸又建议，在与曹、卫私下交易的同时，再扣留楚使宛春，这当然是打脸子玉了，逼得子玉不得不与晋人交战。

当然，晋、楚交战，未必就能保证晋胜，但好像先轸乃至晋人皆有斗志，为什么呢？因为晋人欲定霸，唯有一战！反过来，楚人未必，所以楚成王便不欲与晋人战，他深知晋文公及其谋臣勇士非一般人，所谓艰难困苦备尝之，都是能打仗，能打硬仗的人，所以他才让子玉撤宋之围，且不要与晋人战。无奈子玉刚愎无礼，固执己见，急于证明自己，非要与晋人战。楚成王一怒之下，"少与之师"，只给他西广、东宫与若敖之六卒。广，原是兵车，这里是指兵，所谓西广，指楚兵之右广。东宫，是指太子所辖之兵。若敖六卒，指子玉宗人之兵六百人。杨伯峻先生据江永《群经补义》以为六卒非指六百人，而是指兵车一百八十乘。这个理解可能不对，因为《左传》称楚成王怒子玉不听话，因此"少与之师"，既然说是少与之师，如果已经给了西广、东宫之兵，又与若敖之兵车一百八十乘，车乘须配兵，一乘七十五人，则为一万三千五百人，这就不是"少与之师"了。且子玉宗兵是否有一百八十乘车，亦可置疑。闵公元年，晋作二军，也才三百余乘车，所以还当以杜预注的六百人为是。这样晋、楚对比看来，明显晋人上下一心，斗志高昂，虽然战的结果不可知，但晋人似乎是以战胜来预期的。当然，如果晋人战败，那么这些条约也就无所谓了。因为胜利果实的划分，都是由战胜者定的。所以先轸才说"既战而后图之"。什么意思？很简单，一切都待战后再说，谁胜谁说了算！现在晋人答应子玉的条件，但是等到战后再看吧。晋人是否复卫封曹，都得视晋人胜否？所以战前的答应，只是策略而已，但能让曹、卫与楚断交，能让诸侯觉得晋人为了诸国和平而忍子玉无礼之要求，是为天下和平着想就够了！由此可见先轸真是有政治智慧的人！谁能想到，僖公三十三年殽之战后，先轸会当着朝臣之面愤而唾文赢，愤而说："武夫力而拘诸原，妇人暂而免诸国，堕军实而长寇雠，亡无日矣！"似乎是一个莽夫？所以，读《左传》须要前后结合，仔细看读，否则《左传》之深意不能知矣！

竹添光鸿《会笺》说子犯长于治国，先轸长于用兵，于此可见。也因此见如何先占礼之制高点如何重要，而如何破制高点，又多么地考验政治家们的智慧！

晋人的计谋很成功，子玉果然很愤怒，《传》曰：

> 子玉怒，从晋师。晋师退。军吏曰："以君辟臣，辱也；且楚师老矣，何故退？"子犯曰："师直为壮，曲为老，岂在久乎？微楚之惠不及此，退三舍辟之，所以报也。背惠食言，以亢其雠，我曲楚直，其众素饱，不可谓老。我退而楚还，我将何求？若其不还，君退、臣犯，曲在彼矣。"退三舍。楚众欲止，子玉不可。

军战忌私怒，《孙子·火攻篇》曰："主不可以怒而兴师，将不可以愠而致战。"曹操注曰："不得以己之喜怒而用兵也。"子玉犯兵家大忌，而晋人知益其怒，故晋人一再挑弄子玉，欲昏子玉之智。子玉本就是刚愎自用，哪里经得住晋人的挑弄！晋师退，子玉不警省，而从之不舍，反观晋军士气越发高昂。军吏已怒（战士可怒），说我们以君（晋文公）辟臣（子玉为外臣），是耻辱，且楚师老矣，为什么要退避呢？师久为老，晋军吏意思说，楚国军队自前年冬就出师围宋，至于今四月，时间长久，楚师疲惫矣，言下一击即可败楚师。子犯说，老，并非仅指师久在外，理之曲、直，才是军队士气盛、衰的本源。楚人对晋君有恩惠，没有楚之恩惠，晋文公不能有今日之成就。且当日答应楚成王，若二国开战，当退避三舍，我们现在的退避，正是为了报答楚人的恩惠。如果我们不报答楚人恩惠，则是"背惠食言"，就变成我们理曲，楚人理直了。且楚人素饱，不可谓老。素饱，杜预注："直气盈饱。"就是说楚人本来就强盛，又都一直保持着高昂的士气，我们千万不能认为楚人疲惫了，这是非常及时地给晋国军吏敲警钟，不能有丝毫松懈轻敌之心。于此可见晋国将领多么善于做政治思想工作！子犯如此做晋国军吏的思想工作，自然便会想到一个致命的问题：如果晋师退避三舍之后，楚人感于晋人的谦让而退师了怎么办？这便偏离了晋人欲战的想法。当然，晋人欲战是晋国高层机密，战争会死人的，不管是楚人，还是晋人，都会有很大的伤亡，所以晋人欲战是不能公开说的，公开说的还得是冠冕堂皇的话。所以子犯说："我退而楚还，我将何求？"这意思是说，如果因为我们的退避，而致楚军退还，天下和平，难道不是最好的事情吗？我们又不是非求战不可。

当然，事实上晋国就是要战，假如楚人因晋人的退避而选择了还师，晋国肯定拉也得把楚人再拉回战场上来。子犯料定了一定得战,所以下面的话才是重点:"若其不还,君退、臣犯,曲在彼矣。"楚师不还,则楚人理曲,理曲则师老,晋人一下就由曲扭转成直了。话题也回到了开始的师老问题,楚师理曲,这才是真的师老,师老,自然就有了打败他的胜算。果然,一切如晋人所料,晋人"退三舍,楚众欲止,子玉不可"。此时的"子玉不可",一是怒于晋人,一是怒于楚国内所谓谗者(蒍贾),大战将临,而主将愤怒,兵家大忌!楚众亦知止,而主帅却违众不可,是战尚未开始,其败已明。这当然一方面是晋人用诈,故意一再激怒,另一方面,也是主要的,由子玉刚愎性格所决定,性格决定命运!从古至今皆如此,一将无能,万卒伤亡!至此,晋、楚两军皆集于城濮,战斗即将开始。

> 夏四月戊辰,晋侯、宋公、齐国归父、崔夭、秦小子憗次于城濮。楚师背酅而舍,晋侯患之。听舆人之诵曰:"原田每每,舍其旧而新是谋。"公疑焉。子犯曰:"战也!战而捷,必得诸侯。若其不捷,表里山河,必无害也。"公曰:"若楚惠何?"栾贞子曰:"汉阳诸姬,楚实尽之。思小惠而忘大耻,不如战也。"晋侯梦与楚子搏,楚子伏己而盬其脑,是以惧。子犯曰:"吉。我得天,楚伏其罪,吾且柔之矣。"

僖公二十八年夏四月戊辰(杨注朔日,也就是一日),晋、宋、齐、秦之师次于城濮,一切皆如晋人所料,齐、秦已被晋人绑在战车上了。楚师背酅而舍,酅,丘陵险阻为酅。楚师背负险阻而舍,合于兵法之道,所以晋人患之。此言"晋人患之",观下文,实即晋文公患之。以下写晋文公听舆人之诵而生犹疑,又疑其梦与楚子搏。《左传》奇文,生尽变化曲折。就城濮之战言,晋大夫要战,楚子玉要战,反而是楚成王不欲战,晋文公则疑此战。自楚人围宋及晋人决定救宋以来,战与不战,反复变化,皆围绕一"战"字着笔。高嵣《左传钞》引俞桐川说:"城濮之役,晋侯全要以战取威,患不战,不患不胜。篇中'我欲战矣''能无战乎''何以战乎''既战图之''战也''不如战也',节节醒'战'字。"冯李骅《左绣》则从开合论,其曰:"文章妙用,全在多作开合,此篇则开合之至奇极变者。如'齐、秦未可',则一开,宋人一卑,则一合;'楚子入申',则一开,伯棼请战,则一合;宛春告释,又一开,曹、卫告绝,又一合;至子玉怒从晋师,竟可合矣,又退三舍,着实一开,使读者一闪一闪急不得就。方才落到次于城濮,以为今而后可以径写战事矣,忽然接写晋侯听诵而疑,则又开;再写梦搏而惧,则又开，然后跌落。鬬斗勃请战，晋侯观师，着实一合，而以叙战终焉。一路无数峰峦，层层起伏。文章巨观，其是之谓乎！"

就僖公二十三、二十四年《传》所写重耳看，晋文公的确是借二三大夫之助而得以成功，《左传》于晋文公，往往皮里阳秋，如此写其听舆人之诵而疑，皆见晋文之临事不决，幸子犯为之解释，则见《左传》以晋文与齐桓对比之意。孔子说："晋文公谲而不正，齐桓公正而不谲。"①《左传》如实地解释了孔子这一观点，如此亦证《左传》的确深得孔子思想精髓。《左绣》说："退舍报楚，虽是践言，究竟是一件过意不去的事。篇中处处作绵针泥刺之笔，如首尾两'德'字，何等冠冕？中间楚子亦许之为'有德'，究其所谓'德'者，不过情伪尽知而已。明明背惠亢雠，却托之乎'汉阳诸姬'；若说皆奖王室，则又明明供称'必得诸侯'。细玩子玉两番请战，句句有意思，有辞令。试将子犯、栾枝两'惠'字移在子玉口中，而益以韩原公孙之对，不知面赤多少！作者特为藏拙，但微露圭角，使人得之意象之表。至于'舍旧谋新'，分明冷讽；伏己鹽脑，分明心虚。子犯虽复替他解释，按之都系勉强支吾。尤妙在起手从魏颠两人一口揭破，便是借他人之酒杯，浇自己之块垒，而首尾偏以'上德''德攻'极口称赞，把无数诡计负心，一齐瞒过。晋文则腹中鳞甲，《左氏》亦皮里阳秋，极变诈之事，故须得此极巧妙之文也。此之谓化工，肖物而已矣！"

> 子玉使鬬勃请战，曰："请与君之士戏，君冯轼而观之，得臣与寓目焉。"晋侯使栾枝对曰："寡君闻命矣。楚君之惠，未之敢忘，是以在此。为大夫退，其敢当君乎？既不获命矣，敢烦大夫，谓二三子：'戒尔车乘，敬尔君事，诘朝将见。'"

这是约战之文，于此见子玉、栾枝优劣，亦明晋必胜楚必败。大战在即，而子玉称"戏"，见其轻佻无礼，与鞌之战之齐顷公一样，结局已定。相反观栾枝称请楚人"戒""敬"，见晋人之敬慎不戏，与子玉相对照。

> 晋车七百乘，韅、靷、鞅、靽。晋侯登有莘之虚以观师，曰："少长有礼，其可用也。"遂伐其木，以益其兵。

---

① 《论语·宪问》，《十三经注疏》本，中华书局2009年影清阮元刻本。

晋人投入的兵力是七百乘兵车，一车七十二人，当五万二千五百人，楚人亦不当少于此数，子玉以围宋之师战于城濮，楚王又益以西广、东宫及若敖之六卒（六百人），加之陈、蔡之师，所以总数亦当有七百乘或更多。晋师退避三舍，子玉不舍，追从晋师，见其自信楚军强盛。《传》写晋侯登有莘之虚以观师，观师而曰"少长有礼，其可用也"，见晋侯用心于战，观师以鼓舞士气，称有礼，见晋师纪律严明，斗志高昂。晋侯观师与子玉言"君冯轼而观之，得臣与寓目焉"为对比。

> 己巳，晋师陈于莘北，胥臣以下军之佐当陈、蔡。子玉以若敖之六卒将中军，曰："今日必无晋矣。"子西将左，子上将右。胥臣蒙马以虎皮，先犯陈、蔡。陈、蔡奔，楚右师溃。狐毛设二旆而退之。栾枝使舆曳柴而伪遁，楚师驰之，原轸、郤溱以中军公族横击之。狐毛、狐偃以上军夹攻子西，楚左师溃。楚师败绩。子玉收其卒而止，故不败。

城濮之战正式开始。己巳，是二日，四月二日这一天，晋、楚战于城濮。城濮之战是怎么打的呢？综合《传》文，略作描述：晋、楚皆三军，楚中军元帅为子玉，左师将为子西，右师将为子上，右师又杂有陈、蔡之师。晋三军有将有佐，中军将为原轸，郤溱为佐；上军将为狐毛，狐偃为佐；下军将为栾枝，胥臣为佐。对阵的情形是：晋中军对楚中军，晋上军居右对楚左师，晋下军居左对楚右师（晋上军在右，下军在左，参朱一新《无邪堂答问》）。交战伊始，胥臣将其下军一部分（军佐职部），蒙虎皮以冲楚右师之陈、蔡部，陈、蔡之师溃，遂致楚右师溃，是楚右师已出局；晋上军见楚右师溃，遂树二大将旗，伪向后退却，下军主将栾枝则率一部分下军舆曳柴扬尘，造成晋军奔走假象（案，晋下军所当之楚右师已溃，故栾枝伪遁，当是引诱楚中军与左师），楚中军未动，其左师则冒进，遂为晋中军拦腰横击。狐毛、狐偃之上军与又回头与中军一起夹攻楚左师，于是楚师败绩。

这是《左传》典型的战争写法，正面交战并不多写，而在于写战争开始的原因、背景，交战双方的理曲理直，民心向背，以及将帅的品格等，因此，作者不关注于战争场面，而在于通过战争的发生，表达其对战的看法。城濮之战的大背景自然是后齐桓公时代的诸侯争霸，而晋文公代表了中国诸侯攘夷尊王的公理，所以晋胜楚是中国诸侯的胜利，也一直作为春秋公义之战的代表。在总体的叙述里，《左传》写晋人上下同心，比如二十七年冬，晋人蒐于被庐，作三军，谋元帅，赵衰主动推荐郤縠为中军帅，郤溱佐之。使狐偃将上军，狐偃则让于狐毛而佐之（狐毛是狐偃之兄）。命赵衰为卿，则让于栾枝、先轸。使栾枝将下军，先轸佐之。荀林父御戎，魏犨为右。晋人以贤能相让，故能称霸于诸侯。反观楚国，成王与子玉不谐，子玉刚愎而无礼，临战多怒（怒晋怒楚），其败已定，终如蒍贾所说"过三百乘，其不能以入矣"。这是总的形势，但从《左传》前后安排材料，以及比事属辞，其对晋人的谲而不正，是时时提醒的。

前人也多对晋人用诈不以为然，《朱子语录》卷四十四说："晋文举事多是恁地不肯就正做去。"又说："晋文用兵便是战国孙吴气习。"吕祖谦《东莱博议》就孔子所说晋文之谲曰："观晋文之平生，千源万派，滔滔汩汩，皆赴于一字之内。动容周旋，横斜曲直，无往非谲。如拔其尤者论之，楚与宋皆有德于文公者也，兼受二国之施，则当兼报二国之德，岂当有所偏助哉？文公之心，则以宋弱国也，因前日之德而亲我者也；楚强国也，挟前日之德而陵我者也。今楚伐宋，为吾之计者，当助宋以厚其亲我之心，挫楚以夺其陵我之气，不宁惟是，吾方图霸业，坐视楚横行而不敢较，则霸权在楚不在晋矣。然遽加兵于楚，则天下必以我为背惠食言，其谁与我？于是不攻楚，而攻楚之所必救，伐曹伐卫，皆楚亲昵。外无背楚之名，而内有怒楚之实，使兵端发于楚而不发于我。待楚之先动，而后徐起而应之，则破楚而无背惠之名，其为谋，可谓谲矣。此犹非其谲之尤者也。文公名虽救宋，而意实在于胜楚，时天下之强国，惟晋与楚，必先摧楚之锋，然后晋可以夺霸于天下。楚子固倦于兵，其很戾而好战者，独子玉耳。傥不深激楚之怒，则楚将知难而退，晋、楚之雌雄不决矣。于是因执曹伯，分曹、卫之田赐宋，所以深激楚之怒，而趣之战也。苟文公意止于救宋，则当宛春之使，必欣然而从矣。何者？始伐曹、卫，本所以救宋也，今楚果以爱曹、卫之故，将释宋围，是适投吾欲也，我复曹、卫，彼释宋围，两得其欲，何为不许之乎？文公非惟不许，乃执宛春以辱之，又私许复曹、卫以挑之，惟恐激而不怒，怒而不战，是其心果在于胜楚，而不在于救宋也。人知文公救宋而止耳，孰知其谲之尤，一至于此乎！至于退舍之事，则谲又深矣。楚本无与晋竞之心，文公多方以怒之，迫而使战。虽子玉不胜一朝之忿，在上则楚子，下则士卒，皆不欲也。自常情论之，虽车驰卒奔，犹惧失楚师，况退舍避之，使子玉得假以为班师之名乎？盖文公固已料子玉于度内，明知子玉内怀蒍贾之谤，急于立功，以刷其耻，见吾之退避，必谓幸遇脆敌，功业易取，无若此时，虽吾退十舍，犹将来追，况三舍乎？文公之所以肯退者，先有以必楚之不退也，心欲战而形若不欲战，用以报德，用以报骄，用以惑诸侯之心，用以作三军之愤，一世为其所眩惑而不自知。虽明智如《左氏》者,犹信其'我退楚还,我将何求'之语,载之于书。信矣,文公之善谲,夫岂一端而已哉!"吕祖谦所说晋文公之谲,略嫌深刻,但直抉文公之心。叶适说晋文之谲,当纳襄王时,辞秦师而独下,不肯使秦同居纳王之功,便已微露机术。城濮之战,先激齐、秦之怒,分曹、卫之田,是第一次谲处;执宛春以怒楚,许曹、卫以携楚,是第二次谲处。后又藉楚惠为口实,以退辟三舍,诱楚以弱,以君退臣,坐楚以屈。至于蒙虎马皮,设斾诈退,曳柴伪遁,横击夹攻:凡兵家阴谋,无所不用。视齐桓责包茅之贡,问胶舟之罪,正正堂堂,盖不若矣。事迹、心术,或功或罪,皆当分别观之(高嵣《左传钞》引)。的确当如叶水心所言,事迹、心术当区别论议。当春秋之时,如此谲诈不多。战如庄十年曹刿三鼓,亦为诈战,《左传》以未阵为文,故书"败"不书"战",杜注说:"鲁以权谲掩之,列成而不得用,故以未陈为文也。"《穀梁》称为疑战,疑战,诈战也,是见三《传》皆不许诈战。而晋文公从头至尾,无不用诈,宜孔子说他"谲而不正"。事实上,纵观《左传》,非晋文公一人谲诈,晋人皆谲。

晋文公自僖二十四年归晋,二十五年勤王,二十七年谋划与楚人战,二十八年战于城濮,短短几年,即完成齐桓公近三十年的事业,其急于功利,长于用诈,皆与此有关。文公归晋四十一岁,城濮之战时四十五岁,至三十二年时卒,则四十九岁,自然不可能如齐桓公那样慢慢经营,慢慢合诸侯,所以难免急色些,然其功业也难免涂抹着谲而不正的色彩。

[作者简介] 傅刚,北京大学中文系教授,博士生导师。

光的显隐

——谢灵运诗赋的山水气氛与物感嬗变*

刘　睿

[摘　要]　谢灵运诗歌对光色变化的敏锐感受,成为其承续与变革物感传统的线索。在此前的诗歌中,光影变化对物我关系所发挥的作用并不显著。谢灵运则捕捉到"光"的审美意蕴,在无生灭的黑暗之境体证本体性之"理",有生灭的光亮之境则存在郭象玄学影响下的"体与物冥"、佛学影响下"体与理冥"的兴理方式,形成了以顺任无为还是逆向反演的态度来面对生命变灭的矛盾,产生了迷悟共生的独特山水气氛。为解决光亮之境中迷悟共在的物感难题,谢灵运寻求"理"的统一性基础,或随顺生生不息的恒常之"理",或以意得、赏心之境融会两种兴理方式。光的气氛塑造了谢灵运的山水美学,山水气氛在后世文学中发展出更多的可能性,对中国山水美学的开创具有重要意义。

[关键词]　光　赏心　物感　谢灵运　山水气氛

　　谢灵运的诗歌历来被放置在"情景"关系中进行讨论,但是它并非是情景交融范式生成过程的一环,也非主客分立思维下的产物。从篇法结构的视角来看,固定的解读框架虽然为读诗提供了可循之道,但是也遮损了谢灵运山水诗歌中其他信息的价值①。山水感知就是其中之一,它伴随于谢灵运全诗的

---

　　*　本文系西北大学国家社科基金项目孵化计划项目"中国古代山水文学的审美感知范式研究"(22XNFH024)阶段性成果。

　　①　关于谢灵运山水诗的篇章结构之论颇多。如萧涤非《读谢康乐诗札记》述黄节语:"大抵康乐之诗,首多叙事,继言景物,而结之以情理,故末语多伤感。"葛晓音编选《谢灵运研究论集》,桂林:广西师范大学出版社,2001年,第11页。林文月《中国山水诗的特质》将谢诗结构分为记游、写景、兴情、悟理四个部分。林文月《山水与古典》,北京:生活、读书、新知三联书店,2013年,第19—45页。蔡丹君立足于谢灵运"理来情无存"的观点,将其山水诗的篇体模式定义为"情之消散"与"理之悟得"这种此消彼长的过程哲学,即情之所起—理之顿悟—情之所灭。见蔡丹君《理来情无存:谢灵运山水诗的篇体思想》,《文学遗产》2022年第5期,第31—43页。

山水气氛中,凝聚了谢灵运变革物感传统的努力。传统意义上的五种感觉,即视觉、听觉、嗅觉、味觉和触觉构成了人类的感知经验。除此之外,还存在一种基础性、未被区分开来的感知,即在场的气氛化的觉察①。谢诗展示出或明朗、或幽昧、或压抑、或愉悦等不同的气氛,它既源于山水的客观环境条件,又被主体的审美经验所感知,呈现出谢灵运的情感纠缠与哲理之思。本文将以物感嬗变为中心,从光亮气氛的角度揭示谢诗物我关系的发生机制,分析谢诗中"物"的显性与隐性书写:在黑暗之境中,"物"的隐藏断绝了感物伤逝的可能性;在光亮之境中,"物"的显露带来感物之变的风险;光亮自身则处于显隐、有无之间。谢灵运山水诗歌的创作背景兼有政治命运危机与精神思想危机,他融会玄佛思想来体证"理",形成了诗歌中的迷悟关系及其化解成功后的意得、赏心之境,塑造了谢诗"兴"的特质。

一、光影与山水审美距离的营构

山水笼罩在光亮氛围之下,光亮将空间距离安排在万物之间,导向了审美心理距离。光亮被分为不同的程度,或澄澈明亮、或天色昏暗、或光线微弱、或至黑至暗,物与物、心与物也产生了不同的关系。在不同的光亮氛围中,山水被谢诗赋予了相应的意义,并营构出山水审美距离的多样性。《文心雕龙·物色》:"自近代以来,文贵形似,窥情风景之上,钻貌草木之中。吟咏所发,志惟深远;体物为妙,功在密附。"②刘勰所举"风景"即是一种光亮氛围,而谢诗正好体现了以光亮塑造形似的典例③。然而,在谢灵运之前的诗歌中,光亮往往被作为背景性的因素,凸显出"物"的形象,光亮自身的作用并不显著。

第一类是"情"浸染下的光亮氛围。外物生生不息,心感于"物"而动,便产生"情",在情感的驱动下引发了创作冲动。刘勰《文心雕龙·物色》:"是以诗人感物,联类不穷,流连万象之际,沉吟视听之区;写气图貌,既随物以宛转;属

---

① 参阅[德]格诺特·柏梅著,韩子仲译《感知学:普通感知理论的美学讲稿》,北京:商务印书馆,2021年,第32—41页。亦可参见[德]格诺特·波默著,贾红雨译《气氛美学》,北京:中国社会科学出版社,2018年,第35页。从气氛美学的角度看中国古代诗学的研究,可参考张晶《"气氛之物"在中国诗学建构中的理论价值》,《社会科学辑刊》2023年第4期,第165—174页。

② (南朝梁)刘勰著,范文澜注《文心雕龙注》卷十,北京:人民文学出版社,1958年,第694页。

③ 小川环树已经指出光亮与谢灵运山水诗的关系,但是未深入光亮氛围对心物关系变创的问题。[日]小川环树著,谭汝谦等译《论中国诗》,北京:中华书局,2017年,第29—34页。田晓菲认为谢灵运逗留于天堂与地狱之中的人间世,他的世界光线淡淡,是积极求索的旅行者终于安静下来进行沉思默想的黄昏。田晓菲《神游:早期中古时代与十九世纪中国的行旅写作》,北京:生活·读书·新知三联书店,2015年,第110—133页。但是,黄昏只是谢诗光亮氛围中的典型表现之一,且文中对《登永嘉绿嶂山》中"践夕"的解读有待商榷。本文对此未尽之处进行阐发。

采附声,亦与心而徘徊。……并以少总多,情貌无遗矣。"①诗人有意识选择代表性的"物",在其情貌描摹之中反映出自然物色与人事哀乐的契合之处。从诗骚到太康文学,感物传统逐步发挥到极致,悲情与物感缠绕在一起②。第二类是"理"开解下的光亮氛围。这以玄言诗为典型,多采取游外冥内的方式,扩展时间长度和空间广度来抵抗感物之悲。如卢谌《时兴诗》:"登高眺遐荒,极望无崖崿。形变随时化,神感因物作。澹乎至人心,恬然存玄漠。"③孙绰《游天台山赋》冥想出动态的山水游览图景,解脱世俗眷恋,在山水间舒畅心神。与此同时,心物距离还发生了由远即近的变化,从寥廓宇宙回归到田园家宅之中。如陶渊明诗歌的"心远地自偏",以不变应万变的虚静之心,营构出人境自然的理想家园,从而抵御物虑之扰④。在这两类关系中,"物"都处于相对稳定的光亮氛围之中。

在情理的浸润之下,庐山诸道人的《游石门诗序》却关注到光亮氛围的变化。晋安帝隆安四年(400),庐山僧众步行游览了距东林寺南十余里的石门山,成为继金谷、兰亭诗会之后山水吟咏的又一大盛会。序曰:"游观未久,而天气屡变。霄雾尘集,则万象隐形。流光回照,则众山倒影。开阖之际,状有灵焉,而不可测也。乃其将登,则翔禽拂翮,鸣猿厉响。归云回驾,想羽人之来仪。哀声相和,若玄音之有寄。虽仿佛犹闻,而神以之畅。虽乐不期欢,而欣以永日。当其冲豫自得,信有味焉,而未易言也。退而寻之,夫崖谷之间,会物无主,应不以情而开兴。引人致深若此,岂不以虚明朗其照,闲邃笃其情耶?并三复斯谈,犹昧然未尽。俄而太阳告夕,所存已往。乃悟幽人之玄览,达恒物之大情。其为神趣,岂山水而已哉!"⑤庐山诸道人出游期间的光亮氛围发生了如下变化:一是游观未久,光亮骤有骤无之时,物象或隐或显之际,呈现出灵妙神秘之景;二是将登山林,以仙姿玄响想望翔鸟与猿鸣,转化了传统意象的悲感色彩,达到神畅意得的状态;三是置身崖谷,以玄理应物,而非因情感物而发,引人虚明闲邃;四是暮色隐藏山水万物之姿,在幽暗之境玄览悟道。在四种不同的光亮氛围下,庐山改变了恒定光亮下的神丽之貌,发展出更为多样化的山水美感。

---

① (南朝梁)刘勰著,范文澜注《文心雕龙注》卷十,第693—694页。
② 这一现象典型表现在西晋陆机的诗歌之中。如《赴洛诗》:"感物恋堂室,离思一何深。"《东宫作诗》:"载离多悲心,感物情凄恻。"《又赴洛道中》其一:"悲情触物感,沉思郁缠绵。"《吴王郎中时从梁陈作》:"感物多远念,慷慨怀古人。"《赠尚书郎顾彦先》其一:"感物百忧深,缠绵自相寻。"(晋)陆机著,刘运好校注整理《陆士衡文集校注》,南京:凤凰出版社,2007年,第282、290、295、324、371页。
③ 逯钦立辑校《先秦汉魏晋南北朝诗》,北京:中华书局,1983年,第884—885页。
④ 逯钦立辑校《先秦汉魏晋南北朝诗》,第998页。
⑤ 逯钦立辑校《先秦汉魏晋南北朝诗》,第1086页。

神妙的光亮变化隐含了慧远的"法性"思想,这种实体化法性是至极的存在。"至极以不变为性,得性以体极为宗。"[1]强调主体之神的反归,及其与法性相冥合所达一致的涅槃境界。慧远《沙门不敬王者论》:"是故反本求宗者,不以生累其神;超落尘封者,不以情累其生。不以情累其生,则生可灭;不以生累其神,则神可冥。冥神绝境,故谓之泥洹。"[2]他强调反本化物、神明不灭,一旦弃绝有生、有情,"神"便冥契于至极之理的高妙境界。《游石门诗》:"超兴非有本,理感兴自生。"[3]所谓"超兴"不同于情以物兴,而是心与理的感发交融,达致冥神绝境。所谓"理感"即"感至理弗隔"[4]。"理"并非作为形而上层面的独立存在,而是能够会应群物、即有悟无。"理感"建立起理与物、理与众生的联系,彰显出宗教实践的特色。但是遗憾的是,《游石门诗》并未反映出光亮变化与山水体道的关系,这项工作有待谢灵运来完成。

对于无光幽冥的氛围而言,谢灵运塑造了无生无情的"冥神绝境"。"物"隐匿了永远的在场者身份,打破了自然既有的秩序感。如《登永嘉绿嶂山》:"裹粮杖轻策,怀迟上幽室。行源径转远,距陆情未毕。澹潋结寒姿,团栾润霜质。涧委水屡迷,林迥岩逾密。眷西谓初月,顾东疑落日。践夕奄昏曙,蔽翳皆周悉。《蛊》上贵不事,《履》二美贞吉。幽人常坦步,高尚邈难匹。颐阿竟何端,寂寂寄抱一。恬知既已交,缮性自此出。"[5]谢灵运将绿嶂山视为"幽室",封闭的密林溪涧、曲折蜿蜒的路途,呈现出荒蛮无序的景象,诗人在游览中纾解情思与体悟玄理。绿嶂山的溪涧有九曲环流之妙,诗人迷失在密林深处,分不清月升与日落的方向,直到夕阳霞光完全消失,天地万物被笼罩在一片黑暗之中。"践夕"所指并非夕阳,而是山西。《诗经·大雅·公刘》:"度其夕阳,豳居允荒。"[6]毛传曰:"山西曰夕阳。"[7]谢灵运在晦暗之地产生游兴,黑暗的山水氛围不再成为心灵恐惧的根源,反而催生出绝佳的体道之境。

在传统思想中,"玄"多用以描述"道"的特征。《周易·坤·文言》:"天玄而地黄。"[8]《老子》:"玄之又玄,众妙之门。"[9]天空的本色是黑色,"玄"是天的

---

① (梁)释慧皎撰,汤用彤校注,汤一玄整理《高僧传》卷六,北京:中华书局,1992年,第218页。
② 石峻等编《中国佛教思想资料选编·汉魏六朝卷》,北京:中华书局,2014年,第83页。
③ 逯钦立辑校《先秦汉魏晋南北朝诗》,第1086页。
④ 逯钦立辑校《先秦汉魏晋南北朝诗》,第1085页。
⑤ 顾绍柏校注《谢灵运集校注》,台北:里仁书局,2004年,第84页。
⑥ (汉)毛亨传,(汉)郑玄笺,(唐)陆德明音义,孔祥军点校《毛诗传笺》卷十七,北京:中华书局,2018年,第396页。
⑦ (汉)毛亨传,(汉)郑玄笺,(唐)陆德明音义,孔祥军点校《毛诗传笺》卷十七,第396页。
⑧ (魏)王弼撰,楼宇烈校释《周易注》,北京:中华书局,2011年,第20页。
⑨ (魏)王弼注,楼宇烈校释《老子道德经注校释》,北京:中华书局,2008年,第2页。

代称,又衍生出高远、深广、玄妙的含义。还有"玄览"是指在黑暗混沌中的感知,这种生命状态不同于理性与感性。在此基础上,谢诗将幽暗氛围与体道悟理自然而然地结合起来。《从斤竹涧越岭溪行》:"猿鸣诚知曙,谷幽光未显。……情用赏为美,事昧竟谁辨?观此遗物虑,一悟得所遣。"①万物笼罩在昏昧之中,冥合万物变化,故观此昏暗之景而不为物虑所扰。他将冥契真理推到至高至妙的境地,"一悟"的表达又见于慧远"妙同趣自均,一悟超三益"②。再如《石门新营所住四面高山,回溪石濑,茂林修竹》:"崖倾光难留,林深响易奔。感往虑有复,理来情无存。"③据《老子》:"致虚极,守静笃。万物并作,吾以观复。"④王弼注曰:"以虚静观其反复。凡有起于虚,动起于静,故万物虽并动作,卒复归于虚静,是物之极笃也。"⑤谢诗之"往复"即"反复",以终始循环的状态形容"理",故"感往虑有复"与"理来情无存"的意思一致。诗人葆有虚静之心,以玄理涤除情累,不受到万物生化的影响。悟理亦发生在幽冥的氛围之中,声与光都倏忽而逝,光明与黑暗交错在山林之中,这也与《老子》中"道之为物,惟恍惟惚"互相发明⑥。由此可见,谢诗中多次出现的幽冥之境是其有意识选择的山水氛围。谢灵运通过对物色的拣择、描摹,表现出对玄理的实践智慧与体悟能力。然而,黑暗之境主要是针对至极之"理"的体证,不能涵盖谢灵运的全部山水气氛。

二、光物关系与山水之境的显现

谢灵运诗歌中"物"的隐藏与失序并不占据主流,更多还是笼罩在光亮氛围之中。与恒常光照不同的是,谢诗或以清晖交映的山水之景为典型,光物产生出若隐若现、非有非无的审美意蕴;或以和煦日光、清凉月色化解物虑,日月清晖之下的山水之境反映出道教养生、佛教析理的并行与融合。虽然萧子显评价谢体"宜登公宴",但是物我关系已经发生了改变。⑦从公宴诗"物物"关系到谢诗"光物"关系的变化,反映出理想社会关系向内在精神世界的转化。公宴诗将天人合一的理想凝结在政治话语中,谢灵运的山水诗则返归于心性灵奥。

在物感传统下,谢灵运延续了情物之间的缠绕关系。如《永初三年七月十

---

① 顾绍柏校注《谢灵运集校注》,第178页。
② 逯钦立辑校《先秦汉魏晋南北朝诗》,第1085页。
③ 顾绍柏校注《谢灵运集校注》,第256页。
④⑤ (魏)王弼注,楼宇烈校释《老子道德经注校释》,第35页。
⑥ (魏)王弼注,楼宇烈校释《老子道德经注校释》,第52页。
⑦ (梁)萧子显撰《南齐书》卷五十二,北京:中华书局,1972年,第908页。

六日之郡初发都》:"秋岸澄夕阴,火旻团朝露。辛苦谁为情? 游子值颓暮。"①此句心与物相互比拟,无论是以秋岸斑驳之色澄照夕阳西下的阴影,还是以秋日凝聚露珠,都可视为竭尽全力、收效甚微的举动,与谢灵运已至中年却外任永嘉的境遇产生一种异质同构的关系,绵长的岁暮之悲尽显纸上。又如《晚出西射堂》:"连嶂叠巇崿,青翠杳深沉。晓霜枫叶丹,夕曛岚气阴。节往戚不浅,感来念已深。"②连山叠嶂指空间遥远,晨霜反衬出枫叶之红艳,夕阳将深沉的山气熏染得更深,思乡之情亦愈加浓厚。光色作为物象的滤镜,加深了诗人内心的怀乡之忧。

谢灵运还突破了物感传统的束缚,以赏心悦目的光物模式展现出若有若无的美感。如《过白岸亭》:"近涧涓密石,远山映疏木。空翠难强名,渔钓易为曲。"③远山翠色在空间中传递流动,细小的水流蜿蜒在密石之间,远处山川的影子映衬出前方疏落的树木,这种若有若无的形象难以用言语来描绘,无法像渔人那样直抒胸臆地高歌,以表达这种隐晦的审美体验。佛理被浸润到万物之中,而非生硬地进行理与物的比附,"空翠"呈现出一种类似佛影的映照关系。《佛影铭》:"观远表相,就近暧景。匪质匪空,莫测莫领。倚岩辉林,傍潭鉴井。借空传翠,激光发冏。"④佛影远观成形、近睹无形,处于有无之间,依靠岩壁显现,映照在山林水面、流动在光影空间之中。萧驰指出:"庐山佛影已从天竺文化更借助幽室中想象的佛影,变成山光云色变幻之际更具感性色彩的佛影,成为阳光之下的'真实的幻象'。"⑤这种光物关系不即不离,万物被包裹在微妙神秘的光亮氛围中,物物之间的辉映关系呈现出一种模糊的氛围,只可意会不可言传,营构出佛教般若空观的审美意蕴。龙树的中观学说强调"假有"与"真空"之间不即不离的关系,以理解"空"的真实相状。"空翠"恰好就在有无的交界处,它并非固定常住之"有"而是"假有",亦非空无所有之"无"而是"自性空",通过状摹这种"非有非无"的事物现象,体证无所不在之道。将佛教法空思想与诗歌赋物造形功能相结合的做法,也表现在以王维为代表的唐诗创作之中⑥。与这种若有若无的美感有所不同,谢诗中还时常出现天空与水

---

① 顾绍柏校注《谢灵运集校注》,第 54 页。
② 顾绍柏校注《谢灵运集校注》,第 82 页。
③ 顾绍柏校注《谢灵运集校注》,第 111 页。
④ 顾绍柏校注《谢灵运集校注》,第 360 页。
⑤ 萧驰《佛法与诗境》,台北:联经出版事业股份有限公司,2012 年,第 47 页。
⑥ 参见陈允吉《王维〈鹿柴〉诗与大乘中道观》,陈允吉《佛教中国文学溯论稿》,上海:上海古籍出版社,2020 年,第 199—212 页。张节末《禅宗美学》,北京:北京大学出版社,2006 年,第 162—170 页。

岸的上下映照关系,营造出清旷澄净之景,如"云日相辉映,空水共澄鲜"①"野旷沙岸净,天高秋月明"②"江山共开旷,云日相照媚"③。这种映照之美与佛教"照见五蕴皆空"的观念相关,诗人打破对现实的执着,呈现出彻悟的心境。

谢诗中的日月之光代表了"道"的无所不在,分别导向了热与冷的山水氛围。《孟子·尽心上》:"日月有明,容光必照焉。"④光亮源自日月,照耀人间一切幽微之处,以此比拟大道的本体意味。《庄子·庚桑楚》:"宇泰定者,发乎天光。发乎天光者,人见其人,物见其物。"⑤日月之光成为"道"的形象表达,它为"物"与"我"的显现提供了前提。慧远《万佛影铭序》:"化不以方,唯其所感;慈不以缘,冥怀自得。譬日月丽天,光影弥晖,群品熙荣,有情同顺。……法身之运物也,不物物而兆其端,不图终而会其成,理玄于万化之表,数绝乎无形无名者也。若乃语其筌寄,则道无不在。"⑥慧远"法性"也强调现象背后实有的本体,而众生通过感应和自得来体证法性,且因根器不同而产生差异。他将这一过程比拟为日月与万物的关系,法身超然于万物之上、无所不在。感知光亮之变实质指向了对"道"的体悟。对于谢诗而言,即使是相同的时刻,内心也会感知到不同程度的光亮,产生出相异的悟理结果。

一方面,对于日光而言,谢诗的"清晖"多发生在特定的黄昏时分。王昌龄《诗格·论文意》:"至晓间,气霭未起,阳气稍歇,万物澄净,遥目此乃堪用。至于一物,皆成光色,此时乃堪用思。……意欲作文,乘兴便作,若似烦即止,无令心倦。常如此运之,即兴无休歇,神终不疲。"⑦"兴"与光亮氛围的临在性相关,故应捕捉最佳的时刻会通心物、用思生境。原文"至晓间"疑误,结合后面的描述应为夕阳西下之时。《石壁精舍还湖中作》:"昏旦变气候,山水含清晖。清晖能娱人,游子憺忘归。出谷日尚早,入舟阳已微。林壑敛暝色,云霞收夕霏。芰荷迭映蔚,蒲稗相因依。披拂趋南径,愉悦偃东扉。虑澹物自轻,意惬理无违。寄言摄生客,试用此道推。"⑧此诗最能体现谢灵运会通玄佛、达致意得体验的探索,从佛教精舍返回的途中,诗人被山水自带清晖的样貌所吸引,

① 顾绍柏校注《谢灵运集校注》,第 123 页。
② 顾绍柏校注《谢灵运集校注》,第 144 页。
③ 顾绍柏校注《谢灵运集校注》,第 73 页。
④ (清)焦循撰,沈文倬点校《孟子正义》卷二十七,北京:中华书局,1987 年,第 914 页。
⑤ (晋)郭象注,(唐)成玄英疏,曹础基、黄兰发点校《南华真经注疏》卷八,北京:中华书局,1998 年,第 451 页。
⑥ 石峻等编《中国佛教思想资料选编·汉魏六朝卷》,第 121—122 页。
⑦ [日]遍照金刚撰,卢盛江校考《文镜秘府论校汇考》,北京:中华书局,2006 年,第 1365 页。
⑧ 顾绍柏校注《谢灵运集校注》,第 165—166 页。

暗示他以透彻澄明之心观物,悟理的愉悦感已经下沉至山水万物之中。芰荷、蒲稗的两组共时关系达成自然玄合的状态,即"故彼我相因,形景俱生,既复玄合而非待也"①。与此诗中抵御物虑、返归生命本真相反,日光一旦稍有变化就会重回感物传统。如《游南亭》:"密林含余清,远峰隐半规。久痗昏垫苦,旅馆眺郊歧。泽兰渐被径,芙蓉始发池。未厌青春好,已睹朱明移。戚戚感物叹,星星白发垂。"②清晖残留在山林之间,太阳被远处的山峰遮蔽一半,悟理氛围大打折扣,岁暮之忧席卷而来。以上诗歌都涉及光与热的关系,形成了有温度的光亮氛围。

另一方面,谢诗对光亮的有意选择还体现在光与冷的关系中,谢灵运晚期之作倾向于月夜氛围的展现,月亮塑造了谢诗中的清凉世界。月下等待成为诗人凝思生命的形式,即诗人远离世俗人群,选择一种持续、缓慢的方式来应对时间流逝之速、生命消耗之快。如《石门岩上宿》:"朝搴苑中兰,畏彼霜下歇。暝还云际宿,弄此石上月。鸟鸣识夜栖,木落知风发。异音同致听,殊响俱清越。妙物莫为赏,芳醑谁与伐?美人竟不来,阳阿徒晞发。"③"等待"可溯源《诗》《骚》,诗人独赏独饮、候人不至,谢灵运为传统意义上的时间体验增加了哲理思考的色彩。与持续性的时间体验相异,谢灵运还表达出瞬时性的时间体验。《发归濑三瀑布望两溪》:"我行乘日垂,放舟候月圆。沫江免风涛,涉清弄漪涟。积石竦两溪,飞泉倒三山。亦既穷登陟,荒蔼横目前。窥岩不睹景,披林岂见天。阳乌尚倾翰,幽篁未为遭。退寻平常时,安知巢穴难。风雨非攸吝,拥志谁与宣?倘有同枝条,此日即千年。"④结合前文所述,昏暗中光线尚存的氛围预示着置身困境,诗人企图脱离时间支配,在等待中深化与超越自身。但是漫长的等待被证明徒劳,便转向了"此日即千年"的瞬时性审美体验,这源于玄学中对点状时间的构建。《庄子·大宗师》郭象注曰:"夫无力之力,莫大于变化者也。……今交一臂而失之,皆在冥中去矣。故向者之我非复今我也,我与今俱往,岂常守故哉!"⑤他对个体事物的历时同一性作出质疑,强调事物的临在性和差异性,以玄冥统合了各个时间点的关系,但是这依旧未能摆脱事物实体性存在的前提条件。

与此不同,诗人还在与独俱往、超越世俗万物的背景下,重新对时间与物

---

① (晋)郭象注,(唐)成玄英疏,曹础基、黄兰发点校《南华真经注疏》卷一,第57页。
② 顾绍柏校注《谢灵运集校注》,第121页。
③ 顾绍柏校注《谢灵运集校注》,第269页。
④ 顾绍柏校注《谢灵运集校注》,第266页。
⑤ (晋)郭象注,(唐)成玄英疏,曹础基、黄兰发点校《南华真经注疏》卷三,第143—144页。

的关系进行体认。《入华子冈是麻源第三谷》:"且申独往意,乘月弄潺湲。恒充俄顷用,岂为古今然。"①据《诗经·小雅·天保》:"如月之恒。"②郑笺云:"月上弦而就盈。"③其中"恒"与"充"分别为上弦月与满月,谢诗中二者并非同一实体性事物的不同形态,否定了实体性的事物存在,月亮成为幻化不实的现象。东晋僧肇的《物不迁论》已经对因缘的实在性加以质疑,提出性空不迁的观点。世俗观念执着于物的本性,以月亮之恒、充为发展过程;而谢诗中的"俄顷"即"各性住于一世"④。"恒"之刹那住于"恒","充"之刹那住于"充",在变动的现象之中认识寂灭的本质。

由此看来,光亮的变化代表了时间的流逝,而谢灵运在塑造理想光亮之境的同时,也试图在非理想的光亮之境中安顿生命,从持续渐进式的凝思方式转入瞬刻永恒的悟理方式,表明谢灵运山水诗歌对感物传统的反思。这种反思正处于探索阶段,在光物的显隐中塑造出迷悟共生的诗歌特质。

三、统合理之迷悟

上文论述了谢灵运幽暗之境与光亮之境中的物我关系,主体所感知的光物显隐程度关乎悟理的成功与否,更关系到"理"的生成方式。前谢灵运时期的诗歌采用了两种"理"的生发方式:一种以《兰亭诗》为代表,如王羲之诗曰"仰眺碧天际,俯磐绿水滨。寥朗无厓观,寓目理自陈"⑤。通过瞬刻寓目的方式将山水景物广泛囊括在视野之中,主体冥于当下、得意自适。结合《庄子·大宗师》郭象注:"夫理有至极,外内相冥,未有极游外之致而不冥于内者也,未有能冥于内而不游于外者也。故圣人常游外以冥内,无心以顺有。"⑥他在承认现象世界的基础上虚构了天赋决定论,强调物自生独化于非实体性的精神之境,游外冥内、外内相冥。它否定造物主意义上万物本原,否定变化的绝对性,一切存有不知其所以生而生,这种彻底的否定同时也取消了事物统一性的依据。

另一种以《游石门诗》为代表,"超兴非有本,理感兴自生"⑦。其中"理"是六朝佛教倡导"反本求宗"的成佛之路,从慧远的"不灭之神"到竺道生的"佛性

① 顾绍柏校注《谢灵运集校注》,第 288 页。
②③ (汉)毛亨传,(汉)郑玄笺,(唐)陆德明音义,孔祥军点校《毛诗传笺》卷九,第 217 页。
④ (东晋)僧肇著,张春波校释《肇论校释》,北京:中华书局,2010 年,第 24 页。
⑤ 逯钦立辑校《先秦汉魏晋南北朝诗》,第 895 页。
⑥ (晋)郭象注,(唐)成玄英疏,曹础基、黄兰发点校《南华真经注疏》卷三,第 155 页。
⑦ 逯钦立辑校《先秦汉魏晋南北朝诗》,第 1086 页。

我"，道生将慧远之"极"的实体性特征，转变为不生不灭之自然之性。"真理自然，悟亦冥符。"①主体与真理相冥合，以理一统合分殊万象，内外无寄、等心内外。不但慧远佛学的至极之理影响了谢灵运，道生的"顿悟"说也被谢灵运接受。《辨宗论》："至夫一悟，万滞同尽耳。"②史经鹏认为："断烦恼是道生顿悟说的附属性的自然结果，不可将此倒推为顿悟的主要标准。这都和《辩宗论》中道生说的要点相符，即理智冥符，无关乎烦恼的断除与否。"③谢灵运更注重悟理而非断烦恼，理与自然内在融合，彼此触发而生长。

在物感传统之外，谢灵运的山水诗歌既有玄学影响下"体与物冥"的方式，又有佛学影响下"体与理冥"的方式。虽然"兴"之始由不同，但是谢诗对此加以融会，其诗被赞为"兴会标举""兴多才高"也与此相关。生生不息的世间万物引发诗人哀悼生命之衰的情思，但是若将变化上升为恒常之道，便会产生不同的情感基调。如《登池上楼》："初景革绪风，新阳改故阴。池塘生春草，园柳变鸣禽。祁祁伤豳歌，萋萋感楚吟。索居易永久，离群难处心。持操岂独古，无闷征在今。"④谢诗的用字以"改""革""生""变"呈现出生生不息的景象，但是内心却不能与之俱化，深深陷入离群索居之悲中，以理来淡化内心的伤悲。《七里濑》："羁心积秋晨，晨积展游眺。孤客伤逝湍，徒旅苦奔峭。石浅水潺湲，日落山照曜。荒林纷沃若，哀禽相叫啸。遭物悼迁斥，存期得要妙。既秉上皇心，岂屑末代诮！目睹严子濑，想属任公钓。谁谓古今殊，异世可同调。"⑤山水林鸟都笼罩在生灭变化之中，与其沉沦在万物迁逝之中，不如体悟到生变的恒常性，顺任万物自尔。同样是春秋之景与孤独之悲的主题，诗人却因不同的"理"产生不同心灵开解的结果。如《登石门最高顶》："心契九秋干，目玩三春荑。居常以待终，处顺故安排。"⑥诗人心目与物俱化，安时处顺，同样是将聚散变化视作永恒。玄冥之境打造了适宜的悟理条件，诗人不再纠结于此时此刻的生灭变化。

谢灵运寻求"理"的恒常性，将变化视为永恒，但是却并不足以达致悟理的目标，"理"往往湮灭在物虑之中。如《晚出西射堂》："安排徒空言，幽独赖鸣

---

① 石峻等编《中国佛教思想资料选编·汉魏六朝卷》，第212页。
② 顾绍柏《谢灵运集校注》，第410页。
③ 史经鹏《竺道生顿悟成佛说与佛性关系辨析》，张风雷等主编《佛性如来藏思想在东亚的接受与嬗变》，北京：宗教文化出版社，2013年，第93页。
④ 顾绍柏校注《谢灵运集校注》，第95页。
⑤ 顾绍柏校注《谢灵运集校注》，第78页。
⑥ 顾绍柏校注《谢灵运集校注》，第262页。

琴。"①诗人沉浸在感物悲伤中难以自拔,体悟安排去化之理,却难以获得开解。生生不息的自然之景也会成为悟理的负累。《东山望海》:"非徒不弭忘,览物情弥遒。"②又如《登上戍石鼓山》:"日没涧增波,云生岭逾叠。白芷竞新苔,绿蘋齐初叶。摘芳芳靡谖,愉乐乐不燮。"③这些诗作中的景物具有实体性的特质,组成了活色生香的世界,但是在这种气质性、随机性的生变中,普遍性、必然性也同时被抽离。还有《于南山往北山经湖中瞻眺》:"朝旦发阳崖,景落憩阴峰。舍舟眺迥渚,停策倚茂松。侧迳既窈窕,环洲亦玲珑。俯视乔木杪,仰聆大壑淙。石横水分流,林密蹊绝踪。解作竟何感,升长皆丰容。初篁苞绿箨,新蒲含紫茸。海鸥戏春岸,天鸡弄和风。抚化心无厌,览物眷弥重。不惜去人远,但恨莫与同。孤游非情叹,赏废理谁通?"④诗人沿着远距离的山水声影寻找实物,聚焦到水势与密林之上,营造出雷雨过后竹笋和蒲草欣欣向荣、飞鸟自由地翱翔天际的场景,落实为气质层面的性分不同,呈现出万物独化自生之境。但是,诗人能够"入乎其内",却难以"出乎其外",他在山水间难以与赏心者相伴而游,只能一人玩味玄理。在和谐的山水景色之下,诗人陡然转笔,物我和谐的"无人之境"骤然消散,诗人撕裂了精心构建的理想图景。光亮氛围也暴露出郭象"玄冥之境"的理论缺憾,其和谐顺生的外表虽然引人入胜,但是生命出生后生长与衰颓相伴而行,生命本真被自然之化所掩盖。在反复咏叹间,谢灵运因生生不息之物感到危机感,而解决危机的出路在于寻找"理"的统一性基础。

成功转化危机的诗例典型体现在《石壁精舍还湖中作》,这首诗歌融合了佛教、玄学与道教的思想元素。根据前文所述,谢灵运以玄佛之"理"的融合,转化了光亮之境的迷悟关系,获得物我交融的"意得"体验。诗曰:"虑澹物自轻,意惬理无违。"⑤在宗教性的悟理愉悦之中,他不为外物与情感所动,展示出虚静的心境。虽然与《于南山往北山经湖中瞻眺》具备类似的空间与时间条件,但是两首诗却表现出本质性的不同。《石壁精舍还湖中作》导向了轻快的心灵感受,由光线收敛引向了生命的敛藏,展示出"逆生"的山水实践;而《于南山往北山经湖中瞻眺》则归结于深重的尘世眷恋,承续《楚辞》中朝夕对举的结构,加快了时间的节奏,山水中的生命之物也趋向于生长而非敛藏,继承了物

① 顾绍柏校注《谢灵运集校注》,第82页。
② 顾绍柏校注《谢灵运集校注》,第99页。
③ 顾绍柏校注《谢灵运集校注》,第102页。
④ 顾绍柏校注《谢灵运集校注》,第175页。
⑤ 顾绍柏校注《谢灵运集校注》,第166页。

感传统中"顺生"的山水实践。因此,"意得"理应被放置在意物关系之中进行考察:得意而忘物,超越于生生不息的迁化,返归生命的本真状态,便是"意得";反之,溺于山水物色,顺从外部世界的迁化规律,便难以意得。

此外,他对两种兴理方式的融合,还集中体现在赏心之境中。谢灵运诗文中的"赏心"有双重含义。一是知赏之人。如《永初三年七月十六日之郡初发都》:"将穷山海迹,永绝赏心悟。"①《酬从弟惠连》:"永绝赏心望,长怀莫与同。"②《拟魏太子邺中集》序曰:"天下良辰、美景、赏心、乐事,四者难并。"③二是知赏之心,与知音一样亦不能轻易获得,成为谢灵运诗歌中独特的审美范畴。刘勰《文心雕龙·指瑕》:"夫'赏'训锡赉,岂关心解?"④其本义是有功之后的赏赐之物,是人与人之间具象化的关系。但是之后却演变为"心解",衍生为物我之间一种抽象化的"理"之赏会。如《从斤竹涧越岭溪行》:"猿鸣诚知曙,谷幽光未显。……情用赏为美,事昧竟谁辨。观此遗物虑,一悟得所遣。"⑤外界是光亮的世界,但是因为山谷深幽,光亮难以透入,形成了昏冥之境。此诗道出了光亮之境的体用关系,"情"为用、"赏"为体,而诗人身在幽暗之地无法开展赏心的审美体验,只能完全沉浸在黑暗中物我同忘。其中"一悟"是一种当下的顿悟,渗透了佛教顿悟说的审美意蕴。它与"物虑"相对,类似"意得"的审美体验。结合《石壁精舍还湖中作》与《从斤竹涧越岭溪行》中光的显隐样态,"一悟""意得"这类兴理方式发生在黑暗或者光亮的山水气氛之中,而"赏心"却是光亮之境的心物交感中所获得的审美体验。相较于"意得"中重意轻物的审美倾向,"赏心"则更多指向涤除物虑后的理想审美感受,在当下体验之中亲近山水,让山水自在兴现。如《登江中孤屿》:"表灵物莫赏,蕴真谁为传?"⑥《石室山》:"灵域久韬隐,如与心赏交。"⑦《石门岩上宿》:"妙物莫为赏,芳醁谁与伐?"⑧孤屿、石室山、石门之景作为灵妙之物,都具有真理性的意蕴,超越于生灭成毁的变化之外,由此激发了赏心的审美体验。

"意得"与"赏心"的关系还体现在《山居赋》中。序曰:"览者废张、左之艳辞,寻台、皓之深意,去饰取素,傥值其心耳。意实言表,而书不尽,遗迹索意,

---

① 顾绍柏校注《谢灵运集校注》,第 54 页。
② 顾绍柏校注《谢灵运集校注》,第 250 页。
③ 顾绍柏校注《谢灵运集校注》,第 199 页。
④ (南朝梁)刘勰著,范文澜注《文心雕龙注》卷九,第 638 页。
⑤ 顾绍柏校注《谢灵运集校注》,第 178 页。
⑥ 顾绍柏校注《谢灵运集校注》,第 123 页。
⑦ 顾绍柏校注《谢灵运集校注》,第 107 页。
⑧ 顾绍柏校注《谢灵运集校注》,第 269 页。

托之有赏。"①他志不在于张衡与左思所作铺张扬厉的大赋,而是寻找言语所未能表达出的道理,去饰取素、直抒本心。赋曰:"乘此心之一豪,济彼生之万理。启善趣于南倡,归清畅于北机。非独悁于予情,谅金感于君子。山中兮清寂,群纷兮自绝。周听兮匪多,得理兮俱悦。寒风兮搔屑,面阳兮常热。炎光兮隆炽,对阴兮霜雪。褐曾台兮陟云根,坐涧下兮越风穴。在兹域而谐赏,传古今之不灭。"②谢灵运展示出斋讲的场面,体悟佛教以四无量心度众生的义理。在清旷山水与灵奥佛法的气氛中,诗人不但"得理俱悦",证得至极之理,获得精神的愉悦与满足;还感受到古今永恒的"谐赏",在万象各殊中获得彻悟的心境。谢灵运诗赋中"意得"与"赏心"范畴的共存,可以被视为玄佛合流的缩影。此外,谢灵运《七里濑》"上皇心"③、《初去郡》中止鉴之心的描述④,呈现出道家不将不迎、应物不藏的心镜,即"鉴物而无情"⑤。谢灵运对心灵的自化,将佛教照寂的美感与道家斋以静心的艺术精神相结合。总之,谢灵运"意得""赏心"的审美范畴,融会了气质性与本体性之"理",对生生不息的山水气氛进行重构,试图消解顺生与逆生之间的矛盾,在中国古代山水美学的开创上颇有建树。

四、余 论

作为"物"与"我"之间的存在,"气氛"这一美学概念有助于阐明谢灵运诗歌中的物我关系,让迷悟共在的诗学现象变得可以理解。谢灵运的山水气氛主要表现在两个维度:一方面,他刻意与世俗社会制造出距离,在山水氛围之中享受物质与精神的愉悦;另一方面,虽然光亮的改变是自然规律,但是不同的光亮程度能够制造出不同的山水氛围,在心灵中投射出秩序感或者无序感,带来了"理"的不同体证方式。刘成纪认为:"道生出了阴和阳(黑暗与光明),前者代表对世界的否定,指向虚无和不存在;后者代表对世界的肯定,指向实有和一切可被感知的对象。"⑥谢诗之"光"包蕴了肯定与否定互为条件的阴阳之道,兴发出"理"之迷悟共生的现象。光代表时间的游移,潜移默化地制造出距离空间,产生情调的变化,这些都影响了山水的审美体验。山水不因为内在

---

① 顾绍柏校注《谢灵运集校注》,第449页。
② 顾绍柏校注《谢灵运集校注》,第463页。
③ 顾绍柏校注《谢灵运集校注》,第78页。
④ 顾绍柏校注《谢灵运集校注》,第144页。
⑤ (晋)郭象注,(唐)成玄英疏,曹础基、黄兰发点校《南华真经注疏》卷三,第178页。
⑥ 刘成纪《中国古典美学中的物、光、风》,叶朗主编《观·物:哲学与艺术中的视觉问题》,北京:北京大学出版社,2019年,第92—93页。

潜能中具有符合主体的因素而产生意义,而是山水气氛赋予了"物"与"我"意义,并消融了"物"与"我"的界限。

这种身临其境的氛围不仅仅影响着谢灵运的山水世界,还感召着读者的山水审美体验。然而,在谢诗以"光的显隐"变革物感传统的探索之上,南朝诗人却未能进一步有所开拓,即难以用悟理的方式,去抗争溺于顺生之悲的物感传统。同样作为"元嘉三大家"之一,鲍照的诗歌出现雨雾虹霓云霞等气象,则变创出一种朦胧化的"光和空气"的山水氛围①。他凸显出主体的迷思,未能将谢诗迷悟共在的山水氛围再向前推进。南齐诗人谢朓以"气"与"光"为基本物质要素②。他汲取了大谢的"赏心"范畴,实际上却以物色描摹置换了谢诗"赏心"所蕴藉之"理"。在后世的山水文学中,"光"的力量进一步渗透到日常的山水风物里,山水气氛发展出更多的可能性,承续了谢灵运发现自然的眼光,也淡化了寻山陟岭的实践底色与谢诗有意经营光物关系的痕迹。

[作者简介] 刘睿,西北大学中国文化研究中心暨文学院讲师。

---

① 萧驰《诗与它的山河:中古山水美感的生长》,北京:生活·读书·新知三联书店,2018年,第145页。
② 萧驰《诗与它的山河:中古山水美感的生长》,第161页。

宋之问二贬岭南行程及诗路书写考论*

闫梦涵

[摘　要]　初唐文人宋之问曾在神龙元年(705)与景云元年(710)先后被贬泷州、钦州,多次行经湘、赣二水路和岭南道内许多地点,他最具代表性的诗几乎全部创作于这个阶段。多次往返的行程使宋之问成为初唐时期南下岭表经历最丰富、最具代表性的诗人。因此,分别对其两次南贬的路线选择、水陆里程、通行时间等进行细致考辨,能够尽可能真实地还原初唐时人南下岭表的行路生态。此外,宋之问二贬岭南过程中的诗路书写亦颇具特色,从度大庾岭题诗和端州驿题壁两个案例中,可了解他对地理分界线的感知与把握、对经典意象的选用,并一窥其"异域书写"。

[关键词]　宋之问　贬谪　岭南　大庾岭　诗路书写

宋之问曾在神龙元年(705)与景云元年(710)先后两次被流贬至岭南,其间多次往返于南下岭南的湘、赣二水路及岭南道内部水路,纵览全唐,这一经历都是极为罕见的。不仅如此,他在这两次南贬过程中,还创作了相当数量的纪行诗作,无论在作品的数量与质量层面,还是在贬谪经历的曲折程度上,宋之问都能在一众初唐文人中"脱颖而出"。故而,本文拟对宋之问二贬岭南的行迹与诗路书写做一考论,力求能对唐前期南下岭南的行路生态、重要节点以及宋之问的诗路创作等方面的研究有所推进。

一、宋之问二贬岭南之整体观照

从贬谪经历来看,宋之问初贬是在神龙元年二月,彼时中宗复辟、"二张"被

---

*　2020年度国家社科基金青年项目"唐代南方地域文人流动与文学书写的文化学考察"(项目号20CZW012)。

诛,他与一众依附"二张"的宫廷文人共遭严惩,被贬至位于岭南道东偏南的泷州。就贬所的偏远程度而言,宋之问此次遭遇并非"神龙逐臣"中最严重的——沈佺期流至骧州、杜审言流至峰州,二州均位于岭南道西南,今属越南,严重程度均胜过宋之问。然而,神龙二年(706)此批逐臣遇赦北归之后,宋之问又两次遭贬:先是于景龙三年(709)秋,因谐结安乐公主事得罪太平公主,被中宗贬至越州长史;随后又在景云元年睿宗即位后,被配流钦州,其情节重于神龙初贬。这样一来,宋之问在岭南贬谪经历的丰富程度,以及一两年内颠沛流离、辗转赴贬的行路体验上,又超越了此前同期遭贬的逐臣,成为初唐时期的"独一份"了。

从南贬期间的诗歌创作来看,首先,在诗作数量上,宋之问两次贬岭南期间共作诗四十一首①,占现存全部诗歌数量的五分之一强;倘若考虑到这两次贬谪所历时长,分别只有神龙元年至二年之不足两年、景云元年至先天二年(712)之不足三年,那么,宋之问在短短三四年内,留下四十一首诗作,创作密度可观。其次,这些诗歌均有较高的艺术水平——作为宫廷文人的代表,宋之问集中大部分诗作都属于乏善可陈的应制之作,而这些贬途中的作品则跳出前朝窠臼,呈现出完全不同以往的气象,自唐人选《国秀集》《又玄集》《搜玉小集》起,即多收其两次贬途之作,可以说,这些诗作代表了宋之问诗歌创作的最高水平,当中不乏我们耳熟能详的佳作。最后,在诗歌内容上,书及多处湘、赣水路上以及岭南道内的代表性景点,如永州湘水源头、赣粤交界的大庾岭、初入岭南的始兴江口,岭南道内的"交通枢纽"端州驿等,多是首次被写入诗中;而宋诗对岭南的地理风貌、植被气候等亦多着笔墨,不乏开拓之功。

唐人南下岭表大抵可分三线,即西线桂州路、中线郴州路和东线大庾岭路,其中,西线和中线均经湘水,东线则经赣水。从宋之问这两次南贬的经行路线来看,神龙元年初贬,他自洛阳首途,南下渡长江至江州,后入赣水,舟行至虔州,度大庾岭至韶州,循东线南下;明年北归时,又择西线,由永州顺湘水北上而归。景云元年流钦州时,又经中线,沂湘水南下至衡州后,向东南,取道郴州入岭南。综上,宋之问在湘、赣二水的通行经历不可谓不全面。在岭南道内,宋之问的两段贬途均经行浈水,亦曾涉足西江沿岸的大部分州郡,并在流钦州时多次循桂江往返于桂、广二州之间,亦是唐人少见的行程体验。此外,宋之问对贬途中地理分界节点的感知尤其敏锐,他选取的创作地点往往具有"界碑"或"枢纽"的地理意义,在诗路书写的层面上极具代表性。

---

① 统计数据基于陶敏校《宋之问集校注》所载诗作范围。

质言之,宋之问两度南贬岭表的经历,从贬谪情节的严重程度、期间的诗歌创作及其行程的典型性来看,均应予以特殊关注。而他在贬途中留下的大量诗作,则为我们提供了详考其行路经历与体验、窥探其诗路书写风貌的可能性。

二、宋之问二贬岭南行程考

(一) 神龙元年贬泷州

宋之问在贬泷州途中现存可考定的诗作共十二首,数量不算多,但因其关键节点均有作诗,且细节详实,故此次行程的路线、里程与通行时间均能基本考定。宋之问贬泷州行程,是我们了解初唐时从洛阳至江州,经赣水、度大庾岭至岭南一线之舟行体验的重要依据。

1."严程无休隙,日夜涉风水"——启程与渡江

因彼时定都洛阳,故神龙元年遭贬的这批逐臣都是自洛阳启程的,出发时间大抵在神龙元年二月上旬——《资治通鉴》载,"二月乙卯,韦承庆贬高要尉,房融流高州,司礼卿崔神庆流钦州"[①],其他朝臣贬流亦当在此时。神龙元年二月乙卯当为二月初四日[②],宋之问《自洪府舟行直书其事》首句称"仲春辞国门",亦能与之对应。

离开洛阳后,宋之问南贬途中的第一首纪行诗是《途中寒食题黄梅临江驿寄崔融》,作于蕲州黄梅县临江驿,已是即将渡长江的时候了,洛阳至蕲州的行程未有记录留存,不过我们可根据地志资料对其交通路径与行路里程做一大致考证。

蕲州至洛阳的里程,《旧唐书·地理志》《通典》《太平寰宇记》均载为一千八百二十四里,《元和郡县图志》载一千七百里,略有差异。至于具体的经行路线,《太平寰宇记》载"西北至西京取蔡州路"[③]。对此,严耕望《唐代交通图考》亦考:"蕲州西北取黄、安、申、蔡路至洛阳",并称其为"显途"——"《通典》及其他唐宋志书记四至之常例,只及邻州,不记越州之里程,黄州此条记西经安州至申州之里程者,实为特例,盖亦以黄安申州道特为显著之大道欤?"[④]又,豫州至洛阳亦分二途:一为取汝州南襄城县及汝州治所梁县路至洛阳,或经许州

---

① 《资治通鉴》卷二〇八,北京:中华书局,1956 年,第 6583—6584 页。
② 参陈垣《二十史朔闰表》,北京:古籍出版社,1956 年,第 92 页。
③ 《太平寰宇记》卷一二七,北京:中华书局,2007 年,第 2507 页。蔡州即豫州,宝应元年为避代宗庙讳,始改称蔡州,考虑到宋之问经行时,尚未改称,故下文论述时均称豫州,引文则依照原文,称蔡州。
④ 严耕望《唐代交通图考》(第六卷),北京:北京联合出版公司,2021 年,第 1852 页。

直接至洛阳,均计六百二十里;二为先取许州,又经汝州至洛阳,计六百七十里。①验之:蕲州至安州以五百四十里计,安申、申豫之间分别以二百六十、二百八十里计②,则蕲豫之间里程计一千零八十里,与六百二十里之捷途相加,正为一千七百里,与《元和志》蕲州目所载里程数同。③《唐代交通图考》又称或有经随、襄一路至洛阳者,以随襄路至洛阳一千一百六十五里④计之,则蕲州经黄、安,取随襄路至洛阳共计一千八百六十里,与《通典》《旧志》《寰宇记》蕲州目所载之一千八百二十四里几无差异。综上,可知自洛阳至蕲州,或取"蔡州路",先后经过汝、许、豫、申、安、黄诸州,里程数在一千七百里,此道较显达,宋之问此行循此线概率较大;或取"随襄路",先后经汝、邓、襄、随、安、黄诸州,里程数约为一千八百二十四里,然里程稍远,"恐非常制"⑤。

（图1）⑥ （图2）⑦

（图1、2:洛阳至蕲州路线图一）

　①　严耕望《唐代交通图考》（第六卷），第1849页。
　②　蕲、黄、安三州之间的里程:蕲州至黄州,《通典》《元和志》二州目均载二百三十公里,唯《寰宇记》载三百三十公里,今以二百三十公里计;黄州至安州,《通典》二州目载三百一十二里,《元和志》二州目载三百一十里,《寰宇记》二州目分别为三百一十里、三百一十二里,几无出入,今以三百一十里计。则蕲州至安州里程计五百四十里。
　③　《唐代交通图考》还提及豫州至蕲州的另一途径:豫、光、黄、蕲,（1853页）但未做详考;或由洛阳南下,至豫州后,或偏西经申州南下渡淮河,或偏东经光州南下渡淮河,然申州一线更为显著耳。
　④　《元和志》《寰宇记》随目均载,至洛阳一千一百六十五里。
　⑤　严耕望《唐代交通图考》（第六卷），第1852页。
　⑥　谭其骧主编《中国历史地图集》（第五册），北京:中国地图出版社,1982年,第44—45页。
　⑦　谭其骧主编《中国历史地图集》（第五册），第54页。

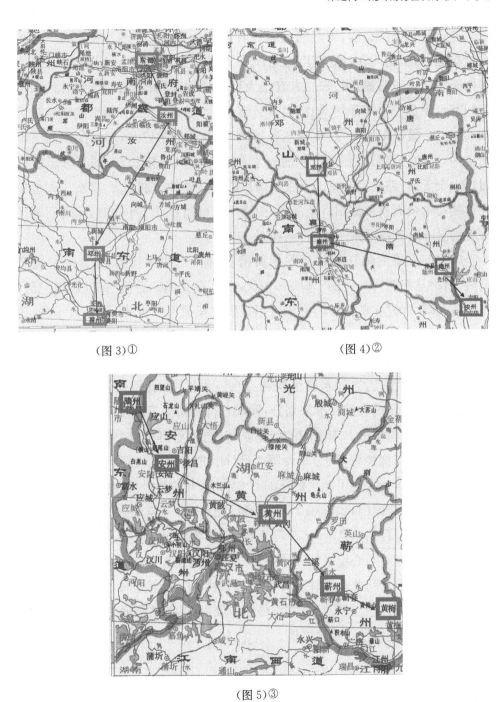

(图3)①   (图4)②

(图5)③

(图3、4、5:洛阳至蕲州路线二)

① 谭其骧主编《中国历史地图集》(第五册),第44—45页。
② 谭其骧主编《中国历史地图集》(第五册),第52—53页。
③ 谭其骧主编《中国历史地图集》(第五册),第54页。

这近两千里的路程,宋之问的通行时间在一个月左右①。宋之问该诗是写给崔融的,崔融同在神龙逐臣之列,贬所袁州同在赣水线上,因此,渡江前由洛阳至蕲州这段路程,崔、宋二人有很大可能是结伴同行的。崔融和诗《和宋之问寒食题黄梅临江驿》②今亦存,其诗首句称"春分自淮北,寒食渡江南",可知,春分(一般是阳历 3 月 21 日左右)时崔融尚在淮水以北,即在豫州南下申州途中,大约为洛阳至蕲州里程的一半③,而寒食时已抵长江,则春分至寒食短短十余天,行路九百余里。若渡淮前后的行路条件差别不大,那么二人也应大致耗费十余天就从洛阳行至淮水,由洛阳至蕲州总计二十余日;宋之问笔下"严程无休隙,日夜涉风水"的行路状态,应即写实。

宋之问作诗的临江驿位于蕲州黄梅县,据《元和郡县图志》、《太平寰宇记》:"黄梅县西至州一百四十里④……大江水,在县南一百里";又《舆地纪胜》有"太子驿"——"在黄梅县南七十五里。旧传梁武帝于此得子,号太子驿,唐改临江驿"⑤。则宋之问驻留此处作诗时,距离长江仅二十五里。

宋之问渡江至江州后,很快便入赣水,舟行南下,经吉州至虔州,度大庾岭到岭南。其中,洪、吉之间水路里程约五百三十里⑥。此段赣江水路平缓,舟行体验舒适,依照现在的标准来划分,赣水自吉州新淦至洪州段为下游,江阔、多沙洲,航行体验舒适。宋之问的叙事长诗《自洪府舟行直书其事》就创作于此段航程,诗中"浦树浮郁郁,皋兰覆靡靡"句,即是对此段开阔江岸景色的描绘。该诗开端六句叙述了此次贬途的基本状况,其中述及启程时间、跋涉里程之长——"仲春辞国门,畏途横万里",经行路线——"越淮乘楚嶂,造江泛吴汜",以及日夜兼程的状态——"严程无休隙,日夜涉风水"⑦。随后,则是对自己幼年以来的经历与心境进行回顾,以表达素业沦毁、忠心遭诬的怨愤以及对前程的迷茫。宋之问此行自仲春辞洛阳,一路严程,直至此时才有机会以较长篇幅直书其事,对遭贬经历与当下形势做一反思,亦能从侧面表明此段航程应是风平浪静,能使人稍获喘息之机。

---

① 据《二十史朔闰表》,神龙元年二月乙卯是西历三月三日,清明常在西历四月五日附近,寒食又在清明前两日,中间时长恰在一个月内。

② 《全唐诗》卷六八,北京:中华书局,1960 年,第 765 页。

③ 《通典》《元和郡县图志》均载,申州至洛阳九百四十二里。

④ 《舆地纪胜》作一百二十里。

⑤ [宋]王象之编著,赵一生点校《舆地纪胜》卷四七,杭州:浙江古籍出版社,2012 年,第 1426 页。

⑥ 《通典》二州目、《寰宇记》吉州目均载五百三十里;《元和志》洪州目缺,吉州目载"五百七十六里",均相去不远,今以五百三十里计。

⑦ [唐]宋之问撰,陶敏、易淑琼校注《宋之问集校注》,第 423 页。

自吉州沂赣水继续南下,当先至虔州治所赣县,再向西南行入章水,过南康县至大庾县度岭。其中,吉、虔二州间赣水航行里程,当以《太平寰宇记》吉州目下所载之八百八十四里为确;又,《读史方舆纪要》大庾县"章江"条载:"经崇义县西南聂都山,东流百二十里经府城(即大庾县)南,又东北流二百六十里至南康县之芙蓉江,又北百二十里至赣州府城外,合贡水为赣江"②,则赣县与大庾县之间航行里程的当在三百八十里左右。综上,自洪州入赣水,舟行至虔州大庾县度岭前,总计通行里程当在一千七百三十四里左右,中唐李翱至广州赴任时,亦曾经过此线,其《来南录》记载"自洪州至大庾岭一千有八百里",里程数基本一致。

(图6:赣水航行路线图)①

2."晨跻大庾险,驿鞍驰复息"——度大庾岭的时间与体验

宋之问在赣水南行的一路并没有留下其他诗作,直到度大庾岭、即将进入岭南界内时,才又写了著名的《题大庾岭北驿》《度大庾岭》《早发大庾岭》三首度岭诗。

如前所述,宋之问自洛阳出发至渡长江时历时一个月,那么随后循赣水舟行的一千八百余里水路耗时如何?

刘振娅认为,他"到达广东、江西交界的大庾岭时,已是孟冬十月,之问寒食已达江州,十月方到大庾岭,在江西境内走了大半年,其原因有待进一步考察"③。十月之说,或源于《题大庾岭北驿》首句"阳月南飞雁,传闻至此回"之"阳月"之称。然而,联系上下文,这句诗的意思很有可能只是对大庾岭界分华夷、大雁至此不南飞之意义的描述,不一定确指当下时节。至于"在江西境内出于未知原因耽搁、滞留大半年"的说法,亦与此次贬谪的整体表现很不相符:此次贬谪形势严峻,使这批朝臣均处于极度恐惧之中,大部

① 谭其骧主编《中国历史地图集》(第五册),第57—58页。
② [清]顾祖禹撰,贺次君、施和金点校《读史方舆纪要》卷八十八,北京:中华书局,2005年,第4080页。
③ 刘振娅《宋之问两谪岭南新考》,《文学遗产》,1988年第6期。

分人都是仓皇上路、不敢稍歇,在赣水一途耽误小半年的时间,应是不被允许的。宋之问在《自洪府舟行直书其事》中称"未尽匡阜游,远欣罗浮美",表达了对未能至庐山游览的遗憾,在赣水一途中也未有他作,均能说明他无暇停留观览。那么,宋之问在神龙元年秋冬抵大庾岭的说法是缺乏依据的。

根据赣水里程和宋之问诗歌中的线索,其度岭时间应在神龙元年三月末、四月初。

一来,中唐李翱在《来南录》中记录洪州至大庾岭行程称:"(四月)辛丑,至洪州,遇岭南使,游徐孺亭,看荷花。五月壬子,至吉州。壬戌,至虔州。己丑,与韩泰安平渡江,游灵应山居。辛未,上大庾岭。"①经核验,四月辛丑至五月辛未恰好一个月整,且这是在李翱行程宽松、有游览经历的情况下所耗时长,而宋之问着急赴贬,舟行较速,且无暇观览,用时当缩短,大抵不会超过一个月。

二来,宋之问度岭后在韶州始兴作的《早发始兴江口至虚氏村作》中,有"乘春望越台"句;而抵达贬所泷州时作的《入泷州江》中,有"潭蒸水沫起,山热火云生",当是描绘酷暑景象。那么,他度岭时尚属春末,而辗转舟行至泷州始入夏,如此方符合情理。

如前文所述,宋之问自洛阳启程在二月上旬,约一个月后、在寒食时渡长江,随即入赣水,时间当在三月上旬,赣水行期不超过一个月的话,则至大庾县度岭时,即在三月底、四月初。

度大庾岭一段是由赣水南下岭南全程中唯一一段陆路——度岭后至韶州浈昌后,即可入浈水南下至广州。北宋余靖在其《韶州真水馆记》中描述:"南自京都洛汴绝淮,由堰道入漕渠,泝大江,度梅岭,下浈水,至南海之东西江者,唯九十里为马上之役,余皆篙工楫人之劳,全家坐而至万里。"②李翱《来南录》亦载"自大庾岭至浈昌一百有一十里,陆道";可知,在中唐及北宋时,度大庾岭的陆路情形应基本一致,通行里程约百里。

由余靖的记录还能看出,这段度岭陆路可通马车,这是在开元年间张九龄重新开凿之后才得以实现的。张九龄在《开凿大庾岭路序》中描述新凿通道"坦坦而方五轨,阗阗而走四通,转输以之化劳,高深为之失险",可见此时度岭通道已修得较宽阔,且平易安全。然而,神龙元年宋之问度岭时,这条新路尚未开凿,彼时,"险峻"才是度岭陆路的突出特征。张九龄描述开凿前

---

① [唐]李翱《来南录》,见《全唐文》卷六八三,北京:中华书局,1983年,第6442—6443页。
② 见《武溪集》,载《景印文渊阁四库全书》第1089册,台北:台湾商务印书馆,1983年,第49页。

旧路情况为："人苦峻极，行径寅缘，数里重林之表；飞梁巉巇，千丈层崖之半。颠跻用惕，斩绝其元"，并提到在新路的开凿过程中曾"缘蹬道"，均与唐前《太康地志》中"岭路峻阻，螺转而上，踰九磴，二里至顶，下七里，平行十里至平亭"①的描述对应——这应该也是宋之问经过大庾岭路时的基本情形。此外，我们还能留意到，《太康地志》记录度岭里程称，二里即登顶，可知这条旧路垂直坡度极大，故极险要，直到张九龄"相其山谷之宜"，才得以"革其阪险之故"②。

宋之问的三首度岭诗中，还记录了一些细节。如《度大庾岭》开篇称"度岭方辞国，停轺一望家"，其中的"轺"，《说文解字》释义"小车也"③，为单匹马驾驶的简便马车，可知其通行交通工具；《早发大庾岭》有"晨跻大庾险，驿鞍驰复息"，由"驿鞍"二字可知，这辆简便的轺车应是宋之问从大庾岭北驿站换乘、专用以度岭的；而开篇一个"险"字，亦道出了他度岭最直接的感受。大庾岭路是在张九龄新修之后、乃至唐末入宋之后，才渐渐繁盛起来，故唐前期时的相关行迹不多，描述旧路经行体验的就更为罕见，这些蛛丝马迹，便显得弥足珍贵了。

3．"泣向文身国，悲看凿齿氓"——初入岭南

《早发始兴江口至虚氏村作》是宋之问进入岭南的第一首纪行诗，也是一首较早的、详细描绘岭南景物的诗作。不过，宋之问越过大庾岭后首先到达的并非始兴，而应是浈昌县。《元和郡县图志》韶州浈昌县目载："光宅元年，析始兴北界置浈昌县。北当驿路，南临浈水。"而"始兴县"条下则称："从此至水道所极，越之北疆也。"④则度岭之后应在浈昌县先行一段陆路，设有驿站，大抵可以这样推测：宋之问自大庾岭北的驿站乘上了轻便的轺，度岭后，再到浈昌县北、大庾岭南麓的驿站换乘。

进入浈水后，宋之问的行程大致为：顺浈水南下至广州，中间经过浈阳峡、清远峡，水路通行里程大约九百四十里，用时应不超过十天⑤。随后由广州转

---

① 《太平寰宇记》卷一〇八，第2184页。
② [唐]张九龄撰，熊飞校注《张九龄集校注》卷一七，北京：中华书局，2008年，第891页。
③ [汉]许慎撰，[宋]徐铉校定《说文解字》卷一四，北京：中华书局，1963年，第301页。
④ [唐]李吉甫撰，贺次君点校《元和郡县图志》卷三四，北京：中华书局，1983年，第902页。
⑤ 数据依循李翱在《来南录》中的记载："辛未，上大庾岭。明日，至浈昌。癸酉，上灵屯西岭，见韶石。甲戌，宿灵鹫山居。六月乙亥朔，至韶州。丙子，至始兴公室。戊寅，入东荫山。看大竹笋如婴儿，过浈阳峡。己卯，宿清远峡山。癸未，至广州""自浈昌至广州九百有四十里"。《太平寰宇记》《元和郡县图志》均载，韶州至广州水路相兼五百三十里，而《太平寰宇记》"广州"条下又有"北至韶州八百里"一说，倘八百里为水路，则与李翱记载浈昌至广州九百四十里水路较为接近。盖五百三十里为东北方向水陆相兼一通道，而另有八百里浈水水道。

道向西行二百八十四里①,至端州,在端州驿有《至端州驿见杜五审言沈三佺期阎五朝隐王二无竞题壁慨然成咏》诗,可知此时杜审言、沈佺期等人已经先一步经过端州了。离开端州后,宋之问泝西江西行二百九十里②,至康州,再转向西南,入泷水行一百八十里③,作《入泷州江》,终至贬所泷州。粗略估算,宋之问入岭南后全程以水路为主,通行里程约一千七百里。

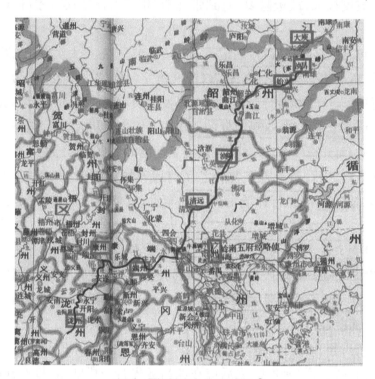

(图7:由韶州至泷州行程图)④

据前文,宋之问度大庾岭时是神龙元年三月底、四月初,浈昌至广州之浈江航段用时十天左右,则推测他在广州至泷州的西江段通行时间亦约十余日,抵泷州时,当在四月底、五月初。综上,宋之问神龙元年贬泷州通行时间共计三个月左右,至神龙二年六月遇赦北归,他泷州的贬所停留约一年。

新、旧《唐书》均载,宋之问是因为承受不了岭南的恶劣环境而"逃还,匿于

---

① [唐]李吉甫撰,贺次君点校《元和郡县图志》卷三四,第896—897页。
② 同上,《太平寰宇记》"端州"目作一百九十六里。
③ [唐]李吉甫撰,贺次君点校《元和郡县图志》卷三四,第898页。
④ 谭其骧主编《中国历史地图集》(第五册),第69—70页。

洛阳人张仲之家中"①。而实际上,宋之问应该是被赦免之后正大光明地北归返京的。陶敏在《宋之问年谱》中考证,"逃归隐匿"一事实为宋之逊的经历,移于宋之问②,不赘。宋之问集中《初承恩旨言放归舟》一诗及其首句"一朝承凯泽,万里别荒陬"也是其遇赦而归的直接证据。除此之外,《旧唐书·崔神庆传》中有"明年,敬晖等得罪,缘昌宗被流贬者例皆雪免"③。崔神庆与宋之问同为神龙逐臣,被贬钦州;敬晖因神龙元年诛二张之功而封爵,但很快就又因得罪武三思,与张柬之、袁恕己、崔玄暐等人一同遭贬④,时间在神龙二年六月戊寅⑤。神龙二年五月庚申,武后下葬时⑥,宋之问挽歌中有"万里泣苍梧"⑦句,说明五月时他尚在泷州,在时间上亦能对应。

4."去国云南滞,还乡水北流"——神龙二年遇赦北归

相比南下,宋之问的北归之行似乎更顺利,用时亦不算长——宋集中有《为东都僧请留驾表》,作于神龙二年十月,彼时宋之问已抵东都洛阳。北归途中明确的纪行诗唯有《自湘源至潭州衡山县》与《渡汉江》二首,然仅由前诗提供的信息即能判定,宋之问选择了经由桂州经灵渠、度越城峤至永州,后入湘水之西线北返。在岭南境内,则是自泷州返康州,后西行,沂西江,经封州到梧州;再转向北,经由桂江至桂州。在岭南道的水路里程总计千余里,比原路返回韶州一途稍短,不知这是不是宋之问另辟"新路",从桂州离开岭南,而非原路返回韶州的原因,抑或仅出于遍游岭南、泛舟湘水的"新鲜感"之

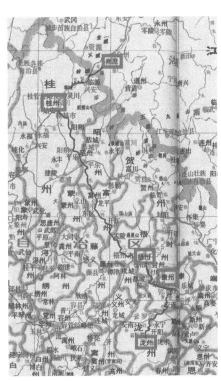

(图8:岭南道内行程图)⑧

① 〔后晋〕刘昫等撰《旧唐书》卷一九〇中,北京:中华书局,1975 年,第 5025 页。
② 〔唐〕宋之问撰,陶敏、易淑琼校注《宋之问集校注》,第 798 页。
③ 〔后晋〕刘昫等撰《旧唐书》卷七七,第 2690 页。
④ 〔后晋〕刘昫等撰《旧唐书》卷九一,第 2932 页。
⑤ 〔后晋〕刘昫等撰《旧唐书》卷七,第 142 页。
⑥ 〔后晋〕刘昫等撰《旧唐书》卷六,第 132 页。
⑦ 〔唐〕宋之问撰,陶敏、易淑琼校注《宋之问集校注》,第 436 页。
⑧ 谭其骧主编《中国历史地图集》(第五册),第 69—70 页。

考量？

《自湘源至潭州衡山县》记述了湘源县至衡山县一段的湘水行程。首先，我们需要辨析诗题中"潭州衡山县"这一概念：据各地志资料，衡山县当属衡州，而潭州南唯有湘潭县，而无"潭州衡山县"。考之，《元和志》载：（湘潭县）"本汉湘南县地，吴分立衡阳县，晋惠帝更名衡山，历代并属衡阳郡，隋改属潭州。天宝八年改名湘潭。"《旧志》同，且强调"天宝八年，移治于洛口。因改为湘潭县。"又《元和志》衡州目下："衡山县……本汉阴山县……至梁武帝天监中分阴山立湘潭县，天宝八年改为衡山。"由此可知，天宝八载（749）前，湘潭县名衡山，属潭州；而衡山县名湘潭，属衡州，则宋之问神龙二年经过时，确有"潭州衡山县"无误，位于潭州南。

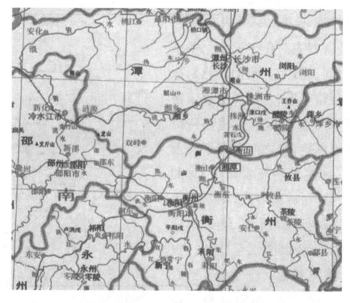

(图9：衡山县、湘潭县相对位置图)①

据《元和郡县图志》，湘源县至永州治所零陵一百三十里，永州至衡州五百八十里②，衡山县至衡州治所衡阳一百二十里；又衡州至潭州四百六十里，湘潭县到潭州治所长沙水路一百四十里，则衡山县至湘潭县水路二百里，宋之问诗中水路里程总计一千零三十里。湘水北行是顺流，从诗中"浮湘沿迅湍""渐

---

① 《中国历史地图集》中该图为开元十四年（726）时江南西道州郡图，图中衡山县在北、隶属潭州，湘潭县在南、隶属衡州，且横山县距洛口较远而距衡山县近，应即为天宝八载迁治前的位置。
② 《元和郡县图志》"永州""衡州"条均作"陆路五百七十里"，《太平寰宇记》另有"五百八十里"，或为水路里程，姑从之。

见江势阔,行嗟水流漫""向背群山转,应接良景晏"等描述可以看出,甫一入江,水势尚较为湍急,随后水势就转向开阔平缓,舟行体验也变得舒适,基于此,再加上遇赦归家的好心情,令宋之问有了赏景纪行的兴致。

此后,宋之问应继续循湘水北上,经潭州治所长沙县至岳州,水路里程大致一千二百五十里,其中,湘潭至长沙里程,依《水经注》湘水目下"衡山东南二面临映湘川,自长沙至此,江湘七百里中,有九向九背"②,取七百里之数;长沙至岳州治所巴陵县,《通典》、《元和志》、《寰宇记》潭州目、《通典》、《元和志》岳州目均载"水路五百五十里",从之。

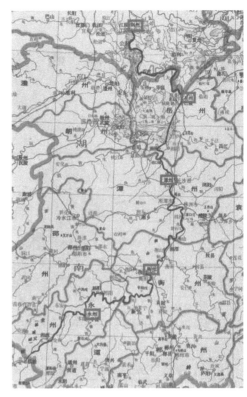

(图10:湘水行程图)①

这段航程体验应较为艰险:一来,如《水经注》所说,有"九向九背",水势较为曲折;二来,潭州至岳州段经过洞庭湖时,经常遇到阻风、急浪等极端情况,如后来韩愈经过时,就曾写"暗浪春楼蝶,惊风破竹篙"③。然而宋之问此段并无诗作留存,我们对他当时的经历就无从得知了。

自岳州北上,西北溯长江至荆州,再至襄州,为岳州通两都的必由之道。其中,岳州至荆州长江水路五百七十里④,荆襄之间水陆皆通,但考虑到宋之问此行有《渡汉江》一诗,唯有在荆襄之间有可能经行汉江,故他应即继续循水路至襄州——严耕望《唐代交通图考》:"荆襄道虽以陆驿为主,但水运亦直通,且极盛。即由襄阳下汉水,舟行经宜城县东九里之古大堤城东,又经郢州治所知古石城(今钟祥)西,至扬口,亦谓之中夏口,在汉水南流折而东流处。

① 谭其骧主编《中国历史地图集》(第五册),第57—58页。
② [北魏]郦道元著,陈桥驿校证《水经注校证》卷三十八,北京:中华书局,2007年,第894页。
③ 韩愈:《潭州泊船呈诸公》,见[唐]韩愈著,[清]方世举编年笺注,郝润华、丁俊丽整理《韩昌黎诗集编年笺注》卷三,北京:中华书局,2012年,第149页。
④《通典》二州目、《寰宇记》岳州目均计五百七十五里,《元和志》岳州目载五百七十里,《寰宇记》荆州目载"至岳州水路五百七十里",里数差距不大,应均指江行水路。

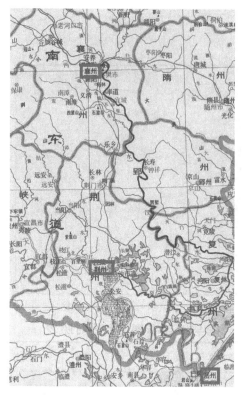

（图11：岳州至襄州经汉江行程图）①

由此改浮扬水西南航，经船官等湖，至江陵"②，里程计四百七十里③。则宋之问自岳州至于襄州长江、汉江水路里程共计一千零四十里左右。此后，他折向东北，经邓州、汝州等，至洛阳。

（二）景云元年流钦州

神龙二年北归后，宋之问曾官至考功员外郎，并为修文馆学士，但因先"谄事太平公主"，又谐结安乐公主，于中宗景龙二年被太平公主发"其知贡举时赇饷狼藉"④，迁越州长史。景云元年，睿宗即位后，因"谄附武、韦"⑤（实仍为得罪了太平公主）而流钦州。因此，宋之问的二贬岭南之行，是从越州出发的，启程时间应在景龙四年六月二十八日⑥。宋之问此行留诗29首，数量可观，然其行程经历上存有一些疑点，不似神龙行程基本能够考定，只能做一大致勾勒。

1. "还将鸂鶒羽，重入鹧鸪群"——越州至湘水的江行之路

宋之问自越州出发时，大概可以有两种选择，其一，是像此后李翱赴广州一样，先至杭州，再折向西南，经睦州、衢州、信州、饶州至洪州，再经赣水南下；其二，则是自杭州沿运河北上至长江，再溯长江西行，后择湘水或赣水南下。今考宋之问集中有《渡吴江别王长史》《夜渡吴松江怀古》二诗，从"乡连江北树，云断日南天"等句可判定乃赴岭南前作，故宋之问启程时选择了先北上，后溯长江西行，再南下的路线。

① 谭其骧主编《中国历史地图集》（第五册），第 52—53 页。
② 严耕望：《唐代交通图考》第四卷，第 1077 页。
③ 取《通典》《元和志》《寰宇记》襄州目所载数目，《通典》《太平寰宇记》荆州目下均作四百五十里，严耕望《图考》计五百里，指陆路里程。
④ ［宋］欧阳修、［宋］宋祁撰《新唐书》卷二〇二，北京：中华书局，1975 年，第 5750 页。
⑤⑥ ［宋］欧阳修、［宋］宋祁撰《新唐书》卷二〇九，第 6651 页。

详述北上的行程为：自越州出发，西北至杭州一百四十里①，由杭州入运河，北行至苏州三百七十里②，渡吴江，随后，循运河西北行至常州，一百九十里③，后沿运河继续行至润州，一百七十里④，进入长江，随后西行。这段行程总计八百七十里，与李翱《来南录》载"自润州至杭州八百里"大致吻合。李翱自润州至杭州用时十八天，其中包括在苏州停留、游览的两三天，故推测宋之问自越州至润州耗时在半个月左右。

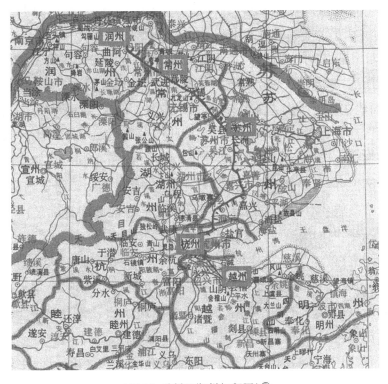

(图 12：岳州至润州行程图)⑤

除上述两首渡吴江的诗之外，宋之问北上与西行的路途中均未作诗，再有诗作已是在荆州，共三首：《宋公宅送宁谏议》《初发荆府赠崔长史》《在荆州重赴岭南》。由第三首的诗题即能确定，宋之问是在流钦州时经行荆州；但结合他的前期行迹与目的地会发现，荆州本不应该出现他的行程之中——若欲经湘水，自润州溯长江经宣州、江州、鄂州至岳州可转向南下；若欲经赣水，自润

---

① 《元和郡县图志》越州，杭州"八到"作一百三十里。
② ［唐］李吉甫撰，贺次君点校《元和郡县图志》卷二五，第 602 页。
③ ［唐］李吉甫撰，贺次君点校《元和郡县图志》卷二五，第 600 页。
④ ［唐］李吉甫撰，贺次君点校《元和郡县图志》卷二五，第 598 页。
⑤ 谭其骧主编《中国历史地图集》(第五册)，第 55—56 页。

051

州溯长江过宣州至江州即可转向南下,无论选择湘水还是赣水,都无需先至岳州上游的荆州。宋之问绕道荆州的真实原因难考,可以推测的是,一方面,这一次的行路节奏并不像神龙元年时那样"无休隙",他在路线选择和时间规划等方面均掌握一定自主权;另一方面,宋之问特意赴荆州很有可能是出于访古游览和结交的双重目的,这一点,从他前两首诗中访宋玉旧宅、"送宁谏议""赠崔长史"等细节中,可略窥一二。

宋之问自润州至荆州的大致里程为:润州至宣州四百里①,宣州至江州一千八百里②,江州至鄂州五百九十三里③,鄂州至岳州五百五十里④,岳州至荆州⑤五百七十里,共计水路三千九百一十三里,与今天的长江航行里程出入不大。如前所述,宋之问自越州启程时是六月底,用时半个月抵达润州时应为七月中旬,而他在荆州所作的诗中有"露荷秋变节,风柳夕鸣稍""梦泽三秋日,苍梧一片云",都说明在荆州时是秋季,从润州至荆州大致耗时一两个月。

离开荆州之后,宋之问选择返回岳州、由湘水南下,途中作《晚泊湘江》,诗称:"五岭恓惶客,三湘憔悴颜。况复秋雨霁,表里见衡山。路逐鹏南转,心依雁北还。唯余望乡泪,更染竹成斑。"⑥从该诗内容能够断定确是作于流钦州途中,与在荆州时同为秋季;由"表里见衡山"可知,此时应将行至衡山附近,即潭州与衡州交界处,可知,宋之问景云元年秋季,均在荆、湘一带。此外,宋集中另有《高山引》一首,仅就诗歌内容不能明确创作时间和地点,但从该诗的情感和诗句细节来看,很有可能题于潭州道林寺,也是此次湘行途中所作。中晚唐诗人沈传师、齐己等均曾提及,道林寺有"宋杜诗板",后入道林寺"四绝堂",杜指杜甫,宋即宋之问,说明宋之问确曾到过道林寺。杜甫诗即《岳麓山道林二寺行》,诗中有"一重一掩吾肺腑,山鸟山花共友与。宋公放逐曾题壁,物色分留待老夫",不仅点明了宋诗乃"放逐"所作,其"一重一掩吾肺腑"也可以看作是对与《高山引》中"水一曲兮肠一曲,山一重兮悲一重"的呼应,仇兆鳌亦注:"宋之问诗:山一重兮悲一重……睿宗立,诏流钦州。钦州属岭南。之问道经长沙,故有诗题寺壁"⑦。则《高山引》为宋之问途经潭州,在道林寺题壁之

① [唐]李吉甫撰,贺次君点校《元和郡县图志》卷二五,第589页。
② [唐]李吉甫撰,贺次君点校《元和郡县图志》卷二八,第680页。
③ [唐]李吉甫撰,贺次君点校《元和郡县图志》卷二八,第674页。《元和郡县图志》鄂州"八到"作六百里。
④ [唐]李吉甫撰,贺次君点校《元和郡县图志》卷二七,第643页。
⑤ [唐]李吉甫撰,贺次君点校《元和郡县图志》卷二七,第656页。
⑥ [唐]宋之问撰,陶敏、易淑琼校注《宋之问集校注》,第546页。
⑦ [唐]杜甫著,[清]仇兆鳌注《杜诗详注》卷二二,北京:中华书局,1979年,第1989页。

诗,有较大可能;诗中那种众虑攒胸、天高难诉,不知何去何从的悲号亦与宋之问此时的心境相符。

2.“泪来空泣脸,愁至不知心”——疲于奔命的岭南终章

(1)郴州路度岭

宋之问此次贬所在岭南道偏西的钦州,在当时属桂管,因此,若选择由衡州转向西南,由永州度岭的路线①,到桂州后,可走水路,下桂江至梧州,再转向西,沂西江,经藤、龚、浔、贵州至横州,再西南行至钦州,里程大致为一千八百三十五里②;亦有陆路,即先由桂州陆路行五百二十里至象州③,或至贵州三百一十里,或至浔州二百一十里,再分别从贵州、浔水路至于钦州,里程分别为一千三百一十里和一千三百五十里。这样既可以先至桂州拜访桂管都督,又能够较快到任,且宋之问神龙二年北返时也曾经由桂、永入湘,是一条省时又较为熟悉的路线。

然而,《衡阳至韶州谒能禅师》一诗却告诉我们,他实际选择了从衡阳转向东南,由郴州度骑田岭入岭南(即前文提到的度岭“中线”)的路线,且曾至韶州拜访慧能禅师。至此,南下岭表的三条线路上都留下了宋之问的足迹。衡州东南至郴州,需先出湘水登陆,走一段陆路,至于衡州耒阳县,里程约一百六十八里④;随后,至郴州治所郴县,有较大可能沂耒水,即自耒阳县沂耒水南下,约一百一十二里过高亭县,继续南下,九十里至郴县,自郴口出⑤。再来,自郴县南三十六里度骑田岭,陆路至义章县,共一百一十五里⑥;随即南行入武溪水,顺水舟行至韶州乐昌县⑦。这段路程水路夹杂,山势险峻、水流湍急,虽是彼时下岭表之显途,亦不乏经行者对其险峻之感慨,如《水经注》中称“两岸连山,石泉悬溜,行者辄徘徊留念,情不极已也”⑧;沈佺期亦感慨“我行湍险多,山水皆不若”⑨,然而宋之问由此南下,却无相关诗作留存,未详其故。

---

① 路线与神龙二年北归相似,可参图8。
② [唐]李吉甫撰,贺次君点校《元和郡县图志》卷三七、卷三八,第920、929、954、947、951、952页。
③ [唐]李吉甫撰,贺次君点校《元和郡县图志》卷三七,第924页。
④ 据《元和志》,《寰宇记》作一百一十六里。刘禹锡《重至衡阳伤柳仪曹》序“与故人柳子厚临湘水为别……余登陆赴连州”,可知自衡州转向东南至郴州需先转陆路。
⑤ 详《水经注》耒水目,《元和志》《寰宇记》郴州目。
⑥ [唐]李吉甫撰,贺次君点校《元和郡县图志》卷二九,第708页。
⑦ 详《元和志》“韶州乐昌县”,《舆地纪胜》韶州目。
⑧ [北魏]郦道元著,陈桥驿校证《水经注校证》卷三十九,第915页。
⑨ 《自乐昌溯流至白石岭下行入郴州》,见[唐]沈佺期撰,陶敏、易淑琼校注《沈佺期集校注》卷二,第132页。

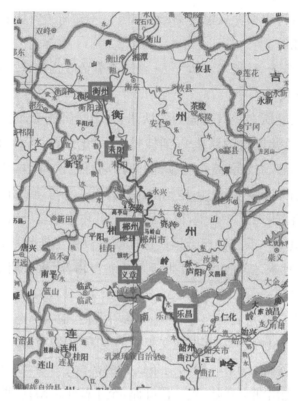

(图 13：郴州路度岭行程图)①

不仅如此,宋之问择此路度岭的原因及通行时间,都存在一些疑点。首先,如前所述,宋之问作《晚泊湘江》时,已行近衡山,时属景云元年秋,而《衡阳至韶州谒能禅师》中却称"别家万里余,流目三春际",似已至景云二年春;从此前越州至湘江的行程来看,即便是在荆州有所停留,宋之问的行路节奏始终比较紧凑,那么,是出于何故要在衡州附近滞留几个月? 其次,自韶州进入岭南后,欲至钦州,需先顺浈水至广州,转向西至端州沂西江,多经辗转才能抵达,据前文,韶州至端州的里程近一千里,端州经康、封、梧、藤、龚、浔、贵、横至钦州里程大致一千五百一十五里②,故从韶州至钦州总里程在两千五百里左右,与桂州至钦州的里程相比,远了不少。虽然郴州路在彼时常为南下岭表之首选,但行路条件恶劣,并无特别的优势。宋之问在衡州折向郴州,除了要到韶州拜访禅师之外,是否能够说明形势有变,使他无需着急到任,或作其他考量?

---

① 谭其骧主编《中国历史地图集》(第五册),第57—58页。
② [唐]李吉甫撰,贺次君点校《元和郡县图志》卷三六,第898页。

（2）匆忙复杂的岭南行程

宋之问从景云二年春进入岭南至先天元年年末赐死桂州的近两年内,在韶州、广州、端州、藤州、桂州等地均留下了诗作。其足迹主要集中在三条水路上,一为韶州自广州的浈水一线,一为端州向西至横州的西江一线,一为自桂州南下至梧州、汇入西江的桂水一线。

自韶州入岭后,首先需沂浈水南下至广州,再转入端州,才能到其他地方,故《游韶州广果寺》《早发韶州》《端州别袁侍御》《发端州初入西江》这几首诗均作于宋之问自韶州到入西江的行程中,应大抵无误①。入西江后,宋之问有《发藤州》诗,首句称"朝夕苦遄征",应处于匆忙赶路的状态中,又有"魑魅天边国,穷愁海上城",应指临海的钦州;且藤州在梧州西,已经过了西江入桂水的枢纽,故宋之问入西江后应该还是先选择了赶赴钦州,但藤州之后就无迹可寻了。

陶敏《宋之问集校注》认为,宋之问在先天元年曾有"沿桂江南下后经梧州,复沿西江至广州"②的旅程,《下桂江龙目滩》《下桂江县黎壁》《经梧州》即桂水途中作;在广州结交朱长史,有《广州朱长史宅观妓》《登粤王台》,甚至还沂浈水北上,至清远峡,作《早入清远峡》《宿清远峡山寺》,行程较合理,但是否为先天元年,有待商榷——他也有可能在景云二年到钦州后不久,即启程北上桂州;随后有梧州、广州行,并在先天元年正月前返回桂州。目前可以确定的是:其一,宋之问有《桂州陪王都督晦日③宴逍遥楼》《桂州三月三日》,说明先天元年春,宋之问当在桂州无疑。其二,据《新传》"（与冉祖雍）并赐死桂州"④,《旧唐书·周利贞传》"玄宗正位,利贞与薛昶、宋之问同赐死于桂州⑤,宋之问于先天元年八月后赐死时,也应在桂州。且据《大清一统志》,桂州府城南有宋之问古宅,说明在这两年中,宋之问居桂州之间较长,而缺乏在贬所钦州的行迹。在这两年间,宋之问先自韶州辗转至钦州赴任,随即北上桂州,又在桂、广之前往返,疲于奔命的状态是显而易见的。

---

① 宋之问贬泷州时候也经此线,但"广果寺"之称当在神龙三年之后;"袁侍御"应为景龙四年六月后流端州的袁守一,故此二诗当为此次行程中作。详陶敏《宋之问集校注》,第 550、554 页。《发端州初入西江》有"舟行日向西""路遥魂欲断"句,则西江后持续西行较长距离,与贬泷州时自端州向西南入泷水即抵泷州的情况不符,当此行所作。唯《早发韶州》不能完全断定,从陶敏《宋之问集校注》所系。

② ［唐］宋之问撰,陶敏、易淑琼校注《宋之问集校注》,第 570 页。

③ 陶敏:"此指正月晦日,中唐以前为三令节之一",见《宋之问集校注》,第 558 页。此外,诗中有"愁共柳条新",亦能说明作于春日。

④ ［宋］欧阳修、［宋］宋祁撰《新唐书》卷二百二,第 5751 页。

⑤ ［后晋］刘昫等撰《旧唐书》卷一八六下,第 4852 页。

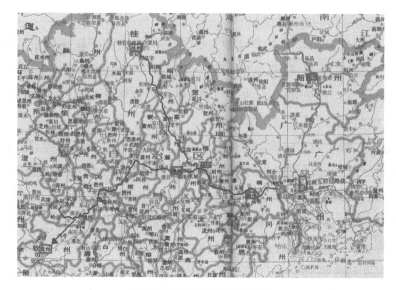

（图14：岭南道内部行迹图）①

三、诗路书写——以度大庾岭诗和端州驿题壁为例

总的来说，诗路书写应该具备两个创作背景：一则，行路过程中，诗人的身处地点一直在变换，使人不断面对新的地域；二则，相较于一般的寓居状态而言，整个过程发生在时长较短、较为集中的"途中"。前者侧重诗人空间位置的流动性，后者侧重诗人体验时间的短暂性，要之，是一种在时空体验凝结、个体感受强烈的状态下进行诗歌创作的情况。基于此，诗人选择进行创作的时机和地点就显得尤为重要。宋之问的诗路书写在这一方面就非常具有代表性，如神龙元年南贬，首次作诗地点就选在了长江北岸的临江驿，且时值寒食，渡江之后，转入楚地，不仅地域风貌为之一变，气候、路程性质、交通方式等亦都面临转变。又如景云元年自越州赴岭南，直至荆州才直面"重赴岭南"这一惨淡现实，也是留意到荆州位置的特殊性；沂湘水南下的途中，亦择"表里见衡山"之时写下行舟湘水的感受。其中，最典型的两个书写案例当属度大庾岭过程中的三首诗作与端州题壁诗，以下逐一阐明。

（一）大庾岭题诗

如前所述，宋之问的三首大庾岭诗细节丰富、动线分明，是我们了解大庾岭路新修之前度岭生态的重要依据。此外，宋之问对大庾岭相关意象的书写

_____

① 谭其骧主编《中国历史地图集》（第五册），第69—70页。

亦值得留意,反映了他对地理界限的敏锐感知,及其文化记忆在诗歌创作中运用。

第一个是大庾岭梅。梅花是大庾岭的代表性景观——因为以梅闻名,大庾岭又称梅岭。大庾岭梅的独特性在于其"南枝落,北枝开"的花开次序,即因岭南气候温暖,大庾岭南麓的梅花在十月即可开,等南麓梅凋落之后,大庾岭北麓的梅花才开始开放。这一意象与大庾岭紧密捆绑,成为大庾岭文化中的一部分,并成为诗歌创作中的惯用表达。然而,这一特殊景观现象是何时被"发现",进而塑造成一种文化内涵与书写意象的,却无从考证。目前仅知"南枝落,北枝开"一语,出自白居易的《白孔六帖》,樊晃有诗"十月先开岭上梅"[①],均出自中唐。而宋之问三首诗中都涉及梅花的意象,且内涵清晰,无疑可将大庾岭梅这一意象在诗歌中的成熟运用时间推进到初唐。

前文论及,宋之问这三首诗是跟随度岭过程而作的,应分别创作于度岭前的大庾岭北驿站、度岭过程中以及度岭后;而三处涉及梅花的诗句——"明朝望乡处,应见陇头梅""魂随南翥鸟,泪尽北枝花""春暖阴梅花,瘴回阳鸟翼",亦随度岭过程递进呈现,其中,后两处"北枝花""阴梅花"均特指北麓的梅花。由此,我们可以得出两个结论,其一,梅花意象与大庾岭在当下已经较为紧密地捆绑在一起,成为一种普遍性认知,唯有这样,宋之问才会在大庾岭主题创作中有意识地多次运用。其二,前文考证,宋之问度岭是在三月底、四月初,这个时节,南麓梅花肯定早已开尽,开放于冬末春初的北麓梅花大概率也已凋谢,故而他亲见岭梅的可能性不大;然而他在诗中却特意区分南北,以"北枝花"对"南翥鸟"、"阴梅花"对"阳鸟翼",来完成对于"北"这一相对方位的强调,可见,宋之问熟知大庾岭梅存在南北差异的特点。

第二个是雁回典故。大雁冬日南飞,待春暖花开后北归,原是专属衡山的现象——因大雁南飞到衡山为止,不再继续向南了,故衡山有"回雁峰",逐臣们若被贬逐到比衡山更南的地方,常选用这一层含义表达自己遭贬情节之严峻、内心情感之悲怆。宋之问此贬虽远于衡山,然因其经赣水南下,并未行经衡山,按理说是不该运用到这一意象的,但是他在大庾岭创作的三首诗中,却两次提及雁回意象:分别是《题大庾岭北驿》中前两联"阳月南飞雁,传闻至此回。我行殊未已,何日复归来",以及《早发大庾岭》中与北麓梅花对仗的"春暖阴梅花,瘴回阳鸟翼"。显然是将属于衡山的雁回之意挪用到自己所经的大庾

---

① 《全唐诗》卷一一四,中华书局,1960年,第1166页。

岭之上了，给人一种为了情感表达而随意用典入诗，以至于不辨衡山、大庾的感觉。

宋之问真的不了解地理状况、以至混淆概念吗？恰恰相反，他对大庾岭地理分界的意义有十分清楚的了解，这就来到了我们要讨论的、大庾岭意象群中的第三点，也是大庾岭最重要的文化内涵——大庾岭具有“华夷分界”的意义。在唐人的心理认知和一些实际政策上，大庾岭都有着帝国之“南大门”的象征意味：大庾岭以北，属于已被中原王权教化的区域，而大庾岭以南的广大岭南地区，则属于王权尚未披及，尚未开化的蛮夷地区。因此，度过这道岭，不仅意味着在实际地理距离上，进一步远离都城；更意味着在文化脉络上，与核心区域断线，是诗人直面岭南蛮荒的开始。从这个层面来看，大庾岭的这一“界碑”性质及其给南下逐臣带来的心理冲击，应是比衡山之雁回更重的。

宋之问显然也感受强烈，度大庾岭连作三诗就是他最突出的反应。他在《度大庾岭》中单刀直入，称“度岭方辞国”，直接将大庾岭华夷分界的含义凝聚到“辞国”这一行为上，开篇就将情绪拉到了临界点上。随后，他又在度岭后概括称大庾岭“嵥起华夷界，信为造化力”，用这种高峻、威严的形象来展现“华夷界”的强烈存在感，进一步衬托度岭行为在贬途中的重大意义及其给诗人内心带来的冲击。可以说，大庾岭界分华夷这一既有认知，在行经此处时，触发了宋之问对空间位置的敏锐感知，并不断强化这种界线感。也正是因为这种感觉如此强烈，才使得宋之问在写梅花时，着重于突出“南”与“北”的对立性，表达对“北”的不舍，只因他不愿意跨越这个界限，来到“南”的相对方位上；才使得宋之问挪用雁回的典故，因他与雁均需跨域重要界碑，却是朝着不同的方向。

综上，宋之问在这三首诗中，展现出了他对已成为共识的多种文化意象的熟练选用，以及他对行路过程中地空间体验的敏锐捕捉，这是诗路书写中十分重要的特质。

（二）端州驿题壁

端州位于西江下游，是岭南境内东西通行的重要枢纽，不仅是宋之问自北向南至广州后，折向西南、去往泷州的重要一站，亦在沈佺期、杜审言、阎朝隐度岭南下后转向西行、分别去往驩州、峰州和崖州的必经之路上，王无竞贬所在广州，亦与端州相去不远。神龙元年，曾经在京城交好的几位逐臣先后抵达岭南，并选取了交通枢纽端州驿站作为题写空间，进行了一番题诗、唱和行为。不过，除了宋之问的《至端州驿见杜五审言沈三佺期阎五朝隐王二无竞题壁慨然成咏》之外，我们只能看到阎朝隐的两篇残句①：

> 岭南流水岭南流，岭北游人望岭头。感念乡园不可□，肝腹一段一回愁。
> 千重江水万重山，毒瘴□氛道路间。回首俯眉但下泪，不知何处是乡关。

再看宋之问诗：

> 逐臣北地承严谴，谓到南中每相见。岂意南中岐路多，千山万水分乡县。
> 云摇雨散各翻飞，海阔天长音信稀。处处山川同瘴疠，自怜能得几人归。

唐人在诗中对边缘地区的描述往往有一些常用的"意象群"与"语词库"，如言及岭南常用苍梧、日南等意象，语称"炎瘴""火云""卑湿"等，这既是他们此前所受文化积淀所形成的思维定式，也是诗歌创作过程中遵循一固定程式的体现。这种习惯，在诗人亲至蛮荒异域，有了亲身体验之后，往往呈现出三种创作倾向：其一，转化为鲜明的写景记异，专门撷取陌生、新奇的景物进行描写；其二，仍旧依循创作习惯，亲历与否对他们诗歌的表达并未发生明显作用；其三，虽已经深处岭南，却鲜少涉及异域书写，仍以抒怀为主体；阎、宋二诗都接近第三种。即便如此，这两首诗却都不同程度地触及了一些真切的"异域之感"，特别是宋之问这首，以"岂意"二字统摄，引出了亲至岭南后"始料未及"的真实感受，颇耐人寻味。

在临行前，他们或许曾约定好，大家的目的地均为岭南，应是彼此临近，至各自的贬所后仍能够常相见。直到踏入岭南之后，他们才对该地区的具体情况有了真切认知：一来，岭南地区与北方不仅距离遥远，更有重重高山的严密阻隔，仿佛独立的另一个国度，使得诗人连望乡的动作都无法实现——唯有"望岭头"而已。二来，岭南的地域面积也比想象中广阔得多，宋、阎二人均对

---

① 见陈尚君辑校：《全唐诗补编》外编第一编，北京：中华书局，1992年，第11页。诗自敦煌遗书斯五五五所收，王仲闻谓："朝隐这两首诗，殆即为端州题壁，都是他们南徙时所作，也就都是宋之问所见的那些诗。"编者又称："项考此二诗为南徙时过大庾岭作，与端州题壁诗无关。"今从王说，项考备参。

此有所描绘——"千重山水万重山""千山万水分乡县";且地势曲折,山水相间——"岐路多""分乡县",故分散在各个州郡之间旧友们并不能轻易相见,这意味着他们最后的一点慰藉也破灭了。三来,行至端州时,他们对于岭南地区的环境之恶劣也都有了真切体会——"毒瘴□氛道路间""处处山川同瘴疠",从而加深了对前途无望的悲观与自怜。

选取端州驿站作为题写空间,有其巧妙之处。一方面,端州位于岭南道内部江行的枢纽处,驿站更是大家都会驻留的地点;另一方面,端州已深处岭南腹地,行至此时,逐臣们已都在岭南奔波行进了一段时间,对岭南地区的环境都有了切实感受,心境亦历经沉淀,与初度岭时又有所不同。可以说,端州在岭南道内的空间意义既不同于度岭乍见的韶州、桂州,亦不同于堪称"都会"的广州,是题壁留诗、互通声气的绝佳地点。然而,我们今天已无法得知,神龙逐臣们共同在此处题诗,是偶然发生的,还是经过商议的。

不过,哪怕最先题诗的人是偶然为之,对于宋之问这样端州驿的"后来者"而言,这一题诗行为就不仅仅是个人行为,而一定带有互动性、群体性了。相较于阎诗之情感、意象均落脚于个人感悟的层面,宋诗就更侧重于对逐臣们"命运共同体"之呈现。他们在朝时即共有相似的为官之道与价值观,在"二张"被诛,他们因政权更替遭贬之后,他们亦没有自我反思或留恋旧主,而是不约而同地强调自己的无辜,并希望获得新政权的青睐以赦免,因此,他们"在流贬的途中共题联咏留下了他们的心声,并借以互通声息……展现同仇敌忾的姿态,无形地聚结了政治生态场中的弱势群以形成奥援,以期能借共的呼声上达宸听"[1]。这种说法,或许夸大了他们在端州题壁行为中主观目的性,但若能够达到这样的效果,也是他们所强烈希望的。甚至,宋之问在这两次贬途中创作的很多诗歌,都体现了为"上达宸听"而进行的隐晦表达,这既是逐臣的常见心理,亦与初唐宫廷文人的道德倾向不无关联,限于题旨,此处不赘。

[作者简介] 闫梦涵,武汉大学文学院博士生

① 严纪华:《试论两组与历史事件相关的贬谪题写诗——"端州驿题壁"与"玄都观题壁"》,载《唐代文学研究》(第七辑),桂林:广西师范大学出版社,1998年,第71页。

透过"虚""实"两山远望经典

——《追寻谪仙：李白诗歌及其评论》序①

方葆珍（Varsano, Paula）　著　朱蔚婷、王健欣　译

[内容提要]　整个传统时代，批评家们反复指责李白的诗歌华而不实，违背了"诗言志"的诗歌传统，然而，李白却成为中国最伟大的诗人之一，那么，李白何以一直享有盛名？本文试图讨论李白是如何成为一个文学典范并影响了中国后来的李白诗歌接受史的。李白通过否定（negative）和神化（numinous）两种修辞手法使得他的诗歌无法被学习模仿，并且合理化了这种诗歌实践，而李白批评中的否定和神化修辞是在"互补的两极性"这一认识论背景下展开的，普遍认为杜甫具有"可学习性"和"世俗性"，这种正面、具体的经验有助于理解或表达其难以捉摸的对立面——即李白的"不可学习"和"不受拘束"的特质，李白被赋予了杜甫所无法定义的领域的特点，他们二人代表了最基本的两极概念"虚"与"实"，维持着两极性作为文学话语的驱动力，无法分割。本文追溯了李白经典化的五个阶段，这一过程是从发现李白的"伟大"——使用否定性和神圣化的词汇评论李白开始的，然后李白与杜甫二人被对立、并尊，"虚""实"的概念逐渐相融，接着将李白被置于古代经典中，成为读者评定自身才华的参照对象，最后在现代时期，李白虚无缥缈的谪仙形象转变为积极的、接地气的浪漫形象，在这个过程中，李白作品中各种二元概念达到了平衡，他的作品进入经典的行列，他本人的谪仙形象成为一个"不可学习"的文学典范。

[关键词]　李白　杜甫　两极　经典化

---

① 本文译稿经原文作者方葆珍（Varsano, Paula）教授审定与修改，特此致谢。

望天门山

天门中断楚江开，

碧水东流至此回。

两岸青山相对出，

孤帆一片日边来。

——李白①

这一对被称为"天门"的山峰标志着天上和人间的分界，许多读者认为唐代诗人李白（701—762）所处的境界正是如此。在这里，人们可以感知到的空间的边缘成为视线的中心，并且最重要的是，山脉这个巨大的实体构建出了一种空寂。作为中国著名的谪仙诗人，李白恰如其分地描写了他望着天门山但永没有通过那道界门的情形。他的视线在众多风景中选中了天门山，使得原本无法度量的虚空变得有了广度和深度。

如果说这首诗展现了李白眼中世界的形象，那么它同时也展现了几代中国读者和批评家眼中的李白形象。正如李白提供了能使我们"看见"虚无的视觉标记一样，批评家们长期以来尝试建立一种语言手段来使我们能够理解"不可企及的事物"，这据说是李白独有的诗学理论，它本身就难以用语言形容。同时，正如这首诗的读者认识到，要跨过那扇门达到空寂的方法是摧毁空寂本身，批评家们也一直提醒读者过于关注李白诗歌的细节②是危险的，这会消灭其中最有价值的部分。

但是，并不是所有读者是出于对李白诗歌的尊重才遵守这个警告的；也不是所有人都满意他对虚幻或无稽之谈的偏爱，对本就壮丽风景的夸张渲染，和对仙人的随意描绘。由于时代和每个批评家的关注点不同，李白的风格和意象自由引发了人们对他各方面的抨击：他的道德品质、他的自发性、他对文学和文学史的把握、他对所谓的实体世界的感知，或者他这样的作品可能对诗歌未来发展产生的负面效果。对于李白的仰慕者来说，宋代（更具体地说是南宋）（960—1279）常常被认为是一个特别困难的时代，在整个传统时代，对李白

---

① 《望天门山》，载瞿蜕园、朱金城校注《李白集校注》下，上海：上海古籍出版社，1980 年，第 2 卷第 1255 页。除了特别注明之外，我的翻译和讨论都是基于这本选集中提供的李白诗歌的版本。

② 在我看来，一位特别善于用英语写作的学者艾龙成功地将李白的诗歌（以及可能还有传记）的最细微的技术细节完美地融合在一起，证明了甚至增强了我们对李白作品中令人兴奋的无拘无束的印象的审美。见艾龙的文章 On Li Po。Eide, Elling. "On Li Po." In *Perspectives on the T'ang*, edited by Arthur F. Wright and Denis Twitchett, 367 - 403. New Haven: Yale University Press, 1973.

的空有其表而无实质的指责——即"华而不实",被从李纲(1083—1140)到陆游(1125—1210)这些批评家们反复提起,他们都害怕喜爱李白的读者陶醉于那些精妙的技艺。

这是一个严肃的指责,意味着李白的诗歌不是传统所要求的"诗言志",而是文字和意象的堆砌,只是为了明显的艺术效果。他所谓随心所欲的表现力被一些人断定为是对直接表达(immediacy of expression)的理念的威胁①,这种理念——坚持诗歌的表达是情感通过语言的直接表现,发源于《诗经》的"诗大序",这部文本被从汉末到宋的文人广泛阅读和研究(大约 3 世纪到 13 世纪),它对诗歌阅读和写作的影响一直延续到中国封建时代末期②,文本中所传达的直接性理念维护了感知世界和传达这个世界的诗歌本质的统一性,这种统一性是没有事先构思或任何写作技巧的作品。

因此,一首按照这样方法写出的诗歌就表明了诗人的"真实性",我用这个简略词来暗示诗人有能力沉浸于直接接触现实世界后所产生的感受,并自然地、自发地用语言传达这种感受③。然而,读者很难把李白诗中的夸张和虚构的景色和从自己的经历或古人的诗歌中认识到的现实世界相对应,一部分由

---

① 在本研究所依据的论文 Transformation and Imitation：The Poetry of Li Bai 和我在此期间发表的文章中,我一直使用"直接性"一词。特别请参见 Immediacy and Allusion in the Poetry of Li Bo,修改后作为了本书的第五章。迈克尔·富勒(Michael Fuller)在他的文章 Pursuing the Complete Bamboo in the Breast：Reflections on a Classical Image for Immediacy 中也详细地阐述了它在这一传统中的意义。参见刘大卫(David Palumbo-Liu)的 The Poetics of Appropriation：The Literary Theory and Practice of Huang Tingjian 一书,对这位晚唐诗人作品中的"直接幻觉"进行了讨论。

Varsano, Paula. "Immediacy and Allusion in the Poetry of Li Bo," HJAS 52/1(June 1992)：225 - 261.

——. "Transformation and Imitation：The Poetry of Li Bai." Ph. D. diss., Princeton University, 1988.

Fuller, Michael. "Pursuing the Complete Bamboo in the Breast：Reflections on a Classical Image for Immediacy." HJAS 53/1(1993)：5 - 23.

Palumbo-Liu, David. The Poetics of Appropriation：The Literary Theory and Practice of Huang Tingjian. Stanford：Stanford University Press, 1993.

② 有关《诗大序》阅读传统的详细讨论,请参阅方泽林(范佐仁)的 Poetry and Personality：Reading, Exegesis, and Hermeneutics in Traditional China；宇文所安 Traditional Chinese Poetry and Poetics：Omen of the World；余宝琳 The Reading of Imagery in the Chinese Tradition,第 44—83 页。参见宇文所安 Readings in Chinese Literary Thought 第 37—56 页的注释译文。

Van Zoeren, Steven. Poetry and Personality：Reading, Exegesis, and Hermeneutics in Traditional China. Stanford：Stanford University Press, 1991.

Owen, Stephen. Readings in Chinese Literary Thought. Cambridge：Council on East Asian Studies, Harvard University Press, 1992.

Traditional Chinese Poetry and Poetics：Omen of the World. Madison：University of Wisconsin Press, 1985.

Yu, Pauline. The Reading of Imagery in the Chinese Tradition. Princeton：Princeton University Press, 1987.

③ 关于《诗大序》中隐含的"表现主义"理论的阐释,请参阅刘若愚(James J. Y. Liu) Chinese Theories of Literature,第 63—87 页。Liu, James J. Y. Chinese Theories of Literature. Chicago：University of Chicago Press, 1975.

于这个原因，他的作品会让一些人感到破坏了世界和诗歌的理想统一性，且确实如此。在李白个性化想象力的明显中介中，有人谴责了纯粹表演者的不真实或肤浅。

鉴于这些批评的严重性，李白按理说应该已经逐渐消失在人们的记忆中，就像那些被认为只是为了引人注目的乖僻的诗人一样。恰恰相反，李白在他的一生中获得了真正伟大诗人的地位，并且一直享有盛名。在一个主要由评定诗人的等级和家世形成的批评传统中，"轻浮"的李白始终出现在大多数名单的顶端，要么与比他年轻的同时代诗人杜甫（712—770）并列为中国最伟大的诗人，要么仅次于杜甫。多年来，批评的党派之争的激烈程度起起落落，但这些指责的严重性（以及偶尔的谩骂语气）——以及它们所引发的辩论激情和持久性——足以衡量李白在持续不断的讨论中显而易见的重要性，即诗歌应该是什么，以及当他处在这段悠久的历史中时，如何最好地描绘中国诗歌的整体面貌。李白打破了文字——世界的连续统一性，他倾向于探索人类经验中难以捉摸的、不可描述的或想象的维度，他的做法引发了几个世纪的争论，这场争论最终表明他的诗歌拥有改变评判他的标准的力量。

李白不仅是中国最伟大的两位诗人之一，他的伟大还值得为之奋斗。我认为这种区别值得进一步研究，不仅因为它有望揭示李白的一些事情，还因为它可以告诉我们他最终帮助塑造出的美学传统不断变化的价值。在这本书中，我研究了从李白逝世后到民国初期（20世纪初）的批评（有时还有诗歌）著作，并提出问题——李白究竟提供了什么，使得传统诗歌的读者主动地保护和传播他的诗歌，以及批评家们在争论时引用了哪些理论和修辞的观点①。我特别探究了这位被认为是守护所有不可学习和不可达到之物的一位卫士是怎样以及为什么逐渐转变成为一个文学典范的；并就这种转变如何反过来影响了中国封建时代晚期和现代早期李白诗歌的接受提供一些看法。

一、否定的修辞与丰富性（plenitude）表达手法

在《望天门山》中，李白通过描绘天地之间的分界之门表明虚空——"天"的存在：一对山峰标志着天地之间原本看不见的边界线，而一艘孤独小船的前进

---

① 周杉曾对杜甫批评史作过类似的研究：*Reconsidering Tu Fu：Literary Greatness and the Cultural Context*。特别引人注意的是她的最后一章，"Sincerity Reconsidered"，第197—207页。

Chou, Eva Shan. *Reconsidering Tu Fu：Literary Greatness and the Cultural Context*. Cambridge：Cambridge University Press, 1995.

展现了一条流动的通道。整个画面——分裂中带有连续性——的视野取决于观看者是否静止不动,而塑造并维持李白诗歌批评领域的语言也以类似的方式起到作用,就像那些冷峻高耸的山峰一样,一大堆批评名词——名字和体系——都不是李白,甚至在他生前和死后不久,批评和赞赏他的读者都认为他的诗歌是凡人"无法企及"的,是通过常规学习和模仿"学不到"的,不受社会习俗和期望以及公认的文学实践的"约束",就像自由地穿过界门的小船一样,读者会读到无畏又难以捉摸的神灵之名:一系列超凡脱俗的形容词和描述性的短语,它们将李白与神灵和仙人联系起来,而神仙所在之处的时空不受日常限制的影响。

通过否定来描绘、通过隐喻来再现——这种组合不仅保护了李白诗歌宝贵的不可学习的性质,使其无法被机械性的表述所还原,而且还保留了这种不可学习性作为诗歌创作实践的一种合理存在,使李白和他的作品历经几个世纪的批判性争论和转变后依然存留,否定和神化这两种修辞手法巧妙地凝聚为"谪仙"这一人们经常重复的称呼,在李白生前和自此以后都被用来指称他那极其生动和引人注目的形象①。

问题是,在中国传统的批评语境中,否定修辞意味着什么? 当现在的读者——无论是中国还是西方的——面对着主要由否定性词汇组成的批判性语言表达方式时,可能会倾向于考虑阿多诺的否定美学思想或德曼的解构主义解读。然而,这些关于否定的理论在很大程度上是为了解释碎片化的、去个性化的现代诗学的出现(由康德的辩证推理提出),因此,否定美学主要是一种对主流话语模式或艺术表达的抵抗方式。乔纳森·卡勒(Jonathan Culler)将这一思路总结为"一种能解读即使是最难懂的诗歌的强大策略:最离奇、最不连贯的图像可以被解读为异化和失范的代表,或者是由相关经验带来的心理过程崩溃的标志"。②

尽管当代否定美学的概念与遥远的反叛、反传统的李白形象之间有可能存在一些表面上的重叠,但是如果仔细审视围绕着他的诗歌成长起来的批评

---

① 传统上认为这个词是贺知章(659—约744)发明的,他是一位学者和诗人,在唐王朝担任过许多高级职位。据唐代诗歌选评集《本事诗》的"高逸"一章记载,公元742年李白访京时,秘书监贺知章拜访李白,想见见这位已经很有名的诗人,李白给他看了自己的乐府诗《蜀道难》,据说正是在读了这首诗后,贺知章称李白为"谪仙"。见丁福保辑《历代诗话续编·本事诗·高逸第三》,北京:中华书局,2006年8月,第2版,第14页。其他早期资料,如范传正为李白所写的墓志铭(见《李白集校注》下,第1781页和《旧唐书》,见[后晋]刘昫等撰,中华书局编辑部点校《旧唐书》,北京:中华书局,1975年5月,第1版,第5053—5054页)也将这一发明归功于贺知章,但没有将这一事件与《蜀道难》联系起来,《蜀道难》的年代存在很大争议。

② Culler, Jonathan. "On the Negativity of Modern Poetry: Friedrich, Baudelaire, and the Critical Tradition." In *Languages of the Unsayable: The Play of Negativity in Literature and Literary Theory*, edited by Sanford Budick and Wolfgang Iser, 196. Stanford: Stanford University Press, 1987.

传统,就会发现读者们并不倾向于把李白视为积极拒绝传统的人,他们也不认为他受到了创伤的影响(更不用说认为李白处于一种异化的状态),要解读与李白相关的否定话语,更准确、更具有历史说服力的语境是浦安迪(Andrew Plaks)称为"互补的两极性"的修辞和认识论原型结构。

浦安迪的模型源于他对曹雪芹(约 1715—约 1763)著作《红楼梦》的结构主义解读,这本书阐述了人们熟悉的阴阳二元论,表现在热—冷、明—暗、真—假、以及(尤其与我的讨论有关的)真实—虚幻等存在现象中,根据这一模型,这些成对的概念并不是作为辩证对立的绝对状态而存在的,而是反映了"对经验的理解……(这种理解)是基于对立面的存在或不存在"①。浦安迪进一步指出,这些成对概念的特征是"不断交替运作来接近和远离每个假定的二元性极点的"②,因此"一个术语的崛起紧接着就会暗示出它自身随之而来的缩减"③,最后"无尽的轴线变换的重叠……最终形成了一种令人信服的关于丰富表达的幻象,因此也就有了对现实的感知"④。当然,这种毫无计划展开的批判话语不能被当作是一个有意构造的新概念来分析,但是正如浦安迪令人信服地证明的那样,"互补的两极"并不是强加在某个特定小说上的随机模式,而是形成早期哲学思想和修辞学基础的决定性范式。无论主题是社会还是文学,无论形式是抒情还是议论,描绘现象学丰富性的动力以及互补的两极性动态结构的普遍性,对所有中国传统文学的读者来说都是十分熟悉的。

李白批评的神化修辞(numinous rhetoric)和否定修辞(negative rhetoric)都是在互补两极性这种更大的认识论背景下构思的,正如李白—杜甫比较批评中首要且一直传达的观点,这种实践形成了李白批评的大部分基础⑤。关于"李杜"的两极论述几乎和诗歌本身一样可敬,经常有争议,但很少被仔细分析。在他们死后仅仅几代人,评论家、作家元稹(779—831)在为杜甫写的墓志铭中明确指出,李白和杜甫的同时代人已经将他们并称为"李杜"⑥,而《旧唐

---

① (美)浦安迪著,夏薇译《〈红楼梦〉的原型和与寓意》,北京:生活·读书·新知三联书店,2018 年,第 57 页。

②③ (美)浦安迪著,夏薇译《〈红楼梦〉的原型和与寓意》,第 58 页。

④ (美)浦安迪著,夏薇译《〈红楼梦〉的原型和与寓意》,第 59 页。译者按:原文为"eventually adds up to a convincing illusion of plenitude, and hence the perception of reality",原书译为"实际上是对丰富性的可信的幻觉完全的错误认识并因而是对现实的感知"。

⑤ 本杰明·史华慈(Benjamin I. Schwartz)早期对儒家价值观两极本质的观察现在看来尤其有先见之明。参见史华慈著《儒家思想中的几个极点》,收入许纪霖、宋宏编《史华慈论中国》,北京:新星出版社,2006 年,第 47—58 页。

⑥ [唐]元稹撰《唐故工部员外郎杜君墓系铭》,载《元氏长庆集》,上海:上海古籍出版社,1994 年,第 277 页。

书》杜甫传记中出现的"李杜之优劣"的简称表明,在五代(907—960)时,这种做法本身已经成为一个讨论的话题①。

许多因素促成了李杜二人并称的最初形成,其中最重要的是他们所谓的友谊,一些人认为他们的友谊是相当片面的,杜甫表现得更忠诚,更令人钦佩,而且毫不令人意外,他是一位真诚的朋友。但推动这一传统的另一股力量是对审美丰富性表现的强烈要求,考虑到自宋代以来杜甫几乎无可置疑和长盛不衰的统治地位,以及早期对杜甫自给自足的整体性的描述,这种丰富性表明两位诗人之间的相互关系比大多数读者可能愿意承认的要多。我们经常依靠正面或具体的经验来理解或表达其必然难以捉摸的对立面,因此,杜甫被普遍认为的"可学性"和"世俗性"明显有助于我们理解李白的不可学性和不受拘束的"不朽"等负面品质,这并不完全令人惊讶。但是这种丰富性也决定了读者对杜甫的欣赏需要李白的存在——这是一个更难把握的要求,毕竟,这位诗人以一己之力将"古今"文学传统里截然不同的线索整合在一起,以这个世界上坚固的立足点为自己赢得了"诗史"称号②,李白又能带来了什么呢? 实际上,正是杜甫自足的完美性才使得李白承诺的不可遏制的无穷成为必要,正是这个被否定的李白被认为能够为杜甫完美性的其他部分提供真正的丰富性。

为了这一论点,有必要再次审视"丰富"在这个语境下的含义。浦安迪认为《红楼梦》中对"丰富"的描写有助于产生"对现实的幻觉",在其他地方被描述为"它完全的无限的存在——它的全部"③。显然,当所呈现的现实是中国诗歌被批判地构想出的面貌时,这种解释并不完全适用,在这种情况下,被描述的"全部"不是人类存在的"全部",而是人类存在的一种表现方式:作为美学理想的"丰富"。近来,伊莱恩·斯凯瑞(Elaine Scarry)的作品中就详细阐述了这样一个概念,她在她的《美与公正》一书中认为,美是为一种超越我们所看到的特定美丽物体的欲望,也许是通过催生或复制它,也许是在"寻找超越它自身的东西,一些更大的或者是同一范畴内有关的东西"④。她认为,这些冲动很自然地导致人们频繁地将美与不朽联系在一起。斯凯瑞的结论是,不可避免地,"美丽的事物……总是带着来自其他世界的问候。……当美丽的人或事物背后没有不朽的境界时,所发生的事情与美丽的人或事物背后有不朽的

---

① ［后晋］刘昫等撰,中华书局编辑部点校《旧唐书》,第 5054—5057 页。
② 用元稹的话说"久古今之体势,而兼昔人之所独专矣",参见《唐故工部员外郎杜君墓系铭》。关于称杜甫为"诗史"的最早评论,参见孟棨《本事诗》。
③ (美)浦安迪著,夏薇译《〈红楼梦〉的原型与寓意》,第 61 页。
④ (美)伊莱恩·斯凯瑞著,卓慧臻译《美与公正》,北京:清华大学出版社,2021 年,第 29 页。

境界时一样:感知者被引导更广阔地关注世界,对丰富的需求是内在与生俱来的"。①

尽管中国的诗歌话语体系从不以柏拉图式"美"(Beauty)的范畴来表达这种情感(尽管斯凯瑞使用的是"beauty",但她的概念中存在这个意思),尽管她对不朽的坚持是一个偶然的巧合,但我发现她对"追求丰富的渴望"的描述既令人信服,又有助于简明地阐述李白在抒情诗概念的发展中所扮演的特殊角色。

如此解释,对丰富的渴望蕴含着一种否定形式,这与否定地概念化李白诗学密切相关,因为它是一种丰富的理解,不是指圆满,而是指圆满的不可能性,或者,说得不那么消极,是指短暂易逝的、可望而不可即的对于完满的追求。斯凯瑞认为,人类需要的不是整体,而是一种难以捉摸的东西,尽管这是由西方哲学传统发展而来的,但她的观点提供了一个概念,既包含了变化的基本要素,又带有读者对某些类型的审美体验的渴望的动机,也正是在这个意义上,杜甫需要李白,并且如果没有杜甫,就无法理解李白的存在。

李杜二人所代表的两极丰富性和他们的作品一样是多元的,也和读者所渴望的丰富性一样处于变化之中,天与地、不朽与圣人、道家与儒家、智者与历史学家、天才与学者,这些成对的组合的特征都表明了一个稳定的二元结构,但这种停滞感不只是在理论上与两极性的修辞和哲学传统相冲突——它的经验性存在被证明是虚幻的,由于在两极中成对的任何两个术语之间寻求稳定的平衡,导致不断地重新表述和不断地重新划定边界,因此不断地变化。

更具体地说,适用于李杜的最全面和最基本的两极概念之一是"虚"和"实",其直译(但有误导性)为"空"和"满",对"实"最早的定义是在汉代的字典《说文解字》中,解释为"财富"或物质丰富,"物质"和"实在"的内涵贯穿于该词几个世纪以来的不同用法,从充足到包含了表示物质、现实、坚实、真实的复合词中,以及"种子"和"果实"这种不太直接相关的植物学内涵。宇文所安为这个词在文学批评中的使用提供了一个有益的解释:"'solid'(实的)、'actual'(实在的)。有时与'虚'构成对立,指确定的形式的那种固定性(与之形成对照

---

① 译者按:原文为"But beautiful things, as Matisse shows, always carry greetings from other worlds within them. ⋯ What happens when there is no immortal realm behind the beautiful person or thing is just what happens when there is an immortal realm behind the beautiful person or thing: the perceiver is led to a more capacious regard for the world. The requirement for plenitude is built-in.",中译本为:"美的东西正如马蒂斯所表现的那样,它总是带来其他世界的致意。⋯⋯美丽的人或物,其背后有相同的无不朽性的结果:观者被引领去注意更大的世界,想要更充实。"

的是'虚'的'可塑性')和'景'的外在实在性('景'中的情感色彩则是'虚'的)。说一个句子是'实的',也就是说,它描述了外在世界,其中没有使用虚字,因此它的描述也就不会屈从于主体对它的感受或解释。"①

宇文所安的论述表明,"实"带有强烈的实体、客观世界的内涵,而"虚"包含着所有难以捉摸的、虚幻的东西,这些东西与诗歌主体的内心世界有关。正如他在其他地方指出的那样,这种意义的复杂性对应着传统语言学上的区分,即词汇上可定义的词和在句子中连接它们的语法功能词或助词之间的区别,以及"因为它们把主体关系渗入表达之中"②;这句话还强调了一个重要的事实,即"虚"不应该被理解为缺少任何东西,而是一种可识别的特征,其重要性与"实"相同。

程抱一在稍早的文章中坚持这一点。他在警告他的欧洲读者远离跨文化误读的强大可能性时,无意中为我们提供了对中国文学批评中李杜二人的基本性质的极好描述,这是维持李白在诗坛至高无上地位的动力:"因为从中国的观点来看,虚,并不像人们可能设想的那样是一种模糊的或者不存在的东西,而是一种至为生机勃勃的、活跃的因素。它与生气和阴阳交替原则的思想联系在一起,构成了杰出的发生转化的场所;在那里,'实'将能够达到真正的圆满。实际上,正是它,通过在一个既定的系统内引入间断性和可逆性,从而使得系统的构成单位超越僵硬的对立和单向的发展,同时为人提供了一种以整体化的方式接触宇宙的可能性。"③

除了这一导致程抱一将"虚"视为一个"场所"的巧合之外④,他的描述也有助于确认对斯凯瑞的丰富性概念进行改编的传统基础,即"有限"的稳定整体性被"无限"唤起所激活的理想状态。这种对"空"的崇拜在大约晚明时期到民国时期的文学批评中相当普遍。清代批评家吴乔(1611—1695?)的以下陈述表明,至少在中国封建时代晚期的情况下,程抱一并没有夸大其词:"大抵文章实做则有尽,虚做则无穷。雅颂多赋,是实做;风(作者注:《诗经》中的一部分)骚(作者注:如屈原的《离骚》)多比兴,是虚做。唐诗多宗风骚,所

---

① (美)宇文所安著,王柏华、陶庆梅译《中国文论:英译与评论》,上海:上海社会科学院出版社,2002年,第660—661页。

② (美)宇文所安著,王柏华、陶庆梅译《中国文论:英译与评论》,第470页。

③ (法)程抱一著,涂卫群译《中国诗画语言研究》,南京:江苏人民出版社,2006年,第321页。

④ 《说文》对"虚"的定义是"大丘也",更具体地说,是一个大的行政区。(译者注:《说文》"古者九夫为井,四井为邑,四邑为丘。丘谓之虚。")见[汉]许慎撰,陶生魁点校《说文解字》,北京:中华书局,2020年4月,第1版,第262页。《汉语大字典》按:丘,篆文象穴居两侧有孔之形;以后建造简单房屋,上面蒙以兽皮作屋顶,故字作虚。(汉语大字典编辑委员会编《汉语大字典》,成都:四川辞书出版社,1986年,第2825页。)

以灵妙。"①

不过,"虚"和几乎同义的"空",在文学创作中并不总是象征着理想的品质,而是包含着虚假、徒劳和肤浅的细微差别。在这种贬义的意义上,"虚"在13世纪第一次出现在关于李白的批评中,当时关于李白对于经典掌握得好坏和深浅的争论正如火如荼地进行着。此时,宋代新儒家文人在拓宽儒家经典的哲学和精神基础,以便将其重新确立为所有学问的基础,批评李白的人已经分为两个阵营:有人认为他对经典的认识是肤浅的、脆弱的,有人则认为在"风月草木"②的表面下有《诗经》或至少是《骚》的坚实基础。③

因此,当"虚"一词第一次作为李白的批评用词时,它并不是用来赞美他在诗歌中唤起的奇妙而难以捉摸的世界,而是对他缺乏学识的强烈谴责,读者们准确地指出,这种缺乏不仅体现在对经典的直接引用相对较少(这一点引起了激烈的争论),还体现在他诗歌中呈现的"神仙虚无之说"④与大家通过共同的感知媒介共享的"真实"世界之间的脱节——个人的夸张想象与人们在当时的社会和政治现实的日常交往之间的分裂,这种脱节证明了宇文所安所说的李白"虚构想象"⑤,挑战了直接性理念(至少是李白的读者中比较传统的人理解它的方式),并使人怀疑李白所表达的情感的实质和深度。

"虚"作为不断发展的李白诗歌批评中的一个核心概念,给译者带来了某些困难,事实证明这个概念足够灵活,可以包含从指责到赞美的内涵,它与诗歌浑然一体的搭配确保了无论其内涵的主旨是什么,它都占据了"丰富"的否定的空间,而它强烈地暗示了在有形的此时此地之外的世界中的基础,使它具有了神灵的气息。为了至少唤起这一范围的细微差别和意义的可能性,我把这个术语解释为"无根据的"(unfounded)或"无根据"(unfoundedness)。从形态上看,这个翻译抓住了李白使用的修辞技巧的否定维度,而且在与"建立"在感知现实中的事物的对立中,它也激活了神灵的维度,作为一个贬义词,它也证明了"虚"在李杜批判性争论中的贬义的开始,和"虚"一样,在明确褒义的语境中使用"无根据的"(unfounded)时,应该会像在为李白的特点辩护时一样,给这个语境注入一种同样略带矛盾的气氛。至于

---

① [清]吴乔著《围炉诗话》(一),第10页,载王云五主编《丛书集成初编》,上海:商务印书馆。
②④ [宋]赵次公撰《杜工部草堂集》,载《成都文类》,四库全书本,卷四十二。
③ 译者注:[宋]曾巩撰、陈杏珍、晁继周点校《曾巩集》,北京:中华书局,1984年11月,第1版,第124页有"更追羊杜经行乐,况有风骚是谪仙"一句。
⑤ (美)宇文所安著,贾晋华译《盛唐诗》,北京:生活·读书·新知三联书店,2004年,第145页。

"实",我只选择了"实质性"(substantive)这个词,因为它表达了稳定性和经验主义的可验证性。

二、获得古代性:两种叙事

现代文学史家认为,宋朝对学问的重视是李白相对于杜甫不受欢迎的主要原因,而当新儒家思想的王阳明学派将追求成为圣贤的方法从四书五经和物质世界这些外部来源转向本质善良的"童心"的内心良知时,李白才重新获得了评论界对他的高度评价①。根据这一看法,这种思维的转变使人们认识到想象力的真实性,因此促进了对李白的夸张风格和神仙意象的欣赏的合理化。这样的解释表明了一种令人钦佩的尝试,即将对李白的批评话语置于更大的历史和哲学发展语境之中,就其范围而言,它是有效的。但是,由于过度简化了哲学发展与文学(包括理论和实践)之间的关系,以及依赖于单一政治—哲学发展的传统王朝分期,这种观点既忽视了正在进行的辩论的复杂性,也忽视了李白对不断发展的诗歌实践和接受的重要性。

那么,李白的诗歌是在什么条件下首次进入诗歌的"伟大"行列的呢——他对伟大的特殊表达是如何成为诗歌经典的?②在两种截然不同但紧密交织的叙事中追踪批评话语的演变,将有助于更清晰地理解这些问题:一种叙事按时间顺序追溯了李杜优劣论中出现的关键两极概念内部构成的变化;另一个叙事是关于李白进入经典的过程,以及对其作品的接受和对其诗歌形象的传播是如何改变的。这些紧密交织的故事的运动是由诗歌读者(包括李白本人)的愿望推动的,他们希望在他们面前维持审美丰富性的承诺,而这一承诺——就其本质而言——不能也不可能实现。只要李白被赋予了将杜甫的完美整体性延伸到不可定义的领域的特质,只要杜甫的存在代表着李白的不可定义性,他们二人相连的形象就表明了一种丰富性和不可能性,维持了两极性作为文学话语的驱动力。

---

① 邬国平著《李杜诗歌比较评述》,载《中国李白研究(一九九一年集)——中国首届李白研究国际学术讨论会论文集》,第101—121页有详细论述。

② 对于李白的传奇式的不可描述性,图书馆里充满了相关的材料,从散落在诗歌选集里的精炼的单行诗到被称为诗话的大量即兴写作中的长篇文章。在浏览这些著作时,我需要一个指南和一些范围,近年来出现的两个重要资料对我帮助很大:李白作品的两卷本选集《李白集校注》以及《李白资料汇编》(裴斐、刘善良编:《李白资料汇编 第三册》(金元明清之部),北京:中华书局,1994年)。后者收集了与李白有关的批评、轶事、诗歌和评论,涵盖了从金朝(1115—1234)到清朝(1644—1911)的时期。诗歌选集在辨认读者对特定诗歌的反馈方面特别有用,而且还包括唐宋时期人们所写的序言、评论和文章,而《李白资料汇编》使我更清晰地把握关于随后的中国封建时代晚期的年代发展。

熟悉文学的读者会发现,在中国的文学批评中"丰富"从来没有被这样表达过,而是以更具体(但同样无法实现)的理想的形式出现——特别是那些由明显的不可调和的对立面组成的理想,这种理想在李白生前就已形成,并在9世纪开始衰落时上升到突出地位,这就是"古"——后来被称为"古文"(作者注:古代的文体)运动。

三、古代性之两极

元稹(779—831)、白居易(772—846),尤其是韩愈(768—824),这些中唐最负盛名的诗人开创了批评李白诗歌之传统,其批评语言也被后世大量引用,这一点不应忽略。这三人通常被认为是古文运动的重要发起者,他们的评论有助于我们了解人们如何看待李白,最重要的是如何描述李白。

那么,这些评论家在评价文学时最关心什么问题?"古文"一词在应用于韩愈及其同时代人的思想时,在狭义的方面指的是在"文"的写作[1]中追求"古"的简朴风格,其内容反映了他们强烈的儒家道德立场。从广义上讲,"古文"则是一种多方面的长期尝试,旨在建立和维护一种完善的道德,以古代儒家哲学和文学经典为基础,并在后来从政阶级(即士大夫)的文学作品中得以表达、维持和传播。根据包弼德的说法,古文(尤其是韩愈所阐述的古文)的出现是为了处理一对悖论,即"他一方面相信人必须独立思考,一方面则相信价值观必须从文化传统中获取"[2]。既须体现文章之"古",又须与古圣先贤提出的"道"保持一致,这种尝试可以理解为人们在试着融合两种明显矛盾的知识模式:一方面是从古代流传下来的社会统一的文本体系中汲取的共同智慧,另一方面是独立运用自己的智慧和道德判断力的古典写作实践。

上述古文运动中根本性的两极,也包含了批评家试图将李白置于传统中时出现的一些核心问题。其中最重要的是在李杜优劣论中涉及的"虚""实"这一对概念。这两个概念的内涵,以及它们之间的界限,在读者和文学家回应诸多古文相关的问题时不断变化。例如,人们已逐渐认识到人对世界的自然感

---

① 所谓"文"之写作(literary writing),我指称的既是诗歌也是散文,这是继承了包弼德(Bol, Peter K.)、蔡涵墨(Charles Hartman)、倪豪士(William Nienhauser)的说法。参见(美)包弼德《斯文:唐宋思想的转型》,南京:江苏人民出版社,2000 年,第 27—28 页。包弼德引用了蔡、倪两人对"古文"的翻译即"上古之文学"(Literature of Antiquity)(见 Hartman, Charles. *Han Yü and the T'ang Search for Unity*, 14. Princeton: Princeton University Press, 1986;Nienhauser, William H., Jr., et al. *Liu Tsung-yuan*, 19. New York: Twayne Publishers, 1973.)

② (美)包弼德《斯文:唐宋思想的转型》,第 132 页。

受呈现出一些形式特征,在此背景下,诗人还能如何表达他的这些感受?什么时候关于古人的知识储备——比如那些遵循一般惯例和主题相关的典故,以及那些不断重复的陈旧的道德训诫故事(有三个形式上明显可辨的例子)——不再被认为是诗人内化了那些古代传统的价值观,而是开始被危险地视作一些诡佞的模仿?以保存本真性之名而有意在创作中回避那些古诗的明显特征,这种做法意味着什么?反过来说,诗人生动地运用出奇的语言和意象,何时不再表示诗人对时代的自发反应,而是开始暗示写作者有兴趣在读者心中营造特定的印象?最后,读者(他们通常也有权同时成为作者)如何才能辨别出其中的区别?

部分是为了回应这些问题——所有这些问题都尝试在深入古人理想的两极之间游走——文学家们改变了在不同时期占据李杜问题中心的二元概念:不仅有涵盖面极广的"虚"与"实",还有更具体的"才"与"学"、"神"与"工"、"文"与"质",以及"不可学"与"可学",其中许多观念都比自觉的古文运动早了几个世纪。在对李杜的批评中,这种转变体现为修辞和概念方面的调整,甚至逆转。然而,随着时间的推移,这些变化揭示了一种周期运动的模式,从最初的成对,到极端的对立,再到"融合"(最好如此描述),然后又回到对立。在融合阶段,二元概念中的每一个都被拓宽,以包括另一方面的许多本质特征,逐渐减弱这对概念的二元对立。例如,在明代,这种趋势在谢榛(1495—1575)和屠龙(1542—1605)等作家着手将李白的作品定为"虚中实"、杜甫的作品定为"实中虚"时表现得最为明显。

在这种二元平衡的时刻,李白的地位当然是安全的,但这一平衡在本质上是互补两极的对立面,而这种互补又是诗歌的完满所必需的。最后,周期性的循环再度开始,但路径稍有不同,因为无论是诗人还是评价诗人的概念,都已随着几个世纪的讨论而明显改变。李白和杜甫一样,已经与围绕他发展起来的批评话语密不可分,讨论李白的作品,很难不去讨论那些针对李白的批评。于是,李白真正跻身于"古人"的行列,不过更多是因为其作品的经典化,而非他在完满的诗歌两极中所处的"虚"的那一端。

四、经典与古代性

鉴于学者们对经典的性质与起源的研究兴趣不断增加,近年来研究中国文学的西方学者开始研究中国文学经典的形成,这也并非意料之外。像李又安(Adele Rickett)这样的学者,以及最近的余宝琳(Pauline Yu)和马克·E.

弗朗西斯(Mark E. Francis)都在关注《诗经》及《诗大序》的经典化效应①,而其他学者则集中关注阐释学在经典化过程中的作用。其中值得注意的是方泽林(Van Zoeren)对《诗经》阐释史的研究巨著《诗与人格:传统中国的阅读、注解与诠释》②。方泽林梳理了《诗经》注解的发展史,正是这些注解得以首先将《诗经》确立为"经",并在随后几百年通过注释形式的变化(由于人们意识到原有注释方式的局限,以及时代价值观的发展)最终保持了《诗经》的地位。方泽林延续芭芭拉·赫恩斯坦·史密斯(Barbara Herrnstein Smith)的说法③,在提及经典的规范性地位时,将它定义为价值的汇聚地,由它激起的长久阐释确认了其经典地位:"我们可以说,在某些文本获得文化中的权威与优先价值时诠释学才正式开启。这些文本成了该传统中的核心,它们为该传统中的规范性争论提供终极意义上的理由与基石。在经过学习、记忆与解读之后,有关这些文本的理解和解释不仅具有工具性和历史性的吸引力,而且对解释者和社会而言都至关重要。"④

方泽林提到的这组文本,其内在的价值远远超出了美学的范围,而唐诗尽管最终也被奉为经典,却从未像《诗经》那样受到细密的阐释与考察。不过,唐代诗人——最明显的是李白和杜甫——被拔高到超群的程度(无论是道德层面还是美学层面),因此理解他们变得至关重要,而到了观念日益正统的宋代,这一现象也随着出版的文集和随之产生的讨论而变得颇为显著⑤,一些率性的诗歌评论以"诗话"形式出现,为巩固一些唐代诗人的地位起到重要作用,为"这一传统中的规范性论证提供终极的依据与支持"。

方泽林将经典的地位与提出和开掘价值联系起来,使我们有可能为经典地位提供以下三种判断标准。

---

① 李又安《中国文学批评选集》(Rickett, Adele Austin. "The Anthologist as Literary Critic in China," *Literature East and West* 19 (1975):145-165.);余宝琳《诗得其所:早期中国文学的诗集与诗典》("Poems in Their Place: Collections and Canons in Early Chinese Literature," HJAS 50/1 (1990):163-196.);马克·E.弗朗西斯《中国传统诗歌经典的形成:中国经典的神圣与亵渎》("Canon Formation in Traditional Chinese Poetry: Chinese Canons, Sacred and Profane." In *China in a Polycentric World: Essays in Chinese Comparative Literature*, edited by Yingjin Zhang, 50-70. Stanford: Stanford University Press, 1998.)。

② 参见约翰·B.亨德森《经文、经典与评论:儒家经典与西方经典注疏比较》(Henderson, John B. *Scripture, Canon, and Commentary: A Comparison of Confucian and Western Exegesis*. Princeton: Princeton University Press, 1991.)。

③ Herrnstein Smith, Barbara. "Contingencies of Value." In *Canons*, edited by Robert von Hallberg, 5-39. Chicago: Chicago University Press, 1984.

④ (美)方泽林著,赵四方译《诗与人格:传统中国的阅读、注解与诠释》,北京:商务印书馆,2022 年,第6 页。

⑤ 关于宋人将唐诗经典化的动机,参见宇文所安《Ruined Estates: Literary History and the Poetry of Eden》,CLEAR 10 (1988):21-41,及余宝琳(194—195 页)、弗朗西斯(第 69 页)。

首先,被立为经典的作品(无论是单个作品还是某个特定来源或作者的全部作品)特别能表达产生该作品的文化所认可的价值,以至掌权者(在课程,以及在理论批评领域)宣称其对当代和后代教育的必要性。这一标准也包括一些作品,在芭芭拉·赫恩斯坦·史密斯看来,体现出"对体制的反动"(countermechanism),也就是说,这是一些比较公认的异端作品,人们容忍它们存在,因为人们承认分歧必然存在。①

第二,经典的地位必须保持一段时间。人们都认可要保持经典的地位,这无关乎品位,而是文化认同。伽达默尔如此描述作品的永恒性:"我们所谓古典型,乃是某种从交替变迁的时代及其变迁的趣味的差别中取回的东西……其实,古典型是对某种持续存在东西的意识,对某种不可能被丧失并独立于一切时间条件的意义的意识,正是在这种意义上我们称某物为'古典型的'——即一种无时间性的当下存在,这种当下存在对于每一个当代都意味着同时性。"②

第三,经典作品被认为是有价值的知识的永恒来源,且本质上也是独一无二、不可复制的。

于是,经典作品如同枢纽,在一套相对稳定的道德观念和(对文学艺术作品而言)美学价值中蕴含了过去、现在和未来的整体图景,而当代人也由此意识到过去对自己的影响和自己在未来的责任。在经典的统合性力量和非凡场域中,也包含一些神秘性内容。其实,在中国随处可见经典作家被神秘化的现象③。例如,哪怕一些地方只是传闻有诗人作家涉足,在那里也会看到他们的祠堂,而涉及他们的故事传说更是比比皆是。李白晚年在安徽和浙江生活,现在那一带农村的石碑上仍存人们祭祀李白魂灵的痕迹(虽然带着玩笑)。李白的守墓者和当地村民都非常乐意向游客讲述他们祖先和李白的英灵接触的"第一手"故事。李白祠堂和墓碑似乎比其他诗人的更多,这不仅仅是因为他声名远扬的漫游生活。在所有诗人中,只有他的身世血统在其身前就已经显出神话色彩,甚至在一些语境下已经接近玄秘的性质,使他最终成为经典作家的重要一员。

---

① Herrnstein Smith, 8.

② (德)伽达默尔著,洪汉鼎译《真理与方法》,北京:商务印书馆,2017 年,第 407 页。

③ 神化历史形象的过程,似乎与赫伯特·芬格莱特(Herbert Fingarette)早先所论的儒家经典的神化过程有着关联,参见其 *Confucius—The Secularas Sacred*。

Fingarette, Herbert. *Confucius—The Secular as Sacred*. New York: Harper and Row, 1972.

译者注:中文版有彭国祥、张华译本《孔子:即凡而圣》,南京:江苏人民出版社,2010 年。

　　李白出身的说法(有些是他自己说的)激发了人们的想象力,就像中国的创世神话一样,许多版本同时存在。或由脚印而生,或由星辰所养,或是唐王室之后,或是生于边疆(也许更远),又或是一个混血儿,李白在这些文学以外的领域踪迹难寻。如今,李白生于四川可能是最常见的说法,但尽管如此,他的出身后来也留下了一系列真伪掺杂、或增或减的叙述,颇能帮助建构他带有一定否定色彩的"谪仙"形象。人们本来需要知道诗人的出身背景,而现在它一定程度地被"谪仙"形象替代。正如他的文学在留白处栖居,他错综复杂又难以确定的出生地恰恰广泛地勾勒出了那些不属于他的地方。不可捉摸的身份背景不但维持了李白的界限,也让他得以久居经典之列,超越了时间和地理上的特定归属。

　　如何确定一部作品何时被奉为经典? 其实并不是有某一个特定时刻,而是一个渐进的过程,作品被完全纳入一个文化的基础知识体系,而且人们越来越一致地认为,后来的有志之士若不首先吸收这个体系,就不可能对其做出贡献。在我看来,李白的作品进入经典之列,应是在这样一段时间:批评家们不再有兴趣去确定李白知识的广度、深度和内容,而是有意于将李白的作品(人们比以往任何时候都更欣赏其作品的不可模仿性)作为他们自己知识的一部分。这一转变的开始恰好与明末(16 世纪)达到的两极平衡相吻合,在此时,复古文学家将盛唐诗之"古"提升到与《诗经》等同,而公安派也开始重视个人表达、不拘格套和不可学的价值。

　　本书前两章的展开方式大致围绕着这个"经典化的时刻",亦即谪仙的形象从一个"不可学"的例证逐渐发展成"不可学"的至高典范的时刻。关于李白的各种二元概念(包括他"古风"的总体印象)以达平衡,他的文学作品也迅速跻身古代经典之列。通过考察这两者如何相互作用,我可以将这一经典化的过程分为五个互有交叉而各自不同的阶段:

　　1. 认可其伟大并将这种伟大性纳入体系。李白被确立为伟大诗人,并且人们逐渐形成一套专门话语来维持他的伟大地位。这一阶段大致是从 8 世纪中叶(李白生活的年代)直到唐朝末年(618—907),否定性的("不可企及")和神圣化的("不朽")评语都开始出现。与此同时,"李杜"并称的说法开始出现,为后来二元化的批评话语奠定了基础,这些批评话语后来又对诗歌的可能性与完满性做了描绘,而非仅限于内容的充实。

　　2. 优劣的论辩。这是李杜两人对立的阶段,人们如此普遍地将两人相互参照,分出高下,以至于这种做法获得了自己的称号:"李杜优劣论"。晚唐时期,以知识的内容与表达为中心的文学辩论已经初露端倪,而宋代关于"古文"的论辩则愈演愈烈,在对两位诗人的比较与评价里可以发现相当尖锐的表达。在此过程中,各种相关的二元概念被各自推向了互斥的极端。在一些批评家的著作中(最有名的是北宋批评家和改革家王安石),李白不仅被排在杜甫之下,而且被置于与知识相关的价值谱系的最底端。

3. 重申两人的关联,而非推尊其中任何一方。在北宋,当贬低李白的言论达到高潮时,就可以发现人们开始反对这种分裂二人的优劣论调。此前李杜的关系似乎是决裂式的矛盾,而在纠正这种过激看法的同时(也即在修复两人关系中丰富内涵的同时),二元概念被重新建构,其概念界限似乎更容易互相渗透,对其中一个概念的界定愈发广泛,并开始容纳其相对概念的一部分内涵。严羽(13 世纪初至 13 世纪中叶)的性格学文学批评,以及他对诗歌"妙不可言"的推崇(他还认为这一点在盛唐成就最高),促成了一种更加相对主义的话语,在明代越来越受欢迎。

到了明清过渡时期,两极的对立已经弱化,以至人们认为任何一种价值(或是诗人)内部都有着"虚"与"实"的相对稳定的融合。在此过程中,李白的消极与虚幻被赋予了足够的积极色彩,以促使他独立于杜甫这一轮廓鲜明的形象。

4. 经典化。此时,"恰当"地展示和享有关于李白诗歌的知识(以及附带的批评传统)比确定李白自身的知识储备更加重要。由于新融合的二元概念以及由此产生的对李杜的描述逐渐淡化了一些曾经用来区分两者的标准,人们在解释和批评那些对立性批评话语的同时逐渐找回了互补的两极性。李杜批评传统仿佛将李白和杜甫包裹在一个古典的保护壳中,17 世纪以来的批评家支持两人各自个性与经验的表达,但倾向于间接地接近诗歌,来支持或反对先前的解释取向,彼此竞争最有价值读者的席位。李白的诗歌和人格形象回到了古代经典中,不受历史发展和人们观念的影响。与此同时,李白也重新成为读者检验和比较自身才能的参照对象。

5. 现代时期的考验。一部作品是否永恒取决于它能否随着读者和文化的发展变化而获得新的意义。如果我们对哈罗德·布鲁姆的诗歌误读理论作一变形,可以说,诗歌经典的演变依赖于创造性的误读,而被误读的作品也因此被永远地改变了[①]。晚清改革家想要在重塑诗歌经典的过程中融入现代西方文学理论的范畴,就是这种情况的体现。这里的问题是,在向高度经验化、

---

① (美)哈罗德·布鲁姆(Harold Bloom)著,徐文博译《影响的焦虑》,北京:生活·读书·新知三联书店,1989 年,第 17—46 页。

科学化和实证主义的文学话语过渡的过程中,李白所具有的不可量化和否定性的可贵品质是如何成功转型的。简言之,他的现代、积极和接地气的"浪漫"形象如何从难以捉摸的、有限的和引人遐想的谪仙形象转变而来?

五、李白与古典实践

李白的诗性角色并不是来自读者的纯粹发明,也不仅仅是他不同寻常生活的印象式残余。如果读者带着对文学的古典性——将文本知识与个人本真性相对照的二元概念——来面对他的诗歌,作品就会回答他们。李白的诗歌主动融合了虚与实、才与学这些二元结构,而且,通过考察这些概念,我们更能确定是怎样一种东西与那些常被提及(并以不同的方式回答)的问题产生如此强烈的共鸣。究竟是什么让他的作品值得被纳入永久的文化知识体系,进而在此被处理为批评领域中的特定概念?

通过对个别诗歌的仔细分析,我得出的观点是,李白的作品尖锐地颠覆了人们预期的文本学习方式,使古代文本作为自我表达的意义得到了更新(即使只是在个别作品中)。通过各种陌生化的手段,李白让人们注意到"古典"诗歌建构在实践中的多样性,这并不是要否定它们的有用——对于像他自己这样的后世诗人而言,而是为了确认一种被着意建构出来的诗学真实性。李白的讽刺立场似乎是对传统的反叛,似乎是要抛开传统做法的束缚,他恢复了——尽管只是短期的——那种诗歌书写本真自我的"古典"理想。对李白来说,即时与直观的表达不再有效,但真实的自我表达是可行的。

宇文所安,以及后来的约瑟夫·艾伦,都认为李白的诗歌是一种新的"关于自我的诗歌",但他们同时也承认李白明显操纵了过去。事实上,宇文所安特别指出这种自我的诗学指向李白有意将自己塑造为一个积极而坚决的诗人:"李白的多数诗篇热衷于形塑和突出自我形象,这一形象被部分地描绘为创造型的诗人。"①但他也认为李白诗歌的这一方面构成了一种"嘲笑惯例"(laughing at conventions)的态度。他说,诗歌惯例让这位否定性的诗人能够"否定某些事物"②。由此可知,李白并不赞同传统观点,将诗歌作为一种本真的表达方式,甚至对古人也不感兴趣,即便他写了几十首"古风"献给古人。他的诗是一种自我戏剧化的、表演式的作品,通过打破规则来找到表达的途径。

我们不可能知道李白在写作时的意图,但是我们可以注意到一点:重视直

①（美）宇文所安著,贾晋华译《盛唐诗》,第161页。
②（美）宇文所安著,贾晋华译《盛唐诗》,第211页。

观表达也重视古典的传统批评家往往尊重李白的作品。只有李白的诋毁者指责他的作品是纯粹的表演,而这些人在关于李白地位的辩论中没有占上风。尽管我的工作在很大程度上依赖了宇文所安的解读,而且我也赞同他的许多观点,但我试图从李白在文学传统中的成功来切入,重新考虑李白的诗歌,因为传统批评家认为他的伟大值得保护和推广。如果他确实喜欢向观众表演(有充分的证据表明他确实如此),他也会注意到有些观众期待的不仅仅是一场表演。他作为"虚"的特殊化身——包括他对某些文学传统的离奇展示——满足了人们对一种新的诗歌模式的需求,避免模仿的陷阱,同时重新忠于过去,这种模式验证了个人表达中不可学的、虚的方面是与古代一致的。也许李白和他同时代的人一样,渴望重拾已成过去的纯洁性,而通过张扬地展示他作为自觉的后来者的身份,他或许也满足了读者的这一渴望。

一直以来我从事李白批评,但我并非没有某种忧虑。这种不安很大程度是由于我意识到一组尖锐的悖论,它们也曾同样挑战过以前的批评者:即冒险地量化和分析那些李白读者最想避免被量化分析的东西。面对同样的悖论,我最初追随前人的脚步,寻找那些最容易被解读为"才学"的诗歌特征:体裁意识、旧体诗韵律和意象特征、典故等。然而,与那些传统的批评家不同,我的目标不是要确定白的作品是否(或在多大程度上)是才华或灵感的产物,甚至不是要确定它是否产生于儒家或道家的角度。相反,我试图利用这些过去的(相对而言)具体的标志,作为二元话语传统所为我提供的一个有效工具。这些实质性的或肯定性的元素使我们有可能划定否定性的空间——从两山之间来"望天门"。

我并不煞有介事地认为这种视角能够为诗人李白提供全方位的观察,但我认为,集中研究他如何利用过去的材料,与传统上将李白定位于古典的批评旨趣有某种一致性,并可能有助于我们理解在试图从这些方面来评判他时读者们可能注意到的内容。同时,这种分析也能对一些严肃阅读有所帮助,一些由其他领域的学者提出,在欧洲和美国发展的文学理论对这种阅读也有所裨益。(我发现有用的有布鲁姆、热内特和博尔赫斯,他们都为我们理解文本与前人的互文关系做出了巨大贡献)。写作本书第二部分,即"实践"部分时,我发现李白有三类作品明显地与过去有关:古风、乐府与用典。

古 风

《古风》五十九首,传统上被认为是李白个人忠于"古文"思想基本内容的(或多或少可信的)表现,可以说是诗人公开、自觉地表达了自己对古典价值的认同。除了他在第一首诗中的直接陈述,积极偏向传统的读者还引用了其他证据来证明这些诗所包含的古典价值。李白自由地使用与《诗经》有关的写作手法(最重要的是他对"比"的使用),他引用了著名的古代历史人物和故事,总体上坚持了一种简洁的风格,以及直接或间接地表明他认同一系列值得赞赏的儒家道德准则。

但并不是所有的读者都信服。李白即便在这些诗中也表现出对升天与不朽的向往,即是明证。读者们有的为李白辩护,有的感到困惑,更极端的则直接否认李白对古典价值的认同。那些为李白"求仙诗"辩护的观点相当有趣,因为持此论者试着在关于"古文"的最复杂模糊的二元概念之间互动:即由现实唤起的想象之"虚"和来自现实世界的共同经验之"实"之间。虚—实概念之间的弹性,融合二者的思维,尤其是"虚"在不断发展的古文观念中的重要性——以及诗歌总体上的完满自足——在赞同与批评的观点中都很明显。

既然如此,这里的重点不是对《古风》的批评,而是《古风》本身。在《古风》中,李白对古人的挑战超越了简单的夸张和独创。像阮籍(210—263)和陈子昂(661—702)所作的自觉的古诗(这两首诗为李白的《古风》提供了直接的灵感),这些诗中几乎不缺乏古典的标志。但在比这两位诗人更激进的处理中,李白处处变换象征,不断混合那些早已达成共识的概念范畴——明显的古典性所依赖的范畴。在他笔下,典故变成了幻象,前人的文本以面目全非的形式出现,古典的比兴手法——它们本身就是公认的真实性和古典文本的标志——被炫耀性地放入反常的语境中。由此呈现出的古典,通过承认过去的文本已经不可阻止地过去,来满足对本真性的期待与要求。李白将古典风格的自然与有意引用的古典元素结合,使这些元素中的每一个都成为另一方的支持,而不是冲突。通过这样的阅读方式,《古风》(以及那些标题仍有古典属性的相关诗作)是"虚"的诗学的一个绝好例证,它被古典时代的基础观念牢牢框住:不朽的诗学,更多建立于书面文字的传承(和变化),而非浸泡于任何不朽的灵药中。

乐　府

如果说李白的"古风"被他的崇拜者认为是他忠于古人的精英和道德行列的正面证据,那么他的乐府诗则一直被认为是他不受约束的本性的最真实和最生动的表达,他的本性就是"斗酒诗百篇",以满腔热情随心所欲地创作。特别令人感兴趣的是无拘无束的表现力和乐府之间的平衡,因为这种体裁本身具有明显的束缚性。乐府是一种历史复杂、分类尚未完全厘清的体裁,它创作于汉末至唐朝时期,大致上是指那些以古老民歌的名字为题的诗歌。学者们一致认为,到了李白的时代,民歌的音乐早已失传,乐府已经超出了它原先的民歌,而成为一种自觉的文学形式。但乐府与古代的联系还是牢固的,这不仅体现在乐府保留了民歌戏剧性对话和民间主题的特点,而且诗人倾向于用一个标题的原始意义来继续创作①。

唐代乐府的创作与阅读是一种互文性实践。正如约瑟夫·艾伦所说,乐府的独特之处就在于它与自身起源有明确的联系,并且允许了一种创作方法:学习特定的诗歌先例,再以此为基础来创作表达自己内心感受的全新的诗歌②。与此同时,在这些自觉的乐府诗背后,闪耀着它们的民间起源——以一种公认的抽象方式赋予乐府同样的期望,即古人所重视的自然或真实的表达。这种基于文本的传统和民俗的真实性的结合,使这种类型的诗人在古文的两极中工作,而李白似乎就是这样一位诗人。

李白对待乐府的方法与他在《古风》中所反映的方法有很多相似之处:认识到对过去的真实态度必须建立在对过去的承认之上。同时在实践中,他的乐府作品反映该流派特殊性时在方式上有所不同。在某种程度上,乐府是由可识别的图像、叙事和先前诗歌中出现的具有相同或相关标题的短语组成的,这些提供了易于识别的可学习的实质性要素,李白对这些要素的选择和处理往往产生一种强烈的陌生化效果,这不仅是对那些熟悉的前辈们老生常谈的引用的回应,也是对借用这种做法本身的回应,除了李白的角色扮演和夸张的景观描述之外,它们还提供了一个令人信服的形式上的理由,以证明李白对这一体裁的特殊喜爱。或许是为了向这种做法致敬,批评家们扩大了"无拘无束"(unfetteredness)的语义范围,从其对诗歌传统的无知蔑视,到学识丰富、能够深思熟虑地把握传统。

在我所选的诗歌中,李白将传统客观化,但没有否定它,"知识"有了全新的含义:失去创造性的纯真,放弃了甚至假装它仍然存在的权利。尽管这样描述的态度听起来冷酷且学院派,但诗歌并非如此。读者在浏览李白的乐府诗集时,会时而体验到奇异、恐怖的景象(如神秘的《舞曲歌辞·独漉篇》),时而

---

① 然而我并不想淡化民间乐府和文学乐府之间的重要区别。对于它们之间差异的观点和以前关于这个问题的讨论的有用的参考文献,请参阅蔡宗奇"Dramatic and Narrative Modes of Presentation in Han Yüeh-fu." *Monumenta Serica* 44 (1996):101 – 140.

② 参见 Allen, Joseph. *In the Voice of Others*:*Chinese Music Bureau Poetry*. Ann Arbor:Center for Chinese Studies,University of Michigan Press,1992.,尤其是第 64—102 页。另见傅汉思(Frankel, Hans H)"The Development of the Han and Wei Yueh-fu as a High Literary Genre." In *The Vitality of the Lyric Voice*:*Shih Poetry from the Late Han to the T'ang*,edited by Shuen-fu Lin and Stephen Owen,255 – 286. Princeton:Princeton University Press,1986。

又如身临其境一般感受到《远别离》这首分离的恋人所唱的古老的哀歌。人们对一个不再天真无邪的秦罗敷的眨眼示意报以轻笑,并想知道对某位汉代皇妃的暗示性影射的真正含义。无论是恢复一条长期存在的叙事线条,还是陌生化语言、语序和韵律,抑或是对已经消亡的某个传统特征致敬,李白在表达和激发情感的同时,也为古老的复兴提供了最后的机会。

用 典

如同《古风》中的古代理想,以及与乐府相关的互文连续性一样,典故意味着对过去作品的了解,因此,对于寻找与古人实质性联系的诗人来说,这是一个合适的选择。但早至钟嵘(469—518)的《诗品》就没有高度评价典故在诗歌创作中的地位了。与古风和乐府的主题和形式传统不同,典故与自然、直接的表达理念无关,但是六朝时期的表现主义派诗人如钟嵘,认为典故的使用(以及不言而喻地要求读者具有相当的学问)实际上损害了诗歌作为情感的直接流露的理念[①]。因此,它作为古老理念的实质性标志的含义是明确的,典故蕴含着强烈的潜力连接着古老理念的两极——连续性和真实表达,李白在自己其他的诗歌中巧妙地融合了二者。

然而,相当重要的是,李白对待典故的方式与我们看到的他对待其他更明确的文本知识的正式表达方式大致相同:坦率地展示其隐喻性,并借此发挥他作为"晚期"诗人的积极的改编和创作作用。我认为,尽管关于典故的评价存在争议(至少在涉及直接性表达的问题时),李白还是把它作为一种直接性的标志,与他试图实现古代真实表达这个理念的努力相一致,这个讨论分为三个阶段,从最小的(也是最容易识别的)典故形式,即文本典故,到更广泛的主题典故,最后是倒酒和喝酒的象征行动和表演典故[②]。

---

① 例如钟嵘在《诗品》序言中问道:"至乎吟咏情性,亦何贵于用事?"载[清]何文焕编《历代诗话》,北京:中华书局,1981 年,第 4 页。关于《诗品》的研究,参见魏世德(John Timothy Wixted)。"The Nature of Evaluation in the Shih-p'in." In *Theories of the Arts in China*, edited by Susan Bush and Christian Murck, 225 - 264. Princeton: Princeton University Press, 1983.请注意,魏世德的观点是,钟嵘在他给诗人排名时并没有严格应用这一标准(241)。另见叶嘉莹和王健(Jan Walls)"Theory, Standards, and Practice of Criticizing Poetry in Chung Hung's Shih-p'in." In *Studies in Chinese Poetry and Poetics*, edited by Ronald Miao, 1: 43 - 79. San Francisco: Chinese Materials Center, 1978.

② 有关中国诗歌传统中所使用的主题典故和文本典故之间的区别,以及典故在唐朝文化和政治生活中所起的重要作用的详细讨论,请参阅戴维·拉铁摩尔(David Lattimore)的"Allusion in T'ang Poetry."。In *Perspectives on the T'ang*, edited by Arthur F. Wright and Denis Twitchett, 405 - 439. New Haven: Yale University Press, 1973.另见海陶玮(Hightower, James R.)在他的文章《Allusion in the Poetry of T'ao Ch'ien》中对中国诗歌典故的分类。

Hightower, James R. "Allusion in the Poetry of T'ao Ch'ien," *HJAS* 31(1971): 5 - 27.

本文专门讨论李白《古风》中的古代性理想,乐府的互文性,以及用典的精巧构思,可能并不能满足我们对彻底的理解李白的作品的愿望,但我希望它会使读者们能够一窥李白"无拘无束"(unfetteredness)的才华是如何隐匿地发挥作用的,并提醒我们,只有在揭示隐藏的东西之时,诗歌的表达才恢复了其自然性。就像现代主义画家在质地和界限分明的画布上与观众面对面,就像电影制作人在观众最陶醉的时候故意走到镜头前,李白笔下的谪仙诗人在回到属于他的天堂之路上时,随心地、玩笑似的留下痕迹,也许他认为,没有人会试图密切追踪这些痕迹。

[**作者简介**] Varsano,Paula(方葆珍),美国普林斯顿大学博士,加利福尼亚大学伯克利分校东亚系教授。*Tracking the Banished Immortal：The Poetry of Li Bo and Its Critical Reception*(《追踪谪仙：李白诗歌与其接受批评》夏威夷大学出版社出版,2003年。)

杜甫《幽人》《昔游》诗解读与系年

——兼谈杜甫及其朋友的隐逸书写

罗 宁

[摘　要]　杜甫《幽人》诗，蔡梦弼、仇兆鳌、萧涤非等均将其系于杜甫出峡后的大历四年（769），对于诗旨，前人多持寄托说，认为是"欲托高人以遁迹"，或直接理解为杜甫在湖湘时期的遁迹之想，另有人理解为寓言，说是表达诗人"恋恋不忘朝廷，冀衰老而犹得见君"。实际上该诗是杜甫表达对于当时在吴越一带的幽人朋友们的思念，以及对自己隐逸生涯的反思。这些幽人并非虚指，而是杜甫早年尤其是天宝年间结交的高人隐士。此诗应作于杜甫在秦州时期，郭知达将此诗系于乾元二年（759）是正确的。此外《昔游》一诗的诗旨与《幽人》相通，是同时期的作品，蔡梦弼、仇兆鳌、萧涤非等将它放在大历二年（767）的夔州时期，也是不对的。要正确解读《幽人》《昔游》诗，应该了解杜甫本人以及他的幽人隐士朋友的隐逸生活，关注唐代的隐逸文化和唐诗中的隐逸书写。

[关键词]　杜甫　幽人　隐逸　词藻

　　近年我写了一篇文章讨论李白的"长风破浪会有时，直挂云帆济沧海"，认为这句诗并未表现对未来的乐观精神，而是写其离开长安时的失意和愤懑，同时透露前往台越之地求仙访道的计划①。撰文之时我注意到了杜甫的《幽人》诗，发现该诗是杜甫回忆和思念包括李白在内的幽人朋友们而作，但前人多将其看成寄托之作，而且在诗歌系年上存在错误。与之相关的一首回忆性作品《昔游》（昔谒华盖君），前人的解读和系年也有误。本文拟对这两篇作品进行

---

　　① 拙文《由词藻看"直挂云帆济沧海"句意——兼论李白离京时的仙游计划》，载《中国诗学》第33辑，北京：人民文学出版社，2022年。

解读和考证,但在此之前,必须先谈谈杜甫和他的幽人(隐士)朋友们的隐居生活和写作,只有了解开元天宝年间的隐逸风气,熟悉当时人对隐逸和幽人的书写传统,才能准确地理解《幽人》和《昔游》诗。

杜甫的隐逸生活和隐逸书写

在对盛唐诗人的一般印象中,孟浩然、王维、李白是重要的隐逸诗人,但令人惊奇的是,如果用"幽人"一词对几位诗人的作品进行检索,会发现他们各自的使用次数是,王维是 0 次①,孟浩然 6 次,李白 7 次(含诗题 1 次),而杜甫则有 11 次之多(含诗题 1 次)。可见,杜甫更喜欢写幽人。幽人就是隐士,相对于一般人更熟悉的隐士一词来说,中古诗人更喜欢使用幽人,在中古诗歌里幽人的使用频率远比隐士、高士、逸民、逸人、山人等高,可以说幽人更是一个标准的诗歌词藻,而非一般的古汉语词汇②。孟、李二人本就是布衣和隐士,结交者也多隐士道流,常使用幽人一词很正常,杜甫的表现则超出了一般人的印象。杜甫在安史之乱前当过近半年的右卫率府胄曹参军,在安史之乱中当过一年左拾遗,一年华州司功参军,在蜀中有检校工部员外郎之名但近于虚衔。因此可以说,杜甫生命的大部分时候都是无官职的,长期处于幽隐之中,而尤为重要的是,他本人常常将自己看作是隐居的幽人。前人论盛唐时期的布衣诗人时以孟浩然、李白、杜甫为代表③,颇有道理。不过,布衣诗人的说法只揭示了他们身份的一个方面,而隐逸诗人的身份也值得注意,甚至是更值得研究的。如果说孟浩然就其一生来看是隐逸诗人的话,李白、杜甫则在其一生中的大部分时间里也可称得上是隐逸诗人,他们生命的大部分时间处于隐逸的状态,在诗歌中有大量的隐逸书写。

天宝三载(744)杜甫遇到从长安放归而来的李白,写有《赠李白》一诗,诗中这样回顾自己此前两年的经历:"二年客东都,所历厌机巧。野人对膻腥,蔬食常不饱。岂无青精饭,使我颜色好。苦乏大药资,山林迹如扫。"说到服食烧炼的想法,只是因为穷困无资财,不能入山访道求仙。"机巧"来自《庄子·天地》,江淹《杂体诗·孙廷尉绰》用之:"亹亹玄思清,胸中去机巧。物我俱忘怀,可以狎鸥鸟。"④"去机巧"和"狎鸥鸟"均为隐者之事,这也是杜诗"厌机巧"之

---

① 王维使用了幽独、幽寻、幽栖等词,还有隐居、隐沦、隐者、棲隐、隐逸等。
② 关于幽人这一词藻,笔者另撰有《幽人:一个词藻的历史》(未刊)。
③ 袁行霈、丁放《盛唐诗坛研究》第九章《布衣诗人与盛唐诗坛》,北京:北京大学出版社,2012 年。
④ 萧统《文选》卷三十一,北京:中华书局,1977 年,第 450 页。

意。天宝十载（751）杜甫献三大礼赋，上表说："臣生长陛下淳朴之俗，行四十载矣。与麋鹿同群而处，浪迹于陛下丰草长林，实自弱冠之年矣。"将自己四十年的生活定性为"与麋鹿同群"。这里采用了嵇康《与山巨源绝交书》的语义。嵇康自比为"禽鹿"，说"少见驯育，则服从教制，长而见羁，则狂顾顿缨，赴蹈汤火，虽饰以金镳，飨以嘉肴，逾思长林而志在丰草也"①。此后"长林"渐有隐居之地的意思，如范晔《乐游应诏诗》："探已谢丹黻，感事怀长林。"而"麋鹿同群"又见梁元帝《金楼子·兴王》："伯夷叔齐不食周粟，饿于首阳，依麋鹿以为群。"②刘峻《广绝交论》："独立高山之顶，欢与麋鹿同群。"③杜甫更从全生远害的角度使用麋鹿一词，如早年的《题张氏隐居二首》之一："不贪夜识金银气，远害朝看麋鹿游。"④写张氏也是自况。开元末他自齐赵归来，筑室首阳之下，说"不敢忘本，不敢违仁"⑤，一句说祖先坟墓在此，一句暗说欲效"求仁得仁"的伯夷、叔齐，此二人实是隐士逸民的代表。那时候杜甫写其生活境况，便明说"青囊仍隐逸"（《奉寄河南韦尹丈人》）。

关于杜甫的道教信仰，以及他和李白游历宋齐、寻仙访道，并受到李白的影响，前人论述已多⑥，这里谈谈杜甫天宝五载（746）到长安之后表现出的隐逸与求仙之志。杜甫与李白分别后来到长安，天宝五载（746）作《冬日有怀李白》，末句云："未因乘兴去，空有鹿门期。"可能此前李白曾鼓动他一同"访戴"剡中，但杜甫还想到长安碰碰运气，追求仕途，所以说"空有鹿门期"。天宝六载（747）孔巢父前往江东⑦，应是打算和李白一起归隐海上——这时候李白已从山东起身前往吴越了。杜甫写《送孔巢父谢病归游江东兼呈李白》送给孔李二人，开头说"巢父掉头不肯住，东将入海随烟雾"，最后说"南寻禹穴见李白，道甫问信今何如"，表现出对孔李二人的深厚感情。天宝七载（748）杜甫作《奉

① 萧统《文选》卷四十三，第 601 页下。
② 萧绎撰，许逸民《金楼子校笺》，北京：中华书局，2011 年，第 155 页。
③ 萧统《文选》卷五十五，第 760 页下。李善注："《楚词》曰：高山崔巍兮水汤汤，死日将至兮与麋鹿同坑。"此为《楚辞·七谏·初放》语。
④ 萧涤非《杜甫全集校注》，北京：人民文学出版社，2014 年，第 13 页。杜甫后来在夔州时作《暮春题瀼西新赁草屋五首》之二："养拙干戈际，全生麋鹿群。"《晓望》："荆扉对麋鹿，应共尔为群。"亦用此。
⑤ 杜甫《祭远祖当阳君文》，萧涤非《杜甫全集校注》，第 6293 页。
⑥ 郭沫若认为杜甫一生都"迷信道教，至死不变"，见郭沫若《李白与杜甫》，北京：人民文学出版社，1972 年，第 284 页。锺莱因认为杜甫之信道主要是与李白交往之后，见其《再论杜甫与道教》，《首都师范大学学报》1995 年第 3 期。较新的文章有下定雅弘的《杜甫的"独善"——兼论其对仙境、仙道的憧憬》，载《唐代文学研究》第十八辑，社会科学文献出版社，2019 年；王新芳、孙微《杜甫家族中的道教信仰及相关杜诗新解》，《中国文学研究》2023 年 01 期。
⑦ 按朱鹤龄注："此江东乃溯江以来，即会稽也。《晋书》：谢安被召，历年不至，遂栖迟东土。王羲之既去官，徧游东中诸郡。皆谓会稽。太白怀贺监诗：'欲向江东去，定将谁举杯？稽山无贺老，却棹酒船回。'盖亦以会稽为江东也。"见萧涤非《杜甫全集校注》第 111 页引。

赠韦左丞丈二十二韵》,说"今欲东入海,即将西去秦",大约同一时期的《送韦
书记赴安西》,结尾说"欲浮江海去,此别意苍然",都透出前往吴越江海之
意①。很可能他与李白等人有过同在吴越隐逸求仙的约定,而孔巢父已经先
往赴约了。天宝九载杜甫经过昭陵作《行次昭陵》②,其中有"壮士悲陵邑,幽
人拜鼎湖",这是杜诗中第一次使用幽人一词,符合他当时的境遇。求仕长安
的日子已经过了四年多,却未谋得一官半职,所以自比为幽人。

　　杜甫旅食京华近十年,至天宝十四载(755)始授官右卫率府胄曹参军,然
而当年十一月安史乱起,次年长安失守。杜甫辗转迁徙,先是被俘关押,后又
出逃至凤翔,在肃宗朝廷任左拾遗。至德二载(757)杜甫随肃宗朝廷回长安,
乾元元年(758)六月出为华州司功参军,乾元二年(759)七月辞官来到秦州(今
甘肃天水)。此时,距离杜甫与李白等人在梁宋和齐鲁一带求仙访道,已近十
五年之久,杜甫从身份上来说又成为一介布衣,换句话说,又回到隐士的生涯。
我们看杜甫在秦州和同谷时期所作的诗歌,他对自己的隐士状态和身份是有
足够的意识的。乾元二年杜甫辞官时作诗说:"平生独往愿,惆怅年半百。罢
官亦由人,何事拘形役。"(《立秋后题》)他将自己的罢官辞官看作是平生"独往
愿"的实现③。什么是独往呢? 语出《庄子·在宥》:"出入六合,游乎九州,独
往独来,是谓独有。"谢灵运《入华子冈是麻源第三谷》有"且申独往意,承月弄
潺湲",江淹《杂体诗·许征君询》有"资神任独往"④,因而成为一个隐逸之词。
杜甫之"独往"秦州,也就意味着隐居,半年后他离开陇右将赴成都,写诗说"平
生懒拙意,偶值栖遁迹"(《发同谷县》)⑤,回顾这段时期的生活,便视之为幽栖
隐遁。

　　杜甫秦州时期的诗,在题材、典故、词藻上都大量涉及隐逸。如《秦州杂诗
二十首》其十五云:"阮籍行多兴,庞公隐不还。"用到东汉著名隐士庞德公的典
故。《遣兴五首》之一有"蛰龙三冬卧,老鹤万里心",写隐士如蛰龙之卧,如老

---

　　① 参见拙文《由词藻看"直挂云帆济沧海"句意——兼论李白离京时的仙游计划》。
　　② 此诗写作时间有争论,旧说多认为是至德二载(757),黄鹤说是天宝五载(746)。何振球《杜甫〈行次
昭陵〉一诗作于何时》(《贵州民族学院学报》1984年3期),对至德二载(757)的旧说进行了辩驳,但不能确定
其具体的写作时间。萧涤非系于天宝九载后,见《杜甫全集校注》第184页。
　　③ 实际上此前一年在《曲江对酒》中杜甫就写过,"纵饮久判人共弃,懒朝真与世相违。吏情更觉沧洲
远,老大悲伤未拂衣",因朝堂纷争无心于世事,已动了退隐的念头。
　　④ 谢灵运诗见《文选》卷二十六,李善注:"淮南王《庄子略要》:江海之士,山谷之人,轻天下、细万物而独
往者也。司马彪曰:独往,任自然,不复顾世也。"江淹诗见《文选》卷三十一,李善注独往同。见《文选》第
381页下,第450页下。
　　⑤ 一般人将"偶值"理解为偶然遇到(发生),说隐遁不是杜甫的本意,是不准确的。"偶"是恰好、正当的
意思。王维《酬严少尹徐舍人见过不遇》:"偶值乘篮舆,非关避白衣。"是说自己恰好外出。元稹《连昌宫词》:
"去年敕使因斫竹,偶值门开暂相逐。"说刚好宫门打开便进去看看。

鹤有万里之心。后四首分别咏庞德公、陶潜、贺知章、孟浩然四个隐逸名士,自比之意十分明显。《苦竹》结句云:"幸近幽人屋,霜根结在兹。"既是以竹自比,而诗中所谓"幽人",其实也是自道。秦州地处偏僻,杜甫可交往的人不多,仅有的赞公、阮昉同样是隐士的身份。他写赞公的诗,"从来支许游,兴趣江湖迥"(《西枝村寻置草堂地夜宿赞公土室二首》之二),写阮昉的诗,"蓬蒿翳环堵"(《贻阮隐居》),"隐者柴门内"(《秋日阮隐居致薤三十束》),都有隐逸的描写和用事。甚至一名自长安逃难而来的女子,在他笔下也带有几分隐逸的意味:"绝代有佳人,幽居在空谷。"(《佳人》)幽居一词陶潜、谢灵运都多次使用,是一个颇有隐逸色彩的词藻①。杜甫的陇右生活十分困窘,他写《空囊》自嘲,也不忘用神仙之典,开篇就是"翠柏苦犹食,晨霞高可餐"②。除了写咏物诗打发时间,这一时期他还给一些朋友寄赠诗作,表达思念(也有得到援引的渴望),包括给薛据、毕曜的《秦州见敕目薛三璩授司议郎毕四曜除监察与二子有故远喜迁官兼述索居凡三十韵》,给高适、岑参的《寄彭州高三十五使君适、虢州岑二十七长史参三十韵》,给贾至、严武的《寄岳州贾司马六丈、巴州严八使君两阁老五十韵》,给隐士张彪的《寄张十二山人彪三十韵》,给李白的《寄李十二白》等。另外的怀人之作有《梦李白》《天末怀李白》《有怀台州郑司户》等。而《幽人》一诗,正是杜甫在这一时期所写的怀念远方隐士朋友的诗作(后文再做句解)。

杜甫后来自陇入蜀,又出峡而至湖湘,这些生命段落和生存状态,仍被杜甫视为隐居,传统隐逸文学的典故与词藻,继续活跃在他的笔下,如成都时期的"幽居不用名"(《遣意二首》其一),夔州时期的"人见幽居僻"(《晚》),湖湘时期的"谁愍强幽栖"(《水宿遣兴奉呈群公》)等。毫无疑问,幽人隐士是杜甫经常性的自我定位。限于篇幅和论题,本文不能全面论述杜甫的隐逸生活和隐逸书写,以上也只是简述其早年至秦州时期的隐逸状态和书写,主要是为了理解《幽人》和《昔游》的背景,因为这两首诗所写的就是杜甫早年(主要是开元和天宝中、前期)的幽人朋友和他本人隐居访道的经历,以及对这些人和事的思念与感怀。

---

① 杜甫在成都生活时,常用"幽居"写自己的隐居生活,如"渐喜交游绝,幽居不用名"(《遣意二首》其一),"用拙存吾道,幽居近物情"(《屏迹三首》其一)。李白有《之广陵宿常二南郭幽居》《题东溪公幽居》之诗,皆是隐士。

② 食柏、餐霞都是神仙故事,一为赤松子,一为陵阳子明。李白《江上秋怀》:"餐霞卧旧壑,散发谢远游。"又《经乱离后天恩流夜郎忆旧游书怀赠江夏韦太守良宰》:"仆卧香炉顶,餐霞漱瑶泉。"

杜甫的幽人朋友们

杜甫结交的幽人隐士朋友很多,下面略考其早年的尤其是天宝年间的幽人朋友,主要叙论诸人隐逸之事以及相关的隐逸书写,以便理解杜甫《幽人》诗的指涉对象和背景。

李白(附范十)。李白的隐士和道徒生涯,前人论述已多[1],这里主要谈他与杜甫在梁宋齐鲁漫游时的隐逸书写。杜甫初见李白时写《赠李白》,说"李侯金闺彦,脱身事幽讨。亦有梁宋游,方期拾瑶草","幽讨"指寻讨幽隐,应是杜甫从"寻幽"一词变化创造出来的,后来也成为一个诗歌用词。"拾瑶草"即捡拾灵芝,此喻寻仙访道有所成就。李白离京后一方面心怀怨愤,一方面求仙寻幽之志复炽,"未负幽栖志"(杜甫《寄李十二白二十韵》),和杜甫一起寻访范十、元逸人、董炼师等人,到王屋山访华盖君而其人已逝。这段经历对杜甫影响很大,这一时期他的诗风也明显染上了求仙和隐逸的色彩,如《与李十二白同寻范十隐居》的结句"不愿论簪笏,悠悠沧海情",写出与李白的隐逸寻仙之情。李白《寻鲁城北范居士失道落苍耳中见范置酒摘苍耳作》也写到此次经历。后来杜甫在《奉赠韦左丞丈二十二韵》的结尾说,"白鸥没浩荡,万里谁能驯",仍表达自己有"东入海"而寻仙隐居的打算。颜延之《五君咏》写有高士之风的嵇康的名句,"鸾翮有时铩,龙性谁能驯",是杜甫"谁能驯"的来源。李白离京时作《酬王补阙惠翼庄庙宋丞泚赠别》,其中也说"鸾翮我先铩,龙性君莫驯",以自己待诏翰林有铩羽之嫌,君(其实也说自己)之龙性尚未得驯,"世迫且离别,心在期隐沦",期于隐沦之处再会。李白的隐逸实践和书写,对杜甫有巨大的影响。

元丹丘。道士元丹丘是李白多年的好友,很多学者认为杜甫《玄都坛歌寄元逸人》的元逸人就是他[2],该诗说"故人昔隐东蒙峰",这与杜甫《与李十二白同寻范十隐居》的"余亦东蒙客",《昔游》(昔谒华盖君)的"东蒙赴旧隐,尚忆同志乐",可以相互印证。在东蒙一带隐居的董炼师、范十、元丹丘等,大多是杜甫在天宝四载跟随李白游历访道时结识的幽人。李白《闻丹丘子于城北营石门幽居中有高凤遗迹仆离群远怀亦有栖遁之志因叙旧以寄之》提到"幽人迹复存",幽人指东汉隐士高凤,而同时用以比拟隐居此地的元丹丘。

① 如裴斐《论李白的隐逸》,见《李白十论》,成都:四川人民出版社,1981年。罗宗强《李白的神仙道教信仰》,见《中国李白研究集萃》,合肥:黄山书社,2017年。
② 参见郁贤皓《李白与元丹丘交游考》,《河南师范大学学报》1981年第2期。

孔巢父（附张叔卿）。杜甫与孔巢父相识之时间，学界有两种说法，一是开元二十八年（740）杜甫往兖州省亲时[1]，一是天宝五载杜甫在长安时[2]。无论哪种说法，都认同《旧唐书·孔巢父传》的记载："少时与韩准、裴政、李白、张叔明、陶沔隐于徂来山，时号'竹溪六逸'。"杜甫《杂述》也提到"鲁之张叔卿、孔巢父"，称"二才士者，聪明深察，博辩闳大，固必能伸于知己"[3]，可知孔尚为处士的身份。天宝六载杜甫《送孔巢父谢病归游江东兼呈李白》云："巢父掉头不肯住，东将入海随烟雾。诗卷长留天地间，钓竿欲拂珊瑚树。"施补华评此诗云："巢父本竹溪六逸之一，又值其谢病而归，故语多带仙灵气。"[4]实际上孔巢父确实是追随李白前往吴越访道求仙去了。张叔卿和张叔明可能是同一人，也是一位隐士，后来为岭南节度使判官，杜甫有《得广州张判官叔卿书使还以诗代意》诗。

贾至（附李峩）。杜甫晚年《昔游》诗写到天宝三载与李白、高适之游，"昔者与高李，晚登单父台"，而贾至在天宝元年至三载恰为单父（今山东单县）尉[5]，大约由此而结识。李峩行九，与贾至、岑参、高适等交往较多，天宝十一载（752）任京兆府士曹（兵曹），岑参有《题李士曹厅壁画度雨云歌》，高适有《同李士曹观壁画云作》《同崔员外、綦毋拾遗九日宴京兆府李士曹》，诗题中李士曹即李峩，崔员外是崔颢，綦毋拾遗是綦毋潜，当时杜甫亦在京，这一年秋与高适、岑参、储光羲、薛据等同登慈恩寺塔并作诗。李峩与杜甫身处同一朋友圈，互相认识是有可能的。天宝十一载秋李峩往江东游吴越，岑参《送李峩游江外》云："且寻沧洲路，遥指吴云端。匹马关塞远，孤舟江海宽。……帆前见禹庙，枕底闻严滩。"[6]高适《秦中送李九赴越》云："吴会独行客，山阴秋夜船。谢家征故事，禹穴访遗编。镜水君所忆，莼羹予旧便。"[7]两首送别诗均写到李峩去吴越的行迹。贾至有《送李兵曹往江外序》，亦应是同时所作，云："今又匹马出关，舣舟洛下，念安石东山之赏，怀子猷剡溪之兴，何云思浩荡而野情寥廓哉？"和高、岑诗一样提及越中名胜。贾序又说："予困于徒劳，累及五斗，升沉风波之里，蹰躇长吏之前，岂沧洲远蹈之情、南阳躬耕之意？临歧对酒，有愧长剑。想子行迈，路经夷门，见颍川陈兼、河南于頔，为问道心无恙、星鬓如何，宿

① 陈冠明、孙愫婷《杜甫亲眷交游行年考》，上海：上海古籍出版社，2006 年，第 67 页。
② 吴怀东《杜甫〈杂述〉〈秋述〉文体形态及其源流考论》，《中国文学研究》2021 年第 3 期。
③ 萧涤非《杜甫全集校注》，第 6340 页。
④ 施补华《岘佣说诗》，《清诗话》，上海：上海古籍出版社。1999 年，第 985 页。
⑤ 参见傅璇琮《贾至考》，见傅璇琮《唐代诗人丛考》，北京：中华书局，2003 年，第 186 页。
⑥ 刘开扬《岑参诗集编年笺注》，成都：巴蜀书社，1995 年，第 229 页。
⑦ 刘开扬《高适诗集编年笺注》，北京：中华书局，1981 年，第 244 页。

昔屡空,复为安邑也。予近得阴君秘诀之北方河车,郊原近山,金鼎夕燎,秋来气冷,炉火适宜,刀圭一开,与子携手。"李翥前往吴越本为游仙访道,而住在夷门(今河南开封)的陈兼、于頔同样是"屡空"之隐士,贾至托李翥问候他们"道心无恙",希望他们能如闵仲叔遇到安邑县令那样,得到地方官的优待照顾①。最后贾至说自己炼丹之事,我最近得到了阴真君(阴长生)歌诀里说的北方河车(铅)②,在郊外山中置鼎炼丹,现在天气炉火都很适宜,不久药成炉开之时,便可与你携手成仙而去。此序颇可反映当时人对炼丹和求仙的热情。今人熟知李白的求仙和炼丹,实际上在当时他和杜甫的朋友圈中这是很普遍的事情。

陈兼。贾至序提到的道友陈兼,亦与杜甫、高适有交往。曾任封丘县丞,后辞官,天宝十三载(754)复出为右补阙、翰林学士(见《新唐书·儒学传·陈京》附载其父陈兼传)。杜甫作《赠陈二补阙》,正当他拜官右补阙之时,诗开篇说"世儒多汩没,夫子独声名",就是称赞他往年隐逸而独享声名。陈兼久在隐居之中,梁肃《独孤及行状》里提到独孤及(725—777)"年三(二)十余以文章游梁宋间,通人颍川陈兼、长乐贾至、渤海高适,见公皆色授心服",这是天宝七载(748)之事。当时高适有《宋中赠陈二》,其中说道:"安知罢官后,惟见柴门开。"③独孤及后来有《送陈兼应辟兼寄高适贾至》诗,也提到陈兼"未能忘茅茨","罢官梁山外"。高适和独孤及说到陈兼所罢之官,应指他在天宝十载前数年所任封丘县丞。陈兼在天宝十一载(752)的《陈留郡文宣王庙堂碑》一文后署名"前封丘丞泗上陈兼"④,可知此时已罢官。巧合的是,天宝十一载高适也辞去封丘尉。陈、高二人在封丘县任职大约同时,算是僚友,二人相继辞去,其间或有某种关联。

高适。高适数次应举求仕而不得,至天宝八载(749)五十岁时才得封丘县尉。他将自己早年的耕读生活视为隐居⑤,正如晚年给杜甫写诗《人日寄杜二拾遗》所说,"一卧东山三十春",以谢安之隐居东山为比。高适曾在嵩山隐居,"不到嵩阳动十年,旧时心事已徒然"(《送杨山人归嵩阳》),他常写自己的渔樵生涯,"余亦惬所从,渔樵十二年。种瓜漆园里,凿井卢门边"(《途中酬李少府

---

① 闵仲叔事见《后汉书·闵仲叔传》。他常被当做隐士高人作为典故用于诗中,如王绩《北山》:"子平一去何时返,仲叔长遂遂不来。"王维《赠房卢氏琯》:"或可累安邑,茅茨君试营。"

② 阴真君《还丹歌》云:"北方正气为河车,东方甲乙为金砂。"见陈抟《阴真君还丹歌注》,《正统道藏》第2册,上海:上海书店出版社,1988年,第878页上。

③ 以上参见刘开扬释《宋中遇陈二》诗,见刘开扬《高适诗集编年笺注》,第195页。

④ 《文苑英华》卷八百四十六,北京:中华书局,1966年,第4473页下。

⑤ 李颀《无尽上人东林禅居》云:"顾余守耕稼,十载隐田园。"也是以耕稼为隐。而王维《赠李颀》则云:"闻君饵丹砂,甚有好颜色。不知从今去,几时生羽翼。"又说李颀服丹求仙。可见耕稼、隐居、求仙之间,是没有绝对的界限的。

赠别之作》），"临水狎渔樵，望山怀隐沦"（《自淇涉黄河途中作十三首》之十）。天宝三载他与李、杜等游梁宋，作诗亦谓"物性各自得，我心在渔樵"（《同群公秋登琴台》）。天宝十三载他作《奉寄平原颜太守》，回顾自己早年躬耕梁宋的生活："始余梁宋间，甘与麋鹿同。散发对浮云，浩歌追钓翁。"渔樵、麋鹿、散发、钓翁等，都是表达隐逸的常见词藻。天宝八载他赴征有道科，有《留别郑三韦九兼洛下诸公》："幸逢明盛多招隐，高山大泽征求尽。此时亦得辞渔樵，青袍裹身荷圣朝。"将张九皋推荐他应有道科说成"招隐"，将自己本来的生活称为"渔樵"。任封丘尉时，高适仍未停歇其隐逸书写，如《封丘作》说"揣摩惭黠吏，栖隐谢愚公"，后作《封丘县》更详写自己任职之痛苦与矛盾，表达解职的意愿。此诗开头就说："我本渔樵孟诸野，一生自是悠悠者。乍可狂歌草泽中，宁堪作吏风尘下。"然后写自己为吏而拜迎官长、鞭挞黎庶之悲，说自己的"生事"当是耕于"南亩"，最后以"乃知梅福徒为尔，转忆陶潜归去来"结尾，欲效仿陶潜之归去。三年后高适即辞封丘县尉之官。上文提到贾至在郊外设炼丹炉，高适《同熊少府题卢主簿茅斋》所写的茅斋也是类似的地方："虚院野情在，茅斋秋兴存。……乃继幽人静，能令学者尊。江山归谢客，神鬼下刘根。阶树时攀折，窗书任讨论。自堪成独往，何必武陵源。"[1]诗中说卢主簿虽为官仍延续其幽人之闲静，如谢灵运之欣赏山水，而且法术高明如刘根，最后说这地方自是独往之地，不必另外去寻找世外桃源。

岑参。杜甫《杂述》说："岑子、薛子，引知名之士，月数十百。"指岑参、薛据。杜甫与二人相识在天宝五载（746），他刚到长安的时候。岑参早年曾在多地隐居，其诗赋中常常写到。《感旧赋·序》说"十五隐于嵩阳"，后来又隐陆浑、王屋山、终南山等处。晚年他在《下外江舟中怀终南旧居》中说："早年好金丹，方士传口诀。敝庐终南下，久与真侣别。道书谁更开，药灶烟遂灭。"《上嘉州青衣山中峰题惠净上人幽居寄兵部杨郎中》说："早岁爱丹经，留心向青囊。渺渺云智远，幽幽海怀长。"可见早年求道之笃。他早年写《缑山西峰草堂作》云："结庐对中岳，青翠常在门。遂耽水木兴，尽作渔樵言。……隐几阅吹叶，乘秋眺归根。独游念求仲，开径招王孙。片雨下南涧，孤峰出东原。栖迟虑益澹，脱略道弥敦。野霭晴拂枕，客帆遥入轩。尚平今何在，此意谁与论。"颇能写出隐居之趣。《林卧》诗云："偶得鱼鸟趣，复兹水木凉。远峰带雨色，落日摇川光。曰中西山药，袖里淮南方。唯爱隐几时，独游无何乡。""鱼鸟趣"岑参在

---

① 刘开扬《高适诗集编年笺注》，第132页。这位卢主簿可能就是李白《赠任城卢主簿潜》的那一位。

《自潘陵尖还少室居止秋夕凭眺》中也写过,"心澹水木会,兴幽鱼鸟通"。"西山药"、"淮南方"指服食炼丹之事。和高适常写田耕相比,岑参的道隐倾向更加明显,诗中表达也更多。早年隐居嵩阳和终南时期不必说①,乾元二年至宝应元年(759—762)任虢州长史时期,也常写对山中旧居的怀念,如"早年迷进退,晚节悟行藏。他日能相访,嵩南旧草堂"(《初至西虢官舍南池呈左右省及南宫诸故人》),"西掖诚可恋,南山思早回。园庐幸接近,相与归蒿莱"(《春兴思南山旧庐招柳建正字》),"早年家王屋,五别青萝春。安得还旧山,东溪垂钓纶"(《南池夜宿思王屋青萝旧斋》),"平生沧洲意,独有青山知。州县不敢说,云霄谁敢期。因怀东溪老,最忆南峰缁。为我多种药,还山应未迟"(《虢州送郑兴宗弟归扶风别庐》)。晚年他在蜀中时颇感失意,很多诗又透出隐遁求仙之想。前引《下外江舟中怀终南旧居》的最后结句是:"顷来压尘网,安得有仙骨。岩壑归去来,公卿是何物。"欲效陶潜归去,隐居于岩壑。舟经犍为(今四川乐山)时作《东归发犍为至泥溪舟中作》,结尾云:"忆昨在西掖,复曾入南宫。日出朝圣人,端笏陪群公。不意今弃置,何由豁心胸。吾当海上去,且学乘桴翁。"②因弃置而愤懑,复欲往海上求仙,正是李白"直挂云帆济沧海"的意思。

薛据。杜甫《杂述》提到薛子,他们至晚在天宝五载已相识。薛据曾隐居终南山,其《出青门往南山下别业》云:"旧居在南山,凤驾自城阙。……弱年好栖隐,炼药在岩窟。"《唐才子传》据此称其"初好栖遁,居高炼药"③。杜甫《解闷十二首》其四写薛据:"沈范早知何水部,曹刘不待薛郎中。独当省署开文苑,兼泛沧浪学钓翁。"三句赞其才华,四句惜其不遇。据《后山诗话》说,"省署开文苑,沧浪学钓翁"是薛据之诗④,则系杜甫借用其诗句。

储光羲。储光羲天宝六载为太祝,始与杜甫有交往。他在此之前做过几任县尉,后来都辞官了⑤。他在《赴冯翊作》中说自己"本自江海人,且无寥廓志",《游茅山五首》更写隐居之志,如:"十年别乡县,西云入皇州。此意在观国,不言空远游。九衢平若水,利往无轻舟。北洛反初路,东江还故丘。"(其一)"世业传儒行,行成非不荣。其如怀独善,况以闻长生。家近华阳洞,早年深此情。"(其二)"昔贤居柱下,今我去人间。良以直心旷,兼之外视闲。垂纶非钓国,好学异希颜。"(其四)他天宝初到长安,隐居蓝田,《蓝上茅茨期王维补

---

① 参见石云涛《岑参道隐略论——兼与詹石窗先生商榷》,《魏晋南北朝隋唐史资料》2002年。
② 刘开扬《岑参诗集编年笺注》,第725页。
③ 傅璇琮《唐才子传校笺》,北京:中华书局,1987年,第310页。
④ 陈师道《后山诗话》,《历代诗话》,北京:中华书局,1981年,第304页。
⑤ 参见陈铁民《储光羲生平事迹考辨》,《文史》第12辑。

阙》说自己"老年疏世事，幽性乐天和"，幽性，就是幽栖之本性。天和出《庄子》，指天地和顺之理，这里借指自然。《终南幽居献苏侍郎三首》写自己幽栖隐居的生活，其二说："中岁尚微道，始知将谷神。抗策还南山，水木自相亲。"第一首还说到自己的幽居之处，有"灵埇曝仙书，深室炼金英"，可见也有求仙炼丹之事。他的《杂咏五首》有一首就叫《幽人居》："幽人下山径，去去夹青林。滑处莓苔湿，暗中萝薜深。春朝烟雨散，犹带浮云阴。"写隐士的居处环境。天宝十一载(752)，杜甫与高适、岑参、薛据、储光羲登慈恩寺塔，同题唱和，可谓是一时之盛况。储诗结句说，"剧崿非大厦，久居亦以危"，担心久居尘世之危，而岑诗结句说"誓将挂冠去，觉道资无穷"，则是重申挂冠远游、访道寻幽的志向。

张彪。杜甫《寄张十二山人彪三十韵》说："历下辞姜被，关西得孟邻。早通交契密，晚接道流新。"回忆他们天宝四载在山东的密切交往，后来在关西(华州)也多有来往[1]。"姜被"是姜肱被的典故，杜甫写跟李白寻访隐士范十时也用过："醉眠秋共被，携手日同行。"(《与李十二白同寻范十隐居》)

任华。杜甫天宝十一载作《贫交行》云："翻手作云覆手雨，纷纷轻薄何须数。君不见管鲍贫时交，此道今人弃如土。"高适《赠任华》有类似的句子，"丈夫结交须结贫，贫者结交交始亲。……君不见管仲与鲍叔，至今留名名不移。"当时杜甫与高适交往甚密，可能与任华也有来往。任华天宝三载到长安寻李白不遇，曾作《寄李白》诗说，"君已江东访元丹，邂逅不得见君面。……又闻访道沧海上，丁令王乔每还往。蓬莱径是曾到来，方丈岂唯方一丈"。在遗憾的同时，对李白的沧海之游充满歆羡之情。任华自言"隐居岩壑，积有岁年，销宦情于浮云，掷世事于流水"，又说"华本野人，尝思渔钓，寻常杖策，归乎旧山"[2]，可见其隐士的身份。杜甫在成都时，任华作《寄杜拾遗》云："且当事耕稼，岂得便徒尔。南阳葛亮为朋友，东山谢安作邻里。"以诸葛亮、谢安的暂时隐遁劝慰杜甫，望他做好出山的准备。

以上简述杜甫交往的一些幽人朋友，由于诗人的写作习惯和文献之散佚，现在看到的多是一些诗人朋友。另外有一些朋友，如崔兴宗、裴迪、孟云卿、沈千运、王季友等，也长期身处野逸，幽隐山林，但他们与杜甫相交的时间是否在天宝年间不能确定。至于杜甫的布衣之交、后来成为高官的房琯和张镐，早年也有隐居的经历和名声。房琯"性好隐遁"(《旧唐书·房琯传》)，"早岁常隐终

---

① 参见萧涤非《杜甫全集校注》，第 1669 页。
② 任华《上严大夫笺》《与庾中丞书》，见陶绍清《唐摭言校证》卷十一，北京：中华书局，2021 年，第508 页。

南山峻壁之下"①；张镐曾"隐居南山"②，"隐王屋山"③，杜甫还说他"张公一生江海客"（《洗兵马》）。还有一些人难以确认，如杜甫《题张氏隐居二首》，写作时间或以为开元二十八年，或以为天宝时，张氏或以为是张玠（张建封父），或以为是张叔卿。这些均不作讨论。

杜甫及其朋友们的诗歌作品，为我们展示了天宝年间庞大的隐逸士人群体以及他们丰富的生活。对于这个庞大的人群，过去学界从平民诗人登上诗坛的角度有所论述，强调作者群体不同于此前的贵族和宫廷文人，或从唐代士人读书山林和寺观的角度论述，注意到他们入仕前读书学习的场所及寺观发挥的文化赞助作用。但不得不说，作为传统文化中极其重要的一个组成，隐逸是一个可以研究和观察唐代文学的极为重要的角度。盛唐隐士们的生活情况，他们的寻仙漫游，服食炼丹，在出处行藏之间的选择和犹豫，以及唐人丰富的隐逸书写，中古隐逸传统通过典故和词藻在唐代文学中的呈现，还值得做更多的挖掘。仅举杜甫辞官华州司功参军之事来说，学界对其辞官原因讨论很多，但似乎没有人提到这一点，天宝年间县尉、县丞、录事、参军之类的低级官员，辞官（或期满）而归田隐居，求仙访道，是一件普遍而普通的事情。前面提到的李颀、高适、陈兼、储光羲等人，以及常建（盱眙尉）、李颀（新乡尉）、綦毋潜（校书郎）、元德秀（鲁山令）、韦应物（栎阳令）等人都是如此，杜甫之所为自然也有这种风气的因素。

《幽人》解读和系年

杜甫的《幽人》诗，陈式认为是"托幽人咏怀"，忽视了杜甫和他的幽人朋友们隐逸修道的实践以及时代风气，林兆珂认为"此公思昔日交游道流而作"④，则是正确的理解。《幽人》诗的写作时间也有争论，较多学者系于出峡后的大历四年（769），如黄鹤、蔡梦弼、浦起龙、仇兆鳌、杨伦、萧涤非等，但郭知达将此诗系于乾元二年（759），为"寓秦州及同谷县行赴蜀中作"⑤，钱谦益依据吴若本也这样处理⑥，我认为这才是正确的。《幽人》诗是在秦州时思念早年的幽

---

① 皎然《昼上人集》卷七《戛铜椀为龙吟歌并序》，四部丛刊本。

② 独孤及《毗陵集》卷八《唐故太子宾客兼御史大夫洪州刺史洪吉八州都防御观察处置使平原郡开国公张公遗爱碑颂并序》，四部丛刊本。

③ 《太平广记》卷六十四《张镐妻》引《神仙感遇传》。

④ 陈、林之说，见萧涤非《杜甫全集校注》，第5889页。

⑤ 郭知达《九家集注杜诗》卷五，见洪业编《杜诗引得》，北京：哈佛燕京学社，1940年，第2册第76页。

⑥ 钱谦益《钱注杜诗》，上海：上海古籍出版社，1979年，第84页。关于吴若本及其与钱本之关系，参见孙微《杜诗学文献研究论稿》，石家庄：河北大学出版社，2010年，第27—25页。

人隐士朋友而作，也表达了对自己当下艰难处境的思考。以下逐句解说。

"孤云亦群游，神物有所归。麟凤在赤霄，何当一来仪。"头四句是说，隐逸之人如孤云，也曾有群游之时（故而自己曾与他们交往），但他们终究是神物，有其归宿（神仙之所）。他们如麟凤在霄，不知何时能再来。杜甫以孤云和麟凤比喻过去一同寻仙访道的旧友们。"孤云"一词来自陶潜《咏贫士七首》其一："万族各有托，孤云独无依。"本喻指贫士之离群索居①，但盛唐时常指那些行止自由的隐士。严向《送贺秘监归会稽诗》："孤云去住本无机，却指苍梧下翠微。锡鼎为传仙族在，泛槎还入海烟归。客星一夜凌光武，华表千年送令威。闻道葛洪丹灶畔，至今霜果有金衣。"诗中出现了著名隐士严光以及神仙丁令威和葛洪，还用了泛槎上天的典故，结合贺知章回会稽为道士的史实来看，首句的孤云正是写仙隐之事的比兴。唐玄宗《送胡真师还西山》："仙客厌人间，孤云比性闲。"更是明确将孤云、仙客和胡真师联系起来。李颀《赠苏明府》写一辞官的县令："常辞小县宰，一往东山东。……泛然无所系，心与孤云同。"以孤云喻辞官出世之人。稍晚刘长卿《送方外上人》的"孤云将野鹤，岂向人间住"，就更加明显了②。《幽人》开篇四句，首句写相交，次句一转写分隔，三四句写心期。

"往与惠荀辈，中年沧洲期。天高无消息，弃我忽若遗。"接下来这四句，又转头说自己往年与那些幽人朋友一同修道求仙，正如《昔游》所说，"东蒙赴旧隐，尚忆同志乐"，《寄张十二山人彪三十韵》所说，"早通交契密，晚接道流新"。而且，杜甫还和他们有过沧洲之约，鹿门之期，但是现在他们如仙人在赤霄之上，自己则流落在偏远穷苦的秦州。《秦州杂诗二十首》之十五开头说："未暇泛沧海，悠悠兵马间。"乃是回顾过去一些年来的经历，先是因为"走踆踆"之求仕，未暇随幽人们远泛沧海（"直挂云帆济沧海"），后又遭遇安史之乱，流落至此，淹留东柯。"惠荀"不知为谁何，前人议论颇多，宋代注家甚至伪造惠昭、荀珏之名以实之。我基本同意郭沫若的看法："晋代名僧惠远与道家许询，借此二人以代表释道二家的道友。"③前人或以为二人之姓名不当如此称呼，其实古代确有这样的表达。施鸿保云："旧说以为惠远、许询，正未可非，古人名字

① 皎然《诗式》卷一《用事》说"陶公以孤云比贫士"，见《诗式校注》，北京：人民文学出版社，2003年，第31页。
② 南宋释文珦《煨芋》诗："隐者似孤云，都忘厌与忻。渔樵每争席，鸾鹤自为群。"也以隐士比孤云，复称其与鸾鹤为群。
③ 郭沫若《李白与杜甫》，第288页。

互举,自《左传》已然。且惠远亦是名,单举惠字,如马卿、刘牢之类,未尝不可。"①这里说名字互举,是说《春秋》和《左传》里对同一个人或称名或称字(此外还有称爵、称姓、称氏等),以及将一个人的名和字连起来称呼,如孟明视、西乞术、白乙丙。杜甫诗中即有将司马相如(字长卿)省称为马卿,将刘牢之省为刘牢的例子②。皎然也有:"既得庐霍趣,乃高雷远情。"(《杼山禅居寄赠东溪吴处士冯一首》)雷指雷次宗,远指慧远。所谓"辈"者,自然有很多,包括上节提到的李白等幽人朋友们。

"内惧非道流,幽人见瑕疵。"自己已为幽人朋友们所弃,消息断绝,转念一想,也许自己本来就没有仙质吧(类似李白《游太山六首》其一说的"自愧非仙才"),所以不能为幽人所接纳。或者说,由于自己并非道流(还有家人之累),所以无法同他们去那真正的仙隐之地,只能在秦州做一个穷困的隐士。杜甫曾称赞孔巢父"自是君身有仙骨"(《送孔巢父谢病归游江东兼呈李白》),寄张彪之诗说"晚接道流新"(《寄张十二山人彪三十韵》),他们才是真正的幽人道流。

"洪涛隐语笑,鼓枻蓬莱池。崔嵬扶桑日,照耀珊瑚枝。风帆倚翠盖,暮把东皇衣。咽漱元和津,所思烟霞微。"这八句写在江南吴越一带的幽人道友,想象他们在蓬莱池(沧海)之上游仙。杜甫《昔游》(昔者与高李)云:"吴门转粟帛,泛海陵蓬莱。"《送孔巢父谢病归游江东兼呈李白》云:"蓬莱织女回云车,指点虚无是征路。"蓬莱均指海上仙山。"珊瑚枝",《送孔巢父谢病归游江东兼呈李白》也用过,"钓竿欲拂珊瑚树"。"风帆"也正如李白的"直挂云帆济沧海"一样,指航行于仙人所居的沧海之上。这几句所说的幽人所在实指吴越一带。李白等人前往吴越求仙访道的热情,很多幽人道友在那里隐居的事实,是理解杜甫此诗的重要背景。

"知名未足称,局促商山芝。"前面所写之幽人辈远遁江湖,求仙海上,是真正的逃名避世之人,他们懂得"名"不足称,若只是在商山(泛指长安、洛阳一带的山林)隐居而获取名声(唐代隐士往往如此),终是局促之人。施鸿保云:"言幽人并名字无闻,若巢父之流,所以足称;商山四皓,其名终为汉廷所知,高祖虽求之不得,吕后、张良终能致之,其视幽人不局促自愧乎? 此即诗题幽人,不

---

① 施鸿保《读杜诗说》卷二十三,上海:上海古籍出版社,1983年,第225页。
② 杜甫《入衡州》:"剧孟七国畏,马卿四赋良。"《奉送二十三舅录事之摄郴州》:"徐庶高交友,刘牢出外甥。"

着姓名之意也。"①商山四皓在中古诗中一般指代隐士,本无褒贬之意,但由于四皓辅佐惠帝登基,名流青史,唐人写到他们有时重在其名誉。李白诗《秋夜独坐怀故山》:"顾无苍生望,空爱紫芝荣。"是说自己已无振救苍生之可能,剩下的只不过是四皓那样的荣名虚名。也是取其荣名之义。

"五湖复浩荡,岁暮有余悲。"末两句表达对吴越五湖中的幽人的思念,对自己的处境和命运感到伤悲。浩荡,这里是指吴越一带的江河湖海之水势浩大。杜甫《桥陵诗三十韵因呈县内诸官》:"何当摆俗累,浩荡乘沧溟。"《奉送魏六丈佑少府之交广》:"南游炎海甸,浩荡从此辞。"都是说将往沧海之意,和李白《行路难》的"济沧海"是同一想法。

前人或以《幽人》诗为"寓言",如卢元昌说:"此章大意是寓言。……'天高无消息',君门九重也。'弃我忽若遗',退若坠渊也。'内惧非道流,幽人见瑕疵',信见疑、忠获谤也。'洪涛隐笑语,鼓枻蓬莱池',忧谗畏讥,思与人共济也。'崔嵬扶桑日,照耀珊瑚枝',游神于蓬莱宫阙、青琐朝班也。'风帆倚翠盖,暮把东皇衣',犹望翠华重遇、美人一晤也。'咽漱元和津,所思烟霞微',若将屏一切,凝万虑,冀阊阖之或通也。……《留青日札》诠'蓬莱如可到,衰白问群仙',谓公恋恋不忘朝廷,冀衰老而犹得见君,今于此篇亦然。"②这样解释《幽人》的句意,实在太过牵强。仇兆鳌说:"诗以幽人命题,盖公已年老,不能用世,欲托高人以遁迹,当从伯敬、长孺之说。卢氏注与诗意不合。"将该诗理解"托高人以遁迹",也不准确。钱谦益谓是为李泌而作,则更是附会。杜甫此诗不过是直写情志,怀念往年(主要是天宝年间)交往的幽人道友而已。

总之,《幽人》写对远方幽人朋友的思念,对比自己与他们的境况,透出对正在湖海仙游的旧友的歆羡之情,而这种情感和情绪,放在夔州诗或出峡后诗里是讲不通的。再联系乾元二年杜甫所作《寄张十二山人彪三十韵》,就能更明确《幽人》之意及作于同一时期的事实。在此诗中,杜甫也表达了自己的惭愧和悔恨,"疏懒为名误,驱驰丧我真",因驱驰长安而丧失"真"性,这也就是陶潜说的"误落尘网中,一去三十年"(《归园田居》其一)。诗中还描写了张彪的神仙生活:"存想青龙秘,骑行白鹿驯。耕岩非谷口,结草即河滨。肘后符应验,囊中药未陈。"这和《幽人》中想象朋友"风帆倚翠盖,暮把东皇衣。咽漱元和津,所思烟霞微"是一样的。实际上,杜甫这时候的纠结矛盾心理,早在《自

① 施鸿保《读杜诗说》卷二十三,第 226 页。
② 仇兆鳌《杜诗详注》引,北京:中华书局,1979 年,第 2028 页。

京赴奉先县咏怀五百字》自述中就说得很清楚了："非无江海志，潇洒送日月。生逢尧舜君，不忍便永诀。"杜甫晚年怀念好友苏源明的诗中说，"洒落辞幽人，归来潜京辇"（《八哀诗·故秘书少监武功苏公源明》），这句话其实也适合杜甫自己，"辞幽人"是他自己的选择，也就是天宝五载到长安求仕之事。杜甫的早年的隐居求道，与幽人道友的密切交往，然后"西归到咸阳"应举求仕，是盛唐诗人普遍的人生道路，无论李白还是高适、岑参等，都有类似的经历或人生阶段，并非杜甫所独有，只是他表达这种仕隐的矛盾更加复杂和隐微。杜甫情寄家国的儒家气质，使他在表达仕隐矛盾之时，自然和作为隐士兼道教徒的李白有所不同。陇右时期的困苦生活，令杜甫思念那些求仙的幽人朋友，而不久他即来到成都，过上了较为安定舒适的生活。成都时期的《为农》诗最后说"远惭句漏令，不得问丹砂"①，在一首描写乡居闲逸生活的诗的结尾忽然提起求仙之事？我想，这是由于此前不得求仙的遗憾和愧恨还萦绕心头吧。此诗所说的句漏令，仍然指向那些幽人道友，全诗欲表达自己安居成都的心境，"卜宅从兹老"，为农躬耕，实乏仙质，不能与求仙之句漏令相提并论了。

《昔游》解读和系年

杜甫有两首名为《昔游》的诗，一首诗的首句为"昔谒华盖君"，另一首为"昔者与高李"，这里要谈的是第一首。仇兆鳌云："此诗旧编在乾元二年秦州，范元实编在大历二年夔州。按：秦州与衡岳绝远，岂得云'清秋入衡霍'？当是客夔州时作。旧因'关塞'二字，遂误属秦州。公诗'关塞极天惟鸟道'，明是说夔州也。"②此后杨伦、萧涤非皆依其说。而郭知达、吴若（钱谦益）将它置于《幽人》之前，视为同时所作。钱谦益云："《昔游》《幽人》二诗，草堂本叙荆州、潭州诗内，今从旧叙于此。"③浦起龙将《幽人》置于大历四年（769）④，却将此诗置于乾元二年（759），认为"范元实际编入夔州，究无的据"⑤。综合诗意来看，此诗编入乾元二年更能讲得通，和《幽人》是同时之作。

《昔游》诗共32句，自首句"昔谒华盖君"至"怅望金匕药"为一段，回忆往年寻访华盖君的事情。接下来"东蒙赴旧隐，尚忆同志乐。伏事董先生，于今

① 《杜甫全集校注》，第1944页。旧注于此诗解说多歧，然皆不能将颈联之意与尾联贯通，如果不了解杜甫此前心中的隐痛，则不能理解此诗结尾何以忽而言及仙事。
② 仇兆鳌《杜诗详注》，第1795页。
③ 钱谦益《钱注杜诗》，第84页。
④ 浦起龙《读杜心解》，北京：中华书局，1961年，第209页。
⑤ 浦起龙《读杜心解》，第62页。

独萧索"四句,是总上引下。最末八句的前四句,"胡为客关塞,道意久衰薄。妻子亦何人,丹砂负前诺",是"怅目前之负约"①,末四句,"虽悲鬓发变,未忧筋力弱。扶藜望清秋,有兴入庐霍",是"冀将来之重赴"②。仇兆鳌因诗末二句判断此是在夔州所作,但诗中并没有直接说清秋时就要前往庐霍(仇兆鳌合并解作"清秋入衡霍"),可以理解为清秋时眺望庐霍的方向,想念在那一带隐居的董炼师,又萌生了寻仙之想。

杜甫后悔当年未能伏事董先生修道,而入长安求仕,后又辗转来到秦州关塞,道意久已消退,也是因家庭妻儿之累,不能一同炼丹求仙。杜甫在秦州和同谷时期,生活窘困,"男呻女吟四壁静"(《乾元中寓居同谷县作歌七首》其二),常有为衣食所累的感觉。他在离开同谷将往成都时作诗《发同谷县》就说,"奈何迫物累,一岁四行役",仇兆鳌注物累是"为妻子所牵"③,实为得之。这一时期杜甫常表达妻儿家人之累,如《寄岳州贾司马六丈巴州严八使君两阁老五十韵》说"笑为妻子累",入蜀途中经过飞仙阁(在今陕西略阳)时作《飞仙阁》诗说,"叹息谓妻子,我何随汝曹"。在极度穷困之下,这段时期的杜甫产生了一种想法——如果没有妻子之累,他就可以独自隐遁求道,甚至随幽人而去了。《发同谷县》诗尾说:"平生懒拙意,偶值栖遁迹。去住与愿违,仰惭林间翮。"仇兆鳌注云:"此叹奔走非其本愿。偶逢栖遁,愿(原)本欲住,今又舍之而去,是去住愿违,不能如林鸟之自适也。"④平生懒拙之性,偶然(终于)来此同谷,适可栖遁,但因家累不得不前往成都,所以说"去住与愿违"。《昔游》中有"妻子亦何人,丹砂负前诺"的句子,与杜甫这一时期对妻子之累的感叹是一致的。而与此相对照的是,杜甫在夔州及荆湘时期从未表达过"妻子累"这样的思想,只在《西阁二首》其二中说过"毕娶何时竟,消中得自由",后面虽有"服食寄冥搜"的想法,但情绪要平和得多,而且所用向长"男女婚嫁既毕"的典故,重心已从"妻子"转到"男女",操心的是孩子的事。杜甫夔州时期的诗《谒真谛寺禅师》说,"未能割妻子,卜宅近前峰",与方外人交言却说不能割舍妻子,这和陇右时期截然不同。因此,从对待妻子与求仙的态度上来看,《昔游》也应作于乾元二年的秦陇时期,北宋范温(元实)的系年是有道理的。

我们还可以从诗中描写身体和精神状态来看《昔游》的写作时间。《昔游》中虽然提到"鬓发变",但强调"未忧筋力弱",尚可入山访道。这一时期杜甫虽

---

①② 浦起龙《读杜心解》,第63页。

③ 仇兆鳌《杜诗详注》,第705页。

④ 仇兆鳌《杜诗详注》,第706页。

然生活困窘,而且"白头乱发垂过耳"(《乾元中寓居同谷县作歌七首》其一),但身体精力还没有呈现疲苶衰弱之相。而在夔州时期,杜甫就常常感叹自己衰老病弱,诗中常出现"衰谢"一词,如"衰谢增酸辛"(《八哀诗·赠太子太师汝阳郡王璡》),"镜中衰谢色"(《览镜呈柏中丞》)等,有时还会直接写到其精力不济的状态,如《秋日夔府咏怀奉寄郑监李宾客一百韵》:"乱离心不展,衰谢日萧然。筋力妻孥问,菁华岁月迁。"《寄刘峡州伯华使君四十韵》:"筋力交凋丧,飘零免战兢。"由此可见,《昔游》的写作不可能是在夔州以及更晚的时期。《昔游》诗中有"丹砂负前诺"的愧恨,结尾表现出入山寻仙的兴致,《幽人》也表达有负"沧洲期"的惭愧和对幽人道友的羡慕,二诗意旨相契合,钱谦益据吴若本将二诗编在前后相邻的位置,是有其根据和道理的。

前人论《昔游》多及《忆昔行》,以为前者是大历二年(767)在夔州时作,后者是大历三年出峡后所作①,时间相隔不久。诚然二诗都提到了华盖君、董炼师,在写过去的访道经历方面颇多可互相印证之处,但这里欲指出其间重要的差异,即《忆昔行》结尾四句:"秘诀隐文须内教,晚岁何功使愿果。更讨衡阳董炼师,南浮早鼓潇湘柁。"上二句说须待仙人传授秘诀隐文,到晚年不知因何功德而能实现成仙之愿,或如董养性云:"须得其秘传以为长生之方,不然以何功而为晚年之愿果"②,下二句说将南浮衡阳寻访董炼师。显然,《忆昔行》所写是诗人在湖湘时考虑的一种可行的(当时人认为的)、可能的人生路途(杜甫在湖湘时屡有南征、图南、勾漏、罗浮之语,寻仙访道确实是他当时的一个考虑),这和《昔游》表达的惭愧和勉力遥望,是不同的心境。此外,《忆昔行》结尾明确写到衡阳,大概是因为此时杜甫有了董炼师的行踪信息,而《昔游》结尾所说的庐霍则是一种泛指。庐霍出谢灵运《初发石首城诗》:"游当罗浮行,息必庐霍期。"江淹《杂体诗·谢临川灵运》有"平明登云峰,杳与庐霍绝"③,可见庐霍是具有谢灵运风格的游览山川用词。后来李白《题嵩山逸人元丹丘山居》也说:"黉缘泛潮海,偃蹇陟庐霍。"泛而言之,庐霍可指代隐遁与寻仙之江南名山。杜甫如果已知道董炼师在衡阳,《昔游》诗的结尾可能就是"有兴入衡霍"了,毕竟衡霍也是一个有来源(郭璞《江赋》)的词藻。反过来,这也说明《昔游》与《忆昔行》不会作于一时。

---

① 参见萧涤非《杜甫全集校注》,第5489页。
② 转引自萧涤非《杜甫全集校注》,第5492页。
③ 萧统《文选》卷三十一,第452页上。

余　论

前论杜甫天宝年间的幽人朋友时,略过了他称之为"高人王右丞"的王维,因为目前尚无证据表明他们在天宝年间已有直接的交往。但必须指出的是,旅食京华十年的杜甫,应该知道常住辋川、过着半隐居生活的王维。乾元元年(758)杜甫《奉赠王中允》说:"中允声名久,如今契阔深。""声名久"意味着他早已熟知王维。同年杜甫写的《崔氏东山草堂》提到:"何为西庄王给事,柴门空闭锁松筠。"王给事就是王维,西庄可能就指辋川别业。这一年任左拾遗的杜甫,还和中书舍人王维、右补阙岑参一起参加了贾至发起的早朝大明宫唱和。天宝年间,王维历任左补阙、库部员外郎、库部郎中,天宝九载(750)丁母忧,十一载服阕后拜吏部郎中,十四载任给事中。但王维自天宝三载即在蓝田营建辋川别业,公余之暇常往居住。天宝年间他写了大量以辋川为地点和背景的诗歌,今人常以山水田园诗目之,其实大多可归于隐逸诗的范畴。陈铁民说:"自官补阙后,王维一直在朝任职。但是,他身在朝廷,心在山野,长期过着亦官亦隐的生活。"[①]"王维的山水田园诗非但具有禅意,且具有浓厚的隐逸气息。……王维的大部分山水田园诗,是隐逸生活与佛道思想结合的产物。"[②]杜甫心目中的王维显然是一位幽人隐士。大历二年他在夔州写《解闷》十二首,杂忆故人往事,其中第八首专写王维,"不见高人王右丞,蓝田丘壑漫寒藤"。高人也就是高士幽人。李颀《送刘四赴夏县》:"高人往来庐山远,隐士往来张长公。"王维《送权二》:"高人不可有,清论复何深。"都是其例。杜诗在此还提到蓝田,专门使用丘壑这样的隐逸词藻,突显了王维高人的身份和形象。

陈铁民在分析王维交游的人物时说,"综观王维今存的集子,不难看出,在诗人一生中,同他往来最多的,还是那些中下级官吏、怀才不遇的士人、隐者、和尚、居士、道士等。""王维所结交的这些诗人,大多是一些官位不高、仕宦不很得意或并无官职的文士。其中不少人,还曾有过长期隐居的经历。"[③]这些结论,显然也符合杜甫、李白等盛唐诗人。无论是王维这样仕途通达并且长期在朝中任职的达官贵人,还是李白、杜甫、储光羲等蹭蹬仕途的人,或者仕宦沉浮的岑参,五十始得微官的高适,在他们的生命和诗歌写作中,隐逸是一个极

---

① 陈铁民《王维论稿》,北京:人民文学出版社,2006年,第130页。
② 陈铁民《王维论稿》,第248—249页。
③ 陈铁民《王维论稿》,第163、173页。

其重要的主题,在他们的诗歌作品里,与隐逸相关的典故、词藻频繁地出现。可以说,中古以来形成的隐逸文化和文学表达,对于盛唐诗人的生活和书写的影响是全方位和极深刻的。张綖解杜甫《立秋后题》"平生独往愿"句云:"按公《赠李白》诗:'苦乏大药资,山林迹如扫。'《幽人》诗:'往与惠荀辈,中年沧洲期。'《昔游》诗:'妻子亦何人,丹砂负前诺。'皆平生独往之愿也。"①这段话恰好将杜甫表达隐遁意愿的四首诗串联起来,提示我们去关注他作为隐逸诗人的一面。从隐逸文化的传统和背景去理解盛唐诗人的生命历程,解读他们的诗歌,重新审视过去简单地用山水诗或田园诗贴了标签的作品,应该可以成为今后研究的一个方向②。

[作者简介]　罗宁,西南交通大学人文学院教授,博士生导师。主要研究汉隋唐宋文学与文献。

---

① 转引自萧涤非《杜甫全集校注》,第 1339 页。
② 本文的初稿曾在四川省杜甫学会第二十一届年会暨中国杜甫研究会第十届学术年会(成都,2021年)及中国唐代文学学会第二十一届年会(网络,2022 年)上报告。

瞿宣颖日记的佚存状况及其文学史料

唐雪康

[摘　要]　瞿宣颖是近代文史兼通的重要学者，由于特殊的历史原因，他在当代几乎湮没无闻。近年从公藏单位及私人收藏中发现瞿宣颖散佚日记数种，日记存 1911、1912、1913、1914、1916、1917、1920、1939、1940、1944、1945 年共 11 个年份，涵盖其居湘读书、在沪上学、居京任职等重要阶段。每一阶段，日记呈现的面貌大不相同。瞿宣颖出身名门，亲历近代诸多重要历史事件，交游多一时俊杰，日记因之具有重要的史料价值。日记中对日常诗文创作的记录以及对古今作家作品的批评，也蕴含丰富的文学史料，值得进一步研究。

[关键词]　瞿宣颖　瞿兑之　日记　日记文学　文学史料

瞿宣颖（1894—1973），字锐之，后改字兑之，晚号蜕园。湖南善化（今长沙）人，晚清重臣瞿鸿禨之子。出身名门，早年受家学濡染，曾从王先谦、王闿运等湘中耆宿游，辛亥鼎革后寓居上海，就读圣约翰大学、复旦大学，接受新式教育。毕业后赴京谋职，任国务院秘书、司法部秘书、印铸局局长等职。北伐后专力治学，曾受聘南开、燕京、清华、广州学海书院等学校讲席。抗战中留滞北京，任"中华民国临时政府行政委员会"秘书长、"国民政府华北政务委员会"秘书厅厅长、"国立华北编译馆"馆长等诸多伪职。抗战胜利后流寓上海，笔耕为生。1968 年以"反革命罪"获刑十年，1973 年瘐死于上海提篮桥监狱。著述宏富，有《汉代风俗制度史前编》《方志考稿》《北平史表长编》《汉魏六朝赋选》《李白集校注》《刘禹锡集笺证》等著作传世。

2012 年，田吉曾以《瞿宣颖年谱》①为题写作博士论文，运用史志档案、瞿

---

① 田吉《瞿宣颖年谱》，复旦大学 2012 年博士学位论文。

氏已刊诗文、著作以及瞿氏友朋日记、书札等文献,对瞿氏生平事迹有详尽论述。同时也感慨:"受抗战中人生污点的影响,瞿氏身后寂寞,迄未成为学术热点。相关的研究史料长期处于零散状态,有不少甚至已销毁不存。"①未知瞿宣颖尚有日记存世。陈左高《历代日记丛谈》②最末附《日记知见书偶录》记清代及民国知见日记近 200 种,虞坤林《二十世纪日记知见录》③收 1900 年以来日记逾 1100 种,二书皆未述及瞿宣颖日记。上海图书馆张伟先生曾指出虞坤林一编收录详尽,遗漏也不在少数,列举若干失收日记中首见瞿氏日记④,惜未注明起讫年代及收藏来源。

瞿宣颖日记早经散佚,本人近年用力搜求,略有所获。目前已整理刊发早年部分:《还湘日记》⑤《双海棠阁日记》(外二种)⑥。本文将介绍现存瞿宣颖日记的佚存状况以及瞿氏日记在不同时期的内容特色,并揭示其中的文学史料。

一、瞿宣颖日记的佚存状况

瞿宣颖日记散佚严重,近年市场上偶有散出,已为公藏单位和私人收藏。现将已发现日记按其来源分别概述。

(一) 嘉德拍卖本

中国嘉德 2022 年春季拍卖会"笔墨文章—信札写本专场"曾释出部分瞿宣颖旧藏,其中有《辛亥年双海棠阁日记》一册⑦。此册为毛装,瞿宣颖用毛笔写于自订竹纸册上,封面自题"辛亥年双海棠阁日记",卷端钤"宣颖长寿"(白文)、"湘西瞿氏"(白文)二印。据瞿氏《长沙瞿氏家乘》卷六《佚闻录》:"书斋前有双海棠高出屋檐,北方产也,余兄弟朝夕读书于是,故吾仲兄自署'双海棠馆'。"⑧可知双海棠阁(馆)是瞿氏兄弟少年居湘读书时所用室名,封面自题源此。此册始于辛亥正月十五日(1911 年 2 月 13 日),止于辛亥七月二十六日(1911 年 9 月 18 日),是瞿氏 17 岁在长沙读书闲居时所记,也是现存瞿氏日记中时间最早的一册。

---

① 田吉《瞿宣颖年谱》,第 5 页。

② 陈左高《历代日记丛谈》,上海:上海画报出版社,2004 年。

③ 虞坤林《二十世纪日记知见录》,北京:国家图书馆出版社,2014 年。

④ 张伟《心曲传真—中国近现代文人日记漫谈》,《近代日记书信丛考》,上海:上海大学出版社,2019 年,第 22 页。

⑤ 瞿宣颖撰,唐雪康整理《还湘日记》,《历史文献》第二十三辑,上海:上海古籍出版社,2021 年,第 74—93 页。

⑥ 瞿宣颖撰,唐雪康整理《双海棠阁日记》(外二种),《历史文献》第二十四辑,未刊出。

⑦ 中国嘉德 2022 春季拍卖会"笔墨文章—信札写本专场"Lot1925 号拍品。

⑧ 瞿宣颖《长沙瞿氏家乘》,瞿宣颖辑《长沙瞿氏丛刊》,民国二十四年(1935)铅印本。

（二）长沙市图书馆藏本

长沙市图书馆共收藏瞿宣颖日记四种，数年前自苏州某书肆购入。按日记写作时间记录如下：

1. 辛亥岁第二册

此册毛装，瞿宣颖用毛笔写于自订竹纸册上，卷端首行自题"辛亥岁第二册"。始于辛亥八月初一日（1911 年 9 月 22 日），止于辛亥八月二十日（1911 年 10 月 11 日），与上述《辛亥年双海棠阁日记》时间上前后接续，正可相为连属。按辛亥八月十九日（1911 年 10 月 10 日）武昌起义后不久，瞿氏即奉父母避乱宁乡、湘潭，待时局稍定，又于十月初一日（11 月 21 日）举家乘船赶赴上海①。此册日记写作止于八月二十日即武昌起义第二日，持续不到一月即中止，当与时局变故，外出避乱有关。

2. 壬子日记

此仅存散叶七纸，瞿宣颖用毛笔写于"九华堂"红格稿纸上，首页首行自题"壬子日记"。始于壬子七月十五日（1912 年 8 月 27 日），止于壬子七月二十九日（1912 年 9 月 10 日），仅存半月。瞿氏时居上海，此后不久，即由上海返回湖南，其七月二十一日（9 月 2 日）日记云"婧君书来，欲过廿四日归，余复书促之，因有令余等赴湘之议也"即可证。

3. 还湘日记

此册毛装，瞿宣颖用毛笔写于蓝色稿纸上，稿纸左下印有"裒璞制"字样。封面自题"还湘日记"，卷端首行又题"裒璞日记"，封底左下钤"瞿"朱文方印。瞿氏 1910 年冬娶衡山聂缉规之女聂其璞，"裒璞"之意源此。始于 1912 年 12 月 10 日，止于 1913 年 3 月 12 日②。瞿氏 1912 年秋冬间自沪返湘，1913 年暮春又由湘到沪，此册日记即瞿氏居湘时所写。

4. 1914 年日记

此册为民国三年（1914）上海商务印书馆印制学校日记簿，瞿宣颖用毛笔书写。扉页有瞿氏朱笔题记："癸丑岁九月十九日买此册，请自明年元旦始，每日排记，立誓不得间断。"实际只 1—9 月记录较详尽，9 月之后，则大多中断未记。

（三）复旦大学中华古籍保护研究院藏本

上海博古斋 2015 年春季大型艺术品拍卖会"古籍善本专场"中有瞿宣颖

---

① 参考田吉《瞿宣颖年谱》，第 40—42 页。
② 此册日记为西历纪日，西历下偶标示农历日期。

日记文献十册①,后为复旦大学中华古籍保护研究院购入②。经目验,其中三册是瞿妻聂其璞所记,写于天津中孚银行敬赠日记簿上,存1920、1921、1922三年,记每日购物、拜客、打牌等琐事甚细。另七册是瞿氏所记,1923、1927年两册为天津中孚银行敬赠日记簿,1921年一册为民国十年(1921)上海商务印书馆印制袖珍日记簿,1929年一册为青年协会书局印制民国十八年(1929)青年会日记簿。此四册皆无甚内容,仅有数日用铅笔、钢笔杂记备忘。1927年日记簿最末"交游住址录"记有唐执夫(在礼)、梁任公(启超)等人的电话、住址。余下三册为瞿氏1916、1917、1920三年日记,篇幅相对较多,1916年一册写于丙辰普通日记簿,1917年一册写于学校日记簿,1920年一册写于上海商务印书馆印制袖珍英文日记簿。

(四)上海图书馆藏本

上海图书馆藏瞿宣颖日记为未编目书,上文引述张伟先生文章中提示的瞿氏日记即此③。日记署《道志居日录》,共三册,线装,瞿宣颖用毛笔写于蓝色稿纸上,稿纸左下印有"瞿氏补书堂写本,丁丑制"字样。第一册封面自题"道志居日录,己卯十月起",扉页又题"道志居日录,己卯冬起",并钤"瞿末那底"朱文长印,卷端右下钤"瞿乡"白文长印。始于己卯孟冬朔日(1939年11月11日),止于己卯腊月三十日(1940年2月7日)。第二册瞿氏于封面题"道志居日录,庚辰春起",右下钤"湘西瞿氏"白文方印,卷端右下钤"守尘阁"朱文长印④。始于庚辰正月元日(1940年2月8日),止于庚辰四月二十八日(1940年6月3日),最末有瞿氏抄录《惜抱轩诗选》数十首,起始页右下钤"道志居"朱文方印,天头间有瞿氏评点。最末页有瞿氏自题"戊寅(1938)十月写,道志居士题记",则瞿氏抄此诗选的时间,应在书写此册日记之前。第三册瞿氏于封面题"道志居日录,甲申十月起",始于甲申十月朔日(1944年11月16日),止于乙酉十月廿九日(1945年12月3日)。最末有瞿氏抄录自作诗文稿若干。

二、瞿宣颖日记的内容特色

冯尔康先生在论及清人日记写作时称:"民国时期,文化人赓续前代遗风,

① 上海博古斋2015年春季大型艺术品拍卖会"古籍善本专场"Lot1382号拍品。
② 此承上海博古斋拍卖有限公司吴晓明先生提示线索,复旦大学图书馆眭骏先生慨允阅览,谨致谢忱。
③ 此承张伟先生提示线索并告知日记名称,上海图书馆梁颖先生帮助查询原书,谨致谢忱。
④ 此印应是瞿宣颖用印,"守尘阁"或其室名。案此印为乔大壮所治,乔氏与瞿氏是北京译学馆同学,订交甚早。见乔大壮《乔大壮印蜕》,北京:人民美术出版社,2013年,第63页。

日记之作犹成风气。"①瞿宣颖很好地继承了这一传统,将写作日记视为日课,以此自警自励。但在日常写作时,又很难做到持之以恒、每日不辍,偶因懈怠间断,他日在续记时,瞿氏也常流露出悔恨之意。如其1911年6月24日日记云:

> 立此册几及半年,而时辍时作,无一月全备可观者,所书又半是雕虫小技,绝无以验进德之勤惰,阅之愧恨无地。古人云:"少壮不努力,老大徒伤悲",并此小节,而不能持恒,又焉望德业之有成乎!不痛自砭责,悔将无及。从此书日记,虽酷暑隆冬,不得有一日之闲,誓不自负。

类此情形尚多,如其1913年2月17日日记云:"近日未写日记,实为大病,当痛戒之。"1914年12月16日日记云:"余购此册时,曾题'勿得间断',而未记之日实不少,念之汗下。今年止余数日,特按日笔之,聊作桑榆之补。"在1917年开年,瞿氏启用新日记簿时,更是在元旦的日记中勉励自己坚持不懈:"余每年置日记一册,均不能按日记载,实可愧恨,今当力戒。"

由于复杂的历史原因,瞿宣颖日记的散佚与毁弃十分严重,时至今日,我们已无法见到其全部内容。上节已经介绍了目前已知瞿氏日记的基本状况,共存1911、1912、1913、1914、1916、1917、1920、1939、1940、1944、1945年十一个年份的日记。在时间上,日记前后跨度逾三十年,涵盖瞿氏居湘读书、在沪上学、居京任职等几个重要阶段,从中可以窥见其成年后大半生经历之一斑。

日记文献的内容丰富而复杂,有不少学者曾尝试对其进行分类。邹振环先生从便利史料利用的角度,将日记文献分为14大类:记事备忘日记、工作日记、学术考据日记、宗教人生日记、游历探险日记、使行日记、志感抒情日记、文艺日记、战难日记、科学日记、家庭妇女日记、学生日记、囚亡日记、外人在华日记,是目前所见对日记文献最为细密的划分。同时也指出:"文献的分类总难完全合理,日记文献亦是如此。日记中最多的还是复合型的。"②瞿宣颖在不同的人生阶段,所记日记呈现的面貌也大不相同,不能一概而论。

(一) 1911、1912、1913 年日记

瞿宣颖这三年的日记现残缺不全,存1911年2月13日—1911年10月

---

① 冯尔康《清代人物传记史料研究》,北京:商务印书馆,2000年,第207页。
② 邹振环《日记文献的分类与史料价值》,收入樊树志主编《古代中国:传统与变革》,上海:复旦大学出版社,2005年,第313—322页。

11 日、1912 年 8 月 27 日—1912 年 9 月 10 日、1912 年 12 月 10 日—1913 年
3 月 12 日三个时段。除了中间半月日记是瞿氏避居上海时写成外，其余均是
在长沙所写。瞿氏在这一时期的日记，内容丰富，书写认真，基本称得上坚持
不懈。行文与晚清文人日记几无二致，在内容上，只简单记录每日经历的要事
及交游，主要的篇幅是记录每日读书、学习的情况，随时写作考据、批评札记。
有时还不乏一些宏大判断，如其 1912 年 12 月 20 日日记中论及先秦诸子章句
失传：

> 今世所传周秦诸子，往往篇简散乱，句读诘屈，学者穷殚岁月，白首仅
> 能通其一家。独《孟子》七篇，以韩氏推崇，程朱衍释，竟能章句明畅，诵习
> 遍于童稚。由此推之，诸子失传，盖在唐宋之间。南宋以还，人竞虚嚣，愈
> 成绝响。使先哲遗文日就湮没，作俑者实韩氏，推波助澜又北宋诸君之
> 过也。

除了写作读书、考据的札记之外，瞿宣颖这一阶段的日记还存有其大量诗作，
有些是老师曾广钧布置的诗课作业，更多的是随感吟咏，有时还会模拟汉唐名
家及近贤王闿运等人的名篇。诗作形式多样，有五古、七古、杂言、五律、七律
诸多体裁，可见瞿氏其时对词章之学兴味正浓。

这一时期，时代上正逢易代鼎革，瞿宣颖自身又值新婚不久，因此日记中
也不乏志感抒情的内容。如其 1911 年 4 月 30 日日记记录广州革命党人黄花
岗起义之事：

> 是日始闻广州又有揭竿之变，祸机满地，如奔猱伏虎，发而不可制。
> 为民上者方日纵其淫，无危得乎！

其中也有对新婚妻子的真情流露以及短暂分别后的不舍之情。概言之，瞿宣
颖这三年的日记大致是其居湘学习旧学时所记，内容颇似李慈铭的《越缦堂日
记》。李慈铭写作日记的本意即在示人，日记在其生前便广泛传播，瞿氏对此
应早有阅读，并在自己的日记中表达钦慕，见 1912 年 9 月 7 日日记：

> 夜阅缪荃孙所撰《古学汇刊》，中有《越缦堂日记钞》一卷，会稽李先生
> 尊客著也。此君学行风概，余所素慕，其日记历四十年，无一日间，亦闻之

执矣。观其贯串驰骛,博极群书,顾氏《日知录》殆无以过,而一则刊木于生前,一则零乱于生后,何其有幸有不幸也!

(二) 1914、1916、1917 年日记

瞿宣颖 1913 年暮春由长沙到上海,并于同年 9 月起,入圣约翰大学国文科学习,开始接受现代西学教育①。现存的 3 年日记皆写于新式洋装日记簿上,以公历纪年,每日占一页篇幅,边栏上印"气候""温度""修学""治事""通信""预约"等项。瞿氏在这一时期的日记,内容上基本没有关于读书的考据札记,也极少抄录近作诗篇,大多是类似流水账式的记事备忘录,记叙简洁,且时有断续未记之日。

上海自近代开埠以来,便是西方文明输入的窗口,各种多元的知识、思想在此汇集。清政府灭亡后,如瞿宣颖一般的遗老遗少为避免战祸,很多都寄居上海,与瞿氏年辈相同、过从较密的湖南同乡即有左台孙(左宗棠曾孙)、聂其杰(曾国藩外孙)、谭泽闿等多人。这些人曾受过良好的旧学教育,来到上海后,又接受新式文明的熏染,学问与人生也因之具有新的气象。如瞿氏 1914 年 1 月 14 日日记云:

> 西国力士皆本之解剖学,以之为教论,早易行,能使社会受其利泽,民气为之鼓舞。我国习此者大抵自矜其秘,托之神异,以惊世骇俗为宗旨,宜乎国运陵夷,民无勇而且不知方也。

瞿宣颖读书的圣约翰大学重视英文和西学,瞿氏此时也开始学习英文和日文,尤其重视英文的学习,在 1914 年 2 月 26 日日记中曾写道:

> 今拟每日以日间任抽四小时作课,以二小时治英文,以二小时治中文,无论如何,必须补足此四时之课。

日记中有时也有用英文记录的近期学习、阅读英文的计划②。瞿氏此时开始尝试翻译英文著作,自 1914 年夏,着手翻译美国哥伦比亚大学婴儿病学教授

---

① 参考田吉《瞿宣颖年谱》,第 45—59 页。
② 瞿宣颖 1914 年 2 月 19 日日记云:Keep them every day:Reader, Grammar, *Parables of Jesus*, *Advice to women*。

L. Emmett Holt(何尔特)的著作《育儿问答》[①],译稿初于《妇女杂志》上连载,1918 年 1 月由商务印书馆纳入"家庭丛书"出版。

瞿宣颖此时的日记也会记录一些重大国际要闻,如在 1914 年 6 月 28 日日记中曾提到震惊世界的萨拉热窝事件:

> 是日奥皇储为塞尔维亚人所刺,并其妃遇害,日后引起全球重要战争,实此事为始点,特补记于此。

并自 1914 年 7 月下旬起,持续近一月的时间,在日记中记录"一战"爆发后,参战国的作战情况以及世界局势。

瞿宣颖到上海后,接受了大量新鲜事物,生活上也更加丰富多彩,如学习柔术、击球、拍网球、乘自行车,到影戏园看外国影戏,看美国女子史天逊在江湾演飞机(1917 年 2 月 17 日日记),到市政厅观女子义振会(1917 年 11 月 10 日日记)等。流连于"十里洋场",加之疲于人事,已很难再如往日一般专心读书作文[②],写日记的心态自然也会发生变化。

(三) 1920 年日记

瞿宣颖 1918 年起,入复旦大学读书,1920 年毕业后即赴京求职[③]。今存其 1920 年日记一册,瞿氏用钢笔、毛笔、铅笔书写,内容极简略,用意完全在于记事备忘,且时有间断。日记中曾提到在上海、杭州、北京诸地同汪精卫、吴士鉴、陈宝琛、林步随、张缉光、方孝岳等名流的会面。从断续的记录中,可知瞿氏是年忙于奔波,数次往返于京沪两地,8 月中还曾因事返湘。读书之事渐渐荒废。

(四) 1939、1940、1944、1945 年日记

瞿宣颖这四年的日记大部分是在北平沦陷期间所写,存 1939 年 11 月 11 日—1940 年 6 月 3 日、1944 年 11 月 16 日—1945 年 12 月 3 日两个时段。瞿氏这一时期的日记再次回归晚清文人日记的传统,在形式与内容上与其早年居湘学习旧学时所记日记近似。瞿氏自 1938 年起在"伪国民政府"任职,但在日记中,却鲜见有关公事公务的记录,主要篇幅是记录每日雅集、交游以及

---

① 瞿宣颖 1914 年 8 月 16 日日记云:"潞生为购英文《育儿问答》一书,余试译之。"

② 瞿宣颖 1914 年 3 月 8 日日记对此曾有感慨:"余二十初度,少壮力学之年已驶驶过矣,后此人事相逼,而来性灵消减,正不知据案读书日能有几刻耳。奈何奈何!"

③ 参考田吉《瞿宣颖年谱》,第 61—76 页。

读书、著述情况,读书中发现的材料以及自作诗文稿,也会在日记中随时抄录。

沦陷时期的北平出现了很多文人团体,参与者都是留滞旧京的文人学者,诸人定期聚会进行雅集唱和,借以抒怀。瞿宣颖在此期间,热衷参加此类聚会,日记中述及的,即有柯昌泗谧斋社集、谢国桢佣书堂夜集、郭则沄蛰园社集、张伯驹似园例集等。唱和时,通常还会进行博戏,以增趣味①。瞿氏在1940年4月,还发起成立了"国学补修社",其4月13日日记云:

> 十余年前,余尝平居叹息,以为年岁已长,而学问一无所成,其所不知何可胜数。独学既苦无友,求师亦患无门,因念与余同病者应不乏人,颇欲鸠集同志励志修业,互以所长补其不及,盖求学贵乎潜修,而潜修亦仍须辅以求友。

参与其事的谢国桢先生曾回忆补修社的活动:"是每星期的朝晨,约会莘莘的学子,一起讲学,很有不少同学得了益处"②。

瞿宣颖这一时期读书驳杂,遍览清人别集,其中不乏生僻之书。如其在1939年12月26日,读张五典《荷塘诗集》、钱时雍《寄圃诗稿》、王宗耀《愿学堂诗集》、章鹤龄《静观书屋诗集》四书时记:"以上四集皆名位不为人所称者,意大学堂初开藏书楼时所征集,非余取阅之,亦闶置终古耳。"其时瞿氏正写作《燕都览古诗》组诗,因而特别关注书中与燕都掌故有关者,一有发现,也在日记中随时记录。瞿氏此时对道光一朝学术也有浓厚兴趣,1940年1月13日曾与友人柯昌泗、谢国桢、刘盼遂等人纵论之,颇具识见:

> 柯、谢、孙、刘、徐五君及齐生鹏抟并集谈燕,款以五簋。论道光学术:一今文,二宋学,三经世之学,四史学中之海外及边疆史地,五国史及典章,六金石及藏书,七书画中之尚碑版及用羊毫,八诗中之尚宋诗,九文中之阳湖派。而政治则陶、林为一种,姚石甫与严栎园又为一种也。

瞿氏还曾有辑录《清儒学案》中事迹作"道光学术篇"的想法③,自此也侧重阅

---

① 如瞿宣颖1940年2月10日日记云:"谧斋社集,作采选之戏,用明百官铎,余得第一。又作诗谜之戏,得进十五元。"
② 谢国桢《〈一士类稿〉序》,《瓜蒂庵小品》,北京:北京出版社,1998年,第187页。
③ 据瞿宣颖1940年2月21日日记。

读道光时期的著作。1941 年 1 月,瞿氏用"楚金"之名在《中和月刊》上发表《道光学术》一文,即表达了对这一时期学术的关切。

今存日记中尚有瞿宣颖在 1945 年抗战胜利后的数月记录,虽然中间多有断续,但从中仍能一窥瞿氏心境变化,颇具价值。1945 年 8 月 12 日,瞿氏在日记中称:"始闻受降之讯,从此国运中兴,升平永庆,忧患余生,于愿足矣。"但时隔不久,这种喜悦即被惊惧所替代,瞿氏一方面愧悔于担任伪职的污行,一方面又对未来难测之事深怀恐惧。其在 10 月 6 日日记中称:"人事不测,兹将所欲言者略举如下",大有交代后事的意味:

> 负疚之身,百端悔咎,实无可言者。世界虚空,亦不必留恋人生,总有此一日,尔辈亦不必悲伤。
>
> 余本无意于名利二字,毕生一事无成,亦不足追咎。死后一切付之冥漠而已,不必举丧,愈简率愈妙。
>
> 生平文字尽可拉杂摧烧,不必留存自阅,亦实无可存者。惟先世手泽,终望尔等能分藏慎守而已。
>
> 尔等终必各寻生路,将来归宿不可知,惟望精神上仍团结,补余缺陷。
>
> 薄棺一具,无论埋之何处均可。惟灵隐先茔,选择不慎,人言不能无动,吾家之运如斯,恒觉耿耿。倘能觅一平安之地,终望尔等勉为之。
>
> 未来之事,不可预测,尔等体察行之,勿重吾不安而已。
>
> 孙辈及外孙辈,千万及早令学足以自活之技艺,切勿蹉跎致蹈覆辙,至属至属！此事系汝等将来幸福所关,非轻也。

日记中另有瞿氏 1945 年 10 月 23 日致张元济信件草稿,请其为保护杭州瞿鸿機墓塚向当地政府建言,最末一段亦可作为瞿氏当时心境的真实写照:

> 不肖草间偷活,内疚外惭,一念硁硁,只为苟全性命,徐俟澄清。害义之事,自信绝无;内向之忧,未尝暂释。务观《南园》之记,纵见谅于后人;郑虔台州之谴,恐难逃于新国。望天何诉,伏地增羞,瞻对仁公,真有"长松百尺下,自愧蓬与蒿"之慨矣。

三、瞿宣颖日记中的文学史料

瞿宣颖早年居湘读书日记以及在北平沦陷期间所写《道志居日录》,赓续如李慈铭《越缦堂日记》等晚清士人日记的传统,其中对日常诗文创作的记录以及对古今作家作品的批评,皆蕴含丰富的文学史料,颇具价值。

瞿宣颖极擅写作旧体诗,在当时士林饱受赞誉,其友人吴宓曾转述陈寅恪先生语称"散原丈挽诗,以瞿兑之宣颖所作为最工"①。曹聚仁亦云:"他的诗篇,够得上典雅的水准,直白地说来,真是'炉火纯清',即算是伤时感事,也没一点愤激的火气。"②瞿氏对自己的诗作也非常看重,虽然在1945年10月6日日记中曾说"生平文字尽可拉杂摧烧,不必留存自阅,亦实无可存者",但时隔不久,又在天头眉批:"乙酉(1945)十一、二月手编《补书堂诗录》,略存平生身世,拟写数本,寄存图书馆。"瞿氏生前,也多次对自己的诗作删润编集,在1942—1945年,即于《中和》月刊连载《补书堂诗录》,共十七期,收诗止于1941年。1964年,在香港影印《补书堂诗录》誊清稿本六卷,收其六十以前所作。此外,复旦大学图书馆尚藏有《补书堂诗录》誊清稿本二卷③,收诗止于1936年。近年拍卖市场也释出其早年编订的诗作稿本《褰璞斋诗稿》《双海棠阁诗钞》《过槛集》数种④,可见编次诗集是其一以贯之的工作。

吴宓曾言"近贤之诗至关重要",称:"中国古贤及西洋作者之诗,版本既易寻获,注释又已详备。……惟独近今诗人之作,乃适反是",加之"不加注释,不附事实传记",使研究者"恒患不易得,得之更不易明"⑤。瞿宣颖诗作虽刊布于生前,但经其本人多次删削,已然十不存一。今存瞿氏日记保留有大量《补书堂诗录》未收诗作,除此之外,对研讨其诗学尚有如下三点价值,值得关注:

其一,日记展现了瞿宣颖早年学诗经过。瞿氏十七岁时,瞿鸿機延曾国藩长孙曾广钧(籔庵)教其作诗,曾广钧有《环天室古近体诗类选》《环天室诗外集》等集传世,诗才绝伦,是晚清一大作手。瞿氏在《塾中记》文中曾回忆老师的教授方法:

> (曾籔庵先生)主张往拟古入手,头一个题目便是拟谢康乐《述祖德诗》,同时教我作骈文,题目是拟鲍明远《河清颂》。……我作这种拟古工作,有大多年,于文章流别颇多悟解。⑥

① 吴宓《霜崖诗录》,《吴宓诗话》,北京:商务印书馆,2005年,第271页。
② 曹聚仁《瞿兑之〈补书堂诗录〉》,《论杜诗及其它》,上海:上海教育出版社,1993年,第201页。
③ 瞿宣颖《补书堂诗录》誊清稿本,复旦大学图书馆藏,索书号:(4015)。
④ 中国嘉德2022春季拍卖会"笔墨文章—信札写本专场"Lot1922、Lot1923、Lot1924号拍品。
⑤ 吴宓《空轩诗话》,《吴宓诗话》,第253—254页。
⑥ 瞿宣颖《塾中记》,《宇宙风》1935年第3期。

瞿氏 1964 年重编《补书堂诗录》,将《拟谢康乐述祖德诗》列入首篇,其他拟作,则一概弃之未收。今由瞿氏日记可知,瞿氏学诗之际,勤于拟古,且范围极广,自汉晋隋唐下至近世名家之作,无论体裁,皆是其模拟的对象。现以所存 1911 年日记为例,按时间顺序举证:

> 灯下戏拟玉溪《无题》诗。(3 月 24 日)
>
> 拟王湘绮《九夏词》作《消夏曲》。(4 月 30 日)
>
> 拟湘绮赋,得《新昏听雨六韵》。(5 月 1 日)
>
> 昨思沈休文有《六忆诗》,四首而轶二,忆壬父丈尝为拟补,见集中。清新婉丽,可称青出。余爱之不能释,辄复效颦。(5 月 3 日)
>
> 赋《惊魂同夜鹊》《倦寝听晨鸡》二首。余欲效赵承佑演《昔昔盐》廿韵,各为五律一首。(5 月 4 日)
>
> 拟杜《秦州杂诗》二首。(6 月 24 日)
>
> 拟《春日上圣寿无疆词》一首。(6 月 27 日)
>
> 夜作拟孟从事五律一首。(6 月 29 日)
>
> 拟太白《古风》二首。(7 月 13 日)
>
> 拟上官游韶诗一首、皮袭美一首。(7 月 14 日)
>
> 拟张文昌《白头吟》、储光羲《田居诗》。(7 月 30 日)
>
> 看《文选》诗,因拟《燕歌行》一首。(8 月 16 日)
>
> 拟柳柳州、李君虞诗三首。(8 月 17 日)
>
> 拟储光羲诗一首。(8 月 18 日)
>
> 作《苦雨诗》一首效张载,拟庾《燕歌行》一首十二韵。(8 月 21 日)

这些拟作有些也会被瞿氏抄录到日记之中。瞿氏晚年同周紫宜合撰《学诗浅说》,谈及写作方法时,亦云"为初学计,最简单有效的方法还是拟古"[1],可谓金针度人之言。

曾广钧教授瞿宣颖作诗,除了让其大量模拟前人作品之外,尤其注重长篇五律的训练。瞿氏 1911 年 3 月 22 日日记中记录曾广钧所出诗题:"得觥师书并朱宇田寿诗,此次题系《观洞庭盛涨》五言排律五十韵及词四阕,诗题殊不易着笔。"这种训练对对仗及声韵的要求很高,极见功力。瞿氏也逐渐善作此体,

---

① 瞿蜕园、周紫宜《学诗浅说》,北京:当代中国出版社,2014 年,第 181 页。

在 1913 年 2 月 14 日日记中,即录有赠友人张其锽的长篇五律《春日咏怀送子武亚兄之上海一百韵》。曾广钧 1929 年逝世后,瞿氏所作挽诗亦为四十韵的五言排律,吴宓评曰:"仿环天诗人之体,五言排律,今人为之者殊寡,以读书少而学不足也"①。可见当时之论。

其二,日记保存了瞿宣颖诗作的最初面貌。旧时文人晚年编定诗文集,有时会"悔其少作",对自己早年创作进行改易②。瞿氏在 1940 年 2 月 1 日日记中写道:"圈改旧作诗,二十余岁所作实不堪入目,然若尽易之,又非存真之义。"可见也有类似的习惯。举一例说明:瞿氏 1911 年 2 月 7 日拜访王闿运③,王赠七律一首。瞿氏时隔数日作诗奉答,在 2 月 13 日日记中写道:"日前王壬丈有赠余七律一首,因选韵奉答,录如下"。题作《宣颖得见湘绮太年伯之明日,即承宠赐诗篇,勉其问学,辄述感荷之私,上诗一首》,诗云:

> 自惭世用乏经纶,来诗以"通经""济时"相勖。忽枉名章藻思新。得见蔡邕逢倒屣,大奖余文甚至,许为作家,愧非仲宣,不足当盛誉耳。喜从虞愿拂床尘。尊前柏泛长年酒,户外梅迎彩胜人。高诲正宜吟讽数,敢忘努力负青春。来诗有"莫言一日能千里,解惜分阴最爱春"之句。

而在其 1964 年重编的《补书堂诗录》中,不但诗题改作《湘绮先生赐诗奉酬时新拜侍讲加衔之命》,内容也完全不同:

> 侧席耆儒赍凤纶,汉家制度颇从新。多年征聘光前史,弱岁文章宠后尘。不数顾阎开绝学,私于湜籍附传人。服膺谆诲兼严训,实恐蹉跎负好春。

案《中和月刊》1942 年第 3 卷第 1 期发表的《补书堂诗录》也收录此作,诗题作《湘绮先生赐诗奉酬一首》,词句与此略有不同④。可见此诗早经瞿氏改易,日记中保存了最初的创作面貌。

---

① 吴宓《空轩诗话》,《吴宓诗话》,第 217 页。
② 关于这一问题,可参看陈正宏关于袁枚晚年编集的讨论。陈正宏《从单刻到全集:被粉饰的才子文本——〈双柳轩诗文集〉、〈袁枚全集〉校读札记》,《东亚汉籍版本学初探》,上海:中西书局,2014 年,第 85—106 页。
③ 王闿运当日日记云:"瞿公子来见。"《王闿运日记》,北京:中华书局,2022 年,第 2632 页。
④ "侧席耆儒"作"帝奖耆儒","弱岁文章"作"小辈文章","私于"作"私求","服膺谆诲"作"服膺高诲"。

其三，日记记录了瞿宣颖诗作的创作本事。瞿氏一生历经数次易代变局，身世变迁，晚年编集，对早年的一些创作因种种情由，或弃置不录，或改换他题，加之诗作未经注释，有些会因不明本事难以钩沉。如《中和月刊》1942 年第 3 卷第 1 期发表的《补书堂诗录》有《癸丑正月读史》七律三首，瞿氏 1964 年重编《补书堂诗录》收后二首，题作《读史》。瞿氏 1913 年 2 月 26 日日记云："闻隆裕皇太后升遐，拟作一诗，未成。"次日日记中抄录挽诗：

正月二十一日闻京报

武帐珠襦事已空，垂杨终古切悲风。不关破玺尊文母，岂意持縑出汉宫。玉树闻歌犹剩泪，黄花征谶竟难终。龙鸾一去苍梧道，地老天荒注翠穹。

此即《中和月刊》所载《读史》诗第二首，词句存小异。瞿氏在 28 日日记中又录一首，接续前题：

玉辇忘还竟未回，缥帐明月照泉台。鲋隅山曲追灵驭，龙喜池头问劫灰。身毒镜留花有泪，东平衣旧箧难开。杜鹃啼血宫莺冷，并送三清凤吹哀。

此即《中和月刊》所载《读史》诗第一首，词句存小异。今由日记可知，此组诗是挽隆裕皇太后之作。再如《中和月刊》同期有《仙峦篇上湘绮先生》五古一首，瞿氏 1964 年重编《补书堂诗录》弃置未收。瞿氏 1912 年 12 月 15 日日记抄录此诗，题作《仙峦篇赠湘绮太年丈》，与《中和月刊》所载词句存小异。并云：

沪谕督余作寿王湘绮诗，竟日为之，不成。……闻湘绮被任为国史院长，直似新室之征龚生，比之康成、渊明，又不如矣。

此诗作于 1912 年岁末瞿氏还湘期间，诗中若"时危志始穷，身退道弥尊。外物徒龙蠖，因遇自屈申"，对王闿运极尽颂美之词。由日记可知，瞿氏是在其父敦促下写就此篇，心中对王闿运新任国史院长一事微有讽切。

瞿宣颖早年居湘读书，曾"受古文于葵园，受骈文于湘绮"[1]，文学观念也深深受到王闿运等湖湘文人崇尚"汉魏六朝"的影响。如其在《塾中记》一文回

---

① 瞿宣颖 1939 年 12 月 28 日日记。

忆道：

> 看看各家的文章，只有汪容甫与王湘绮两家值得我崇拜。……尤其爱不忍释的是《湘绮楼集》，其中名篇几乎全能背诵。王氏的主张是不作唐以后人语，我也私自守了这个信条，宋以后的书渐渐不愿看了。①

这种观念后来逐渐推广到书法、绘画等领域，在书法上，继承包世臣、赵之谦等学习"北碑"，瞿氏 1911 年 5 月 13 日日记云：

> 临《刁惠公碑》三纸。余欲从三唐进求北朝笔法，庶乎操翰无时俗气。书不到汉魏六朝，终无古茂渊懿之味，世以奇险相诋，非也。

在绘画上，亦推重宋以前旧制，瞿氏 1912 年 8 月 27 日日记中录有与日本汉学家松崎鹤雄一函，信中论及中西画学：

> 今日画学所以不能比迹欧美者，徒坐俗工不习古训，不睹古法，妄树流别，以草率为雄奇，以婵媚为妍秀，无神理之足言，无气韵之足察，病其不古，非古之过也。但观北宋以上之画，皆气超秀而温润，体雄伟而谨严，恰如汉晋六朝之文，与唐宋古文家不可同年而语，盖盛衰关乎世运，非偶然矣。

今存瞿氏日记有大量瞿氏阅读文学作品的评点，批评立场往往也受崇尚"汉魏六朝"的文学观念左右。如在 1911 年 6 月 28 日日记中评议杜甫五言古诗：

> 唐人五古无甚可观，唯张文献、李太白有刘公干之风，杜老号为"孰精《文选》"，而五古殊不入六朝之室，徒以粗犷开宋人之门，何也？然他体诗实有能融化《选》理神髓者。近人李君详著《杜诗证选》，仅于字句间求其证佐，恐未必然耳。

瞿宣颖学习古代诗文是以模拟的方法进入，这种训练，使其能更加清晰地

---

① 瞿宣颖《塾中记》，《宇宙风》1935 年第 3 期。

体味文学作品本身的文辞脉络,同时对古今文章流别,也易有更为细腻地把握。瞿氏对文学作品的评点,也有很强烈的批评意识,并非泛泛而论。如在1911年6月28日日记中记录读谢朓诗的体悟:

> 阅谢宣城五言。余于五言甚爱小谢,爱其才韵能变元嘉委弱之习也。句法颇开唐人蹊径,如"大江流日夜,客心悲未央"、"天际识归舟,云中辨乡树"、"沧波不可望,望极与天平"、"洞庭张乐地,潇湘帝子游"、"云去苍梧野,水还江汉流",轻蒨大与晋宋不类,宜太白亟称之也。

瞿氏早年读书,对文学选本也十分看重,曾将王闿运所编《八代诗选》请老师曾广钧重加编选,"将其最上者钞出,以便讽诵"①。自己也曾编选唐诗:"余欲就王氏《唐诗选》重钞简编一册,要在三百首内外,以为朝夕讽诵之资。"②在日记中也有对一些文学选本的批评,如其1912年9月6日日记评刘海峰《历朝诗选》:

> 诵《历朝诗选》数叶,此选不惬意处甚多,因其每将不止一首之诗割裂吐弃,如《秦州杂诗》《武功县作》之类,无以见其精神脉络。又每一人往往将其作诗之前后颠倒,甚失知人论世之旨。至齐梁以后之新体诗,往往截为八句,置之五律,皆非选诗正轨,盖刘君亦本非行家耳。又有五言长韵截去其中十数句者,尤谬。

瞿宣颖在日记中的批评对象不止于古代,对近代时贤之作也时有评议。王闿运因忧清廷危殆,曾仿庾信《哀江南赋》并用其原韵重作,描写太平天国之乱,时人评价颇高,瞿氏对此有不同见解,在1911年8月2日日记评论云:

> 看《王湘绮文集》,吾最喜其《嘲哈密瓜》《悼旧》《牵牛花》三赋,《哀江南赋》乃其少作,不足称洛阳纸贵之目,直虚得名耳。

樊增祥诗多达万首,瞿氏对此不以为然,在1916年7月28日日记中尝论其诗:

---

① 瞿宣颖1911年3月22日日记。
② 瞿宣颖1911年8月1日日记。

> 阅樊云门诗,览其诗多有不必作而屡作者,此亦文人一大病也。余尝谓古人著书患不传,自今以往,文明日进,人知好学,家重藏书,决无所谓不传之书,所争者在有人读与无人读。若云门之诗,其能望有人读乎?

老师曾广钧殁后,瞿氏重读其遗作,在日记中亦有评论:

> 钞环天室《纥干山歌》,嗜读之,故不觉欲多写数本也。环天晚年诗不甚经意,然格局已成,非人所能及。(1939 年 11 月 16 日)
> 又读《环天室诗》,细味之,盖深得山谷笔意者也。其峻挺中含拙重,最不可及。(1939 年 12 月 22 日)

瞿宣颖日记中还存有部分瞿氏自撰文稿、对联,可借之了解其创作背景。除此,瞿氏日记中记录的诸多文人轶事以及沦陷时期北平文人团体结社唱和等内容,皆蕴含丰富的文学研究素材,值得进一步挖掘。

四、余 论

瞿宣颖一生经历复杂,出入政学两界,往来京沪双城。学问渊博,新旧杂糅,工书画,擅诗文,尤精掌故、方志之学。交游广泛,在当时士林享有盛誉。与瞿氏同年的吴宓曾说:“兑之博学能文,著述宏富,又工书法,善画山水及梅花。合乎吾侪心目中理想的中国文人之标准。”[1]周劭则将其与义宁陈寅恪先生并举,称:“中国学术界自王海宁、梁新会之后,够称得上‘大师’的,陈、瞿两先生可谓当之无愧。但陈先生‘史学大师’的称号久已著称,瞿先生则尚未有人这样称呼过,其实两位是一时瑜亮、铢两悉称的。”[2]亦如田吉感慨的一样:“由于历史原因,瞿氏身后寂寥,几至‘淹没无传’。其所受关注,与其在 20 世纪历史舞台中的活动及学术贡献并不相符。”[3]可喜的是,瞿氏的学术成就近年逐渐受到学者关注,如陈尚君先生曾撰长文,从“知人论世”的角度出发,对瞿氏晚年著作《刘禹锡集笺证》所达到的学术高度做出客观评述[4],称“瞿当年达到的深度和高度,似也难为后人超越”。侯磊也将瞿氏于报刊中发表的有关

---

① 吴宓《空轩诗话》,《吴宓诗话》,第 217 页。
② 周劭《瞿兑之与陈寅恪》,《一管集》,太原:三晋出版社,1998 年,第 64 页。
③ 田吉《瞿宣颖年谱》,第 1 页。
④ 陈尚君《瞿蜕园解读刘禹锡的人际维度——瞿蜕园〈刘禹锡集笺证〉评述》,《星垂平野阔》,北京:商务印书馆,2017 年,第 103—123 页。

北京历史人文、风俗、掌故等文章汇辑成编,并撰文称瞿氏具有"存史之心"①。本人历经多年对瞿氏日记搜集、整理,在发见近代史料之余,希望引发学人对其复杂人生经历的关注,未来亦能站在学术的立场,对其遗留下来的各类丰富著述予以挖掘和研究。

附记:2022 年 10 月,蒙张伟先生告知上图藏未编目书瞿宣颖日记名称,本人循此线索,因梁颖先生之助,于 2023 年 5 月到上图访得。惜张伟先生已于 2023 年 1 月归道山,哲人其萎,谨志仁泽,借表哀忱!本文初稿曾于香港浸会大学孙少文伉俪人文中国研究所 2023 年举办"文献、视野与路径:开拓中的中国古典文学研究"第八届青年学者国际学术研讨会上提交。后蒙吴格先生指点,改正疏谬,专此致谢。

[作者简介] 唐雪康,文学博士,复旦大学历史地理研究中心博士后。

---

① 侯磊《瞿宣颖与北京:一位民国"史官"的居京日常》,侯磊整理《北京味儿》,北京:北京出版社,2022年,第 305—325 页。

一诗三重境

——略论曹唐《萧史携弄玉上升》之用典

李　静

[摘　要]　游仙诗是晚唐诗人曹唐最具特色的部分。对曹唐大游仙诗的研究，学者往往先从典故考证入手。但研究不应止步于考证典故的来源，因为诗人可以化用典故，并改变典故在作品中的意义。以曹唐大游仙诗中的一首《萧史携弄玉上升》为例，研究者极易望题生义，以为本篇所涉典故即为《列仙传》中的萧史弄玉之典。而本文从诗中的"缑山"等意象出发，认为该诗的抒情主人公其实是王子乔。不同的故事在诗中相互作用，从而生发出不同的境界。最后，本文认为曹唐在典故的运用方面独具匠心，其用典之技巧与后结构主义者所提出的互文性有较多共通之处。

[关键词]　曹唐　游仙诗　互文性　列仙传　王子乔

一、引　言

　　曹唐，字尧宾，桂州人，生平历唐穆宗（795—824 年在位）、敬宗（824—827 年在位）、文宗（827—840 年在位）、武宗（840—846 年在位）、宣宗（846—859 年在位）、懿宗（859—873 年在位）等六朝。有记载称其于唐懿宗咸通（860—874）中卒于桂林。曹唐独特的经历是他曾为道士，后来还俗。有关曹唐及其作品的研究，目前大概分为如下几类：一是有关曹唐生平的研究，如梁超然《晚唐桂林诗人曹唐考略》①，傅璇琮主编《唐才子传校笺》卷八《曹唐》有

---

①　见《广西师范大学学报》1989 年第 4 期，第 30—34 页。

关内容①,陈继明注《曹唐诗注》前言②等。第二是有关曹唐作品的整理,较早的全面整理,如陈继明于1996年出版的《曹唐诗注》,而有关游仙诗的辑佚,目前最完备的说明则为陈尚君师《曹唐〈大游仙诗〉考》一文③。第三是对曹唐诗作主题及艺术的研究,如陆文军《从游仙到遇艳——小论曹唐及其大游仙诗》④,李乃龙《论曹唐小游仙诗的文学意义》⑤,李永平、高慧《晚唐曹唐游仙诗中的仙洞原型:兼及历史演进中的乌托邦定势》⑥,朱曙辉《论曹唐〈小游仙〉对游仙诗传统叙事范式的突破》⑦等。

曹唐以创作游仙诗而著称。其本撰有《大游仙诗》50首和《小游仙诗》100首,然而现存则不足其数。如曹唐《大游仙诗》,辛文房称有50首,现在传世经典中仅存17首(《全唐诗》)。幸在韩国《十钞诗》存10首,其中竟有8首都是全唐诗所不载,包括《王母使侍女许飞琼鼓云和笙以宴武帝》《武帝食仙桃留核将种人间》《汉武帝再请西王母不降》《穆王却到人间惘然有感》《穆王有怀昆仑旧游》《张硕对杜兰香留觊织成翠水之衣凄然有感》《黄帝诣崆峒山谒容成》《再访玉真不遇》等。另外还有2首,既见于《全唐诗》,也见于《十抄诗》,为《汉武帝将候西王母下降》《萼绿华将归九嶷留别许真人》。有关《大游仙诗》的补辑,除了上述可以从《十钞诗》补入的8首,陈尚君《曹唐〈大游仙诗〉考》称,南宋人编《天台前集别编》,尚存《真人酬寄羡门子》,亦七律,另《仙都志》所收二首之一(蟠桃花老华阳东),在全唐诗中题作“仙都即景”,亦当是《大游仙诗》。总的来说,《大游仙诗》今存27首,略过原数之半。⑧

曹唐诗中最具特色的部分是游仙诗,值得借之以探究中晚唐时期的知识界和道教界对仙人仙说、成仙之途的认识和思考,不仅于文学史有益,亦足以审视安史乱后的道教情况。大游仙诗因为有明确标题,比小游仙诗而言,能提供更多线索。针对曹唐大游仙诗的内容的研究,首先比较容易展开的思路是将其提到的仙人仙说一一指出其出典。

---

① 见《唐才子传校笺》第三册,北京:中华书局,1990年,第489—494页。
② 陈继明注《曹唐诗注》,上海:上海古籍出版社,1996年。
③ 见陈尚君《曹唐〈大游仙诗〉考》,《文史知识》2017年第4期,第37—39页。
④ 见《玉溪师范学院学报》2005年第4期,第64—66页.
⑤ 《广西社会科学》1998年第6期,第98—101页。
⑥ 见《宁夏社会科学》2006年第3期,第153—155页。
⑦ 《长春大学学报》2019年第9期,第80—84页。
⑧ 见《文史知识》2017年第4期,第37—39页。

		诗　题	来源①	典故出处
1	1	黄帝诣崆峒山谒容成	十钞诗	列仙传、轩辕本纪
	2	仙都即景（蟠桃花老华阳东）	仙都志	
2	3	穆王却到人间惘然有感	十钞诗	穆天子传
	4	穆王有怀昆仑旧游	十钞诗	
	5	穆王宴王母于九光流霞馆		
3	6	汉武帝将候西王母下降	十钞诗	汉武帝内传、汉武故事
	7	汉武帝于宫中宴西王母		
	8	再访玉真不遇	十钞诗	
	9	王母使侍女许飞琼鼓云和笙以宴武帝	十钞诗	
	10	武帝食仙桃留核将种人间（十钞诗）	十钞诗	
4	11	刘晨阮肇游天台		幽明录（刘晨阮肇）
	12	刘阮洞中遇仙子		
	13	仙子送刘阮出洞		
	14	仙子洞中有怀刘阮		
	15	刘阮再到天台不复见仙子		
5	16	萼绿华将归九嶷留别许真人（也见于十钞诗）	十钞诗	真诰
6	17	玉女杜兰香下嫁于张硕		杜兰香传
	18	张硕对杜兰香留觊织成翠水之衣凄然有感（十钞诗）	十钞诗	
	19	张硕重寄杜兰香		
7	20	萧史携弄玉上升		列仙传
8	21	皇初平将入金华山		神仙传、灵宝五符序
9	22	王远宴麻姑蔡经宅		神仙传（王方平传）
10	23	真人酬寄羡门子	天台前集别编	
11	24	汉武帝思李夫人		汉书、汉武故事
	25	汉武帝再请西王母不降（十钞诗）	十钞诗	
12	26	织女怀牵牛		
13	27	紫河张休真		

　　根据此表，可见曹唐所引仙人出典，目前所知，大致不出《穆天子传》《汉

---

　　① 未特别注明者，则出自《全唐诗》。

书《列仙》《神仙》《汉武内传》《汉武故事》《灵宝五符序》《杜兰香》《幽明录》《真诰》《轩辕本纪》①等汉唐之间仙传、道经、史书之范围。但仅满足于考证其游仙诗所涉及典故的源出仙传典籍，实际上并不能得到更大收获。因为更重要的是不同时代不同作者，面对同样的书籍、典故，其实可以有不同的认识和使用的方法。有鉴于目前学界对曹唐游仙诗的研究，仍多半流于泛泛而论，不仅于典故意象之讨论浮于表面，而且对于诗作之最具创新性和作者个性的创作手法，亦乏揭示。本文则仅以大游仙诗中的一首《萧史携弄玉上升》为例，就曹唐用典之创新，略陈粗浅之见。

二、《萧史携弄玉上升》所用典故之讨论

曹唐《萧史携弄玉上升》，是他的大游仙诗中的一首，收于《全唐诗》第六四○卷，陈继明《曹唐诗注》据收。对此诗，研究者极易望题生义，仅凭诗题中的"萧史""弄玉"而以为本篇所涉典故即为《列仙传》中的萧史弄玉之典②。笔者认为本诗所用典故不止于此。

先将此诗全录如下：

> 岂是丹台归路遥，紫鸾烟驾不同飘。一声洛水传幽咽，万片宫花共寂寥。红粉美人愁未散，清华公子笑相邀。缑山碧树青楼月，肠断春风为玉箫。③

《列仙传》中《萧史传》曰：

> 萧史者，秦穆公时人也。善吹箫，能致孔雀白鹤于庭。穆公有女，字弄玉，好之，公遂以女妻焉。日教弄玉作凤鸣，居数年，吹似凤声，凤凰来止其屋。公为作凤台，夫妇止其上，不下数年。一旦，皆随凤凰飞去。故秦人为作凤女祠于雍宫中，时有箫声而已。④

---

① 关于《轩辕本纪》，收于《云笈七籤》卷一〇〇，一般认为是宋人所作，张固也认为应该成于唐高宗时（参张固也《唐人黄帝传记三种叙录》，《宗教学研究》，2010年第1期，第141—146页），笔者认为可信。若然，则曹唐可以见到此传。

② 萧史传见《列仙传》卷上。《列仙传》，本文用王叔岷校笺《列仙传校笺》，北京：中华书局2007年，萧史传第80页。

③ 陈继明注《曹唐诗注》，第37页。

④ 《列仙传校笺》卷上，第80页。

将此传与《萧史携弄玉上升》一诗对比可知,诗中其实出现了若干仅凭萧史传记不能解释的意象,如"洛水""缑山"和"肠断"。

首先,《萧史传》没有任何与洛水有关的内容。该传唯一明确提到的地点是雍宫。雍宫为秦王之宫殿,萧史是秦穆公(前659—前621在位)之女婿,秦穆公时建都成雍,秦献公即位次年(前383)时,迁都至栎阳。雍城遗址,位于陕西省宝鸡市凤翔县,是秦国使用时间最长的都城。而洛水则距之甚远。

第二,《萧史传》中也未出现缑山这个地名。缑山又名缑氏山实际上位于今河南偃师市东南20公里的府店镇府南村,与缑山之典有关的是王子乔。《列仙传·王子乔》:"王子乔……见桓良曰:'告我家,七月七日待我于缑氏山巅。'……亦立祠于缑氏山下,及嵩高首焉。"①

第三个疑点是情绪词"肠断",萧史和弄玉一直在一起,最后双双飞去,不存在"肠断"的现象。另外,"肠断春风为玉箫"一句表明肠断之人并非吹箫之人(萧史和弄玉),而是萧史之外的人。说是弄玉也解释不通,因为她是和萧史在一起的,也犯不上肠断。那么这个"肠断"之人又是谁呢?综合来看,如果根据"缑山"的线索,把该诗的抒情主人公定为王子乔,就可以圆融解释整首诗了。

王子乔的故事也见于《列仙传》:

> 王子乔者,周灵王太子晋也。好吹笙,作凤凰鸣。游伊洛之间,道士浮邱公接以上嵩高山。三十余年后,求之于山上,见桓良,曰:"告我家,七月七日待我于缑氏山巅。"至时,果乘白鹤驻山头,望之不得到。举手谢时人,数日而去。亦立祠于缑氏山下,及嵩高首焉。②

"缑山碧树青楼月,肠断春风为玉箫。"缑山既是王子乔升仙之地,又是为王子乔立祠的地方,所以在缑山的"他"听到箫声而肠断,也不出奇了。不仅如此,据传记,王子乔曾"游伊洛之间",所以"洛水"也是和王子乔有关的意象。因此,"洛水"和"缑山"两个典故,都指向了王子乔。虽然题目显示是要咏萧史和弄玉,而诗中却暗引了王子乔的故事。王子乔亦名王子晋,是周灵王(前571年—前545年在位)之太子。在时间上也比萧史弄玉要晚。

如从王子乔的视角来读这首诗,就会发现整首诗十分顺畅圆融。下面试

①② 《列仙传校笺》卷上,第65页。

着对原诗进行重新的解读。

三、抒情主人公王子乔及诗的三重境界

根据上述讨论,诗中地点(洛水和缑山)所指向的"人物"并不是萧史,而是王子乔。那么为什么诗人能将王子乔和萧史联系到一起? 对比二人传记可知,他们的相似之处是都能"作凤凰鸣",不同的是萧史善吹箫,而子乔是好吹笙。不过仍有疑点未解决,"一声洛水"指的是箫声还是笙音? 换句话说,"一声洛水传幽咽"这句诗所写是谁的形象(动作)? 下面试以王子乔为话语发出者、抒情主人公分析这个问题。

王子乔自己能吹笙作凤鸣。他一边吹笙,一边怀念着当年的萧史和弄玉,因为他们能以箫声作凤凰鸣(最重要的是,他们已经成仙)。王子乔亦能作凤凰鸣,甚至是有意效仿吧? 或许他希望能以类似的方式而成仙。虽然如此,但王子乔(曹唐)也有自己对于成仙的思索。首先是不同时代,人们成仙的方式可以不同。"岂是丹台归路遥,紫鸾烟驾不同飘"。丹台,为天上贮存登仙者名录之所,①借指仙界。丹台并不遥远,成仙也并非遥不可及,而是成仙可以有不同方式和路径:有人乘鸾,如上述的萧史和弄玉;又有人驾烟,如宁封子。宁封子事亦见《列仙传》:

> 宁封子者,黄帝时人也,世传为黄帝陶正。有人过之,为其掌火,能出五色烟,久则以教封子。封子积火自烧,而随烟气上下,视其灰烬,犹有其骨。时人共葬于宁北山中。故谓之宁封子焉。②

有关成仙的问题,王子乔既有思考,又有实践,即吹笙。"一声洛水传幽咽"所表现的是王子乔在洛水之上吹笙,笙音幽咽而感人。而由下句"万片宫花共寂寥"可知,他对成仙之路的选择不同于萧史和弄玉之夫妻共仙,却是以独身禁欲而修仙。他以王子之尊,为修仙而放弃了六宫,使得"万片宫花"同归寂寥。

将王子乔作为抒情主人公、话语发出者来看,"红粉美人愁未散,清华公子

---

① 《艺文类聚》卷七八灵异部上·仙道引《真人周君传》:"子名在丹台玉室之中,何忧不仙?"(上海:上海古籍出版社 1982 年,第 330 页)本条白居易《白氏六帖事类集》亦引,见卷二六道士第四十五"名在丹台"条(台北:新兴书局,1969 年,第 990 页)。原出自《紫阳真人内传》。
② 《列仙传校笺》卷上,第 4 页。

笑相邀",所表现的是王子乔对萧史和弄玉之想象,清华公子(萧史)邀请弄玉借吹箫而乘鸾(破其愁闷),最终双双升空而成仙离去。"缑山碧树青楼月,肠断春风为玉箫",却又回到了"现实",这是王子乔本人所处的情境,他面对着缑山的碧树青楼月,耳边萦绕着当年萧史和弄玉的箫声,他为之而肠断——或许因为对彼升仙之艳慕。但他本人却选择了独身修仙的道路,因此他所见只有"碧树青楼月""春风",而没有"红粉美人"。

总之,全诗包含了不同的层次的典故。第一层是王子乔,他本是周灵王太子。根据周灵王在位时间(前571年—前545年)可知,其时代是在公元前6世纪中期;第二层是秦穆公时的萧史弄玉成仙的故事,根据秦穆公在位时间(前659年—前621年)判断,其年代在公元前7世纪晚期。二者相距近百年。这两层情境,借描绘王子乔对百年前萧史弄玉之吹箫成仙的遥想而叠加呈现。

不过,在这两重情境之外,其实还有一重情境,就是借写诗而咏怀王子乔的作者曹唐。他创作大游仙诗的时间,应该是分散在不同年份的,但据内容,有理由相信,多在还俗以后。梁超然认为,曹唐的第一次出仕是进入萧革幕,当时萧革为邵州刺史,时间当在穆宗长庆年间,822年前后。①因此,可以将他写作包括《萧史携弄玉上升》在内的游仙诗的时间粗定为9世纪前中期(约822—865年间),在王子乔之后1500年。

将上述信息列表如下:

	年　代	人　物	动作和情境
第一重	公元前7世纪晚期,秦穆公时	萧史、弄玉	吹箫引凤,仙去
第二重	公元前6世纪中期,周灵王时	王子乔	遥想萧史和弄玉之夫妇成仙
第三重	公元9世纪前中期,大约822年至865年间	曹唐	写诗咏怀王子乔之遥想萧史

因此本诗其实包括了三重境界、三层人物(萧史、弄玉算一层)、三个故事,及两重用典,即所谓"一诗三重境"也。

四、三重境界所折射之含义

(一)三重境界所反映出的主体与客体的关系

上述的思和被思、看和被看,不禁使得我们想起卞之琳的著名的《断章》:"你站在桥上看风景,看风景人在楼上看你。明月装饰了你的窗子,你装饰了

---

① 梁超然《晚唐桂林诗人曹唐考略》,《广西师范大学学报》1989年第4期,第30页。

别人的梦。"该诗表现的是哲理的主体和客体的关系,在一定情境下,主体(看风景的"你"),可以转化为客体(被看风景人所看);有时,表面上的主体("明月装饰了你的窗子"中的"明月","你装饰了别人的梦"中的"你")实际上则是客体。

曹唐在这首诗里表现了类似的思考和情感。虽然题目标明"萧史携弄玉上升",萧史和弄玉是故事的主角,理应为主体;但在诗的正文中,却变成了完全的客体(被王子乔思慕和思考的对象)。诗中的王子乔,本来也是主体(在与萧史弄玉的关系中),但在隐含的抒情者和话语者(作者曹唐)的面前,却变成了又一个被思考和追怀的对象,从而使得诗歌增加了蕴味和趣味。

同时,迭加在诗境中的王子乔和萧史的形象也能互相映衬和生发。诗歌没有明确写出的一点,如显然王子乔放弃了六宫("万片宫花")而采取独身主义;而萧史却能携妻子弄玉上升。这是曹唐心中没有解决的问题。[①]因此在首联他就说,"乘鸾烟驾不同飘"。而接下来的三联都在暗示和继续着这一问题,如颔联提到"万片宫花共寂寥",颈联提到"红粉美人"与"清华公子"的互动,尾联则以"碧树青楼月"暗示着抒情者王子乔的孤单一人。因此与不与配偶同仙,是一个贯穿全诗的主题。

总之,虽然王子乔和萧史均列入仙传,两人的成仙又都与音乐和引来凤凰有关,但二人却又彼此不同——特别在修仙路上是否有配偶的问题上。从而使得两人的形象形成对比和映衬,又互补相成,相互丰富着彼此的意蕴。

综上,《萧史携弄玉上升》这首诗表现的是缅怀之缅怀,曹唐缅怀和想象的是王子乔之缅怀及对萧史和弄玉之想象。整首诗正面表现的主人公是王子乔这样一个抒情者,而诗题却采用了被怀念的对象,即王子乔之前的萧史和弄玉。

(二) 时空的变换和交错

上述主客体关系的讨论,基本不涉及时间和空间,在想象中,人物可以共时地共存于一个空间。但历史地来看,实际上三重人物(萧史弄玉、王子乔、曹唐)都不在同一个时间和空间。

仙人是不分时空的,因此汉墓可以将不同时期的历史人物置于同一个画

---

① 曹唐对这一问题的思考,也见于他的书写黄帝的游仙诗中。如《黄帝诣崆峒山谒容成》云:"六宫一闭夜无主,月满空山云满衣。"(高丽释子山撰,查屏球整理《夹注名贤十钞诗》,上海:上海古籍出版社,2005年,第123页。)有关这一点笔者拟另撰文。

面①。但在这首诗里,曹唐所为之事恰好相反,他是要把两位仙人(萧史和王子乔)先还愿为历史人物,才能实现前两重层次的意境和画面。②

在曹唐此诗中,一方面,将不同时代的人物并入一篇作品,而带来多重时空的交错;另一方面,将仙人还原为历史人物,又借助他们之间的近似点,让他们建立情感联系(如王子乔之思萧史,诗人曹唐思王子乔之思)。后一方面使得曹唐具有了历史学家的视角,着意区分不同历史时刻,创造交重的时空和情境。

(三)互文性(intertextuality)

罗兰·巴特(1915—1980)云:"一个文本并不是一行释放出神学意义的文字(来自作者上帝的信息),而是一种多维的空间,在其中,多种书写(没有哪种是原始的)混合而且碰撞。而文本就是一个包含了诸多引文之有机体,这些引用来源于无以数计之文化中心。"③文本当中的不同引文(典故)相互碰撞,造成和生发出新的意义。当然也可以与文本作者植入的新的意图相互碰撞交织,产生不同的意义和效果,这种文本和意义的关系,被后结构主义者称为互文性(intertextuality)。

这一点在曹唐这首诗中体现得很清楚,当不同的典故(萧史成仙和王子乔成仙)同时进入他这首诗,曹唐是作了一定处理的,就是萧史成仙之说,以王子乔的回忆的面貌出现,而将王子乔作为正面表现的"人物"。但二者之间具有一种对比、区别和互动,成仙之结果则一,而成仙之途径则异(不是吹笙和吹箫的区别,而是单修还是双修的区别),这种思考在诗中是以王子乔的寂寞感来表现的,但背后隐含的则是诗人兼还俗道士曹唐的思考,曹唐是潜在的抒情和思考主体。这一切都是靠典故之间的交迭和互动来实现的,也就是巴特所谓的互文性。

五、结　论

从曹唐《萧史携弄玉上升》一诗看,第一,该诗分明暗虚实:明写萧史,暗写

---

① 参姜生《汉帝国的遗产——汉鬼考》第三章《汉代仙谱考》中有关讨论,北京:科学出版社,2016年,第209—215页。

② 这里曹唐的做法与谢灵运在《石室山》、《入华子岗是麻源第三谷》等诗中的思考不同,谢灵运是把不同的时间打并到同一个空间,如其中提到"羽人绝髣髴,丹丘徒空筌……恒充俄顷用,岂为古今然"、"虚泛径千载,峥嵘非一朝"等。(南朝宋谢灵运撰、顾绍柏校注《谢灵运集校注》,台北:里仁书局,2003年)参拙撰《谢灵运诗〈发归濑三瀑布望两溪〉中的同枝条一辨》,《中国诗学》第27辑(2019),第60—70页;《石室灵域与谢灵运的道教观念:谢灵运〈石室山〉新解》,《古典文献研究》第22辑上卷(2020),第11—21页。

③ 原文为:"A text is not a line of words releasing a single 'theological' meaning(the 'message' of the Author-God), but a multi-dimensional space in which a variety of writings, none of them original, blend and clash. The text is a tissue of quotations drawn from the innumerable centres of culture."Roland Barthes, *Image*, *Music*, *Text*. Glasgow: Fontana, 1977, p.146.

王子乔;萧史是虚写,王子乔为实写。第二,该诗分隐显和前后景:相对于萧史,王子乔在隐;相对于王子乔,曹唐在隐。总的来说,萧史和王子乔在前台,曹唐为后景。第三,该诗具备不同层次和纵深,主要表现为诗中三重情境的营造及主体和客体的转换,在后来人的观照下,原来的主体就转化为客体,萧史在王子乔眼中便是客体,王子乔在曹唐眼中亦为客体,而曹唐在后来任一读者的眼中也成了客体。第四,诗中有强烈的空间和时间感。诗人借人物还原带来时空的交错;而他将仙人还原为历史人物后,又借助他们之间的近似点,让他们建立情感联系(比如王子乔之思萧史,曹唐之思王子乔)。

总之,曹唐借《萧史携弄玉上升》一诗,将《列仙传》中处于不同时代的人物(仙人)拉入诗中(或曰此空间),借王子乔对前代仙人的成仙道路的反思(和扬弃),而表达了自己的纠结和困惑。曾为道士的曹唐其还俗的原因不得而知,然而其游仙诗多次表达了他对独身修道的强调,或许从反面反映了他仍眷恋世俗男女之情的迷思。

[作者简介] 李静,澳门城市大学副教授。

李公麟与苏黄[*]

凌郁之

[摘　要]　李公麟与苏黄成功对话的基础在于"龙眠居士本诗人"及其绘画所具有的诗性。李公麟是擅长绘画的文人雅士,而不是画工画匠,否则定为苏黄所不屑;苏黄是笃爱美术的文坛巨子,而不是附庸风雅的官僚,否则定为李公麟所不屑。无论李公麟绘画,还是苏黄赏画评画,都有一颗诗眼在。元祐诗画的融通一律,不仅体现在诗画文本之间,还体现在画家对诗理、诗人对画理的贯通默契中,以及诗人深度介入绘画、画家深度参预文会的现象与过程中。包括绘画在内的文艺活动是苏黄文学群体"了却公家事"之后的排遣和表达。李公麟因其与苏黄的密切交流,在此群体中居于较为核心的地位。他们围绕诗画艺术而生发的诸端事象,皆不离"日用之常",而又妙合于"君子之道"与"艺术之道"。

[关键词]　李公麟　苏轼　黄庭坚　元祐文学　诗画关系

李公麟,字伯时,号龙眠居士,"宋画第一"^①。苏轼、黄庭坚,并称苏黄,元祐文坛巨擘。许多画家与苏黄有交往,但交情深笃且同时为二人所激赏者,唯有李公麟。他们互相亲近对方,理解对方,需要对方,影响对方,是文艺家交流的典范。包括李公麟在内的以苏黄为核心的元祐文艺群体,具有共同的审美理想,由此生发的艺术精神、价值观念,又复作用于此群体之文艺实践,渗透于文化、社会以及政治诸层面,从而形成这个时代的特征。苏黄既是第一流大诗人,又是绘画评论的权威,掌握着士人画的话语权。作为画家的李公麟,本质

＊ 本文为国家社科基金后期资助项目《李公麟画谱》(项目编号 19FZWB058)阶段性成果。
① 黄灵庚辑校《宋濂全集》卷三八《题李伯时画孝经图后》,北京:人民文学出版社,2014 年,第 841 页。

上是一位诗人①,自云:"吾为画如骚人赋诗,吟咏性情而已。"②第一流大画家与第一流大诗人、大批评家的对话,三士共谈,必说妙法。以下尝试从五个方面切入观照,冀能揭示李公麟绘画的文学因缘,同时为元祐文学研究提供一个考察侧面。

一、写　真

能同时为苏黄两位文坛巨子写真画像者,唯有李公麟。李公麟擅长人物画,又与苏黄十分亲近,是给苏黄画像的理想人选。他为苏黄写真,能将他对苏黄人格、思想及命运的理解融入进去,而不是一般的肖像画。

苏轼写真像有多种,而李公麟所画,得到一致的肯定和赞叹。黄庭坚《跋东坡书帖后》:"庐州李伯时近作子瞻按藤杖坐磐石,极似其醉时意态。"③这幅"东坡按藤杖坐磐石像",常见于宋人题咏中。晁补之《东坡先生真赞》:"非儒非仙,非世出世间,不可以纶缴,亦不乘风云而上天。何居乎？犹心醉经目营海,既逍遥乎涛濑,忽焉横杖按膝而舒啸,鸾凤之音犹隐耳,而人固已反乎无在也。"④所云"横杖按膝",即是此像。贺铸《内翰出龙眠居士写真图》:"落墨龙眠品入神,横筇一见谪仙人。孤云老鹤来何处,异石清流有是身。瞻仰生风开鬓发,卷舒盥手敬星辰。他年莫用黄金铸,传在人间此逼真。"⑤"横筇一见谪仙人",也是指此画像。翟汝文《东坡远游并序》:"龙眠居士画东坡先生,黄冠野服,据矶石横策而坐。……某笑之以谓儋、琼居绝,正如龙眠所见,置公于水间一石耳。"⑥此描述更加清晰,可知画中东坡按藤杖,坐磐石,周边皆水,坐于"水间一石"之上,也使我们知道晁补之、贺铸题赞所云"逍遥乎涛濑""异石清流"之所指。我们今天尚能看到的眉山苏祠东坡盘陀画像碑,以及清人朱鹤年临李公麟东坡像,一般认为就是黄庭坚所说的"按藤杖坐磐石像"⑦。

李公麟所画是写真,故贺铸称"传在人间此逼真",但又不止于写真,而是

① 王文诰辑注,孔凡礼点校《苏轼诗集》卷三六《次韵吴传正枯木歌》,"龙眠居士本诗人。"北京:中华书局,1982年,第1961页。参拙文《李公麟与杜甫》,《中国典籍与文化》2019年第3期,第131—136页。
② 《宣和画谱》卷七李公麟小传引。《丛书集成初编》本,北京:中华书局,1985年,第198页。
③ 刘琳、李勇先、王蓉贵校点《黄庭坚全集》,《宋黄文节公全集》正集卷二八《跋东坡书帖后》,成都:四川大学出版社,2001年,第777页。
④ 晁补之《鸡肋集》卷三二《东坡先生真赞》。《全宋文》第127册,上海:上海辞书出版社、合肥:安徽教育出版社,2006年,第42页。
⑤ 《声画集》卷一。《景印文渊阁四库全书》第1349册,第813页。
⑥ 翟汝文《东坡远游并序》。栾贵明《四库辑本别集拾遗》,北京:中华书局,1983年,第210页。
⑦ 孔凡礼《关于〈苏东坡盘陀画像碑〉的一些考察》,《乐山师范学院学报》2007年第3期。陈琳琳《李公麟写苏轼像考论》,《美术》2021年第2期。

有想象和寄托,画中置苏轼于"水间一石"之上,殆非实有之境,而是对他高蹈出尘、不与世浮沉的精神写照。翟汝文谓画中东坡"宛在水之中坻"①,窃疑此境或与《周易》坎卦有关,乃遇坎乘流之意。《坎》:"九五:坎不盈祇,既平无咎。""祇"同"坻"。《集注》:"祇,水中小渚也。《诗》'宛在水中坻'是也。坎不盈者,坎水,犹不盈满,尚有坎也,平者水盈而平也。坻既平则将盈而出险矣。坎不盈者,见在之辞;坻既平者,逆料之辞。言一时虽未平,将来必平也。无咎者,出险而太平也。"②此像可能写出了苏轼自己所说的"高人无心无不可,得坎且止乘流浮"③的意思,其中或许还寓有对他的祝愿。

从黄庭坚、晁补之、贺铸而下的许多题咏来看,他们对此画像都相当认可。只有李公麟的画像,才能获此认可。他们对此横策磐石的"形象设计"多所联想,对其气象多有歌颂。翟汝文《东坡远游》由此画而生发出深沉感慨:"安知造物者不故使之遗世绝俗以全其天乎?仲尼乘桴浮于海,又欲居九夷。彼遭世不用,顾有不能忍以去父母之国,而终其身无意于斯世也。况公以君命,独安适而非此者欤?必将俯万物而磅礴一世,凥舆神马,挟宇宙而随其所如往。"又云:"吁嗟先生逝将去此兮,四方慨其何从。超虚无以上径兮,袭一气之鸿蒙。乘飞霆而跨箕尾兮,与汗漫而相期。纷属车之骖乘兮,驾六龙而逶迤。酌匏尊以自觞兮,馨天汉之流源。挟须弥而纳芥子兮,恒游戏于其间。形骸付于电泡兮,变诡幻之奇服。乱焦螟于蚊睫兮,骋蜗角之蛮触。何乡其无上下兮,乐容与而澶忘归。回车独来兮,忽何所见,宛在水之中坻。"④翟氏此文作于东坡贬海南之后,遂联想及之。实际上,李公麟作画是在东坡南贬之前,故邹浩《东坡横策像赞》:"东坡未作儋耳行,此相已入龙眠笔。大海中央谁与邻,万事一条横榔栗。"⑤南宋周必大也有对此像的题赞,云:"龙章凤姿,挥斥八极。天心月胁,照映万物。孟子之气,庄周之文。瞻之在前,尚有典型。"⑥入元后,此画还有传本。胡祗遹《东坡赞》:"东坡之文章志略,具在方册,后世可得而见,高风绝尘之资,不可得而仿佛。得见此像,亦足以起敬起慕、发英气而洗凡鄙。"⑦可见,

---

① 孔凡礼《关于〈苏东坡盘陀画像碑〉的一些考察》,《乐山师范学院学报》2007 年第 3 期。陈琳琳《李公麟写苏轼像考论》,《美术》2021 年第 2 期。

② 来知德《周易集注》卷六,上海:上海古籍出版社,1990 年,第 189 页。

③ 《苏轼诗集》卷七《和蔡准郎中见邀游西湖三首》之二,第 338 页。

④ 翟汝文《东坡远游并序》,栾贵明《四库辑本别集拾遗》,第 210 页。

⑤ 邹浩《道乡集》卷三三《东坡横策像赞》,《景印文渊阁四库全书》第 1121 册,第 460 页。

⑥ 周必大《文忠集》卷四五《东坡像李伯时作曾无疑藏之命予赞之》,《景印文渊阁四库全书》第 1147 册,第 477 页。

⑦ 胡祗遹《紫山大全集》卷一四《东坡赞》,《景印文渊阁四库全书》第 1196 册,第 263 页。赞语有云"铁龙横膝",应指伯时所画之横策像。

李公麟所作东坡像，能够写出东坡的精神气度与人格理想，甚或含有东坡现实困境的隐喻，而不唯面部的逼真。

后世东坡像，率以李公麟所画此像为标准。翁方纲是苏轼的崇拜者，所见所藏之东坡像有多种，而以此像为衡量各本是非出入的标尺。如其《跋坡公像》云：“吴门尤叔垫茂先藏松雪《白描坡像》后有陆五湖师道题云：'有合于伯时所作按藤杖坐磐石意态也。'又南海朱完所作小金山像，及长州李枢藏松雪画像，皆与宋人所画真本相合。盖疏眉凤眼，秀摄江山，两颧清峭，而髯不甚多，右颊近上黑痣数点，是为宋李伯时之真本。赵松雪、朱兰嵎临本皆足证也。”[1]李公麟画东坡像“或非一本”[2]。旧传李公麟所作，还有镇江金山寺东坡像，以及《东坡笠屐像》。此两种颇有影响，但出现较晚，画史依据不足，是否出李公麟之手，未敢臆断[3]。有关文献还提到李公麟画《东坡乘槎图》[4]《谪居三适图》[5]《醉东坡》[6]，或出后人假托，但从侧面也能反映人们对李公麟画东坡像的推重。

李公麟也曾为黄庭坚画像。《锦绣万花谷前集》卷二八：“舒州皖公山，三祖璨大师道场，即山谷寺，有石牛洞，其石状牛，因以为名。钱绅《同安志》云：'初，李伯时画鲁直坐于石牛上，鲁直因自号山谷老人。'”[7]《方舆胜览》卷四九亦记此事，且谓黄庭坚题诗石上云：“郁郁窈窈天官宅，诸峰排霄帝不隔。六时谒帝开关钥，我身金华牧羊客。羊眠野草我世间，高真众灵思我还。石盆之中有甘露，青牛驾我山谷路。”[8]黄𫮃《山谷年谱》系此事在元丰三年[9]，而黄庭坚称元丰间求李公麟作王右丞像之时尚未相识[10]，则此像也可能是后来李公麟根据“青牛驾我山谷路”之诗意而作。

无论是苏轼的横策像、笠屐像，还是黄庭坚的骑石牛像，李公麟都能在理解的基础上对苏黄形象加以经典塑造，不仅写貌，亦且写心，将自己对苏黄人

---

① 翁方纲《复初斋文集》卷三三《跋坡公像》。《清代诗文集汇编》，上海：上海古籍出版社，2010年，第382、327页。

② 翁方纲《跋坡公像》，《复初斋文集》，台北：台北文海出版社，1974年影印手稿本，第3869页。

③ 陈琳琳《李公麟写苏轼像考论》，《美术》2021年第2期。

④ 周紫芝《太仓稊米集》卷四三《李伯时画东坡乘槎图赞》。《景印文渊阁四库全书》第1141册，第299页。

⑤ 李日华《味水轩日记》卷一，谓赵承旨摹李公麟东坡三像《旦起理发》《午窗坐睡》《夜卧濯足》。（杭州：浙江人民美术出版社，2018年，第57页。）即据苏轼《谪居三适》诗而作。

⑥ 吴肃公《街南续集》卷七《题文长雪卉》。清康熙刻本，第21页。

⑦ 《锦绣万花谷前集》卷二八。《景印文渊阁四库全书》第924册，第342页。

⑧ 《方舆胜览》卷四九《安庆府》“山谷寺”条（《景印文渊阁四库全书》第471册，第928页）。所录二诗，分别是《书石牛溪旁大石上》《题山谷石牛洞》（《黄庭坚全集》第1044页，第192页）。

⑨ 黄𫮃《山谷年谱》卷一一。《景印文渊阁四库全书》第1113册，第859页。

⑩ 《写真自赞五首并序》，《黄庭坚全集》第559页。

格的理解与钦佩融入进去了,意蕴深长,写出他们的风神与境界,对于苏黄形象在大众传播过程中的定格,一定发挥了巨大作用。

二、合 作

李公麟有时会与苏黄合作完成一幅画作。常见的模式一般是,苏轼画枯木竹石,李公麟补画人物,而后黄庭坚再题上诗句。如《竹石牧牛图》,黄庭坚《题竹石牧牛并引》:"子瞻画丛竹怪石,伯时增前坡牧儿骑牛,甚有意态,戏咏。"①又如《倦鹤图》,黄庭坚《倦鹤图赞》题下原注:"子瞻画石,伯时为作归鹤,余题曰'倦鹤图'。"②黄庭坚虽未实际绘画,但他作题画诗,可以认为是苏、李画作的实际参与者。而像《倦鹤图》画目三字的题写,犹如画龙点睛,庶几可以认为此画是他们三人共同的作品。

苏、李合作的画,有时需要黄庭坚的题跋来"发挥"。黄庭坚的题跋总能道出画作的意味和作者的心思。苏、李合作《枯木道士图》,画一道士憩息于枯木之下,据黄庭坚《苏李画枯木道士赋》可知,枯木是东坡所画,而道士及木末之女萝,则是李公麟所画。黄庭坚《赋》将苏、李二人的思想揭示了出来:

> 东坡先生佩玉而心若槁木,立朝而意在东山,其商略终古,盖流俗不得而言。其于文事,补衮则华虫黼黻,医国则雷扁和秦。虎豹之有美,不雕而常自然。至于恢诡谲怪,滑稽于秋兔之颖,尤以酒而能神。故其觞次滴沥,醉余攀申。取诸造物之炉锤,尽用文章之斧斤。寒烟淡墨,权奇轮囷。挟风霜而不栗,听万物之皆春。龙眠有隐君子,见之曰:"商宇宙者朝彻于一指,计褚中者心醉于九九,言其不同识也;截鹏背而不蒂芥,烹鼠肝而腹果然,言其不同量也。彼以睢睢盱盱,我以踽踽凉凉,则惧夫子之独立而矢来无乡。"乃作女萝,施于木末,婆娑成阴,与世宴息。于其盘根作黄冠师,纳息于踵,若新沐而晞,促阮咸以赴节,按万籁之同归。昔阮仲容深识清浊,酒沉于陆,无一物可欲,右琴瑟而左琵琶,陶冶此族,不涸不浊,是谓竹林之曲。彼道人者,养苍竹之节,以玩四时,鸣槁梧之风,以召众窍,其鼻间栩栩然,盖必有不可传之妙。③

---

① 《黄庭坚全集》,第35页。
② 《黄庭坚全集》,第567页。
③ 《黄庭坚全集》,第298页。

这是对画作的深刻阐释,实际起到了画作"导读"的作用。黄庭坚并非无中生有的发挥,而是源自他对苏、李的理解。他的文字不是对画作构图的简单解读,而触及作者的内心深处,从而使这幅画有了灵魂。前面提到的《倦鹤图》,黄庭坚《赞》云:"伟万里之仙骥,矼九关而天翱。亦倦飞而归止,矧人生之嗟劳。饥食北山之薇蕨,寒缉江南之落毛。安能作河中之桴木,宁为篱落之系匏。"亦颇能传达出三人共同的思绪。黄庭坚的题赞,就是画作的主题思想。可以说《倦鹤图》《枯木道士图》等画作,集中体现了苏、黄、李三人心心相印、惺惺相惜的默契。

苏、李二人合作绘画还有几种,如《憩寂图》,苏辙题诗云:"东坡自作苍苍石,留取长松待伯时。"①具体情况,《东坡题跋》云:"元祐元年正月十二日,苏子瞻、李伯时为柳仲远作《松石图》。仲远取杜子美诗'松根胡僧憩寂寞,庞眉皓首无住着。偏袒右肩露双脚,叶里松子僧前落'之句,复求伯时画此数句为《憩寂图》。"②可知《憩寂图》是在苏、李共作的《松石图》基础上,李公麟再补画杜甫诗意而成。据南宋人记载,苏、李还有其他合作绘画。张侃《苏李松石图赞》:"东坡先生,锦绣心胸。戏作怪石,一时告功。……一卷之石,作倚盘松。龙眠居士,孰羁其踪。"③此图是苏轼"戏作怪石",而李公麟"作倚盘松"。又有《渊明濯足图》。刘从益《题苏李合画渊明濯足图》诗:"天机本自足,人事或相须。东坡画三昧,乃与龙眠俱。……笑倩李居士,为予巧形模。"④毕竟苏轼主要擅长于枯木竹石,而李公麟绘画更加专业全面,所以黄庭坚《题东坡竹石》云:"石润竹劲,佳笔也,恨不得李伯时发挥耳。"⑤可见,在黄庭坚看来,苏轼竹石之作固佳,但还需要李公麟加以充实提高,才能圆满完美。

苏、李之间的合作,有时是二人的书画合璧,如苏轼书《黄庭内景经》,李公麟作《黄庭经相》。苏轼《黄庭经赞并叙》:"余既书《黄庭内景经》以赠葆光道师,而龙眠居士复为作经相其前,而画余二人像其后。笔势俊妙,遂为希世之宝。嗟叹不足,故复赞之。"⑥《詹东图玄览编》:"经书竟,伯时为跋,坡公复题诗,山谷、子由亦并有题。题竟,伯时又写葆光、坡公、山谷与己四人像,像笔法秀劲,古雅而遒,远胜经相写像。后颍滨又题,伯时又写颍滨一像。坡公复总

① 《栾城集》卷一五有《子瞻与李公麟宣德共画翠石古木老僧谓之憩寂图题其后》,曾枣庄、马德富点校,上海:上海古籍出版社,2009 年,第 352 页。
② 《苏轼文集》卷六八《题憩寂图诗》,第 2138 页。
③ 《张氏拙轩集》卷六。《景印文渊阁四库全书》第 1181 册,第 433 页。
④ 《御定历代题画诗类》卷三七。《景印文渊阁四库全书》第 1435 册,第 469 页。
⑤ 屠友祥校注《题东坡竹石》,见《山谷题跋》,上海:上海远东出版社,1999 年,第 233 页。
⑥ 《苏轼文集》卷二一《黄庭经赞》,第 619 页。

题云：'成都道士謇拱辰翊之葆光法师将归庐山，东坡居士苏轼子瞻为书《黄庭内景经》，龙眠居士李公麟伯时为画经相以赠之。元祐三年九月廿三日题。'"①二苏与黄庭坚的题诗，俱见各人集中②。山谷诗云："苏李笔墨妙自然，万灵拱手书已传。"③在这里，绘画与书法、诗歌相协同，组织了一场别开生面的赠别仪式。这也是元祐文士风雅的日常写照。

李公麟有时会根据苏黄的提议或创意而作画，也可视为一种合作。苏轼曾请李公麟为他创作《三马图》，并自述其缘起，谓元祐初，西域贡马，"然上方恭默思道，八骏在廷，未尝一顾。其后圉人起居不以时，马有毙者，上亦不问。明年，羌温溪心有良马，不敢进，请于边吏，愿以馈太师潞国公，诏许之。蒋之奇为熙河帅，西蕃有贡骏马汗血者，有司以非入贡岁月，留其使与马于边。之奇为请，乞不以时入。事下礼部。轼时为宗伯，判其状云：'朝廷方却走马以冀，正复汗血亦何所用？'事遂寝。于时兵革不用，海内小康，马则不遇矣，而人少安。尝私请于承议郎李公麟，画当时三骏马之状，而使鬼章青宜结效之，藏于家。"④苏轼的感慨与心思，或许李公麟最能理解，也只有李公麟能够帮他完成绘画的心愿。而苏轼这幅《三马图》的创意，也可能正是受到李公麟《摹韩幹三马图》的启发。黄庭坚也曾请李公麟作过画。他说："余往岁登山临水，未尝不讽咏王摩诘《辋川别业》之篇，想见其人，如与并世，故元丰间作'能诗王右辖'之句，以嘉素写寄舒城李伯时，求作右丞像。此时与伯时未相识，而伯时所作摩诘，偶似不肖，但多髯尔。"⑤此一公案，遂奠定了后来李、黄之深厚友谊。

苏、黄、李合作绘画的现象，体现了三人之间的理解、信任和默契。合作的前提一定是对对方人品与艺术的认可和赏识。从苏黄来看，似乎只有李公麟才配得上这样的合作。李公麟可能是当时唯一享此殊遇的画家。

三、品　题

苏黄对李公麟绘画经常有所品题，留下了许多题画诗和题跋文字；由此生发出的许多唱和，则可以视为品题的延伸。这不是单纯的文学行为，而是元祐时期诗画互文的重要体现。

---

① 詹景凤《詹东图玄览编》卷一。卢辅圣主编《中国书画全书》第5册，上海：上海书画出版社，2009年，第413页。
② 黄庭坚《次韵子瞻书黄庭经尾付謇道士》，见《黄庭坚全集》，第1032页。苏辙《次韵子瞻书黄庭内景卷后赠謇道士拱辰》，见《栾城集》，第377页。
③《次韵子瞻书黄庭经尾付謇道士》，见《黄庭坚全集》，第1032页。
④《苏轼文集》卷二一《三马图赞并引》，第610页。
⑤《写真自赞五首并序》，见《黄庭坚全集》，第559页。

苏黄对绘画的品题,对于画家的重要性不言而喻。苏黄之所以能执画坛评论之牛耳,一方面固然因为他们在文坛的崇高地位,另一方面则在于他们精通书画,对绘画艺术能产生同情之理解,是绘画鉴定的权威。苏轼对吴道子画"望而知其真伪"①,黄庭坚则将王晋卿送他题品的画作"贬剥令一钱不值"②。画家认可文坛盟主的评鉴,文坛盟主亦能胜任愉快,遂能拥有画坛话语权,一言而能评定画作的高下真伪,乃至决定画家的成败荣瘁。一时画家皆以得到苏黄品题为荣幸。对于苏黄而言,这些品题或许只是一时兴到之作,而对李公麟则能产生重要影响。

苏黄为李公麟的绘画题诗作跋,本身就是对李公麟绘画的理解、肯定和支持。他们的题跋,不是达官贵人为应付请求而作的空洞敷衍,而是出于对其人品画品的高度认可,是朋友之间的对话与欣赏。如苏轼跋李公麟《龙眠山庄图》,称赞"其神与万物交,其智与百工通"③。黄庭坚跋李公麟《天马图》:"余尝评伯时人物似南朝诸谢中有边幅者。"④李公麟画马,苏轼题诗云:"龙眠居士本诗人,能使龙池飞霹雳。""龙眠胸中有千驷,不独画肉兼画骨。"⑤黄庭坚题诗云:"李侯有句不肯吐,淡墨写出无声诗。""龙眠不似虎头痴,笔妙天机可并时"⑥。这是怎样的理解与肯定!这样的题咏,无疑会使李公麟在画坛内外激起热烈反响,为其带来巨大声誉。李公麟元祐间以画马驰名京师,固然是因其画艺高超,而苏黄揄扬鼓吹抑或是重要原因。

苏黄经常围绕李公麟绘画的题画诗而互相唱和。如黄庭坚《和子瞻戏书伯时画好头赤》:"李侯画骨不画肉,笔下马生如破竹。秦驹虽入天仗图,犹恐真龙在空谷。精神权奇汗沟赤,有头赤乌能逐日。安得身为汉都护,三十六城看历历。"⑦又如苏轼《次韵鲁直书伯时画王摩诘》:"前身陶彭泽,后身韦苏州。欲觅王右丞,还向五字求。诗人与画手,兰菊芳春秋。又恐两皆是,分身来入流。"⑧这些题咏已然与李公麟绘画融为一体,一并为世人所爱重。

因为这些题画诗而引起的唱和,甚至成为苏黄文学群体的日常性活动。苏轼《书试院中诗》:"元祐三年正月二十一日领贡举事,辟李伯时为考校官。

---

① 《苏轼文集》卷七〇《书吴道子画后》,第 2210 页。
② 《题北齐校书图后》。见《山谷题跋》,第 291 页。
③ 《苏轼文集》卷七〇《书李伯时山庄图后》,第 2211 页。
④ 周密《云烟过眼录》卷上,沈阳:辽宁教育出版社,2000 年,第 16 页。
⑤ 《苏轼诗集》卷三六《次韵吴传正枯木歌》,第 1961 页。
⑥ 《次韵子瞻子由题憩寂图二首》,见《黄庭坚全集》,第 212 页。
⑦ 《次韵子瞻咏好头赤图》,见《黄庭坚全集》,第 96 页。
⑧ 《苏轼诗集》卷四七,第 2543 页。

三月初,考校既毕,侍诸厅参会,故数往诣伯时。伯时苦水悸,愊愊不欲食,欲作辗马以排闷。黄鲁直诗先成,遂得之。鲁直诗云:'仪鸾供帐饕虱行,翰林湿薪爆竹声,风帘官烛泪纵横。木穿石盘未渠透,坐窗不遨令人瘦,贫马百嚘逢一豆。眼明见此玉花骢,径思著鞭随诗翁,城西野桃寻小红。'子瞻次韵云:'少年鞍马勤远行,卧闻龁草风雨声,见此忽思短策横。十年髀肉磨欲透,那更陪君作诗瘦,不如芋魁归饭豆。门前欲嘶御史骢,诏恩三日休老翁,羡君怀中双橘红。'蔡天启、晁无咎、舒尧文、廖明略皆继。"①又如苏轼有《戏书李伯时画御马好头赤》,苏辙、黄庭坚、张耒、晁补之皆有和篇②。这就是他们日常生活的缩影。这种日常生活,对于群体的凝聚与内涵的发育,具有一定的意义。

这种唱和并非每次都是苏黄发起,苏辙也曾发起过。李公麟临摹所藏韩幹《三马图》并赠送苏辙③,辙题诗有云:"画师韩幹岂知道,画马不独画马皮","伯时一见笑不语,告我韩幹非画师。"④而后苏轼次韵:"伯时有道真吏隐,饮啄不羡山梁雌。丹青弄笔聊尔耳,意在万里谁知之。幹惟画肉不画骨,而况失实空余皮。……君不见韩生自言无所学,厩马万匹皆吾师。"⑤黄庭坚次韵:"李侯画隐百僚底,初不自期人误知。戏弄丹青聊卒岁,亦如阅世老禅师。"⑥又云:"李侯一顾叹绝足,领略古法生新奇。"⑦这次唱和,他们还邀请了刘攽(《彭城集》卷七《次韵苏子瞻韩幹马赠李伯时》)、苏颂(《苏魏公文集》卷五《次韵苏子瞻题李公麟画马图》)参与唱和。足见此次唱和活动之隆重。有学者分析,苏轼是转移众人观画角度的指标,提醒众人注意李公麟画别于韩幹的精到之处,对于确立李公麟的绘画地位具有关键性的影响力⑧。他们的唱和诗都对李公麟赞美有加,既是题画,又是评人,更加强化了李公麟"士夫画"的印象。

在这种品题唱和活动中,画家是被审视的对象,我们看不到他的回应,但他一定会接受并吸收其中有益的评价,从而作用于他的绘画实践。反之,对于

---

① 《苏轼文集》卷六八《书试院中诗》,第 2139 页。
② 邵浩《坡门酬唱集》卷一〇。《景印文渊阁四库全书》第 1346 册,第 534 页。
③ 苏辙《双溪集》卷一一《跋伯时三马图》:"先祖黄门喜顾、陆、王、韩遗迹,龙眠集三马见贻。"《丛书集成初编》本,北京:中华书局,1985 年,第 153 页。
④ 《韩幹三马》,见《栾城集》,第 363 页。
⑤ 《次韵子由书李伯时所藏韩幹马》,见《苏轼诗集》,第 1504 页。
⑥ 《咏李伯时摹韩幹三马次苏子由韵简伯时兼寄李德素》,见《黄庭坚全集》,第 81 页。
⑦ 《次韵子瞻和子由观韩幹马因论伯时画天马》,见《黄庭坚全集》,第 82 页。
⑧ 衣若芬《宋代题画诗的创作现象与书写特质——以苏辙〈韩幹三马〉及东坡等人之次韵诗为例》,载《赤壁漫游与西园雅集》,线装书局,2001 年,第 112 页。

参与品题的诗人而言,观赏李公麟绘画,自然也是难得的审美体验。李公麟绘画为他们提供了发表绘画评论的契机。苏黄关于李公麟绘画的品题,在对画作本身作评价之外,也有对绘画艺术的理解和自我胸臆的抒发。美国学者石慢以《勘书图》为例,将苏轼、王诜、王巩等以画为载体的诗文唱和、题跋形式称为"通讯性绘画"①。因为有了品题,李公麟绘画就不再是一个人的事、一次性的事,而更像是集体活动,从而促进双向的沟通与切磋。

四、趣　味

李公麟与苏黄何以有如此密切的交往和深笃的友谊,其中一个非常重要的原因在于,他们有相同的艺术趣味。诗歌、绘画、书法、金石,是他们日常的共同话题。李公麟不仅是画家,而且能诗歌,精书法,富收藏,是金石学家和书法家。他的《考古图》,"天下传之,士大夫知留意三代鼎彝之学,实始于伯时"②。苏轼曾为他作《洗玉池铭》③。他的书法得到黄庭坚的称赞,称其"画之关纽,透入书中"④。但是,绘画是除诗歌之外公共性最强的话题,比如唐代韦偃、韩幹的画马,杜甫的题画诗⑤,他们之间的交谊总是围绕这些话题展开并深入,而双方的文艺境界也随之潜移默化得以升华。

前代名画是他们共同的最爱。李公麟"凡古今名画,得之则必摹临,蓄其副本,故其家多得名画,无所不有"⑥。他的《写卢鸿草堂图》《写职贡图》《写韩幹马图》《写唐九马图》《摹吴道玄护法神像》《摹唐李昭道海岸图》《摹吴道玄四护法神像》《摹唐李昭道摘瓜图》《摹北塞赞华蕃骑图》等⑦,就足以证明。苏黄对古画也有浓厚的兴趣,李公麟所临摹的这些名作,一定有苏黄未曾寓目的作品,而苏黄自己拥有或所见他人的藏品,李公麟也可能会有临本。苏轼曾请李公麟临摹其所藏刘商《观弈图》,谓"刘商之画,非伯时则失其真"⑧。苏轼赞赏韩幹的马⑨,而李公麟有临本;苏轼对韦偃《牧马图》赞不绝口⑩,而李公麟有

① 王耀庭编《开创典范:北宋的艺术与文化研究会论文集》,台北故宫博物院,2008年,第583—584页。
② 翟耆年《籀史》卷上"李伯时考古图五卷"条。《丛书集成初编》本,北京:中华书局,1985年,第11页。
③ 东坡铭,见《苏轼文集》卷一九《洗玉池铭》,第564页。
④ 陈继儒《眉公书画史》,《中国书画全书》第三册,上海:上海书画出版社,1993年,第1036页。
⑤ 参拙作《李公麟与杜甫》,《中国典籍与文化》2019年第3期,第131—136页。
⑥ 《宣和画谱》卷七,第198页。
⑦ 《宣和画谱》卷七,第208页。
⑧ 汪砢玉《珊瑚网》卷二六《李伯时临刘商观弈图》。《景印文渊阁四库全书》818册,第532页。
⑨ 《苏轼诗集》卷四四《书韩幹二马》,第2389页。
⑩ 《苏轼诗集》卷四四《韦偃牧马图》,第2398页。

《临韦偃牧放图》;苏轼对李将军"三鬃马"感兴趣①,而李公麟有《摹唐李昭道摘瓜图》;苏轼有《题卢鸿一学士堂图》诗②,而李公麟有摹本;苏轼有《二疏图赞》,而李公麟有《二疏图》③。其文其画,孰先孰后,已难考证,但我们有理由推测李公麟的画作与苏轼题赞之间存在关联。

　　李公麟绘画与苏黄的审美趣味相一致。苏黄推崇杜诗,而李公麟绘画"深得杜甫作诗体制"④;苏黄推重陶渊明,而李公麟用画笔塑造渊明形象⑤;苏黄雅好《离骚》,而李公麟有《九歌图》。其间盖有殊途同归之妙。李公麟之画杜诗、渊明与《九歌》,与苏黄文学群体的熏染或有一定的关联。他用画笔演绎文学,与苏黄文学相呼应。其绘画中所涉之人物、佛道、山水、鞍马等题材,也都是苏黄所共有的好尚。李公麟以画马闻名于元祐间⑥,与此同时,马成为苏黄群体的公共话题。苏黄不仅为李公麟的马画写作题画诗,也会与李公麟一起鉴赏唐代的马画。很难考证到底是李公麟画马引起了这股"马热",还是苏黄对"马"的好尚激发了李公麟的画马热情,但双方之间关于马的超乎寻常的热烈交流,确是非常亮眼的文艺现象。《楚辞》、渊明,是元祐间苏黄群体热议的话题。苏轼、黄庭坚、王安石、秦观、晁补之、张耒等,俱爱《楚辞》,几乎形成一个推扬《楚辞》的群体。东坡校《楚辞》,山谷拟《楚辞》,"以《楚辞》自许,当时亦盛归之",其论诗亦多取《楚辞》⑦。李公麟之画《九歌图》⑧,我们不能不联系到这种时代风气。至于陶渊明,"元祐诸公,多追和柴桑之辞,自苏子瞻发端,子由继之,张文潜、秦少游、晁无咎、李端叔又继之"⑨。李公麟画渊明故实图,或许也就在这个时期。虽然未见他像黄、秦、晁、张等人那样参与赓和,但他的画笔丝毫不逊色于他们的诗笔。黄庭坚赞赏李公麟画《归去来》,曾指图中渊明对李彭说:"伯时写照,于此最得体,盖大小四五辈不同而姿状若一故也。观其

　　①《苏轼文集》卷七〇《书李将军三鬃马图》,第2210页。
　　②《苏轼诗集》卷四九《题卢鸿一学士堂图》,第2726页。此诗或题苏辙作,见《栾城集》卷一五《卢鸿草堂图》,第372页。黄庭有《自门下后省归卧醖池寺观卢鸿草堂图》,见《黄庭坚全集》,第214页。
　　③《苏轼文集》卷二一《二疏图赞》,第600页。
　　④《宣和画谱》卷七,第198页。
　　⑤苏轼有《题李伯时渊明东篱图》,《苏轼诗集》卷四七,第2542页。黄庭坚有题李伯时所作《松下渊明》,《宋文节公全集》正集卷二,《黄庭坚全集》第33页。《宣和画谱》卷七《李公麟》著录御府所藏《归去来兮图》二(第205页)。
　　⑥参拙作《龙眠画马考》,《新宋学》第四辑,上海:上海人民出版社,2015年,第278—325页。
　　⑦参拙著《宋代雅俗文学观》第四章第四节《作为雅正典范的〈诗〉〈骚〉》,北京:中国科学出版社,2012年,第94—96页。
　　⑧《宣和画谱》卷七,第207页。
　　⑨《晁补之资料汇编》,北京:中华书局,2008年,第63页。

迈往不屑之韵,一时要贵岂能挽致之!"①在李公麟负有盛名的佛教题材画作上,其与苏黄之间,从信仰层面到艺术层面,也都十分默契,因此备受苏黄的推重。苏轼说:"吾尝见(龙眠)居士作《华严相》,皆以意造而与佛合,佛菩萨言之,居士画之,若出一人。"②其肯定也如此。

在对画史画理的认识和理解上,李公麟与苏黄是高度一致的。苏轼对王维画推崇备至,"敛衽无间言"③,而李公麟有《写王维看云图》《写王维归嵩图》《写王维像》④,其名作《龙眠山庄图》也"大约本《辋川图》为之"⑤。苏轼认为吴道子"犹以画工论"⑥,而李公麟亦"始脱吴道子之樊篱","扫去粉黛,高雅清淡"⑦。苏轼说"观士人画,如阅天下马,取其意气所到"⑧,而"龙眠胸中有千驷"⑨乃是"意气"的典型。黄庭坚论书画讲"韵",也以李公麟为典范,他说:"凡书画当观韵。往时李伯时为余作李广夺胡儿马,挟儿南驰,取胡儿弓,引满以拟追骑,观箭锋所直发之,人马皆应弦也。伯时笑曰:'使俗子为之,当作中箭追骑矣。'余因此深悟画格。"⑩在某种程度上或许可以说,苏黄通过与李公麟的交往,从而加深了对士人画的印象,并丰富其对士人画之风格与精神的认识。

五、群 体

先回溯一下李公麟与苏黄交往的过程。李公麟与苏黄始交于元丰间,前后有二十年之久。元丰三年(1080)十月,黄庭坚游舒州山谷寺,李公麟为他画坐石牛像,则此时盖已相识,而此前黄庭坚已曾约请他画王右丞像。(前已详述。)李公麟与黄庭坚还有一层亲戚关系,"龙眠三李"李德素之子,是黄庭坚之婿,故黄庭坚致李公麟信称其为"亲家兄"⑪。因此,二人相识应较早。苏轼与李公麟相交,大约也从元丰间开始。《秘殿珠林》著录苏轼书《金刚经》一卷,识云:"元丰三年四月廿五日,朝奉郎责授检校水部员外郎黄州团练副使苏轼奉

---

① 李彭《题李公麟画陶渊明归隐图卷》。据金程宇《美国所藏宋人墨迹脞录》,载其《稀见唐宋文献丛考》。
② 《苏轼文集》卷七〇《书李伯时山庄图后》,第2211页。
③ 苏轼《王维吴道子画》,见王水照、朱刚《苏轼诗词文选评》,上海:上海古籍出版社,2019年,第41页。
④ 《宣和画谱》卷七,第205页。
⑤ 文嘉《钤山堂书画记》,北京:中华书局,1985年,第13页。
⑥ 苏轼《王维吴道子画》。见王水照、朱刚《苏轼诗词文选评》,第41页。
⑦ 俞剑华《中国绘画史》第十一章《宋朝之绘画》,南京:东南大学出版社,2009年,第93页。
⑧ 《苏轼文集》卷七〇《跋汉杰画山二首之二》,第2216页。
⑨ 《苏轼诗集》卷三六《次韵吴传正枯木歌》,第1961页。
⑩ 黄庭坚《题摹燕郭尚父图》,见《黄庭坚全集》第729页。
⑪ 黄庭坚《与李伯时书》四首及《与伯时亲家帖》。参郑永晓《黄庭坚年谱新编》,北京:社会科学文献出版社,1997年,第17页。

为亡考都官远忌,亲写此经。"①经前有李公麟白描诸佛图像。当然,此画真赝,尚难遽定。元丰八年,李公麟画《孝经图》,苏轼作跋②。元祐间,三人俱在京师,往来甚密。元祐六年(1091)秋,黄庭坚护母丧归分宁③,此后黄、李未曾再见;绍圣元年(1094)四月,苏轼南迁④,于是苏、李迄未相会。但是,他们之间仍然有书信往来,相互问存,互通消息,则是可以肯定的。元符三年(1100),苏轼与李亮工书,屡屡询及李公麟近况,有云:"见孙叔静,言伯时顷者微嗽,不知得近信否?已全安未?"李亮工自韶专使来迎苏轼,劝其卜居龙舒(李公麟的家乡),苏轼云:"意决往龙舒,遂见伯时为善。"⑤龙舒之约,李亮工与李公麟必有商量。可见苏、李交谊,始终不渝⑥。

众所周知,元祐前后,以苏轼为中心,以黄庭坚等苏门学士为辅翼,形成一个非常活跃的文艺群体。李公麟是苏黄共同的朋友,在此群体中居于比较重要的地位。若要了解李公麟与此群体的关系,最佳视角就是他们的日常生活。我们且从《西园雅集图》切入,庶几可以管窥一斑。旧题米芾撰《西园雅集图记》是对此图的最好说明:

> 其乌帽黄道服捉笔而书者,为东坡先生;仙桃巾紫裘而坐观者,为王晋卿;幅巾青衣据方几而凝竚者,为丹阳蔡天启;捉椅而视者,为李端叔。……坐于石盘傍,道帽紫衣,右手倚石,左手执卷而观书者,为苏子由;团巾茧衣,手秉蕉扇而熟视者,为黄鲁直;幅巾野褐,据横卷画《渊明归去来》者,为李伯时;披巾青服,抚肩而立者,为晁无咎;跪而捉石观画者,为张文潜;道巾素衣,按膝而俯视者,为郑靖老。……二人坐于盘根古桧下,幅巾青衣,袖手侧听者,为秦少游;琴尾冠紫道服摘阮者,为陈碧虚;唐巾深衣,昂首而题石者,为米元章;幅巾袖手而仰观者,为王仲至;前有鬌头顽童,捧古砚而立,后有锦石桥,竹径缭绕于清溪深处,翠阴茂密,中有袈裟坐蒲团而说《无生论》者,为圆通大师;傍有幅巾褐衣而谛听者,为刘巨济。⑦

① 《秘殿珠林》卷六。《景印文渊阁四库全书》第 823 册,第 561 页。
② 孔凡礼《苏轼年谱》,北京:中华书局,1998 年,第 870 页。
③ 郑永晓《黄庭坚年谱新编》,第 243 页。
④ 苏轼绍圣元年四月落端明殿学士、翰林侍读学士,依前左朝奉郎知英州,六月诏谪惠州。参孔凡礼《三苏年谱》,北京:北京古籍出版社,2004 年,第 2560、2584 页。
⑤ 孔凡礼《三苏年谱》,第 2928 页。
⑥ 邵博《邵氏闻见后录》卷二七记晁以道云:"东坡南迁,公麟在京师遇苏氏两院子弟于途,以扇障面,不一揖。"(中华书局 1983 年版,第 215 页)从我们的分析来看,盖小说家言,绝无此理。
⑦ 《宝晋英光集·补遗》(《丛书集成初编》,北京:商务印书馆,1960 年,第 76 页)。此文究竟是否米芾所作,尚存疑。参衣若芬《一桩历史的公案——"西园雅集"》,载《赤壁漫游与西园雅集》,北京:线装书局,2001 年,第 49—95 页。

可见此图描绘的是以苏轼为中心的一群文艺之士的日常生活。此次文艺沙龙，二苏兄弟、苏门四学士俱在，"自东坡而下，凡十有六人"：王晋卿、蔡天启、李端叔、苏子由、黄鲁直、李伯时、晁无咎、张文潜、郑靖老、秦少游、陈碧虚、米元章、王仲至、圆通大师、刘巨济。这是该群体一次最集中的亮相。画中东坡捉笔而书，米元章昂首题石，陈碧虚摘阮，圆通大师说《无生论》，其他诸人只是旁观或谛听，是一场诗、书、画共同参与的文艺雅集。虽然此图此记的真伪尚存争论①，但此图一定是该群体真实发生过的经常性聚会活动的艺术再现。有学者认为这是李公麟"取胸臆丘壑，画一时交游之盛况"②。李公麟现场作画，居于比较中心的位置，绘画已然成为一个公共话题。诗画文艺，成为可以切磋道义、兴观群怨的载体，其间之沉浸熏染，于诗、于画以及人品之涵养，俱有意义。

《西园雅集图记》所记人物并不是苏黄群体的全部，也不是李公麟与这个群体交游的所有人员。例如，元祐三年正月，苏轼领贡举事，辟李公麟与黄庭坚、晁补之、张耒、郑君乘、上官均、单锡、刘安世、李昭玘、廖正一、舒焕、孙敏行、蔡肇、邹浩、梅灏等为参详、点检试卷等官，同入试院③。又，李公麟曾临卢鸿《草堂图》一本，自书卷中歌一篇，以下各篇依次是秦少游、朱伯原、米元章、陈碧虚、僧仲殊、参寥子等"一时闻人"所书④。可见李公麟所接触的苏黄圈内文士，还有蔡肇、仲殊、参寥子等许多人并不在《西园雅集图》中。

元祐时期的李公麟，生活在苏黄文艺群体内。包括绘画在内的文艺活动，是他们"了却公家事"之后的排遣或表达，熏染着群体氛围，提振着群体精神。在此群体中，苏轼无疑是他们共同尊重如众星拱月的中心人物，其在元祐时期已然具有了文坛与政坛双重影响力，加之超凡的个人魅力，遂能产生强大凝聚力和向心力。李公麟因其与苏黄的密切交流，在此群体中居于比较核心的地位，故而具有特殊的意义。

与黄庭坚是苏轼门下士不一样，李公麟与苏轼始终是平辈的朋友之交，苏轼亦以平辈待之。《宋元学案补遗》将李公麟列入"东坡学侣"⑤，是合适的。

① 参王水照《"苏门"的形成与人才网络的特点》，见王水照《苏轼研究》，上海：上海人民出版社，2019年，第21页。
② 市河米庵《米庵墨谈续编》卷二。转引自田中丰藏《〈西园雅集图〉传》，载贾佳、龚辰译《中国美术之研究》，上海：上海书画出版社，2020年，第331页。
③ 王文诰《苏文忠公诗编注集成总案》卷三〇，成都：巴蜀书社，1985年影印嘉庆二十四年刻本，第2页。
④ 周密《云烟过眼录》卷下《杨彦德伯嵒号泳斋家藏》，沈阳：辽宁教育出版社，2000年，第34页。
⑤ 王梓材、冯云濠编《宋元学案补遗》卷九九，《苏氏蜀学略补遗》，北京：中华书局，2012年，第5985页。

"苏门四学士"是先受知于苏轼,"皆世未之知,而轼独先知之"①。而李公麟在元祐前已崭露头角,曾见称于王安石,故蔡絛《铁围山丛谈》谓"元丰后有文士李公麟者出"②,不必倚靠东坡门下。但是,有苏黄为之揄扬,李公麟其人其画遂乃增色,则是肯定的。正如李贽所说,黄、秦、晁、张"其品格文章足以成立,不待长公(苏轼)而后著,然亦未必灼然光显以至于斯也"③。李公麟也应是如此。而李公麟的画笔渲染,对于苏黄也起到了很好的宣传效果,即如这幅《西园雅集图》,对于人们直观了解苏黄及其群体的精神面貌,就产生过无可估量的作用。因此,有人说:"西园雅集成千古,全赖龙眠李伯时。"④亦非过誉。

六、结　语

文士苏黄是画家,画家李公麟是文士。苏黄遇见李公麟,便找到了在绘画艺术上可以对话的高手。苏黄与李公麟对话成功的基础,在于"龙眠居士本诗人"及其绘画所特具的诗性。无论苏黄眼中,还是李公麟本人的自我定位,他都不是我们今天意义上的具有职业属性的画家身份,而首先是文人雅士。若按照《宣和画谱》李公麟小传的说法,则叫"文臣"⑤,自然区别于画师、画工、画匠。李公麟只是擅长绘画的文人雅士,而不是卖画为生的职业画家,否则定为苏黄所不屑;苏黄只是笃好美术的文坛巨子,而非附庸风雅的官场人物,否则定为李公麟所不屑。

彼时画家与诗人,往往一身而兼二能,绘画通过对诗歌的取资,诗歌通过对绘画的品题,遂表现为"诗中有画,画中有诗"的相互指涉与融会。无论李公麟绘画,还是苏黄赏画评画,都有一颗诗眼在。苏轼说:"诗画本一律。"⑥元祐诗画的融通互文,不仅体现在诗画文本之间,还体现在画家对诗理、诗人对画理的互通默契中;不仅体现在诗人而兼画家、画家而兼诗人的身份认同上,还体现在诗人深度介入绘画、画家深度参预文会的现象与过程中。

元祐苏黄文学群体,是包纳诗书画于一体的广义文学群体。大凡文艺界一个群体的产生,必然有其共同的审美理想,有其领袖人物坐镇雅俗、收拾提倡,而此群体局面的维系,则须二三子共同追随并信仰不殆,方能形成气候,转

---

① 《苏轼文集》卷四九《答李昭玘书》,第 1439 页。
② 蔡絛《铁围山丛谈》卷四,北京:中华书局,1983 年,第 79 页。
③ 李贽《续焚书》卷二《书苏文忠公外纪后》,长沙:岳麓书社,1990 年,第 347 页。
④ 方文《嵞山续集》后编卷二《赠戴山人葭湄》。《清代诗文集汇编》第 38 册,第 593 页。
⑤ 《宣和画谱》卷七,第 197 页。
⑥ 《书鄢陵王主簿所画折枝二首》(其一),《苏轼诗集》卷二九,第 1525 页。

移风气,产生强烈的社会反响和深远的历史影响。苏黄此一大群,超然于官场与时局之外,葆有"斯文在兹"的特殊文化心理,形成具有鲜明精英意识与审美趣味的整体气质。以上所论李公麟与苏黄之道艺交契,就是具体而微的呈现。他们围绕诗画艺术而生发的诸端事象,皆不离"日用之常",而非刻意经营,却又能妙合浑化于"君子之道"与"艺术之道"。

[**作者简介**] 凌郁之,苏州科技大学文学院教授。

从随手而记到考论专精

——略论北宋诗话的演进轨迹*

唐 玲

[摘 要] 宋诗话创体之初，一般被视为"以资闲谈"的"泛文学笔记"，于取材、体例、评论诸方面都较为随意，无体系结构可言。随着诗学的发展，诗话也日益朝着取材规范化、论诗专精化、评鉴模式多样化的方向迈进。通过对北宋后期诸多作品的考察，我们发现《后山诗话》论诗最具有理论性，是由说部进入诗学批评的典型之作；《王直方诗话》的评鉴模式较之宋代前期诗话有新的开拓，包括从引述到评判、从摘句到全篇、从闲谈到考证；《石林诗话》是北宋诗话的集大成之作，具有与宋诗诗风同步的特点，无论是取材、品藻、议论、考辨等方面都比此前作品更为专精。同时，北宋后期诗话有一共通之处，即各类作品中普遍存"材料互见"的现象。北宋诗话发展中呈现出的种种新变现象，为南宋诗话体系建构的最终成熟奠定了基础。

[关键词] 北宋诗话 取材 评鉴 新变

自欧阳修《六一诗话》问世，宣告"诗话"这一著述体式正式登上文学史舞台，也成为后世书目中"诗文评"的正宗嫡派。自该书到魏庆之《诗人玉屑》，宋诗话完成了从"以资闲谈"的文学笔记向"博观约取"的诗学专著的过渡，从而建构起较为完善的诗学批评体系。

吴调公先生在《宋诗话演变之轨迹》一文中指出：

> 宋诗话的发展大体可分为三个阶段。第一阶段是以"闲谈"为目的，

---

* 本文为国家社科基金一般项目《诗人玉屑》校笺与研究"（19BZW070）的阶段性成果。

撷拾旧闻,品评诗人、诗作,间或也论及其它文体,可以《六一诗话》为代表。第二阶段的诗话,除仍然保留着一些前此的笔记特色外,诗话作者以诗歌评论为主要目的的意识开始明确,以葛立方的《韵语阳秋》为代表。第三阶段的诗话,在"诗学"内涵上,较之前一阶段更为纯粹,撷拾旧闻的因素几乎完全看不见了。这样,诗话就成为纯粹诗学的阐发。姜夔的《白石道人诗说》肇始其端,刘克庄的《后村诗话》克绍其后,而严羽的《沧浪诗话》则更无愧于宋诗话的高峰。①

吴文从宏观角度归纳出了宋诗话发展演变的大体趋势。然而,通过对两宋各个时期重要作品及相关文献的研读,再结合一系列的个案分析,我们发现诗话的演进轨迹具有多维度和复杂性,似乎难以完全涵盖于此三阶段中。在关注内容本身之外,似可结合卷帙编排、结构体例、取材范围、评论模式、征引文献等情况等来综合探讨,进而梳理出更为细致的诗话发展脉络,以及其中所反映出的诗学观点、审美趣味乃至学术思想等。限于篇幅,本文仅就北宋诗话的演进轨迹作一探讨。

一、北宋前期诗话:诗人、史家、学者与诗话之创体②

北宋前中期,由欧阳修、司马光、刘攽三人开创的诗话一体,受到后世文人的推崇,宋元已降,仿效之作更仆难数。此三者分别为宋代文坛、史林、学界中的一流人物,因其才情、禀赋以及对诗话观念理解的不同,造成了三部诗话的风貌不一:可以说《六一诗话》为诗人之诗话,《续诗话》为史家之诗话,而《中山诗话》为学者之诗话。

(一) 三部诗话的编撰方式

从编撰方式和取材来看,欧阳修是"评",偏重论诗及辞;司马光是"补",偏重论诗及事;刘攽既对二人之作进行续补,亦有自身拓展,论诗及辞、及事并重。然而后两种诗话中,甚至有"论事及诗"的条目,淡化了诗话的文学性。在取材方面,三者皆无明确的标准和原则,但往往选取和自己有交集的对象来书写,即当代人记当代诗、当代事。张伯伟先生《宋代诗话产生背景的考察》一文指出:"宋人的文艺生活,尤其是他们对诗歌创作、评论的普遍热衷,是诗话产

---

① 吴调公《宋诗话演变之轨迹》,《阴山学刊》1988 年第 3 期。
② 具体例证可参看拙文《诗人、史家、学者三体诗话编撰机制论》,《古代文学理论研究》2019 年第 2 期。

生和兴盛的一项重要背景。"①以今人的视角来看,最具诗学价值的自然是《六一诗话》,虽然全书条目不多,但于诗学理论、艺术技巧、创作鉴赏、诗病批评上用力尤深,是名副其实的"诗话"创体之作。

比起欧阳修文学鉴赏的出色当行,司马光在《续诗话》中着重展示了自己的史家本色。是书序称:"《诗话》尚有遗者,欧阳公文章名声虽不可及,然记事一也,故敢续之。"②由此可见,《续诗话》的编撰目的乃在于续写《六一诗话》所遗漏的内容。虽然他认识到欧阳修"文章名声不可及"处,却没有正确理解其所开创"诗话"体式的内涵,从而把《续诗话》的性质界定为"记事一也",这也正是司马光以史学本位的视角来看待诗话的明证。其书条目亦多有续补欧书未尽之事。

刘攽的《中山诗话》在篇幅、内容、题材上都比前两部诗话要丰富,于"论诗及辞""论诗及事"以外,还增加了考证、音韵、自注等新的容,作者学问之博洽在笔下淋漓尽致地表现了出来。正如《四库提要·中山诗话》所云:"北宋诗话惟欧阳修、司马光及攽三家号为最古。此编较欧阳修、司马光二家虽似不及,然攽在元祐诸人之中学问最有根柢,所考证、议论可取者多,究非南宋江湖末派钩棘字句以空谈说诗者比也。"③

(二)三部诗话的编撰体例

从编撰体例来看,北宋前期诗话篇幅短小,条目随意,体无定制,全以笔记形式记录,可视为泛文学笔记。郭绍虞先生总结称:"古人诗话之作,本是一种随笔性质,不可能全是论诗精义。"④

在众多被视为诗话起源的作品中,唐代孟启的《本事诗》与北宋前期三部诗话的性质、体例最为接近。罗根泽先生云:"本事诗是'诗话'的前身,其来源则与笔记小说有关。唐代有大批的记录遗事的笔记小说,对诗人的遗事,自然也记录之列。就中如范摅的《云溪友议》、王定保的《唐摭言》,其所记录,尤其是偏于文人诗人。由这种笔记的转入纯粹的记录诗人遗事,便是本事诗。我们知道了'诗话'出于本事诗,本事诗出于笔记小说,则'诗话'的偏于探求诗本事,毫不奇怪了。"⑤《本事诗》固然是诗话的重要起源,但并非唯一起源,只是就初期诗话而言,二者的一脉相承性更加明显。

---

① 张伯伟《宋代诗话产生背景的考察》,《文学遗产》1989 年第 4 期。
② 司马光《续诗话》,何文焕《历代诗话》本,北京:中华书局,2009 年,第 274 页(下同)。
③ 纪昀等《钦定四库全书总目》卷一九五《中山诗话》,北京:中华书局,1995 年,第 2740 页(下同)。
④ 郭绍虞《诗品集解·续诗品注·重印后记》,北京:中华书局,2005 年,第 196 页。
⑤ 罗根泽《中国文学批评史》第二册,北京:商务印书馆,2015 年,第 244 页。

三部诗话皆采用了笔记体,随手而记,条目之间无甚关联。蔡镇楚先生指出:"《六一诗话》一书共二十九则论诗条目,采用漫谈随笔体,不分章节,由一条一条内容互不相关的论诗条目连缀而成。这些条目,可长可短,可多可少,富于弹性。这种灵活性,是任何诗学专著不可企及的。"①同样,《续诗话》《中山诗话》也沿袭了这一体例。这便是诗话创体之初,作者丝毫没有意识到将其建构成为理论批评专著的表现。

《续诗话》在《六一诗话》的基础上更进一步,即开创了以人为纲、以事为纲的体例,成为后世诗话尤其是纪事体和汇编体诗话的主流。刘德重、张寅彭《诗话概说》云:"全书三十一则中有二十余则按人列条,分别品评了惠崇、郑文宝、鲍当、林逋、魏野等人的诗作,基本上一人一则,在体例上也为后来的诗话开拓了路子。"②

《中山诗话》的体例则有其独特之处,即大部分条目皆有自注,这也是在诗话作品中首次出现的现象。从刘攽自注的内容来看,当是沿袭了传统诗注的体例,注释范围包括语词(名词、口语、俗语、音义)、人物、典故、出处、本事。

二、由说部而入理论:《后山诗话》

继欧阳修等三人之后,北宋中后期涌现出了一大批优秀的诗话作品,包括旧本传世的(题)陈师道《后山诗话》、惠洪《冷斋夜话》、唐庚《唐子西文录》、叶梦得《石林诗话》、蔡绦《西清诗话》;以及原本已佚、今人辑录的潘淳(一作惇)《潘子真诗话》、王立之《王直方诗话》、范温《潜溪诗眼》、李錞《李希声诗话》、洪刍《洪驹父诗话》等。其中,《后山诗话》的理论性最强;《王直方诗话》的评论模式最为齐备;《石林诗话》细大不捐,为北宋诗话的集大成者。总体而言,此一时期的诗话编撰呈现出的总体趋势为:取材日益规范化、考论专精、文本互见。

关于《后山诗话》,自南宋初就有真伪之争,据今人考订,基本上可认定为陈师道所作,至于文中与其生平不符的条目则疑为后人窜入③。是书相较于此前及同时代的作品而言,理论性最为突出,文学批评范畴最为宽广,是诗话由笔记体向诗学理论专著过渡的标志性作品。郭绍虞先生称:"此书虽仍是随

---

① 蔡镇楚《中国诗话史》,长沙:湖南文艺出版社,1988年,第63页。

② 刘德重、张寅彭《诗话概说》,合肥:安徽教育出版社,2009年,第40页。

③ 郭绍虞《宋诗话考》,北京:中华书局,1979年,第17页(下同);周祖譔《〈后山诗话〉作者考辨》,《厦门大学学报》1987年第1期;谷建《〈后山诗话〉作者考辨》,《海南师范学院学报》2004年第2期。

笔体裁,但与以前诸家诗话有所不同。一、所论不限于诗,兼及古文四六,扩大文学批评之范畴,为此后《诚斋诗话》诸书之所祖。二、即其言诗不偏于论诗,而论辞又不限于摘句,则又为《沧浪诗话》《对床夜语》诸书之所自出,使诗话之作由说部而进入理论批评。①此论甚是。

陈师道是宋代诗坛第一流之诗人,黄庭坚《答王子飞书》对其赞誉有加,称:"其作诗渊源,得老杜句法,今之诗人不能当也。至于作文,深知古人之关键,其论事,救首救尾,如常山之蛇,时辈未见其比。②"陈师道之所以能有如此高的诗坛地位,自然与其天赋、才力、勤奋分不开,相信他比一般人更能体会文学创作的甘苦得失,同时也更有能力将创作的规律、技巧、方法进行理论化的总结和提升,以供后人钻研取法。这些诗学观点汇集在一起,使得《后山诗话》的理论性远远高出同时期的其他作品。

(一)论诗理论化

是书所论之"尊体"与"破体",即为后世宋代文学研究中关注度较高的问题之一。王水照先生认为,"在宋代,文体无论在创作中或在理论上,都被提到一个显著的突出地位。一方面极力强调'尊体',提倡严守各文体的体制、特性来写作;一方面又主张'破体',大幅度地进行破体为文的种种尝试,乃至影响了宋代文学的整体面貌。两种倾向,互不相让,而又错综纠葛,显示出既激烈又复杂的势态。③"北宋中叶以来,文人多有关于尊体与破体的谈论或争辩。如大约成书于同一时期的魏泰《临汉隐居诗话》记载:

> 沈括存中、吕惠卿吉甫、王存正仲、李常公择,治平中,同在馆下谈诗,存中曰:"韩退之诗,乃押韵之文耳,虽健美富赡,而终不近古。"吉甫曰:"诗正当如是,我谓诗人以来,未有如退之也。"正仲是存中,公择是吉甫,四人者交相诘难,久而不决,公择忽正色而谓正仲曰:"君子群而不党,君何党存中也?"正仲勃然曰:"我所见如是耳,顾岂党耶?以我偶同存中,遂谓之党,然则君非吉甫之党乎?"一坐皆大笑。④

沈括、王存认为韩愈以文为诗是创新,具有诗学发展的意义,值得推广;而吕惠

---

① 郭绍虞《宋诗话考》,第 20 页。
② 黄庭坚《豫章黄先生文集》卷一九《答王子飞书》,《四部丛刊》景宋乾道刊本(下同)。
③ 王水照《宋代文学通论》,开封:河南大学出版社,1997 年,第 64 页。
④ 魏泰《临汉隐居诗话》,《历代诗话》本,第 323 页。亦见魏泰《东轩笔录》卷一二、惠洪《冷斋夜话》卷二。

卿、李常却站在尊体的立场,指责韩诗"虽健美富赡,而终不近古"。陈师道汇集各家之言,首次在诗话中探讨当代人的破体创作,表现出极高的理论敏感度,云:

> 黄鲁直云:"杜之诗法,韩之文法也。诗文各有体,韩以文为诗,杜以诗为文,故不工尔。"
> 退之以文为诗,子瞻以诗为词。如教坊雷大使之舞,虽极天下之工,要非本色。①

不难看出,陈师道是尊体说的拥趸,这两条引文便是对"以文为诗""以诗为文""以诗为词"的否定与批评。赵翼《瓯北诗话》云:"以文为诗,自昌黎始。至东坡亦大放厥词,别开生面,成一代之大观。②"以黄庭坚、陈师道为代表的尊体倡导者们,对不合文体体制的作品颇有微词,即使是对于杜甫、韩愈、苏轼这样的文章圣手,也认为其作"要非本色",也许这正是陈师道不愿以苏轼为师,而甘心从黄庭坚学诗的原因之一。而从文学发展大势而言,破体恰恰是宋代文学别开生面、光彩熠熠的重要途径之一,故而赵翼才会对苏轼有如此高之评价。

值得一提的是,关于第二条材料的真实性,前人有不同的看法。四库馆臣云:"苏轼词如教坊雷大使舞,极天下之工,而终非本色。按蔡绦《铁围山丛谈》称雷万庆宣和中以善舞隶教坊,苏轼卒于建中靖国元年六月,师道亦卒于是年十一月,安能预知宣和中有雷大使借为譬况? 其出于依托,不问可知也。③"郭绍虞亦认为此为师道不能预知,必非《后山诗话》原本。④周祖譔《〈后山诗话〉作者考辨》则据蔡绦《铁围山丛谈》原文指出馆臣之误有二:其一误"雷中庆"作"雷万庆",其二将"太上皇(徽宗)在位,时属升平"之时,臆断为"宣和中",而置建中靖国至重和于不顾。进而推论雷中庆于大观前已以舞技声名鹊起,安知师道未闻其名? 再者,向以考辨精善著称的《苕溪渔隐丛话》曾两次引用此条,并未对之产生怀疑,故不能说此非师道之语⑤。周文所言有理有据,当可信从,也符合陈师道尊体的诗学观。

---

① 陈师道《后山诗话》,《历代诗话》本,第 303、309 页。
② 赵翼《瓯北诗话》卷五,北京:人民文学出版社,1963 年,第 56 页。
③ 纪昀等《钦定四库全书总目》卷一九五《后山诗话》,第 2740—2741 页。
④ 郭绍虞《宋诗话考》,第 16 页。
⑤ 周祖譔《〈后山诗话〉作者考辨》,《厦门大学学报》1987 年第 1 期。

（二）扩大文学批评范畴

除了论诗为主外，《后山诗话》中还有关于"记"之正体的讨论。这也是陈师道将批评视野拓宽到除诗以外的其他文学体裁的显例，为南宋论诗兼及词、文的诗话开了先河。其文云：

> 范文正公为《岳阳楼记》，用对语说时景，世以为奇。尹师鲁读之曰："传奇体尔。"传奇，唐裴铏所著小说也。
>
> 退之作记，记其事尔。今之记，乃论也。少游谓《醉翁亭记》亦用赋体。[①]

所谓记，其本质便是以叙事为主，兼及议论。范仲淹《岳阳楼记》在描写岳阳楼之大观时，使用大段排比、对偶的段落，打破了传统"记"体的特征，世人便觉新奇。而其好友尹洙从尊体角度出发，认为此记用了唐传奇的手法，其轻视之情溢于言表。同样，在"以传奇为记"之外，宋人还有"以论为记""以赋为记"，皆是突破记体特征所致。吴讷《文章辨体序说》云："窃尝考之：记之名始于《戴记·学记》等篇。记之文，《文选》弗载，后之作者固以韩退之《画记》、柳子厚游山诸记为体之正。然观韩之《燕喜亭记》，亦微载议论于中，至柳之记新堂、铁炉步，则议论之词多矣。迨至欧苏而后，始专有以议论为记者。宜乎后山诸老以是为言也。[②]"可谓后山后世同调。

三、评鉴模式之新变：《王直方诗话》

《王直方诗话》，又名《王立之诗话》《归叟诗话》，王直方撰，今佚，有郭绍虞先生辑佚本。王直方（1069—1109），字立之，开封人。喜从诸苏、黄诸名士游。在北宋后期的诗话作品中，《王直方诗话》无疑是篇幅最大的一种，当与作者"好事"的个性有关。《郡斋读书志》载："元祐中，苏子瞻及其门下士以盛名居北门东观，直方世居浚仪，有别墅在城南。殊好事，以故诸公亟会其家，由是得闻绪言余论，因辑成此书。[③]"晁氏之语，点明了诗话编撰之缘由、取材之范围。正是因为其内容源于诸公"绪言余论"，此书的"说部"色彩掩盖了"理论批评"内容，依然延续前期作品"笔记体"的特点，在诗话的发展过程中，虽不如《后山

---

① 陈师道《后山诗话》，《历代诗话》本，第310、309页。
② 吴讷《文章辨体序说》，北京：人民文学出版社，1998年，第41—42页。
③ 晁公武撰、孙猛校证《郡斋读书志校证》卷一三，上海：上海古籍出版社，1990年，第602页。

诗话》更具备理论性与开拓性,然于取材、评论模式方面却有自身特色。

（一）《王直方诗话》的取材

是书之取材范围相较前期诗话更为集中、固定,多集中于时人时作,在一定程度上反映出宋人对宋诗的兴趣与重视。有两大来源:其一,时人文集中论诗之语。王直方与苏门文人过从甚密,俨然视自己为苏门弟子,故其诗话中多引录苏、黄之语。如:

> 东坡言:渊明云:"但恐多谬误,君当恕醉人。"此未醉时说,若醉何眼忧误哉? 然世人言醉时是醒时,此语最名言。①（出《东坡题跋》卷二《书渊明诗》）
>
> 元丰三年,苏子由谪官筠州,张安道口占一绝送之云:"因嗟萍梗才名客,自叹匏瓜老病身。一榻从兹还倚壁,不知重扫是何人!"已而涕下。东坡云:"安道平生未尝出涕向人。"②（出《东坡题跋》卷三《题张安道诗后》）
>
> 山谷尝谓余曰:"凡作赋要须以宋玉、贾谊、相如、子云为师,略依放其步骤,乃有古风。"老杜《咏吴生画》云:"画手看前辈,吴生远擅场。"盖古人于能事,不独求夸时辈,要须前辈中擅场耳。③（出《山谷别集》卷一五《与王立之承奉帖》）
>
> 山谷曰:余作两句云"清鉴风流归贺八,飞扬跋扈付朱三",未知可赠谁,不能成章。④（出《豫章黄先生文集》卷二八《跋张长史草书》）

以上条目皆标明来源,即"东坡言"、"山谷曰"之类,后人亦可按图索骥,在苏轼、黄庭坚文集中搜寻原文。

诗话取材来源之二,即为文人们宴饮集会上的绪言余论。正如《郡斋读书志》所言,王直方性爱交友,一时文人亟会其家。当此之时,既可聆听众人高谈,亦可与之商榷讨论。数年之间,作者将集会中的绪言余论编纂成书,便成了屡为后人所征引的诗话作品,也是了解时人诗学观以及诗坛趣闻的第一手材料。

---

① 王立之《王直方诗话》,郭绍虞《宋诗话辑佚》本,北京:中华书局,1979 年,第 40 页(下同)。
② 王立之《王直方诗话》,《宋诗话辑佚》本,第 82 页。
③ 王立之《王直方诗话》,《宋诗话辑佚》本,第 40 页。
④ 王立之《王直方诗话》,《宋诗话辑佚》本,第 59 页。

癸未正月三日，徐师川、胡少汲、谢夷季、林子仁、潘邠老、吴君裕、饶次守、杨信祖、吴迪吉见过，会饮于赋归堂，亦可为一时之盛。潘一作诗历数其人云："胡子云中白鹤，林生初发芙蓉。吴十九成雅奏，饶三百炼奇锋。南州复见高士，东山行起谢公。信祖真成德祖，立之无愧行中。吴生可共南郡，老夫宁附石崇？闲雅已倾重客，说谈仍得王戎。冠盖城南高会，山阴未扫余风。客散日衔西壁，主人不道尊空。"徐师川辈皆言此诗殊不工，又六字无人曾如此作，想为五言亦可。遂去一字，句皆可读，至"老夫附石崇"，坐客无不大笑。①

诗人集会有如此详细的时间、地点、本事、诗作的记载，在诗话里并不多见。其中也透露出众人之间相当熟悉，故而潘邠老才会以各人姓名为诗，作文字游戏。王直方有意识地将这些材料收集整理，生动地呈现出宋人日常交游的风貌。

（二）评鉴模式的创新

在评鉴模式方面，《王直方诗话》也有独特之处，具体表现为：从引述到评判、从摘句到全篇、从闲谈到考证②。

首先，早期诗话在引录前人诗文时，客观评论居多，王直方则主观情绪浓厚，有明显的好恶倾向。苏门文人可谓是王著中的"常驻嘉宾"，全书约有三分之二的条目都与之相关，从中发现他对同辈之人往往鄙薄轻视，而对苏、黄等前辈大家却又推崇备至，表现出极强的主观性，如：

有人云，陈无己"闭门十日雨"，即是退之"长安闭门三日雪"。余以为作诗者容有意思相犯，亦不必为病，但不可太甚耳。

潘邠老云："陈三所谓'学诗如学仙，时至骨自换'，此语为得之。"然余见山谷有'学诗如学道'之句，陈三所得，岂苗裔耶？③

以上两条皆言陈师道作诗摹仿前人痕迹太甚，不得称之为佳作。但对于后者，胡仔却并不认同，他说："若语意俱胜，当以无己为优。王直方议论不公，遂云

---

① 王立之《王直方诗话》，《宋诗话辑佚》本，第33页。
② 按：此三点意谓：作者的主观评论增多，有明确的好恶倾向；在存录名篇佳句时，有一定的取舍原则；有意识地将诗话定义为严肃性的文体，增大考证的比例。
③ 王立之《王直方诗话》，《宋诗话辑佚》本，第9、57页。

'陈三所得,岂其苗裔邪',意谓其出于山谷,不足信也。^①"可见,同样是诗话作者,同样是对黄、陈诗句的比较,优劣评判却截然相反。其实这是王直方先入为主的观念决定,正如他对秦观诗学东坡有微词一样:

> 东坡作《藏春坞》诗,有"年抛造物甄陶外,春在先生杖屦中",而少游作俞充哀词乃云:"风生使者旌旄上,春在将军俎豆中。"余以为依仿太甚。②

在王直方看来,秦观诗套用了苏诗的句式,依仿太过,无甚可取。如果凭借以上三例,能否说明他是反对作诗沿袭的呢? 答案是否定的。因为针对不同的诗作者,他的评判却变成了双重标准:

> 山谷有诗云:"小立伫幽香"(按:山谷原诗作"小立近幽香"),"农家能有几绚丝"(按:山谷原诗作"贫家能有几绚丝"),韵联与荆公诗颇相同,当是暗合。③

对于黄庭坚与王安石颇为相同的诗句,王直方不但不言其摹仿太甚,反而誉之为"暗合",这对秦、陈来讲实在不公。胡仔也略感疑惑,说道:"荆公诗'祇向贫家促机杼,几家能有一绚丝'。山谷诗云:'莫作秋虫促机杼,贫家能有几绚丝'。荆公又有'小立伫幽香'之句,山谷亦有'小立近幽香'之句。语意全然相类,二公岂窃诗者? 王直方云当是暗合,讵其然乎?④"

其次,从《诗品》到《六一诗话》,摘句日益成为诗学批评的典型范式。到了北宋中后期,随着诗话内容的丰富,题材的拓宽,摘句的内涵也随之扩大,即从原来对诗中某一句、某一词的选摘,逐渐变为多句品评乃至全诗存录、鉴赏。

《王直方诗话》之所以有不少的摘句批评和全诗抄录,很重要的一个原因便是为了存录佚诗,使之可传。无论是李、杜这样的大家,抑或不知名的诗人,只要一发现散篇佚作,哪怕是零章断句,王直方都会有意识地存录下来,并在诗话中交代缘由背景。其中的一些诗句,具有较高的文学价值和文献价值,如

---

① 胡仔《苕溪渔隐丛话前集》卷五一"后山居士",北京:人民文学出版社,1962 年,第 346 页(下同)。
② 王立之《王直方诗话》,《宋诗话辑佚》本,第 49 页。
③ 王立之《王直方诗话》,《宋诗话辑佚》本,第 44 页。
④ 胡仔《苕溪渔隐丛话前集》卷四八"山谷中",第 327 页。

"李杜逸诗"条：

> 诗曰："蛟室围青草，龙堆隐白沙。护江盘古木，迎棹舞神鸦。破浪南风正，收帆畏日斜。云山千万叠，何处上仙槎？"此老杜《过洞庭诗》也。李希声云，得之于江心一小石刻。"人生烛上花，火灭巧妍尽。春风饶树头，日与化工进。只知雨露贪，不闻零落近。我昔飞骨时，惨见当涂坟。青松霭朝霞，缥缈山下村。既死明月魄，无复玻璃魂。念此一脱洒，长啸登昆仑。醉着鸾凤衣，星斗俯可扪。"又曰："朝披梦泽云，笠钓青茫茫。寻绿得双鲤，中有二元章。篆字若丹蛇，遒势如飞翔。归来问天老，奥义不可量。金刃割青紫，灵文烂煌煌。咽服十二环，奄有仙人房。暮跨紫鳞去，海气侵肌凉。龙子善变化，化作梅花妆。赠我叠叠珠，靡靡明月光。劝我穿络缕，系作裙间珰。把予以词去，谈笑闻余香。"元祐八年，东坡帅定武，李方叔、王仲弓别于惠济，出示《南岳典宝东华李真人像》，又出此二诗，曰此李真人作也。近有人于江上遇之得此，云即李太白也。①

宋代杜诗注本繁多，对于杜甫此诗，郭知达《九家集注杜诗》将其列入最后一卷卷末，题下注"新添"②。旧题王洙《分门集注杜工部诗》于此诗题下亦注"新添"，并云："鲍曰：洪玉甫云，有人得之江中石刻。《直方诗话》亦云。③"蔡梦弼《杜工部草堂诗笺》则在诗后明言："右一篇见李希声、王直方诗话，云得之于江心小石刻。④"而李白二诗亦不见于宋蜀本《李太白集》，清人王琦整理时，将其编入卷末"异闻十二则"中⑤。幸赖《王直方诗话》全诗存录，三篇佚作的文献价值得以凸显。

值得注意的是，如果将《王直方诗话》中全篇存录的作品专门汇总起来，便可视为小型的宋诗选本。这正是诗话一体由摘句批评向诗话型选本形态过渡的重要阶段，为南宋《吟窗杂录》《竹庄诗话》等选本性质的诗话奠定了基础。最能体现这个渐变过程的，是"洪龟父诗"条：

> 洪龟父有诗云："胡生画山水，烟雨山更好。鸿雁书远汀，马牛风雨

---

① 王立之《王直方诗话》，《宋诗话辑佚》本，第59页。按：诗话所载李白逸诗，文字与今本颇有不同。
② 郭知达《九家集注杜诗》卷三六《过洞庭湖》，影印文渊阁《四库全书》本。
③ 题王洙《分门集注杜工部诗》卷一二，影印文渊阁《四库全书》本。
④ 蔡梦弼《杜工部草堂诗笺》卷四○《过洞庭湖》，《古逸丛书》覆宋麻沙本。
⑤ 王琦《李太白全集》卷三六，北京：中华书局，1977年，第1649页。

草。"潘邠老爱其第二句,余爱其第三句,山谷爱其第四句,徐师川爱其第三第四句。"远汀"后又改为"远空"。余云:"向上一句,莫是公未有所得否,何众人之皆不好也?"龟父大笑。①

对于洪朋这四句诗,潘大临、王直方、黄庭坚、徐俯等人各有所爱,吕本中对此解释为:"以是知诗特患不佳耳。既佳矣,欣赏者其妙正在不同也。②"从诗话体例来看,此诗若分叙之,则为摘句;合论之,则为全篇。正说明了此时的摘句批评开始从片段化向完整化转型。

第三,论诗而涉及考证,此风始于刘攽《中山诗话》。《王直方诗话》承其余绪,其本质虽仍为闲谈之作,但其中质疑前人论断之处明显增多,并有针对性地进行考辨。然而,其所作考证颇多讹误,应该说这是他大胆却并不成功的尝试。不过,这也为以考辨精研著称的《苕溪渔隐丛话》开了先河。如:

> 今时市语,答人真实事则称见来,此语盖已久矣。坡《赠黄山人》诗云:"面颊照人元自白,眉毛覆眼见来乌。"③

王直方以为"见来"是早已流传下来的市井俗语,被苏轼写入诗中,想是因为东坡尝言:"街谈市语,皆可入诗,但要人镕化耳。④"他却不知"元自""见来"早在杜甫诗中就被使用过。张邦基《墨庄漫录》便指出:"《王立之诗话》云:'元自、见来,皆俚语也。'杜子美诗云:'镶石藤梢元自落,倚天松骨见来枯。'坡句法此,而谓之俚语,立之未之思耳。⑤"

如果说这只是王直方想当然的话,那么从以下一例可看出他遍翻杜集的"考证之劳":

> 老杜家讳"闲",而诗中有云:"翩翩戏蝶过闲幔。"或云恐传者谬。又有《宴王使君宅诗》云:"泛爱怜霜鬓,留欢卜夜闲。"余以为当以闲为正,临文恐自不以为避也。⑥

---

① 王立之《王直方诗话》,《宋诗话辑佚》本,第35页。
② 张泰来《江西诗社宗派图录》,清刻《昭代丛书续编》本。
③ 王立之《王直方诗话》,《宋诗话辑佚》本,第68页。
④ 周紫芝《竹坡诗话》,《历代诗话》本,第354页。
⑤ 张邦基《墨庄漫录》卷二,北京:中华书局,2002年,第55—56页。
⑥ 王立之《王直方诗话》,《宋诗话辑佚》本,第11页。

王直方认为"闲"为杜甫家讳,而诗中屡屡出现此字,这是临文不讳的写法。后人对此多有辨析。关于"翩翩戏蝶过闲幔"一句,各本皆有异文,仇兆鳌《杜诗详注》作"娟娟戏蝶过闲—作开,非。幔",并引朱瀚曰"公父名闲,故注家改'闲'为'开',毕竟未妥。闲、闲同音异字,何必避忌?《大学》'闲居'、《孟子》'闲暇'、《曲礼》'少闲',与闲无犯。"①此言"闲""闲"本非同字,故而杜诗中若用"闲",自不犯讳。若杜诗原本如此,则王直方引诗之初便已错了,更不用以"恐传者谬"来解释。而至于"留欢卜夜闲"一句,其所谓"当以闲为正,临文恐自不以为避也"的说法讹误更甚。彭叔夏《文苑英华辩证》云:

> 又有避家讳者,如杜甫《宴王使君宅》讳"留欢上夜关"。世谓子美不避家讳,诗中两押"闲"字。麻沙传孙氏觌《杜诗押韵》作"卜夜闲"、"北斗闲",今《文苑》亦作"卜夜闲"。"闲",其实皆非也。或改作"夜阑",又不在韵。按卞氏集注杜诗及别本,自是"留欢上夜关",盖有投辖之意。"上"字误为"卜"字,"关"字讹为"闲"字耳。"北斗闲"者,乃《诸将》诗"曾闪朱旗北斗殷"。殷,于颜切,红色也,用班固《燕然铭》"朱旗绛天"之意。或者当国初时,宣祖讳殷,正紧音,虽不同字,则一体遂改为"闲"耶?《文苑》不载《诸将》诗,因併及之。②

彭叔夏认为杜甫诗中两次出现"闲"字,并非是不避家讳的表现,而是以讹传讹的结果。在《宴王使君宅》"留欢卜夜闲"之例中,"闲"字之误是由麻沙本《杜诗押韵》和《文苑英华》刊刻之误所致,若按卞氏集注及别本,杜诗原文当作"留欢上夜关",于义更优。而对于王直方尚未提及的《诸将》诗中"曾闪朱旗北斗殷"一句,彭叔夏认为这是宋人避讳太祖父赵弘殷之名,故而在刻本中将"殷"字改成了"闲"。后人不察,以为杜诗原貌如此,便像王直方一样,给杜甫扣上了"临文不讳"的帽子。

除《王直方诗话》外,同时期的《临汉隐居诗话》同样也对前人之诗作进行考辨。可惜王直方是"过大于功",而魏泰则是"功大于过",其辨析多有可采处。正如《四库提要》所云:"至'草草杯柈供笑语,昏昏灯火话平生'一联,本王安石诗,而以为其妹长安县君所作,尤传闻失实。然如论梅尧臣赠邻居诗不如

---

① 仇兆鳌《杜诗详注》卷二三《小寒食舟中作》,北京:中华书局,2013 年,第 2061 页。
② 彭叔夏《文苑英华辩证》卷八"避讳",影印文渊阁《四库全书》本。按:周必大《二老堂诗话》(何文焕《历代诗话》本,第 674 页)亦同此说。

徐铉,则亦未尝不确。他若引韩愈诗证《国史补》之不诬,引《汉书》证刘禹锡称卫绾之误,以至评韦应物、白居易、杨亿、刘筠诸诗,考王维诗中颠倒之字,亦颇有可采。略其所短,取其所长,未尝不足备考证也。①"可见,北宋后期的诗话作者大多具备了考辨意识,使诗话增加了严谨性与学术性。

四、诗话与诗风的同步:《石林诗话》

作为北宋诗话集大成者的《石林诗话》,其作者叶梦得是典型的集官僚、文人、学者于一身的宋代知识分子,故而诗话在选材、人物品藻、诗作鉴赏、诗风趣尚等方面,都有着明显专精化的特点。

(一)诗话取材日渐规范化

人物品藻可以说是诗话必不可少的素材。从欧阳修开始,诗话作者们都喜欢在自己的作品中对前代或当代诗人"评头论足"一番。叶梦得自然也不例外,只是他在选取品藻的"目标人物"时,指向性更加清晰,诗人群体也更为明确。概括言之,一为"前辈名臣",二为"小众诗人"。

叶梦得在自己的著作中曾多次提出"前辈风流"的概念②,流露出对开国以来名公大臣的钦慕之情。尤其是在《石林诗话》中,他把"前辈风流"的视角扩展到文学成就不那么高,但政治地位相当高的人物,如杜衍、文彦博、宋庠、赵抃、张方平、司马光、韩缜等。从前贤身上,叶梦得感受到一种悠游从容、安逸自适的精神风貌,用诗话这一文体将"前辈风流"逐一记录,以供后人仰止。如:

> 赵清献公以清德服一世,平生畜雷氏琴一张,鹤与白龟各一,所向与之俱。始除帅成都,蜀风素侈,公单马就道,以琴、鹤、龟自随。蜀人安其政,治声藉甚。元丰间,既罢政事守越,复自越再移蜀,时公将老矣。过泗州渡淮,前已放鹤,至是复以龟投淮中。既入见,先帝问:"闻卿前已匹马入蜀,所携独琴、鹤,廉者固如是乎?"公顿首谢。故其诗有云"马寻旧路知归去,龟放长淮不再来"者,自纪其实也。③

---

① 纪昀等《钦定四库全书总目》卷一九五《临汉隐居诗话》,第 2741 页。
② 叶梦得《石林诗话》卷上:"前辈风流固不凡,然幕府有佳客风月,亦自如人意也。"《避暑录话》卷上:"前辈风流,未之有比。"《岩下放言》卷上:"前辈风流略尽,念之慨然。"同书卷下:"前辈风流日远,后生不可不少知。"
③ 逯铭昕《石林诗话校注》卷上,北京:人民文学出版社,2012 年,第 1 页(下同)。

赵清献公即赵抃,字阅道,号知非子,衢州西安人。英宗治平二年,加龙图阁直学士,知成都。神宗初,拜参知政事,因与王安石政见不协,乞去位。熙宁中,复知成都。元丰七年卒,赠太子少师,谥清献。正如诗话所载,赵抃廉洁之名,远达天听,只是叶梦得记错了具体年份。据苏轼《赵清献公神道碑》载:"神宗即位,召知谏院。故事:近臣自成都还,将大用,必更省府,不为谏官。……上谓曰:'闻卿匹马入蜀,以一琴一鹤自随,为政简易,亦称是耶?'①《东都事略》《宋史》本传皆同。可见,入见神宗乃在赵抃初知成都返回京师之际。元丰二年,他已致仕,时间与诗话所言"既罢政事守越"有出入。然而,从其诗断句"马寻旧路如归去,龟放长淮不再来"的本事性质来看,此一记载并非作者道听途说,正好延续了此前赵抃"放鹤"之风流。

除了对前辈们的风采倾慕不已之外,叶梦得还有意识地记录了一些似被主流诗坛遗忘了的"小众诗人"。在《石林诗话》中,他们享受着和一流大家、名公大臣同样的"待遇",这恰恰说明作者对于选材的独具匠心。例如曾经是叶梦得祖父叶羲叟门客的张景修,诗好位卑,兼之时运不济,故引起作者的无限叹息:

> 张景修字敏叔,常州人,余大父客也。少刻苦作诗,至老不衰,典雅平易,时多佳句。元丰末,为饶州浮梁令,邑子朱天锡以神童应诏,景修作诗送之。天锡到阙,会忘取本州岛公据,为礼部所却,因击登闻鼓,院缴景修所送诗为证,神宗一见,大称赏之。翌日,以语宰相王禹玉,恨四方有遗材,即令召对。禹玉言不欲以一诗召人,恐长浮竞,不若俟其秩满赴部命之,遂止,令中书籍记姓名。比景修罢官任,神宗已升遐,亦云命矣。大观中,始与余同为祠曹郎中,年已几七十,有诗数千篇。大父元祐间自湖南宪请官祠归,景修尝以诗寄曰:"闻说年来请洞霄,江湖奉使久勤劳。有神仙处闲方得,用老成时退更高。借宅但须新种竹,寻仙想见旧栽桃。浮梁居士尘埃甚,须发而今也二毛。"其诗大抵类此。流落无闻,亦可惜也。②

张景修既是叶羲叟的门客,也曾和叶梦得同为祠曹郎中,作者对其可谓知之甚深。诗话中所载一事一诗,皆可看出张景修诗才之高,甚至得到神宗皇帝的"大称赏"。只可惜天子早亡,张景修终究没能在仕途上有所发展。虽有诗千

---

① 苏轼《苏诗文集》卷一七《赵清献公神道碑》,北京:中华书局,1986年,第520页。
② 逯铭昕《石林诗话校注》卷中,第122—123页。

首，大抵难逃"流落无闻"的命运。叶梦得有感于此，特表而出之。类似的"小众诗人"，《石林诗话》中记载的还有高荷、寇国宝、俞秀老、清老兄弟等。可见，对于这些声名不高，而诗作颇佳的诗人，叶梦得总是抱着"激赏的同情"，乐于将其诗录诸笔端，以惠后世。

(二) "热点话题"的申发

随着诗学和诗风的发展，叶梦得所关注、选取的素材也越来越具有热点性质。质言之，《石林诗话》的许多条目与宋代诗坛上的热门话题、主流话题相对一致。更有甚者，后世不同的诗学批评家们几乎都沿着叶梦得提到的热点问题，进行深入剖析，这也反映出作者选材的敏感性和前瞻性。他善于从细处入手，或研究语词，或阐发诗义，或质疑定论，或述评"公案"，经其揭示出的诗学观点或命题，往往都能引起后人激烈的讨论。

尊杜、研杜是北宋诗人的共识，这在北宋后期诗话中反映尤为突出。虽然叶梦得和《石林诗话》被四库馆臣扣上了一顶"推重王安石"的帽子[1]，但实际上他对杜诗也甚为喜爱。如：

> 诗人以一字为工，世固知之，惟老杜变化开阖，出奇无穷，殆不可以形迹捕。如"江山有巴蜀，栋宇自齐梁"，远近数千里，上下数百年，只在"有"与"自"两字间，而吞纳山川之气，俯仰古今之怀，皆见于言外。《滕王亭子》："粉墙犹竹色，虚阁自松声。"若不用"犹"与"自"两字，则余八言凡亭子皆可用，不必滕王也。此皆工妙，至到人力不可及，而此老独雍容闲肆，出于自然，略不见其用力处。今人多取其已用字，模放用之，偃蹇狭陋，尽成死法。不知意与境会，言中其节，凡字皆可用也。[2]

叶梦得本身便是一位卓越的诗人，其于作诗之奥义技巧早已烂熟于胸。在探析杜诗妙用虚字这一热门话题时，不仅显示出其深厚的诗学素养，也引起后人的热烈讨论。葛立方《韵语阳秋》云："老杜寄身于兵戈骚屑之中，感时对物，则悲伤系之。如'感时花溅泪'是也，故作诗多用一'自'字。[3]"后列举了《田父泥饮诗》《遣怀诗》《忆弟诗》《且暮诗》《滕王亭子》四首，举例说明老杜用"自"之妙。范晞文《对床夜语》则云："虚活字极难下，虚死字尤不易。盖虽是死字，欲

---

① 纪昀《钦定四库全书总目》卷一九五《石林诗话》，第 2743 页。
② 逯铭昕《石林诗话校注》卷中，第 103—104 页。
③ 葛立方《韵语阳秋》卷一，上海：上海古籍出版社，1984 年，第 6 页。

使之活,此所以为难。老杜'古墙犹竹色,虚阁自松声',及'江山有巴蜀,栋宇自齐梁',人到于今诵之。①"方回《瀛奎律髓》亦评论此诗云:"此诗'栋宇自齐梁'至今,则所用'自'字决不可易,亦既工矣。'江山有巴蜀','有'字亦决不可易,则不应换平声字,却将'巴'字作平声一拗,如'诗应有神助,吾得及春游'亦是。②"相对于葛立方、范晞文、方回,叶梦得是当之无愧的发其先声者,在令世人鉴赏杜诗之妙的同时,能知其然且知其所以然。

然而,叶梦得对某些诗学问题的思考似乎并不那么成熟,所以其考辨也不那么站得住脚。从这个层面来讲,他同样也充当了后世诗话的"靶子",成为新的热点话题,遭到后人驳斥。如"六均""三尺"条,便是对今古人诗中多次出现的语词进行考证,虽属于"热点话题",然结论却不尽如人意。文云:

> 杨大年、刘子仪皆喜唐彦谦诗,以其用事精巧,对偶亲切。黄鲁直诗体虽不类,然亦不以杨、刘为过。如彦谦《题汉高庙》云:"耳闻明主提三尺,眼见愚民盗一抔。"每称赏不已,多示学诗者,以为模式。"三尺""一抔",虽是着题,然语皆歇后。"一抔"事无两出,或可略"土"字。如"三尺",则"三尺律""三尺喙"皆可,何独"剑"乎?"耳闻明主","眼见愚民"尤不成语。余数见交游道鲁直意,殊不可解。苏子瞻诗有"买牛但自捐三尺,射鼠何劳挽六钧",亦与此同病。"六钧"可去"弓"字,"三尺"不可去"剑"字,此理甚易知也。③

叶梦得认为唐彦谦诗中的"一抔",苏轼诗中的"六均"可直接代指"一抔土""六均弓",若出于押韵、对仗等因素的考虑,省去"土""弓"并无不可,唯有"三尺",语涉多义,断不可省去其后之"剑"字。他对黄庭坚以唐彦谦诗为范式、苏轼诗夺"剑"字均不认同。实际上,叶梦得对于"三尺"不可去"剑"的迂阔坚持,完全没有必要。因为是热点话题,后人也曾对此多番探讨。如吴曾《能改斋漫录》云:"予按《高祖纪》云:'上嫚骂之曰:吾以布衣提三尺取天下。'又《韩安国传》云:'高帝曰:提三尺取天下者,朕也。'颜师古注曰:'三尺,剑也。'而流俗书本或云'提三尺剑','剑'字后人所加耳,然则《石林诗话》乃有歇后之说,何

---

① 范晞文《对床夜语》卷二,丁福保《历代诗话续编》本,北京:中华书局,2010年,第418页。
② 方回撰、李庆甲汇评《瀛奎律髓汇评》卷二五,上海:上海古籍出版社,2005年,第1109—1110页。
③ 逯铭昕《石林诗话校注》卷中,第76—79页。

耶?①"陈岩肖《庚溪诗话》与《能改斋漫录》所载略同。至清何文焕《历代诗话考索》、陈衍《石遗室诗话》亦对叶梦得之说进行驳斥②,而他偏偏拘泥于一"剑"字,可谓智者千虑,必有一失。

(三) 诗话与诗风的同步

严羽《沧浪诗话》谓:"近代诸公乃作奇特解会,遂以文字为诗,以才学为诗,以议论为诗。夫岂不公,终非古人之诗也。③"此虽批评之语,但确实道出了宋诗的特色。宋诗的发展必定影响着宋代诗话的发展,两者在潜移默化中逐渐形成同步。叶梦得敏锐地察觉到当代诗风的演变与走向④,故其所作之诗话也具有和宋诗相同的特色,具体表现为"以文字为诗话""以议论为诗话"。

"以文字为诗"是宋人乐此不疲的一种创作方法,无论是对字、词的推敲取舍,抑或是对句法、章法的费心安排,都显示出强烈的技巧性和时代性。叶梦得显然注意到了这一现象,通过技法溯源,诗作分析,对"以文字为诗"进行了多维度的阐释。《石林诗话》的相关记载不仅迎合了宋诗发展的主流脉络,也反映出与时俱进的特性。如云:

> 古诗有离合体,近人多不解。此体始于孔北海,余读《类文》,得北海四言一篇云:"渔父屈节,水潜匿方。与时进止,出寺弛张。吕公饥钓,阖口渭旁。九域有圣,无土不王。好是正直,女固子臧。海外有截,隼逝鹰扬。六翮不奋,羽仪未彰。龙蛇之蛰,比他可忘。玟琁隐耀,美玉韬光。无名无誉,放言深藏。按辔安行,谁谓路长。"此篇离合"鲁国孔融文举"六字。徐而考之,诗二十四句,每章四句,离合一字。如首章云:"渔父屈节,水潜匿方。与时进止,出寺弛张。"第一句渔字,第二句水字,渔犯水字而去水,则存者为鱼字。第三句有时字,第四句有寺字,时犯寺字而去寺,则存者为日字。离鱼与日而合之,则为鲁字。下四章类此。殆古人好奇之过,欲以文字示其巧也。⑤

---

① 吴曾《能改斋漫录》卷一〇,上海:上海古籍出版社,1979年,第297页。

② 何文焕《历代诗话考索》,《历代诗话》本,第816页。陈衍《石遗室诗话》卷二七,北京:人民文学出版社,2010年,第412页。

③ 严羽撰、张健校笺:《沧浪诗话·诗辩》,上海:上海古籍出版,2012年,第173页。

④ 按:《石林诗话》卷上:"欧阳文忠公诗始矫昆体,专以气格为主,故其言多平易疏畅。律诗意所到处,虽语有不伦,亦不复问。而学之者往往遂失真,倾困倒廪,无复余地。然公诗好处,岂专在此?如《崇徽公主手痕诗》:'玉颜自昔为身累,食肉何人与国谋。'此自是两段大议论,而抑扬曲折发见于七字之中,婉丽雄胜,字字不失相对,虽昆体之工者,亦未易比。言意所会,要当如是,乃为至到。"叶梦得评欧阳修诗,即着眼于"大议论"、"字字不失相对"两大方面,正反映出了宋诗的演变与走向。

⑤ 逯铭昕《石林诗话校注》卷中,第90页。

宋人虽然痴迷于"以文字为诗",但此法并非其首创。作为诗话作者,叶梦得不是单纯地记录现象、解释现象,而是对此溯源。他以汉魏六朝时盛行的,具有文字游戏性质的"离合体"为例,首先全文征引孔融《离合作郡姓名字诗》,再细致说明离合汉字偏旁而成新文的规律,最后指出"殆古人好奇之过,欲以文字示其巧也"。不难发现,叶梦得对诗人过分追求"奇""巧"是不完全认同的。

而"以议论为诗话",在魏泰《临汉隐居诗话》中已初露端倪①。到了《石林诗话》,则随处可见作者大发议论。如:

> 杨文公在翰林,以谑佯狂去职,然圣眷之不衰。闻疾愈,即起为郡,未几,复以判秘监召。既到阙,以诗赐之曰:"琐闼往年司制诰,共嘉藻思类相如。蓬山今日诠坟史,还仰多闻过仲舒。报政列城归觐后,疏恩高阁拜恩初。诸生济济弥瞻望,铅椠咨询辩鲁鱼。"祖宗爱惜人材,保全忠贤之意如此。文公后卒与寇莱公力排宫闱,协定大策,功虽不终,其尽力于国者,亦可以无愧也。②

此条论及真宗好文,待杨亿甚厚,虽一度遭谗去职,仍蒙召回,并亲书御诗以赐之,一时恩宠无比。想必这也是文人士大夫最为向往的君臣相得模式,故而叶梦得深深感叹道"祖宗爱惜人材,保全忠贤之意如此"。至于真宗晚年患风疾,刘后预政,寇准、杨亿二人密请太子监国,谋泄未果,皆被罢黜,在作者看来则是"其尽力于国者,亦可以无愧也"。此事亦见于欧阳修《归田录》卷一,然笔记所载于事件始末、人物性格上多所着力,与《石林诗话》就诗言事、大发议论明显不同。

对本朝知名文人的际遇起伏有所感怀,诉诸于诗话,这样的条目虽具备"以议论为诗话"的特征,但终究缺少文学性与批评性。所以在《石林诗话》中,我们看到更多的是作者对于诗人、作品、风格的议论与品评。如论诗人天赋才情之别,他以李翱、皇甫湜为例云:

> 人之材力,信自有限。李翱、皇甫湜皆韩退之高弟,而二人独不传其诗,不应散亡无一篇存者,计亦非其所长,故多不作耳。退之有《题湜公安园池诗后》云:"尔雅注虫鱼,定非磊落人。"又有"用将济诸人,舍得业孔

---

① 按:可参魏泰《临汉隐居诗话》"唐人咏马嵬之事者多矣""人岂不自知耶"等条目。
② 逯铭昕《石林诗话校注》卷中,第88页。

颜"。意若讥其徒为无益,而劝之使不作者。翱见于《远游联句》,惟"前之
诟灼灼,此去信悠悠",一出之后,遂不复见,亦可知矣。然二人以非所工
而不作,愈于不能而强为之,亦可谓善用其短也。①

李翱、皇甫湜皆从韩愈学作古文,前者得其平易,后者得其奇谲。自欧阳修主
盟文坛以来,更是继承了李翱一派文风,将诗文革新运动推进到了极致。然
而,李文虽被后世古文家奉为圭臬,其诗之传世者却是屈指可数。对此,叶梦
得认为是"人之材力,信自有限"。诚然,诗文皆好者往往只是活跃在文学史舞
台上为人所熟知的一流大家们。而大多数人始终受天赋、材力所限,若能做到
专精一门已属不易。在作者看来,幸好李翱、皇甫湜也意识到了自己在创作方
面的局限,没有强用不擅长的文体进行写作,这便是"善用其短"的表现。其实
关于二人不能诗的记载,屡见于宋代诗话、笔记,但皆为平铺直叙,未作深究。
叶梦得此段议论,恰好道出关键所在,可谓深谙创作甘苦者。

五、北宋后期诗话的共通之处:材料互见

值得注意的是,北宋后期诗话的编撰有一共通之处,即各类作品中普遍存
"材料互见"的现象,如笔记与诗话之间、文集与诗话之间、不同诗话之间的相
互转引;又如不同文献对同一素材的不同记载等。其模式不一,有诸书记载均
出自同一文献,引文或异或同者;有诸书所载相互关联,但并不一定同源者;还
有诸书之间辗转相引,往往一书记载有误,他书亦随之而误者。

(一) 不同诗话之间的材料互见

可以将成书年代大致相当的《王直方诗话》与《后山诗话》进行比较,明确
二书同源的条目至少有两处:

> 老杜云:"长镵长镵白木柄,我生托子以为命。黄独无苗山雪盛,短衣
> 数挽不掩胫。"往时儒者不解黄独义,改为黄精,学者承之。以予考之,盖
> 黄独是也。《本草》褚魁注:"黄独,肉白皮黄,巴汉人蒸食之,江东谓之土
> 芋。"余求之江西,谓之土卵,煮食之,类芋魁云。
> 山谷云:"余读《周书·月令》云:'反舌有声,佞人在侧',乃解老杜《百
> 舌》'过时如发口,君侧有谗人'之句。"②

---

① 逯铭昕《石林诗话校注》卷下,第174页。
② 陈师道《后山诗话》,《历代诗话》本,第311、312页。

此二条皆源出自《山谷外集》卷九《杂书》,被陈师道、王直方(引)用入诗话,后者文字丝毫不差,前者则略有出入,然于文义无碍。从中可以看出诗话作者取材的标准,确实与其生平交游的影响相关。

另外有一些条目主旨相类,但长短不一,详略不同,很难判断是否同出一源,如:

> 谢师厚废居于邓,王左丞存,其妹婿也,奉使荆湖,枉道过之。夜至其家,师厚有诗云:"倒着衣裳迎户外,尽呼儿女拜灯前。"①(《后山诗话》)
>
> 山谷对余言:谢师厚七言绝类老杜,但人少知之耳。如"倒着衣裳迎户外,尽呼儿女拜灯前",编之杜集无愧也。②(《王直方诗话》)

两条皆记载了谢师厚诗的警句,区别在于前者释其本事,后者赞其诗风。由于谢师厚是黄庭坚之岳父,《王直方诗话》明确说"山谷对余言";而《后山诗话》的材料出处是否也来自黄庭坚,就不得而知了。

(二) 诗话与笔记之间的材料互见

《王直方诗话》与同时期笔记之间的材料互见在全书中所占比例尤多。据郭绍虞先生考证,"荆公改王仲至诗"条,见《西清诗话》卷上(按:亦见《皇朝事实类苑》卷三八所引《李希声诗话》);"隔林仿佛闻机杼和尚"条,见《冷斋夜话》卷四;"王平甫灵芝宫诗"条,见《冷斋夜话》卷二、《东轩笔录》卷六(按:亦见《云斋广录》卷一)等。经过对比诗话、笔记的记载,发现其既有"大同小异"之例,亦不乏"小同大异"之处。前者如:

> 李公择种竹馆中,戏云:"后人指此竹必云李文正所植。"贡父笑曰:"文正不独能系笔,亦知种竹耶?"时有笔工李文正,故云。后刘贡父西省种竹,东坡有诗云"旧德终呼名字外,后生谁续笑谈余",谓此也。又一本云,尔后贡父种竹,坡有诗云:"旧德言忘久,新材得再培。"③

此条又见于孔平仲《孔氏谈苑》卷二、苏轼《次韵刘贡父西省种竹》自注,语句却不同。《谈苑》于李公择戏言下,有"盖自许他日谥文正也"一句,更加清晰地点

---

① 陈师道《后山诗话》,《历代诗话》本,第307页。
② 王立之《王直方诗话》,《宋诗话辑佚》本,第16页。
③ 王立之《王直方诗话》,《宋诗话辑佚》本,第18—19页。

出了刘贡父"笑曰"的双重含义。不过其记载仅到"笔工李文正",并未举苏轼诗。这正体现出笔记作者与诗话作者的偏重点各不相同。

"小同大异"之处如：

> 郭功甫方与荆公坐，有一人展刺云："诗人龙太初。"功甫勃然曰："相公前敢称诗人，其不识去就如此！"荆公曰："且请来相见。"既坐，功甫曰："贤道能作诗，能为我赋乎？"太初曰："甚好。"功甫曰："只从相公请个诗题。"时方有一老兵，以沙擦铜器，荆公曰："可作沙诗。"太初不顷刻间，诵曰："茫茫黄出塞，渺渺白铺汀。鸟过风平篆，潮回日射星。"功甫遂阁笔，太初缘此名闻东南。余后于乔希圣家，见太初诗一轴，皆不及前所作。①（《王直方诗话》）

> 王文公归金陵，四方种学缉文之士多归之。一经题品，号为云霄中人。尝有彻名自称诗客者见公，四坐笑曰："此器水诒海汉也。"客云："某学有年，稿山笔冢矣，恨未耦知者耳。愿受一题。"公曰："古今咏物，独未有沙诗，生能赋此乎？"乃韵曰"星"。客应声曰："茫茫黄出塞，漠漠白铺汀。鸟散风回篆，潮平日射星。"公厚礼之。②（《西清诗话》卷中）

> 王荆公一日与郭功甫饮于半山宅，食已，忽有一僧名义了者，自称诗僧，投谒于公。功甫大不平之，曰："于丞相前自称诗僧，定狂夫也，不必见之。"公曰："姑见之何害？"因询以为诗，且令即席而作。僧云："愿乞题并韵。"公欲试以寻常题目，复疑其宿成。偶一老卒取沙入宅，公令以是为题，且以"汀"字为韵。功甫云："亦愿得纸数十幅，为百韵诗。"盖以气压之也。须臾笔札至，功甫挥毫如风雨，将及二十幅。僧徐取纸一幅，以指甲染墨对，功甫不敢仰视。仅书一绝云："茫茫黄出塞，漠汉白连汀。鸟去风平篆，潮回日射星。"公赏味之，因目功甫。功甫乃袖所作，亦复称叹。僧始厉声谓功甫："山僧不学，殊无思致，但未觉'鸟飞不尽暮天碧，渔歌忽断芦花风'为工耳。"功甫殊病之，竟无以报也。③（《五总志》）

此三段记载虽有不少出入，"主角"分别为龙太初、诗客、诗僧义了，然"考官"均为王安石，所赋皆为《沙诗》。窃以为王直方记载较为可靠，其言"余后于乔希

① 王立之《王直方诗话》，《宋诗话辑佚》本，第20页。
② 蔡绦《西清诗话》，张伯伟《稀见本宋人诗话四种》，南京：江苏古籍出版社，2002年，第207页。
③ 吴炯《五总志》，《全宋笔记》第五编第一册，郑州：大象出版社，2012年，第25页。

圣家,见太初诗一轴,皆不及前所作",则证明确有龙太初其人其诗。且分别被《诗话总龟前集》、《苕溪渔隐丛话前集》所征引。而《西清诗话》所载之《沙诗》,文字有误("回""平"二字位置颠倒),不如《诗话》《五总志》准确。至于《五总志》记载更为详细,然作者吴炯其生也晚,约于南宋高宗绍兴初在世,其所见之材料恐被赋予了更多的传奇色彩。

另外,诸书之间互相征引时,往往一书记载有误,他书亦随之而误,这在《王直方诗话》中也有体现。王书许多条目与赵令畤《侯鲭录》记载大体相同,故而会出现一误俱误的情况,如:

> 田承君云:欧阳公晚年最喜陈知默诗,至云:"修方且欲学之。"陈诗不多见,承君但见其两联,云:"平地风烟横白鸟,半山云木卷苍藤。""云埋山麓藏秋雨,叶脱林梢带晚风。"①

此条又见于赵令畤《侯鲭录》卷七,只是赵书未言"田承君语",疑其自《王直方诗话》转引而略其出处。而王直方此说却颇为可疑。考苏轼《和王斿二首》,查慎行补注谓:"施氏原注:平甫与东坡交,自负其《甘露寺》诗'平地风烟飞白鸟,半山云木卷苍藤',坡应之曰:'精神全在卷字,但恨飞字不称耳。'平甫请易之,坡遂易以翻字,平甫叹服。②《诗人玉屑》卷八"王平甫"条引《诗海遗珠》亦言此事。可知"平地风烟横白鸟,半山云木卷苍藤"当为王安国句。唯"云埋山麓藏秋雨,叶脱林梢带晚风"确为陈知默句③。王直方于诗人诗句多有张冠李戴,此处恐其误记,而赵令畤亦误引之。

(三) 同一作者不同著述之间的材料互见

诗话和笔记之间的材料互见,还被叶梦得赋予了新一重的含义。即在叶氏各类著述中,针对同一事件、同一诗人的记载,角度不一、侧重不同,颇有太史公《史记》"互见法"的味道。这是因为作者本身就是文史大家,除了《石林诗话》外,还著有《石林燕语》《避暑录话》《岩下放言》等多部史料笔记。对于同源材料的处理,他有更为广阔的余地,可以根据主题、内容等需求运入不同的作品中。所以我们在读《石林诗话》的同时,如果能与其笔记对读,对事件、人物

---

① 王立之《王直方诗话》,《宋诗话辑佚》本,第36页。
② 查慎行《苏诗补注》卷二四《和王斿二首》,影印文渊阁《四库全书》本。按:查慎行所谓"施氏原注"不见于今本《施注苏诗》中。
③ 按:吴曾《能改斋漫录》卷八"沿袭":"洪景卢《夷坚乙志》记董颖诗'云窒酿成千嶂雨,风苹吹老一川秋'。上句盖袭陈知默诗耳。陈云:'云埋山麓藏秋雨,叶脱林梢带晚风。'"。

的认知则更为全面。如上文论述"小众诗人"时所列举的张景修,我们在诗话中看到的是其满腹诗才却生不逢时,而在《避暑录话》中感受到的人物形象则更为立体、饱满:

> 张景修,字敏叔,常州人。笃厚君子,少以赋知名,而喜为诗,好用俗语。尝有《谢人惠油衣》云:"何妨包裹如风箨,且免淋漓似水鸡。"久在选调,家素贫,晚始改官,既叙年,得五品服,作诗寄所厚云:"白快近来逢素发,赤穷今日得朱衣。"人或以为笑,然此其性所好。他诗多佳语,不皆如是也。①

《避暑录话》中的张景修,作诗好用俗语,滑稽可喜。叶梦得摘其两联,尤能反映其性格,又不忘表彰"他诗多佳语"。这些材料正好和《石林诗话》中的诗人形象互为补充,而非重复书写,是标准的"互见"手法。

然而,对于以事件为中心的互见记载,往往笔记的精细度会高于诗话,这也许也代表了在作者心目中各有侧重。例如"高丽入贡"条,诗话记载就较为简单:

> 高丽自太宗后久不入贡,至元丰初,始遣使来朝。神宗以张诚一馆伴,令问其复朝之意。云其国与契丹为邻,每因契丹诛求,陵藉不能堪,国主王徽常诵《华严经》,祈生中国。一夕,忽梦至京师,备见城邑宫阙之盛,觉而慕之,乃为诗以记曰:"恶业因缘近契丹,一年朝贡几多般。移身忽到京华地,可惜中宵漏滴残。"余大观间,馆伴高丽人,常见诚一《语录》备载此事。②

在诗话中,王徽之诗只有四句,很容易使人误解为一首七绝。而同样的记载还见于《石林燕语》,叶梦得不仅仅将王徽诗完整记录下来,于此诗本事描写得更加生动详细:

> 高丽自端拱后不复入贡。王徽立,尝诵《华严经》,愿生中国。旧俗以二月望张灯祀天神,如中国上元。徽一夕梦至京师,观灯若宣召然。遍呼

---

① 叶梦得《避暑录话》卷上,《全宋笔记》第二编第十册,郑州:大象出版社,2006年,第271页。
② 逯铭昕《石林诗话校注》卷中,第132—133页。

国中尝至京师者问之,略皆梦中所见,乃自为诗识之曰:"宿业因缘近契丹,一年朝贡几多般。忽蒙舜日龙轮召,便侍尧天佛会观。灯熠似莲丹阙迥,月华如水碧云寒。移身幸入华胥境,可惜终宵漏滴残。"会神宗遣海商,喻旨使来朝,遂复请修故事。余馆伴时,见初朝张诚一《馆伴语录》所载云尔。[①]

诸如此类笔记、诗话互见的条目不在少数,如《石林诗话》卷上"外祖晁君诚善诗"条,即可和《岩下放言》卷上记"王荆公诗一联"对读,二者虽非记载同一人物、同一诗作,然所探讨的创作与亲历之间的关系实质则相近。又如诗话由诗句"四海习凿齿""弥天释道安"之对仗,引申到魏晋间和尚姓氏之说,则详见于《避暑录话》卷上。在这些互见的材料中,读者可以看到叶梦得详略得当的处理和剪裁,对人物、诗作、事件的了解程度大大加深。

总而言之,北宋前期以《六一诗话》为代表的诗话作品条目安排随意,上下之间没有联系,可视为泛文学笔记,"论诗及辞"与"论诗及事"并重。自《后山诗话》始,扩大了文学批评的范畴,理论性明显增强,是笔记向诗学专书过渡的重要环节,开南宋许颛《彦周诗话》、张戒《岁寒堂诗话》之先河。而同期《王直方诗话》《临汉隐居诗话》《石林诗话》等作品在取材方面日趋规范,所评论之对象群体相对固定,多为同时代诗人;在评鉴方面则呈现出与宋诗发展同调之势,突出重考辨、好议论之风;在编排方面普遍存"材料互见"的现象,各类型文献之间的相互转引成为此阶段诗话编撰的主流风格。可以说,北宋后期诗话中出现的种种新特点、新趋势,在南宋得到了极大的延伸和拓展,使之朝着体例完备、系统严密的诗学专著稳步迈进。

[作者简介] 唐玲,华东师范大学中文系副教授。

---

① 叶梦得《石林燕语》卷二,北京:中华书局,1984 年,第 28—29 页。

公与私的交织

——北宋官建亭台楼阁记的情感结构与写作范式*

李　栋

[摘　要]　"官建亭台楼阁记"指的是官员在任职地主持修建（或修葺）亭台楼阁类建筑后，自作或请他人为此建筑写作的记。对主持者而言，这些建筑兼具公共性质和私人意义，所以记文往往同时传达公共和私人两方面的思想情感。此类记文建构了北宋士大夫"官僚—学者—文人"的复合形象，因此也较前代获得了更大的发展空间。而考察此类记文的写作范式如何便于作者有效传达双重情感、建构复合形象，则有助于进一步探求此类记体文在宋代繁荣发展的原因。

[关键词]　北宋　亭台楼阁记　醉翁亭记　公与私

"官建亭台楼阁记"指的是官员在任职地主持修建（或修葺）亭台楼阁类建筑后，自作或请他人为此建筑写作的记。这些工程的营建资金通常出自地方财政，因此建筑实际上不属于主持者所有；但主持者通常对其拥有文化上的主导权和阐释权，因此记文仍然呈现出主持修建的官员及其所属士大夫群体的强烈主体意识。这就使得此类作品往往同时具备"公"与"私"双方面的思想情感，能够同时满足士大夫建构个人公共身份和抒发私人感情的需求，也为复杂的表现和审美准备了空间。因此，官建亭台楼阁记才能在北宋获得蓬勃的生命力，并赢得当时和后世的广泛关注。

本文考察北宋官建亭台楼阁记如何处理"公共"与"私人"的两种思想情感，并进一步从"公与私"的角度，探讨其写作范式，从而尝试为此类记体文在宋代的繁荣发展提供一种解释。

* 本文是 2023 年度国家社会科学基金后期资助一般项目"功能与结构：唐宋赋的形态演变研究"（项目批准号：23FZWA011）的阶段性成果。

一、以"共乐"掩饰"私忧":《醉翁亭记》的文本与情感结构

欧阳修《醉翁亭记》是北宋官建亭台楼阁记的名篇,它以独特的文本结构方式,同时呈现了作者在公、私两个方面的情感,并刻意使私人情感隐蔽于公共情感之下。这种处理方式与北宋中期的士大夫文化密切相关,并对此后的官建亭台楼阁记创作影响深远。因此,对于本文的考察而言,《醉翁亭记》尤其有代表性,值得首先讨论。

这里有一点需要注意:根据文中"作之者谁?山之僧智仙也"所言,醉翁亭实际由当地寺庙的僧人主持营建。但是,欧阳修和苏辙都在作品中明确表示醉翁亭为欧阳修所作①。不仅如此,当时其他的若干亭台楼阁记也有类似表达,即将地方长官作为修筑事件的负责人和表彰对象,认为僧人只是奉命而行②。其中缘由,或许可以从宋代佛寺的慈善事业运作方式中获得解答。宋代的佛教寺庙在社会生活中经常承担公益慈善事业,如赈灾和建桥修路等,并与地方政府关系较为密切。在灾荒疫病等特殊时期,佛寺经常受地方政府指派,参与救济,并受某些奖惩措施的约束;而建桥、修路、浚渠等,也经常由佛寺主持。根据现有的研究,佛寺主持的建桥修路等公益项目,有时由寺庙向社会募集资金,也有官方或私人出资、托寺僧管理修建的情况③。坐落在寺外便于游赏之处的亭台楼阁,应当与桥梁道路相类,也属于当地公益事业的一部分。于是,地方长官可以像要求寺庙参与赈灾和建桥修路那样,属意寺僧募化资金,主持建筑亭台楼阁,并将其视作自己的工作成果。因此,《醉翁亭记》这样的作品,都可算作"官建"亭台楼阁记。

庆历五年(1045),范仲淹主持的"庆历新政"失败后,作为改革派重要成员的欧阳修被弹劾有"盗甥"丑闻。尽管此事经调查并无实据,但他仍然被贬为滁州知州。次年,欧阳修在滁州创作了《醉翁亭记》。由于这一时期遭遇到名

① 欧阳修《醉翁吟》之序云:"余作醉翁亭于滁州";苏辙《欧阳文忠公神道碑》云:"公之在滁也,自号醉翁,作亭琅琊山,以醉翁名之"。见欧阳修撰,洪本健校笺《欧阳修诗文集校笺·居士集》卷十五,上海:上海古籍出版社,2009 年,第 486 页;苏辙撰,曾枣庄、马德富校点《栾城集·栾城后集》卷二十三,上海:上海古籍出版社,1987 年,第 1424 页。

② 史之才《凉飔阁记》云:"一日知寨狄公偕僚佐因祷于金仙氏,睹是亭……因谕僧云起,俾求化有缘番汉子来,材力云萃,因广其基,增之版筑";孙觌《滁州重建醉翁亭记》云:"今太守魏公……会寺僧请建亭,踵智倦故事,公喜从之,又俾引其徒以自度"。分别参见曾枣庄、刘琳主编《全宋文》第 122 册,卷二六三七,上海:上海辞书出版社,合肥:安徽教育出版社,2006 年,第 229 页;同书第 160 册,卷三四八一,第 386 页。除此之外,余靖《韶亭记》《涌泉亭记》、陆佃《适南亭记》、黄叙《越峰玩芳亭记》,包括作于南唐的徐铉《乔公亭记》,以及主题相近的孙觉《五咏堂记》、杨时《虎头岩记》等也有类似记载。可见这是一个由来已久且被广泛接受的惯例。

③ 参见游彪《宋代寺院经济史稿》第二章第四节,石家庄:河北大学出版社,2003 年,第 64—68 页。

誉和仕途的双重打击,他的内心无法全然超脱,于是在此记中倾诉了忧思。但这郁结的倾诉相当隐晦,始终掩映在"与民同乐"的醒目表达之下。要从"与民同乐"的宴乐声中辨识出忧愁的隐晦声明,就需要分析《醉翁亭记》独特的文本结构:"同心圆"结构和"表—里"双重结构。

(一)"同心圆"结构

首先,《醉翁亭记》中包含了三个以"太守"为中心的同心圆,它们将文章分成了三部分①。具体说来,这三个同心圆内部的展开步骤分别是:

① 环滁之山—琅邪山—让泉—醉翁亭—太守自号"醉翁"

② 风景可观而"乐"—滁人游—太守宴—众宾欢—太守醉

③ 禽鸟不知人之乐—人不知太守之乐—醉能同其乐,醒能述以文者,太守也

由此步骤可以发现,文中用于句尾的 21 个"也"字往往可以用来区分层次。每一个同心圆结构的叙述都是由外向内,逐层指向圆心,犹如电影中镜头由远景逐渐推至近景,再到对某个人的特写,自然就揭示了影片此阶段的主要人物;而三个同心圆中每层的重要性,则都是由外而内逐次增高,用宋人楼昉的话来说,是"如累迭阶级,一层高一层,逐旋上去"②。跟随这些阶梯走到圆心,我们就发现,居于同心圆中心的"太守"也是山水、众人中的焦点,他是其中最擅长于"醉"与"乐"的。于是,本文中最重要的三个关键词:"太守""醉"和"乐"就借由这样的方式被醒目地标示出来了。这提醒我们,文章虽以"亭"为题,却其实无意于介绍此亭的兴建、使用情况;文中虽讲述山水游宴,却也并非寻常游记。这是一篇明确专注于自我形象构建的文章。

(二)"表—里"双重结构

其次,在各自为政的三个"同心圆"之外,《醉翁亭记》中还有一个贯穿全篇的"表—里"双重结构:表层讲述"与民同乐",里层传达个人忧伤。建构起这个双重结构的关键点,是文中对"太守"这一身份的使用。《醉翁亭记》虽是欧阳修叙述自己的事情,却通篇未出现任何第一人称代词,只以"太守"这个官职名来指称叙述的主角,直到文章末尾才点明:"醉能同其乐,醒能述以文者,太守也。太守谓谁?庐陵欧阳修也。"③

---

① 日本学者汤浅阳子首先指出这一结构,参见湯浅陽子「『醉翁』之樂:歐陽修の文学における吏隱」(『人文論叢:三重大学人文学部文化学科研究紀要』第 16 號,1999 年)。

② 楼昉编《崇古文诀》卷十八,文渊阁《四库全书》本。

③ 《欧阳修诗文集校笺·居士集》卷三十九,第 1020 页。

身份的区分在此有深长意味。如果说"我""余""予""吾""仆"等第一人称代词指向私人身份，"太守"指向公共身份，那么"欧阳修"就是一个联结这两种身份的综合体，能够兼摄公私。第一人称代词在一篇叙述自己经历的非虚构性文章中缺席，暗示了私人表达在这篇文章中并不显豁；与之相对，"太守"身份的前后贯穿，意味着文章刻意彰显了与政治有关的公共表达；而"欧阳修"身份紧随"醉能同其乐，醒能述以文"的介绍而揭示，则可以将此介绍视作这一身份的标识，即是说，作者欧阳修正是以这个联结了公与私的双重身份，安排了"同其乐"的行为，并将此行为"述以文"，犹如一出戏剧的导演。文章中对公共表达的彰显和对私人表达的抑制，自然也都出自"导演"的设计。

戏剧的导演自然要等表演结束后，方才在舞台上现身。在文章中，从公共身份"太守"到兼摄公私的身份"欧阳修"，其切换通过关键词"醉"来完成。在三个同心圆中，我们发现"太守"似乎永远处于"醉着"或者"准备醉"的状态中，唯一一次例外是文章的末尾，它明确提到了"醒"：当故事进入尾声时，剧中人已经历了从"日出而云霏开"到"夕阳在山，人影散乱"的时间流逝，同乐的"民"也已经散去，于是"太守"终于"醒过来"，以"欧阳修"的身份出来谢幕。我们因此明白，"太守"的"醉"实则只是一场表演，是清醒的"欧阳修"通过"述之以文"的方式安排了这一场表演。

这样一来，前文始终与"太守"和"醉"捆绑出现的第三个关键词"乐"，也就很值得重新审视了：既然"醉"是表演，"醉"中之"乐"也就值得重新打量；既然公私兼摄的"欧阳修"必须转换到"太守"这个公共身份，并借助"醉酒"的双重伪装，方能做到"与民同乐"，那么他的潜台词自然就是：作为私人的、清醒的"我"，并不高兴啊。

综上，"同心圆"结构展示了欧阳修以《醉翁亭记》建构自我形象的强烈意愿，而"表—里"的双重结构则显示了欧阳修将"私人之忧"掩饰于"公共之乐"以下的表达策略。恐怕欧阳修写这篇记的首要动力，就是辗转曲折地说明"我为何自号醉翁"：公与私的两种情志交缠于心中，不能相洽，于是我只能以"醉"来缓解冲突和痛苦。

二、"共乐"彰显，"私忧"潜藏：庆历文学中的道德自律

那么，为什么欧阳修要刻意将清醒的个人忧愁，用醉后的"与民同乐"包裹起来？这应当与庆历前后的士大夫文化，以及欧阳修本人在这个文化形成过程中所担当的"先锋"角色有关。

范仲淹在仁宗朝主持"庆历新政",核心在于整顿吏治。新政虽然仅推行一年多即告失败,但伴随着新政酝酿和推行而形成的文化思潮,却继续深刻影响着主导政治的士大夫群体。庆历文化要求士大夫实践高水平的道德自律,将公共责任置于个人得失之上,从而更好地参与政治建设。这种要求不但包括公共领域的政治实践,也延伸到了私人领域的言行创作。与《醉翁亭记》作于同一年的范仲淹《岳阳楼记》,正体现出庆历文化规范士大夫私人领域情感表达的意图。范仲淹面对着岳阳楼的"唐贤今人诗赋",针对前代"迁客骚人"游览洞庭时的情感反应,提出"不以物喜,不以己悲""先天下之忧而忧,后天下之乐而乐"①的新主张,即是要求兼具"官僚"与"文人"身份的士大夫,他们作为"文人"在诗文中表达的情感,也应符合理想官僚的公共形象。这就意味着,某些源自私人生活体验的情感,现在必须表达得更为克制。

这一主张的目的,是使文学更好地服务于现实政治。在北宋中期,通过科举考试进入仕途的士大夫们逐渐成为文官的主导群体。他们通常并无显赫的家世背景,凭借深厚的学术素养和优秀的文学才能获得参政资格,而其参政的首要形式,则是发表言论,为皇帝治国提供策略参考。因此,进士出身的士大夫以言论立身,他们要维护自己参政的资格,就必须使言论足够有力。庆历前后,士大夫追求群体的道德自律,并要求诗文中也展示这种自律,正是因为他们将诗文视作言论的重要部分,要借由诗文塑造有利于国家政治的理想官僚形象,从而巩固群体的政治地位。

这种需求,使得官建亭台楼阁记对"私人之乐"的态度,在北宋中期发生了转变。大致说来,在唐、五代以及宋初的此类记中,"与民(百姓)同乐"很少出现②,而"士大夫在公务之外应当享受闲暇乐趣"的观念倒是比较常见。例如杨亿《处州郡斋凝霜阁记》《建安郡斋三亭记》、王禹偁《野兴亭记》、钱惟演《宁海县新建衙楼记》等,始终在讨论士大夫获得游息之乐的必要,完全没有考虑到其他人需要由此获得快乐③。也就是说,在作者的观念中,为士大夫闲暇游赏而营建亭台,这本就无可指摘。作者们有时会打出"亭台楼阁居高临下,也有利于观察民情"的幌子,如《野兴亭记》和《宁海县新建衙楼记》中都有此类表

---

① 见《全宋文》第 18 册,卷三八六,第 420 页。

② 徐铉《乔公亭记》有"与人同乐"之语,但指的是"与同僚同乐",不包含百姓。参见《全宋文》第 2 册,卷二四,第 229 页。

③ 例如杨亿《处州郡斋凝霜阁记》云:"夫谈仁义者,必就闲宴;避炎酷者,必登高明。故鲁史述其三宫,诗人咏夫百堵。中堂湫隘,妇姑由是勃谿;大夏穹崇,燕雀以之相贺……"见《全宋文》第 14 册,卷二九六,第 401 页。

达。但他们也经常忽略它,甚至不认为需要说明"政事已得到很好的处理"。例如,王禹偁《黄州新建小竹楼记》只写自己在竹楼中获得的精神愉悦和慰藉①;陈尧佐则直接将所建小亭命名为"独游亭",表示将独占此亭来获得精神的进益②;而许申甚至明确表示必须完全抛开政务,才能真正欣赏山水③。

而到了北宋中期,官建亭台楼阁记在表达"私人之乐"时,就比前代谨慎了许多。在这方面,《醉翁亭记》正是与《岳阳楼记》同样重要的标志性作品,影响深远。《醉翁亭记》将"私忧"掩饰在"共乐"之下的做法,与欧阳修当时的独特文化地位有关。在庆历文化形成的过程中,欧阳修是一个先锋性的人物。景祐三年(1036),在范仲淹、余靖、尹洙被贬谪时,欧阳修作《与高司谏书》,言辞激烈地指责右司谏高若讷,斥其不为范仲淹等辩护。这封书信造成了庞大的舆论效果,欧阳修名动天下,成为推动庆历文化形成的一名先锋。他对于自己诗文的影响力,必然有清晰的认识。而范仲淹后来在《岳阳楼记》中表达的理念,早在景祐时期也已被欧阳修等同道者共享④。因此,当欧阳修因《与高司谏书》被贬谪夷陵时,他已注重在诗文中塑造理性而自律的理想士大夫形象。他曾向余靖论及自己对韩愈的批评:"每见前世有名人,当论事时,感激不避诛死,真若知义者;及到贬所,则戚戚怨嗟,有不堪之穷愁形于文字,其心欢戚无异庸人,虽韩文公(愈)不免此累"⑤,并提醒余靖"慎勿作戚戚之文"。他在夷陵时期写作的《黄溪夜泊》《戏答元珍》等诗,也显示出有些刻意的超然态度⑥。可见欧阳修确实特地提醒自己,要在作品中建构一个超然于个人忧患境遇的稳重形象,为整个士大夫群体提供"自律"典范。因此,到庆历六年(1046),尽管强烈的情感冲动促使欧阳修在《醉翁亭记》中倾吐了因贬谪而产生的忧愁,但他也还是避免了直接表达这段心曲⑦,而是使其掩映在"与民同乐"的公共情感之下。

---

① 见《全宋文》第 8 册,卷一七,第 79 页。

② 陈尧佐:《独游亭记》,见《全宋文》第 10 册,卷一九六,第 10 页。

③ 许申:《柳州待苏楼记》云:"凡游观者,必策杖躐峤,婴翔勃率,胸中无庙堂而有丘壑者,然后足以尽山水之乐。若夫役徒御、盛舆服,以势临之,则云霞亦将偃蹇随去而不与我较矣。此朝廷之士,所以与山水相反者如此。"见《全宋文》第 15 册,卷三二〇,第 413 页。

④ 参见程杰《诗可以乐——北宋诗文革新中"乐"主题的发展》,《中国社会科学》1995 年第 4 期。

⑤ 欧阳修《与尹师鲁第一书》,《欧阳修诗文集校笺·外集》卷十七,第 1793 页。

⑥ 《黄溪夜泊》末云:"行见江山且吟咏,不因迁谪岂能来";《戏答元珍》末云:"野芳虽晚不须嗟",都与前文情感不甚协调,更像是刻意追求的超然结尾。分别见《欧阳修诗文集校笺·居士集》卷十、卷十一,第 310、318 页。

⑦ 陈新、杜维沫已指出,欧阳修《题滁州醉翁亭》诗中"透露出被贬后在政治上的压抑心情,但他牢记在贬所'不作戚戚之文'的信条,借诗酒山水以自放",因此《醉翁亭记》的若干句子"直有长歌当哭之意"。见陈新、杜维沫选注《欧阳修选集》,上海:上海古籍出版社,1986 年,第 358 页。

　　与范仲淹、欧阳修相呼应，支持庆历新政或受其思想影响的其他士大夫们，也以文学表达了同样的道德自律观念。在《岳阳楼记》《醉翁亭记》写成后的二十余年间，强调"与民同乐"的倾向，出现在当时的若干篇官建亭台楼阁记，以及主题非常相近的官建园池馆室等记中，如余靖《涌泉亭记》（1047）、曾巩《醒心亭记》（1047）、韩琦《定州众春园记》（1051）、《相州新修园池记》（1056）、李师中《蒙亭记》（1062）、苏轼《喜雨亭记》（1062）、邵亢《众乐亭记》（1069）等。由于士大夫们毕竟首先是以官员身份主持营建这些建筑，而营建也毕竟是由公费支持，因此记中常有特别的说明，显示这项主要用于游赏的营建行为只是因利乘便，并没有劳民伤财①。同时，作者也必须强调营建行为与政治理想高度符合，即"得之于民，用之于民"。士大夫的游赏之乐，必须有更高的合理性，仅仅是将士大夫的游赏行为与处理政务产生联系②，已经不够充分，还要尽量表现州民同样可以利用这些建筑来游赏③。

　　诸作中最能体现庆历时期道德自律观念影响的，当推苏轼作于嘉祐七年（1062）的《喜雨亭记》。在《喜雨亭记》中，苏轼很注重引入"与民同乐"观念，但完全没有提及州民到喜雨亭游赏之事。参照此类记的写作惯例，这个建于官舍旁边的休息之所，恐怕不对外开放、只供苏轼及其僚友们游赏。但苏轼却在记中努力将"名"与政治联系起来，将"私人之乐"与"民众之乐"联系起来。这背后正是由"先忧后乐"自律观念带来的焦虑④。文中说明喜雨亭修建过程的一段，显示出一种写作策略：

　　　余至扶风之明年，始治官舍，为亭于堂之北，而凿池其南，引流种树，以为休息之所。是岁之春，雨麦于岐山之阳，其占为有年。既而弥月不雨，民方以为忧。越三月乙卯，乃雨，甲子又雨，民以为未足，丁卯，大雨，三日乃止。官吏相与庆于庭，商贾相与歌于市，农夫相与忭于野，忧者以

　　① 例如苏颂《润州州宅后亭记》云："凡功费之给，毕出于废祠，而无一簪之财取于官府"。见《全宋文》第61册，卷一三三九，第373页。又如杨蟠《众乐园记》云："经营咀勉，其费毕出于赐金之余，而民实无与焉"。见《全宋文》第48册，卷一〇四五，第243页。
　　② 例如余靖《韶州新修望京楼记》云："又况登陴之际，民瘼可询，乘传而来，郊劳为便，亦所以辅官成而尊王命也"。见《全宋文》第27册，卷五六九，第48页。
　　③ 例如曾巩《拟岘台记》云："君既因其土俗，而治以简静，故得以休其暇日，而寓其乐于此。州人士女，乐其安且治，而又得游观之美，亦将同其乐也，故予为之记"。见《全宋文》第58册，卷一二六二，第152页。
　　④ 前人已发现了苏轼的这个手法，如林云铭评论此文："居官兴建，当言与民同乐。但亭在官舍，为休息之所，无关民生。骤苏却借旱后大雨，语语为民，便觉阔大……末忽撰出歌来，而以雨力不可忘处，层层推原……把一个太守私亭，毋论官吏、商贾、农夫，即天子、造物、太空，无不一齐挽入。"见林云铭编《古文析义》卷十五，清康熙丙申刊本。

> 乐，病者以愈，而吾亭适成。①

在"以为休息之所"（着手修建）与"吾亭适成"（建成）之间，一场旱灾出现又得以缓解。也就是说，苏轼直到州民百姓都因降雨而欢欣之后，才享受到这座亭带来的游赏聚会之乐。经由这样的叙述策略，苏轼就避免了民有忧患而官员"独乐"的批评。下文进一步申明了这个意思：

> 于是举酒于亭上以属客，而告之曰："五日不雨，可乎？"曰："五日不雨，则无麦。""十日不雨，可乎？"曰："十日不雨，则无禾。"无麦无禾，岁且荐饥，狱讼繁兴，而盗贼滋炽，则吾与二三子，虽欲优游以乐于此亭，其可得耶？今天不遗斯民，始旱而赐之以雨，使吾与二三子得相与优游而乐于此亭者，皆雨之赐也，其又可忘耶？

以"雨"为媒介，以"乐"为视角，苏轼在此将自己与民众联系在了一起。这种联系不是通过"喜雨亭"的建筑行为，而是通过对这座亭的命名来实现的。这是个很富于技巧性的选择：这座只供官员游赏的亭建筑于小型旱灾发生的时期，有可能引来"不恤民情"的指责；但苏轼略去了建筑过程，并将叙述引导到旱情缓解后的"与民同乐"方向上，从而回避了遭受指责的危险。通过这样的命名和阐释，喜雨亭俨然成为"久旱甘霖"事件的纪念碑，获得了存在的合理性。

总之，喜雨亭本不能供百姓游赏，但在嘉祐七年写作的《喜雨亭记》中，苏轼刻意将官修的游赏建筑和"与民同乐"的政治理念结合了起来。这种思路与庆历时期强调道德自律的《岳阳楼记》《醉翁亭记》一脉相承，也与上文提及的其他诸记相互呼应。可见自庆历以来，这样的道德自律已经成为士大夫群体性自我想象的重要组成元素，在官建亭台楼阁记中展示道德自律、标举公共情感抑制私人情感，也成为当时重要的创作思路。

三、"共乐"隐退，"独乐"复盛：党争背景下的文学讽谕

从现存的文献来看，庆历以来的这一创作思路，并未在北宋一直延续下去。自王安石在神宗熙宁二年（1069）开始推行新政后，士大夫群体逐渐分裂

---

① 《全宋文》第90册，卷一九六七，第385页。下划线由笔者添加。下文同此。

为新旧两党。伴随着新政的推行,党争日渐激烈,而在旧党诸人创作的官建亭台楼阁记中,强调"共乐"的道德自律倾向,则逐渐消退了①。但这并非意味着旧党士大夫集体放弃了"先忧后乐"的政治理念,而是他们根据历史情境的变化,调整了表达方式。这一时期旧党的此类记文仍普遍涉及"乐"的话题,而其中有不少都包含了对现实政治的讽谕。其中尤可作为范例者,是苏轼的《超然台记》。

《超然台记》作于宋神宗熙宁九年(1076),苏轼时任密州知州。此时王安石的改革已推行数年,苏轼作为旧党中人,虽不认同新政,却又必须遵守地方官员的职责,勉强施行,因此不免满腹牢骚。《超然台记》中"始至之日,岁比不登,盗贼满野,狱讼充斥,而斋厨索然,日食杞菊"②的记述就是他牢骚的一部分,讽刺新政使社会治安混乱,民生凋敝,连知州都要靠杞菊充饥。在这种情况下,他自然很难描绘一幅"与民同乐"的场景。因此,苏轼在此记中的形象就转变成了"士大夫与民同忧"和"士大夫苦中作乐":

> 余既乐其风俗之淳,而其吏民亦安予之拙也……台高而安,深而明,夏凉而冬温。雨雪之朝,风月之夕,余未尝不在,客未尝不从。撷园蔬,取池鱼,酿秫酒,瀹脱粟而食之,曰:乐哉游乎!

这里"民淳吏拙"的表述,显然是引用老子"清静""无为"的政治理念,讽刺新政因变革而干扰了民众生活。由于新政,知州做不到"无为",而民众也不能免于被精明的新党官员算计盘剥,因而官民彼此的"相乐相安"实则是"同忧"。而士大夫强调"超然自得"的苦中作乐,是涵养个人精神的过程,也难与百姓分享。总之,在党争背景下,"与民同忧"侧重强调了"先忧",而非"后乐",同样可以使作者免于政治理念上"不恤民众"的质疑;而"乐"重新成为士大夫阶层独享之物,且被用作一个集团与另一集团对抗时的工具。

苏轼的经历和创作态度,很能代表旧党士人当时的普遍情况。党争在神宗年间愈演愈烈,大批旧党官员离开中央,到地方主持工作。这看似与范仲淹等人曾经的贬谪经历接近,但其实相差甚远。范仲淹等推行改革的目的是整顿吏治,改革失败后,他们虽遭贬谪,却仍受到仁宗皇帝的足够关注和潜在支

---

① 由于新党官员的作品大多亡佚,因此我们无法判断他们在新政推行后,是否仍然选择以强调"共乐"的方式写作此类记。

② 《全宋文》第 90 册,卷一一九,第 388 页。下文同此。

持，因为他们的行为和主张有助于仁宗巩固皇权。在此基础上，他们作为较年轻的官员，以"自律"来与朝中年长的权贵对抗，可以期待有一个替代后者、施展抱负的未来。因此，他们乐于塑造自己"擅长且安于地方工作"的形象。而在神宗朝，年富力强的皇帝坚定地支持新党和变法，旧党官员大多比神宗年长，他们被排挤到地方主持工作，看不到替代新党的未来。并且，他们既然与新党持反对意见，自然就不愿在诗文中表现自己积极尽职地处理地方工作，因为那意味着肯定新政。于是，神宗朝的旧党官员们在官建亭台楼阁记中，对"先忧后乐"思想有了不同的处理。

"先忧后乐"的理念作为庆历文化最典型的概括，包含了"忧"和"乐"两个方面。庆历时期在贬谪背景下诞生的官建亭台楼阁记，因为作者要显示自己在公共事务上的成绩，以及对个人得失的淡泊态度，故而强调"乐"而略于"忧"。《醉翁亭记》中的"与民同乐"实则就是"后乐"，是为前人认为理所当然的"士大夫游赏之乐"，加上一个"百姓安乐"的前提，从而使士大夫的公私两种身份都与"乐"联结起来。而苏轼《超然台记》表现知州与百姓"同忧"，则可视作对"先忧"的强调。在新的历史情境下，这种处理方式更符合旧党士大夫们的需求，却也包含着更多的危机：在失去皇帝支持的情况下，"先忧"对现实政治的批评，更容易为作者招来打击。在苏轼后来遭遇的"乌台诗案"中，《超然台记》就是罪证之一。

因此，在神宗朝推行新政之后，官建亭台楼阁记的整体倾向有了转变：除了为题名"共乐""众乐"的园池建筑所作的记之外，旧党士大夫们普遍不再在记中强调"共乐"思想，而更倾向于表达精神的内在修炼，"乐"重新开始与士大夫之外的群体失去联系。例如，苏辙在《黄州快哉亭记》（作于神宗元丰六年，1083）中只阐发士大夫精神内省，"使其中坦然，不以物伤性，则何适而非快"的题旨，全不提及"与民同乐"之意。这并不代表"先忧后乐"已被他们集体抛弃。实际上，由于此时在任的士大夫们多是在庆历文化的滋养下成长起来的，"先忧后乐"应当已成为整个士大夫群体的共同信念。旧党领袖司马光因党争而退居洛阳时，为自己的私人花园取名"独乐园"，并在《独乐园记》中特别表示自己不敢希求圣贤与有"位"者之"乐"，不敢标榜"共乐"。这当然是在党争劣势下的嘲讽之语，但也显示出"先忧后乐"在当时早已成为不可回避的基本理念。只是，相比"后乐"，这个时期的旧党士大夫更希望表达"先忧"，然而言论环境对他们而言日益恶劣，"先忧"难以直接表达，因此他们只能选择放弃从正面表达"先忧后乐"，而以"独乐"之说表示自己的不合作态度。与《醉翁亭记》等相反,此时已是公共情感隐蔽在了私人情感之下。

总而言之,从宋初至北宋后期,在官建亭台楼阁记中,士大夫"与民同乐"的观念由淡薄,至彰显,再至隐蔽,始终扣合着政治历史变迁的时代脉搏。《醉翁亭记》等不但展示了士大夫在公共层面的最高道德理想,而且蕴含了理想与现实相冲突所带来的真实焦虑,其丰富的内涵与时代情境密切相关。而无论"共乐/后乐"或是"独乐/先忧",此类记都参与建构了北宋士大夫"官僚—学者—文人"的复合形象,将实践公共道德的昂扬,与舒展私人情志的飘逸融合在一起,塑造出共性显著又各具魅力的北宋士大夫群像。此后直至清末,除了科举被取消的短暂时期外,中国的精英文化始终掌握在进士出身的士大夫手中,因此北宋士大夫的理想形象,也始终被主流话语视作这一群体的典范。对于这种典范效应,不但宋代的作者们主动寻求,历代的读者们也乐于接受,并积极参与巩固它。此类记在文学史上受到长久关注,应当与此很有关系。

而尽管出于题材的缘故,在各个时代的官建亭台楼阁记中,通常都包含了对公共道德和私人愉悦的表达,但北宋尤其是庆历以来的官建亭台楼阁记却独具魅力。因为此类记正是在这个时期,伴随时代思潮的发展和历史情境的演变真正走向成熟,确立了其核心的创作规范。这使得它们尤其具备丰沛的生命力和创作方面的典范意义。下文将进一步说明,这种创作规范如何与士大夫的多重身份配合,实现丰富的情感表达。

四、营建主题与对"名"的侧重:北宋官建亭台楼阁记的写作范式之一

杰出的佳作往往无法代表它们所属时代、主题、文体的一般情况,所以,上文考察《醉翁亭记》文本特征的结论,并不能直接视作北宋官建亭台楼阁记的一般特征。但此类记在北宋时期参与建构士大夫复合形象,并获得蓬勃发展,那么它们应当普遍拥有某些特质,特别适应了北宋士大夫生活中"公""私"两个层面的历史情境,才能使其成为士大夫同时投射这两种情感的合宜选项。对此,除了"营建"主题本身具有优势外,此类记的写作范式也非常关键。这个写作范式主要包括"名""乐"和"士大夫网络"三种关键因素。其中,对"名"的侧重与营建主题一样,是此类记蓬勃发展的基础。这是本节将要说明的。

(一)"营建"主题

"营建"主题为官建亭台楼阁记在北宋的发展提供了重要基础。这主要包括两方面。首先,营建活动的对象包括宫殿、官署、民居、寺庙、道观、室、亭、

台、楼、阁、路、桥、渠、塔等若干种,它们大多属于"建筑物"。而建筑物是人类精神投射的重要对象,建筑空间与人类精神空间具有同构性,人们通过观察建筑物在自然界的存在状态,来理解自己如何"存在于宇宙中"。因此,与建筑有关的主题适于表现人类精神,建筑主题的作品也参与塑造了此前的中国文学传统。这是北宋作者们在亭台楼阁记中着重展示个人思想情感的一个重要基础。

其次,北宋文化鼓励士大夫的游赏宴乐活动[①],因此,除了纯粹实用目的的营建活动之外,地方官员利用地方公共资源建筑亭台楼阁等,也是社会普遍认可的行为。于是,这种地方性的营建活动数量众多,并且能同时涉及士大夫在"公"与"私"两个层面的生活:士大夫的执政、聚会、宴游,以及个人独处的各种日常事件等,都可以因这些营建活动而实现。并且,由于地方官在营建和后续的使用过程中,都具有绝对主导地位,因此,营建活动和建筑本身都尤其能够成为他们主体意识的外在投射,从而唤起他们创作的热情。这就为官建亭台楼阁记的创作提供了契机。

(二)"名"

营建活动的对象虽多,但从北宋的创作与接受情况来看,其他建筑类型之营建记的文学成就和影响,都不及官建亭台楼阁类营建记。其原因在于,北宋官建亭台楼阁记中普遍出现的"名""乐"和"士大夫网络"三种因素,是其他题材的营建记不能完全具备的,也与其他文体的建筑主题作品形成了明显差异。本节即通过与宫殿赋相比较,说明对"名"的侧重如何促进了北宋官建亭台楼阁记的发展。

记体在其发展的早期,本以记事为主,包括事件参与者、时间、地点、过程等,无论记文的主题是佛经翻译、游览或营建等,皆是如此。但北宋的营建类记却往往略于交代这些信息,也不重视描写建筑样貌,而是注重展示建筑之"名"所传递的理念。这些理念多与士大夫的精神生活有关,蕴涵其行事准则和审美旨趣,无论即景、即事命名如"待月亭""照水堂""凉飔阁"等,或是直接传达理念的命名如"直节堂""内乐亭""静胜斋""超然台"等,均是如此。

命名意味着对世界秩序的解释,为建筑命名和解释此命名,都是一种投射自我文化形象的行为。建筑物总是镶嵌着主持修建者对于自我的观察和理解:在自然界和人类社会中,我的坐标在何处?我拥有多大的空间?我有怎样

---

① 参考上文所引程杰论文。

的特质？这种自我观察和理解，能够最凝练地体现在"命名"行为中。而当作者将此自我观察和理解付诸文学表现时，以"命名"为其一篇之警要，正是将这种自我观察和理解更清晰地表达出来。因此，这样写成的官建亭台楼阁记，能够成为士大夫构建自我文化形象、彰显个人和群体价值的重要载体。

不过，建筑主题的文学作品繁多，并非都注重解释建筑之"名"。为何"名"对于北宋官建亭台楼阁记尤其重要？这是由此类记的作者身份、建筑物的外观及所属情况决定的。将此类记与宫殿赋相比较，可以清楚地说明这一点。在唐前的文学传统中，表现建筑主题最重要的文体是赋体，而建筑赋中最具有代表性的则是宫殿赋。由于主题相似，宫殿赋与亭台楼阁记在创作动机方面自然有相通之处，即将人通过建筑感受到的自我存在，再以文学形式确认出来。不过，二者具体的关注角度则很不一样：宫殿赋着重于展示"物"，通过对"物"的描写，显示"物"的拥有者所具备的非凡权势；亭台楼阁记着重于展示"理"，通过对"理"的阐发，显示"理"的秉持者所具备的非凡品德和智慧。

宫殿赋通常可以在某种程度上视作是一种"代言"式写作的结果——作者抒发的是宫殿拥有者的体会：这样一件雄伟的空间艺术作品将长久地伫立在天地间，铭记我的存在，昭示我在世界秩序中的独特位置。"物质"直观而有效，只要将物质成就充分展示出来，它们的拥有者就足以超尘出众。宫殿这种在横向和纵向上都是相当特出的建筑，比普通建筑物更能清晰地体现人类对于"自己身处天地之间"这一存在状态的理解，它们的广阔和高峻使它们能更好地显示天与地的沟通连接。而这种更有利地与自然的神秘和伟力沟通的"异能"，又被转换为宫殿拥有者的强大力量。宫殿的这些象征意义，既能以直觉的方式被观览者体会到，也在汉代以来的京都赋和宫殿赋中，都有充分的表述，例如王延寿《鲁灵光殿赋》："乃立灵光之秘殿，配紫微而为辅。承明堂于少阳，昭列显于奎之分野……据坤灵之宝势，承苍昊之纯殷。包阴阳之变化，含元气之烟煴……神灵扶其栋宇，历千载而弥坚。永安宁以福祉，长与大汉而久存。"[①]这里阐释和确认的，是能以物质直接展示的特权。

而唐宋时期主持营建亭台楼阁的士大夫们，并不能继承宫殿赋中描写物质的方法。这首先是因为他们的亭台楼阁作为建筑，大多并不特出，在物质层面上无法自然形成辨识度，也更容易荒芜坍圮，因此，无论在时间还是空间的维度上，它们都很容易湮没无闻。况且，就官建亭台楼阁而言，主持营建者只

---

① 萧统编，李善注《文选》第十一卷，上海：上海古籍出版社，1986年，第510页。

是暂时的主人,并不能真正、长久地拥有它们。只有命名权完全属于他们。因此,作者们选择了与"物"相对的"理"作为文章表现的中心。这个"理"通常依靠"命名"行为来提示。这也解释了为何"名"对于此类记尤其重要:既然建筑本身不足以形成独特价值,官员也并不真正拥有这些建筑,那么,要使建筑和自己主持营建的行为获得更强烈的标记,可以依靠的方法就是赋予建筑以文化意义。命名以及用文章解释命名,就是赋予建筑以文化意义的最好方式。建筑以这样的方式,参与了唐宋时代士大夫对自我存在的认知和表述,参与建构了当时士大夫的群体性文化形象。这里阐释和确认的,是不能以物质直接展示的特权。

由此,我们可以清楚地发现,北宋官建亭台楼阁记之所以重视对"名"的阐释,与当时士大夫的身份、建筑物的外观及所属情况相适应。对于此类记而言,"名"与营建主题一样,都为记文彰显北宋士大夫个人及群体的独特存在,提供了基础。正是在此基础之上,"士大夫网络"与"乐"两个因素进一步将记文与公、私两方面的情感连结了起来。

五、"士大夫网络"与"乐":北宋官建亭台楼阁记的写作范式之二

(一)"士大夫网络"

士大夫在任职地主持修建亭台楼阁,是北宋的惯例。因此从当时的官建亭台楼阁记中,我们可以很清晰地察觉到"士大夫网络"的强大存在:外任官员们不停地变换任职地,营建在任职地的亭台楼阁等建筑是固定的地标,可以帮助每任官员与自己的前任和后任达成心理上的连接,构成一个复杂而动态的士大夫网络。在很多由地方官自己写作的官建亭台楼阁记中,都提到了自己的前任者和继任者,尤其常见的是在文末表达对继任者的期待——"请理解我在这建筑中投射的思想和情感"①。这正是基于作者对这个士大夫网络的强烈认知。除此之外,此类记又常由地方官邀请其他士大夫代为写作,这样交互的文章往来,也参与建构了士大夫网络。

这个士大夫网络形成的基础,自然是当时的行政运作,但它也借助文学的形式,得以清晰地呈现出来,并进一步巩固了这个网络。官建亭台楼阁记就是北宋时期参与呈现和巩固此士大夫网络的一类重要作品。对于作者来说,官建亭台楼阁记既彰显了自己的个人存在,又表达了自己所属士大夫群体的文

---

① 如苏颂《润州州宅后亭记》云:"后之人登斯亭,览斯文,由是知良二千石政事之美,本乎革风俗而一中和也"。见《全宋文》第 61 册,卷一三三九,第 373 页。

化。他预设的读者是整个士大夫群体,也希望通过这样的表达,唤起整个群体的文化和身份认同,实现文学的社交功能。范仲淹正是以这样的思路,超越对滕宗谅个人的赞扬和安慰,写作了《岳阳楼记》。

"士大夫网络"这个因素,同样曾出现在唐宋时期为各级官署而作的厅壁记中,所以此处可以将厅壁记作为参照项,略加分析。厅壁记最初主要承担较简单的记录功能,即把历代曾经担任某地某职务的人记录下来。将这样的名单记下来,留在官厅的墙壁上,其首要的社会功能是保存史料,但其深层的动机,是确认官僚的个人存在和价值,并且将他清晰地归入官僚群体中。这将有助于官员们进一步想象和建构一个遍布全国、相互关联的官僚网络。在这方面,厅壁记与官建亭台楼阁记的功用相似。

大约从盛唐开始,厅壁记中逐渐增加了对具体个人的关注;而至中唐以下,厅壁记日益被更精致、更强烈的个人意识所改变,"记"的部分变得愈发丰满精彩[1]。记中除了介绍官职的历史沿革,以及当地的历史风貌、地理形势等基础的史料积累,更有刻画一人或一类人的生动形象(如韩愈《蓝田县城厅壁记》)、表彰或揭露某种行径(如李华《杭州刺史厅壁记》、元结《道州刺史厅壁记》)、展示某种志向(如白居易《江州司马亭记》)等内容,是对人类精神更深刻、更细致的呈现,以及对个人存在和价值的更热烈的追求[2]。厅壁记发展到这个阶段,在"展示人的精神"方面,与中唐以后的亭台楼阁记已经很相似。元结《道州刺史厅壁记》、吕温《道州刺史厅后记》等文中,展示出对士大夫道德的反思和自律,也与上文所提及的官建亭台楼阁记相一致。可见,二者对于"公"领域的意义有很大程度的重合。

不过,二者在唐宋时期的发展轨迹却恰好相反。在唐代,厅壁记比官建亭台楼阁记发展得更繁荣,而北宋的情况则正相反[3]。二者盛衰变化的差异,应当源于它们在"私"领域的功用不同。这与官建亭台楼阁记中普遍出现的"乐"很有关系。

(二)"乐"

亭台楼阁本是用来登临揽胜、澄怀作乐的地方,因此官建亭台楼阁记以"乐"作为常设话题,是非常自然的事情。这是此类记在营建类记中最为独特

---

① 早期的厅壁记往往有记有表,表用来记录历任官员名单。
② 参见刘兴超《论唐代厅壁记》,《四川大学学报》,2008 年第 3 期。
③ 依《全唐文》《全宋文》所收录的文章统计,唐代厅壁记现存 81 篇,而亭台楼阁记共 45 篇,其中 43 篇可认为是"官建亭台楼阁记";北宋的官府厅壁记只有 22 篇,而官建亭台楼阁记 140 篇。

的地方。其他主题的营建类记,如建桥、修路、浚渠等记,能为士大夫塑造良好的官僚和学者形象,但由于缺乏"乐"这个因素,故而他们作为"文人"的形象和情感无从传达。例如叶清臣《越州萧山县昭庆寺梦笔桥记》:

> 浙河之东偏,会稽为右郡。……地方百里者八,而萧山居其一焉;县目伽蓝者五,而昭庆第为甲焉。梦笔桥者,乃直寺门、绝河流而建之也。初,齐建元中……物岂终否,有时而倾。
>
> ……陇西李君以廷尉评实宰是邑。……越明年,政以凝,民用宁。……乃谕居僧,俾募信施,其坐堂上之客,必得邑中之豪。……府帑不费,里旅不烦。……经始不日,而功用有成。
>
> ……是知创桥以表寺,先贤之遗懿益光;由亭而视桥,仁人之用心兼至。建一物而二美具,故君子谓李君为能。……①

此记首先介绍萧山县的地理情况,以及梦笔桥在历史上的营建与倾圮;然后记叙本次重修梦笔桥的过程和细节:由地方长官授命,昭庆寺僧人处理实际事务,通过向社会募集钱款来获得所需资金,最后在没有打扰百姓生活的情况下,将梦笔桥重建一新。篇末则赞美地方长官的功绩,肯定此次重建的意义。这个结构和思路,正符合当时建桥修路类营建记的写作范式。它能够向我们展示,"陇西李君"是一位称职的地方官,而作者叶清臣是一位掌握历史、地理知识的学者。但它无法为属于私人的情感留出太多空间。

而官建亭台楼阁记不但能包含以上的结构和思路,还有"乐"这个因素,可以将士大夫的"文人"身份与情思也纳入场景之中。公务之暇的登览游历、宴会聚集,以及由此获得的精神活跃状态,正是文艺创作的重要基础。关于游览之"乐"的表达,使官建亭台楼阁记更加全面地与士大夫的多重身份关联起来,可藉以构建更独特的个人形象。故而此类记就尤其获得士大夫群体的青睐。自中唐至北宋,营建类记从记录与营建相关的细节,逐渐转向叙事、议论、抒情的综合体,获得更高的文艺价值。在这个过程中,建桥、修路、浚渠等主题的记文受关注的程度远不及亭台楼阁记。这种差异逐渐形成,与"乐"正有很大的关系。

上文提及厅壁记与官建亭台楼阁记的盛衰差异,也需要从"乐"这个角度

---

① 《全宋文》第 27 册,卷五七七,第 188 页。

来理解。二者在作者身份、创作的内在动因和实际功效方面都相近,但比较而言,厅壁记更关注于士大夫的"官员"身份,官建亭台楼阁记则更为均衡地展示了士大夫的多种身份。考虑到"官员"身份对于士大夫而言毕竟是最重要的身份,那么就不难理解,在这两类记中,厅壁记首先在唐代得到了较多关注。而官建亭台楼阁记可以视作厅壁记的进一步延伸。由中唐至北宋,当厅壁记发展得更为丰富、注重于深入体察人类精神之后,作者们沿着这个方向,在官建亭台楼阁记中充分发掘了"乐"的因素,将私人情感也充分引入记文,从而使它逐渐胜过了厅壁记。①

总之,北宋官建亭台楼阁记的写作范式有其独特性。"营建"主题和侧重阐释建筑之"名"的思路,使得此类记尤其适于塑造士大夫的个人和群体形象;而"士大夫网络"和"乐"两个因素,则分别为表达"公"和"私"两方面的情感留出了空间。在科举出身的士大夫主导北宋政治与文学的背景下,此类记尤其符合士大夫群体的表达需求,因此,它们得以在当时的文学创作中占据了重要地位。

六、结　语

对于中国古代的文体发展而言,政治功能和文学传统都是重要的影响因素。在这两方面,记体都并不占优势:它既不像诏敕表状等,能直接用于行政工作;也不像诗赋等,曾长期用于科举考试以及宫廷文化生活②;至于唐前的记体写作传统,则更是薄弱:《文心雕龙》中并无单独论述记体的篇目,作品数量亦甚少,且多数以纯粹记录条款为主要内容。因此,直到中唐,记体才逐渐摆脱文体系统中较为边缘的位置,有了飞跃性的发展。尽管在当时人的心目中,记体的地位恐怕仍然不能超越诗、赋、诏、册、表、疏等,但是对于士大夫群

---

① 关于厅壁记与官建亭台楼阁记的此消彼长,还有一点值得关注,即作者群体在官职上的变化。唐至北宋的官建亭台楼阁记,都主要表现级别较高的地方长官,厅壁记所记录的则更多是低级职务者,如韩愈所记的蓝田县丞。在这方面,北宋尤为明显:唐代厅壁记尚有不少是为刺史及以上级别者所作的,北宋则全无此等情形。这或许是因为,唐代厅壁记与官建亭台楼阁记的作者大多不是地方最高长官,这些人有文名,但政治地位未必很高,所以更有可能为上司和较低职位者(如县丞等)代笔写作记文。北宋的官建亭台楼阁记则大量出自地方长官之手,因为北宋士大夫中进士出身者的比例远胜唐代,他们为应对科举考试而受过艰苦的文学训练,故而更多人能将"高官"和"文学名家"的身份合而为一,就不必需要借重其他人。这个群体主导文学创作,并且发现官建亭台楼阁记比厅壁记更丰富、更适于表现自己,自然会促使当时的记体创作侧重于前者。目前留存的北宋厅壁记基本沿袭前代,数量也很少,当与此有关。

② 唐代前期进士科考试中,"杂文"一项包括若干文体,其中也有记体,每科的"杂文"考试由考官任选两种;后来"杂文"则固定为诗赋二体。总体来看,记体用于科举考试的时间不长,影响也不太大。

体来说,它蕴含生机与活力,有广阔的创造空间,因此无论是在创作还是评论层面,它都获得了相当的关注。

这种变化如何实现?从根本上来说,这是由于记体能够有效地参与到当时士大夫群体的物质生活和精神生活之中,并能涵括他们由多重身份带来的丰富面向,从而显示出他们主导国家政治、经济、文化、军事等领域的主体地位,也传达他们为自己拥有这种主体地位而提供的合理性阐释。正是出于这样的原因,北宋作家们才能怀着充沛的热情和创造力,在前人的基础上,进一步丰富了记体的主题和形式,使其更好地传达个人见解和群体精神。

在北宋记体文的众多主题之中,"营建"主题相当突出;在"营建"主题之中,亭台楼阁、堂斋轩室等,又比建桥修路等更受重视;而相比属于私人的亭台堂室等,本文集中讨论的"官建亭台楼阁"主题,又尤其是关注的重心所在,作品数量既多,相关评论也丰富。这正是因为"官建亭台楼阁"主题最能够全面地展示作者的多重身份和思想:既呈现个人情志,又参与建构北宋士大夫"官僚—学者—文人"的复合形象,同时也对当时士大夫群体网络的形成和拓展有所帮助。因此,它们无论在创作或是接受的层面上,都获得了充分的认可,对于讨论北宋记体文而言,具有代表性的价值。分析此类记的写作模式和形成动因,考察它们在北宋获得蓬勃发展和充分关注的原因,或许也将有助于我们进一步理解记体整体在唐宋时期的迅速发展和重要地位。

[作者简介] 李栋,西南交通大学人文学院助理教授。

文官政治的人格陶化及表现
——赵抃谫论

李 翰

[摘 要] 北宋"铁面御史"赵抃是宋代文官制度杰出的实践者,是人与制度完美结合的典范。宋学构成宋代文官制度的思想基础,直接影响到主政者的行政观念与作风。赵抃虽受理学影响,却更近孔、颜,在刚直不阿的"铁面"之外,更有宽厚仁慈的一面,尤其表现在主政地方时。赵抃的佛学与文学修养深厚。其诗以酬唱咏怀为主,旷逸的君子之风与简淡的禅学趣味相交融,兼容唐宋,别具高格。赵抃的儒学、禅悟与诗文,为其提供了丰富的生命能量,涵育了他高洁超脱的文化人格,进一步反馈到其政治活动中。通过对赵抃的考察,人的因素在文官制度中的重要性,得到进一步的凸显。

[关键词] 赵抃 儒学 台谏 诗禅 文官政治

台谏,即御史台与谏院,台谏制度是北宋极为重要的监察制度,在北宋的两次政治改革中,也充当着重要的角色。吕祖谦曾说:"庆历元祐之盛,台谏为之也;治平熙宁之事,亦台谏为之也。然则台谏治世之药方,而乱世之簧瞽也。"①同样一个制度,可以为治,也可以为乱,端在实行之人。自仁宗倚重台谏以来,其弊也时有显现。"奸邪敢肆矫妄,持难明不然之事,巧饰厚诬,使人无由自辩,而默受排斥之祸。"②张方平在给仁宗的对策中也指出:"盖台谏官之设,所以切摩理体,助为聪明,非使其生事招摇,为仕宦捷径也。粤自近年增置员数,而又进擢殊速,听用过当,颇开朋党,险危善良,鼓动风波,沦胥以

---

① 吕祖谦《类编皇朝大事记讲义》卷17,上海:上海人民出版社,2014年,第310页。
② 包拯《包拯集编年校补》卷3《七事》,合肥:黄山书社,1989年,第196页。

败。"①果然,到了神宗朝,在熙宁、元丰的政治改革中,台谏成为党争必争的平台,也是党争最激烈的前沿。

赵抃是在党争激烈的风气中,不因人废事,葆有独立判断的重臣之一。赵抃先后在仁宗朝任过殿中侍御史(至和元年,公元 1054 年—嘉祐元年,公元 1056 年),右司谏、御史知杂事等职;神宗朝任过谏议大夫、参知政事(治平四年,公元 1067 年—熙宁三年,公元 1070 年)。台、谏两大部门均有履职,因其刚直敢言,弹劾不避权幸,人称"铁面御史"。②然而,还应注意到,赵抃又有折衷宽和、恂恂然仁者情怀。这使得其论争谏议,多就事言事,能在一定程度上摆脱党争意气,跳出党派局限。台谏作为北宋监察部门,历任官员以严苛博取令名者多,赵抃的刚直,就显得尤为可贵。台谏之外,赵抃在地方任职时间颇长,蜀州、虔州、睦州、杭州……仕履遍及半个中国。主政地方,赵抃表现得更多的,是简易宽厚的仁政。为地方百姓做了很多实事,所到之处,皆赢得良好的政声,广有口碑。

赵抃之所以能有如此表现,与其人格教养、思想个性,以及宋代儒学复兴的思想文化背景等密切相关。在两次新政而导致的朝野政治分歧中,有陷于及热衷党争的政客,也有不少公忠谋国的良臣,赵抃是后者突出的代表。以往研究,多集中在赵抃的政坛经历、表现及其政绩,而较少去探究这些背后的主观因素。实际上,任何一种行政制度,最终执行都要落实到人。台谏在皇权政治的大框架内,与皇帝、百官鼎足而立,形成有限的规束与制约,但矫枉过正,沦为意气之争或党争的平台,也时有发生。好的制度依然不能完全保证政治的清廉透明与政府行政决策的高质高效,其中因由固然复杂,然人的因素,殊为关键。

北宋是儒家思想在汉代之后的第二个高峰,形成思想史与哲学史上辉煌的宋学,进而熔铸为独具品格的理学。从某种程度上说,宋学构成宋代文官制度的思想基础,而主政者的思想观念又直接影响到其行政作风。因此,联系当时的思想风气与学术背景,了解赵抃的精神世界与人格养成,才能探察其行事的内在逻辑,同时,也有助于理清宋代文官,尤其是台谏官行政风格背后的逻辑脉络。进而认识到人的因素在中国文官制度中的重要性,理解儒家为何强调诗乐教化,以及这一教化的成果——那些符合儒家道义、具有君子人格的官

---

① 张方平《乐全集》卷 18《论进用台谏官事体》,《四部丛刊》本。
② 脱脱等《宋史》卷 316《赵抃传》,北京:中华书局,1977 年,第 10322 页。

僚,对于君主制国家政治的积极作用。

一、"濂溪同调"的君子人格

北宋鉴于五代军阀割据与浇漓世风,将集权与文治相结合,使之成为最基本的立国方略,这也是宋初儒学复兴的大背景。从宋初三先生(胡瑗、孙复、石介)到庆历、嘉祐诸君子(李觏、范仲淹、欧阳修、梅尧臣、苏洵、苏轼),再到北宋五子(周敦颐、邵雍、张载、程颐、程颢)达到高峰,使得"宋学"巍然树立,与"汉学"相颉颃。

"宋学"是儒学在宋代的发展,内容极其丰富,起码有蜀学、新学、洛学等支脉,思想上各有侧重乃至分歧。由二程为代表的洛学一支,发展为道学,或称理学,影响最大,成为宋学的代表。道学的奠基者为周敦颐,经张载、二程,到朱熹而集大成。赵抃守虔州时,周敦颐为虔州通判,赵抃对周的为人及学术,有切近的了解。赵抃在虔州有《南康公余有作》一诗:

> 道未中充气未闳,圣神遭遇本寒生。廷中入愧言无补,岭下来欣治有名。世路计身焉用巧,古人逢物要推诚。从容章贡台前望,赣水秋天一样清。①

诗中强调道气中充,逢物推诚,最后追求天光水色的从容明澈,颇有道学家的气味,与周敦颐的思想也极为接近。二人当时同理一郡,平日切磋琢磨,不排除周的思想学说,潜移默化地影响到赵抃。赵、周由虔州共事而相知、订交,从此一生相契。赵抃在仕途上对周敦颐多有提携。周任广东转运使,即经由赵抃推荐;熙宁五年(1071),赵抃第四次镇蜀,时周敦颐隐庐山,赵拟奏用之,未及,而周去世。赵抃也多有诗文赠周。熙宁中,周敦颐在永州,转虞部郎中,赵有《寄永倅周敦颐虞部》,称其"诗笔不闲真吏隐,讼庭无事洽民情";周氏晚年营濂溪书堂,赵抃为之题诗,其末云:"饮啜其乐真,静正于俗迈。主人心渊然,澄彻一内外。本源孕清德,游咏吐嘉话。何当结良朋,讲习取诸兑。"(《题周敦颐濂溪书堂》)对周的诗情哲思深有会心,并表达了与之切磋学问的愿望。《清献集》中,赵抃赠周敦颐诗达十余首,足见二人之情款。

赵抃称许周敦颐"乐真""静正""渊然""澄澈"云云,类似的话也见于人们

---

① 赵抃《清献集》卷3,文渊阁《四库全书》本。

对赵的评定。如宋英宗颁诏嘉奖其镇蜀成就,有云"恕物以仁,约己以礼,表俗以信,镇浮以德"[①];苏轼《贺赵大资致仕启》称其"道心精微,德望宏远",等等。朱熹对赵抃"孝弟慈祥,履绳蹈矩"(《建宁府崇安县学二公祠记》),"清忠之节,孝友之行"(《跋赵清献公遗贴》)等儒家品格也高度推崇,却又致憾其晚年杂有释家思想,致使"圣学不传",这也从另一个侧面说明朱熹对赵抃儒学思想的认同。然因赵氏晚年的佛教信仰,又被朱熹剥离出理学的学术谱系。而在黄宗羲的《宋元学案》中,却又将其与周敦颐列在一起,谓之"濂溪同调"。[②]

周敦颐虽说是理学的奠基者,但与后来成熟而系统的理学还是有所区别。正因其奠基与草创,门户宽松,更具包容性,如二程出自其门下,而蜀学的代表苏轼也从游问学。周氏由太极之本体出发,推重《中庸》至诚之道。《中庸》谓"诚者,天之道;诚之者,人之道。诚者,不勉而中,不思而得,从容中道,圣人得之。诚之者,择善而固执者也",[③]故讲求内省修身,以天人合一。由此周氏又特重教育,每至地方,皆"首修学校以教人"。修身诚敬,兴学劝教,也是赵抃最看重的地方。

赵抃任职地方,"所至必兴学校,劝奖后进",[④]也是以教化为先。如其任江源县知县,甫一下车,便关心县学兴废,作《劝学示江源诸生》:

> 古人名教自诗书,浅俗颓风好力扶。口颂圣贤皆进士,身行仁义始真儒。任从客笑原思病,莫管时讥孟子迂。通要设施穷要乐,不需随世问荣枯。[⑤]

诗中提出诗书教化以移风易俗,寄望江源诸生读圣贤书,行仁义事。后四句勉励诸生注重自我道义修养,勿虑物议及外在环境变化,独立不迁,实即道学的内省修身、反求诸己的功夫。在睦州,也以兴教劝学为先:"劝学重思唐吏部,教人多谢汉文翁。济时事业期深得,落笔辞章贵不空"(《勉郡学诸生》),希望诸生不做空头文章,能学以致用,真正起到济时之用;在成都,有《劝成都府学诸生》,谕之"平居乡党终传道,得位朝廷必致君";在杭州,有《杭州鹿鸣宴示

---

① 《赐赵抃父老借留奖谕诏》,见《全宋文》卷 1932,上海:上海辞书出版社,2006 年,第 296 页。
② 黄宗羲《宋元学案》,北京:中华书局,1986 年,第 480 页。
③ 朱熹《四书章句集注》,北京:中华书局,1983 年,第 31 页。
④ 周淙《乾道临安志》卷 3,北京:中华书局,1985 年,第 77 页。
⑤ 赵抃《清献集》卷 3,《四库全书》本。

诸秀才》,云"豹变文章重君子,鹿鸣歌咏集嘉宾",以君子修养期许是州秀才。①……赵抃劝人向学,其律己更严。《宋史》本传称其"日所为事,夜必衣冠露香以告天,不可告,则不敢为也。"②恪己慎独,有敬畏,无欺罔,充分体现了儒家对自我修养的重视,其内省精神及修身方式,也迹近道学。

赵抃的修身立诚,重视教化,都与周敦颐相契无间,其内省致敬的功夫,也是道学家的修身路径。赵抃与周敦颐都比较贴近《中庸》,与道学家的侧重点有所不同,周敦颐也因之被有些学者剔出道学序列。③其实,这个侧重点,就是《孟子》。《孟子》在理学中具有非常重要的地位,经朱熹表彰,而得以仅亚于孔子的第二席。理学的谱系,自认为是紧承《孟子》而来。程颐认为程颢为孟子后第一人:"先生出,揭圣学以示人,……圣人之道,得先生而复明,为功大矣。"④朱熹亦云:"河南程氏两夫子出,而有以接乎孟氏之传。"⑤孟子与孔子显然有刚柔之分,如果说孔子所推崇的人格特征是恂恂君子,孟子则是真气充沛的大丈夫。试看张载那有名的"横渠四句",是何等气概。而二程受教于周敦颐,周氏"每令寻颜子仲尼处所乐何事"⑥。这孔颜乐处,就是周、赵二人异于理学非常关键的地方。

质言之,孔、颜与孟子的区别,就是君子与大丈夫人格特征的区别。周敦颐《爱莲说》,以花之君子,方人之君子,以不即不离,不蔓不枝,来表达一种得衷而节制的生活态度。赵抃对于君子、小人之界分,最为措意。至和元年(1054),赵抃入朝为殿中侍御史,即上《论正邪君子小人疏》,劝谏仁宗任用君子,远离小人。前述其宴请杭城秀才,也以"文章重君子"作为选拔人才的基本要求。就其本人而言,恪守君子之道,在当时已成为君子人格的典范。《宋史》本传谓其"长厚清修","平生不治赀业,不畜声伎"。其匹马入蜀,仅以一琴一鹤自随,展现出高洁清廉的君子风范。⑦在他自己而言,也可谓是深得孔颜之乐的精髓。

孔、颜和缓,多有包容,孟子坚执,泾渭分明。故二程以来的理学家们,对于其他学说,在思想方法上或多有借鉴,比如释、道,在思维上对理学的思辨都

---

① 赵抃《清献集》卷4,文渊阁《四库全书》本。
② 脱脱等《宋史》卷316《赵抃传》,北京:中华书局,1977年,第10325页。
③ 如邓广铭《关于周敦颐的师承与传授》(收于《邓广铭治史丛稿》,北京:北京大学出版社,1997年),漆侠《宋学的发展与演变》(石家庄:河北人民出版社,2002年)。
④ 程颢、程颐《二程集》,北京:中华书局,1981年,第640页。
⑤ 朱熹《大学章句序》,《四书章句集注》,北京:中华书局,1983年,第2页。
⑥ 程颢、程颐《二程集》,第16页。
⑦ 脱脱等《宋史》卷316《赵抃传》,第10325页。

有过助益,然在信仰上,对其他学说多持排斥态度。佛教因为影响广泛,尤招理学家责斥。而周敦颐、赵抃与佛教都有很深的渊源,赵抃晚年事佛尤为痴迷。学孔、颜能兼容佛,而学孟子则较难兼容,从这里可以看出赵抃和那些理学家的区别所在。赵抃是和缓而有包容度的君子作风,其所信奉及践行的儒道,虽有道学的一些痕迹,然总体上是接近孔、颜的更为原生态的儒道。这一思想特点影响到他的个性,也表现在其地方及朝廷台谏的职业生涯中。

二、"铁面御史"的坚执与宽和

赵抃任殿中侍御史期间,先后弹劾过参知政事刘沆、宰相陈执中、宣徽使王拱辰、枢密使王德用、翰林学士李淑等。尤其是参劾陈执中,由于仁宗的刻意回护,赵抃在持续半年多的时间内,先后上奏十余次,连带弹劾为陈氏辩护的范镇。在仁宗依然回护的情况下,赵抃甚至奏称自己尸居言官之职而无所作为,自我弹劾,乞求责罚,最终迫使仁宗不得不罢黜陈执中相位。因其严于职责,不避畏权幸,人目为"铁面御史"。

赵抃在御史任上表现出的强硬坚执作风,与北宋台谏官的整体风气是一致的。北宋立国,即以优待文人为重要国策,相传宋太祖曾立誓约,藏于太庙:"誓不诛大臣、用宦官,违者不祥"①,托名陆游的《避暑漫抄》,则记宋太祖密镌一碑,有三行誓词,"一曰:不得杀士大夫及上书言事人"。②无论其事真伪,北宋历代皇帝重视优待文人,确为事实。言官的话语权因之得到保证,台谏制度在北宋得到很大发展,到仁宗朝,俨然成为一支有力的监察力量。"言及乘舆,则天子改容;事关廊庙,则宰相待罪",③对朝政的廉明清正,起到很好的促进作用。然在实践中,遇到偏激的台谏官,要么不能完全秉持公心,坚持原则;要么,苛酷嗜斗,偏狭好名,以公器泄私怨,其弊端也很明显。如嘉祐三年(1058),盐铁副使郭申锡与河北转运使李参因意见不合,讼李参贿赂文彦博,御史张伯玉也风闻奏弹,结果查属乌有;④王安石熙宁二年(1069)出任参知政事,时任御史中丞吕诲奏弹王"外示朴野,中藏巧诈"云云,⑤该奏章没有援引事实依据,而是师心妄言,单纯贬薄他人品格,涉嫌人身攻击。类似例子甚多,故在北宋的政治实践中,台谏每每沦为权力和党派政治的斗争武器。

---

① 曹勋《北狩见闻录》,北京:中华书局,1985年,第5页。
② 《避暑漫抄》,李昌宪整理,郑州:大象出版社,2019年,第250页。
③ 苏轼《上神宗皇帝书》,《苏轼文集》卷25,第740页。
④ 参李焘《续资治通鉴长编》卷187《宋纪》五十七,北京:中华书局,1985年。
⑤ 脱脱等《宋史》卷321《吕诲传》,第10429页。

　　赵抃在一定程度上也难免意气用事，然总体上能做到恪尽忠悃，就事论事，有些情况下，还多有推及顾恤。比如王安石推行青苗法，遭到朝中不少官员的反对，韩琦也多次上书陈述青苗法的危害，赵抃也持反对意见。当时王安石在家休假，因新法阻力太大，王本人也有隐退的意愿。赵抃顾及王安石的颜面，对神宗说："新法皆安石所建，不若俟其出。"①希望由王安石自己主动撤除新法。正是这一犹豫，王安石归朝后，推行新法更加坚决，让赵抃两头受屈。这说明赵抃的仁善宽厚之心，与那些一味苛刻的台谏官还是有很大区别的。他不仅弹劾那些不称职以及腐化的官员，也能保护乃至原谅忠谨而有小过的官员。做泗州通判时，上司泗州知州无突出政绩，显得有些无能，监察部门欲调换该人，赵抃"独左右其政而晦其所以然，使若权不己出者，守得以善去。"②赵抃既能维护上级，更能保护下级。贾昌朝守河北，赵抃受命巡查官库，贾请求免查，赵坚持一视同仁，二人因此产生矛盾。赵抃检查贾昌朝的库储没有问题，却发现贾没有按期完成朝廷招募义勇的任务，为此事已有八百余人受到处罚。赵抃不计嫌隙，上疏替贾昌朝说情，谓"河朔频岁丰，故应募者少，请宽其罪，以俟农隙。"③其君子风度，令贾昌朝大为感动。赵抃初为侍御史，上疏论君子、小人，谓"小人虽小过，当力遏而绝之；君子不幸诖误，当保全爱惜，以成就其德"④。他对于王安石、贾昌朝的行为，就是以君子之心度人，尽保全爱惜之力，与有些台谏官冷酷决绝，判然有别。故虽为言官，赵抃在众人的印象中，却是"和易温厚，周旋曲密，谨绳墨，蹈规矩，与人言，如恐伤之"。⑤

　　任职地方，赵抃更是以宽厚、体恤著称，得到百姓衷心的拥戴。他前后数次治蜀，多以宽简为政。有聚为妖祀者，赵抃惩首恶而宽宥从众；有人私造僧度牒，被告发谋逆，赵抃没有听信，从宽发落……治越州，救荒疗病，使生者以全。朝廷发民力筑城，赵抃体恤民劳，上疏乞罢之。曾巩为其撰《越州赵公救灾记》，感叹道："其施虽在越，其仁足以示天下；其事虽行于一时，其法足以传后世。"⑥

　　也许正是孔、颜乐处的修养和君子的襟怀，赵抃为官地方，却不喜揽权。

① 脱脱等《宋史》卷316《赵抃传》，第10324页。
② 苏轼《赵清献公神道碑》，《苏轼文集》卷17，第517页。
③ 脱脱等《宋史》卷316《赵抃传》，第10323页。
④ 脱脱等《宋史》卷316《赵抃传》，第10322页。
⑤ 苏轼《赵清献公神道碑》，《苏轼文集》卷17，第522页。
⑥ 曾巩《越州赵公救灾记》，《曾巩集》卷19，北京：中华书局，1984年，第317页。

他知虔州，"召诸县令告之，为令当自任事，勿以事诿郡"，①其实就是充分发挥下级官员的主动性和积极性。"所至崇学校、礼师儒。民有可与与之，狱有可出出之"，②多行清简无为之政。如在虔州，遇吏民简易，严而不苛。不多久，使这个"地远而好讼"的地方，"狱以屡空"；③在杭州，"素号宽厚"；在青州，"因其俗朴厚，临以清净"；在成都，"默为经略"……宋英宗评其为政乃"中和之政"，神宗则许以"简易"，④其在地方所施为，成为后续官员的样榜和典范，神宗每署郡守，必以赵抃为言。

苏轼认为赵抃为政之所以能做到这样，"盖其学道清心遇物，而应有过人者"，⑤这个所谓的道心，应该不是理学家的道，而是宽简容和，清净淡泊的孔、颜之道。其历任地方的施政及政绩，可以说正是颜、孔之道的政治实践。

三、淡泊至味的诗禅人生

孔、颜之道是赵抃用世的思想基础，而诗与禅则是其修身独善的生活方式，孔颜加上诗禅，才是相对完整的赵抃。赵抃自二十六岁登科入仕，六十四岁致仕，历任地方与朝廷，沉浮宦海近四十年，是标准的职业官僚。按理其所作诗文，当多家国天下之关怀，叙写兼济之志。然搜检其留下的七百多首诗，虽也有一些家国关怀，或讽时喻世之作，如《将至太和寄蔡仲偃太傅》《韩丞相琦出镇陕右》《劝成都府学诸生》，等等，但数量都很有限。其大多数作品，都是仕宦中的交游酬唱，吟风弄月之作。《四库总目》评云："谐婉多姿，乃不类其为人。"王士禛《居易录》举其五言律《暖风》《芳草》《杜鹃》《寒食》诸首，称"掩卷读之，岂复知铁面者所为"。⑥诗中的赵抃，呈现出的似乎是另一副面目。

其实，在"铁面御史"之外，赵抃的孔、颜之风，及其在政治实践中所表现出的宽简朴厚，与他的诗歌所表现出的文学形象，还是有着高度的统一性。《四库总目》所谓"谐婉"，指出赵诗婉约谐美的一面，而"多姿"者，还应包括赵诗的冲淡平易。此正如其匹马赴蜀，以一琴一鹤自随，为政简易，为人简易，为诗也多简易朴质。无论"谐婉"还是"简易"，赵抃诗的格调古雅，意境高洁出尘，亦如其人之君子风度。故即便是谐婉多姿的风月酬唱，一样能见证其人的高迈磊落。

---

①③ 苏轼《赵清献公神道碑》，《苏轼文集》卷 17，第 519 页。

② 苏轼《赵清献公神道碑》，《苏轼文集》卷 17，第 523 页。

④ 脱脱等《宋史》卷 316《赵抃传》，第 10323 页。

⑤ 苏轼《赵清献公神道碑》，《苏轼文集》卷 17，第 523 页。

⑥ 永瑢等《四库全书总目》卷 152《清献集提要》，北京：中华书局，1965 年，第 1315 页。

《全宋诗》收赵抃诗七百二十五首，其中一半多是友朋唱和，其余则多为山水行旅，平居言志之作。就风格而言，赵抃诗既有唐音，也渐启宋调。其山水、咏物、抒情诸什，兼具唐人的气象和情韵。如《和戴天使重阳前一夕宿长沙驿二首》，格近大历及晚唐才子诗，以《其二》为例：

> 楚馆夜衾凉，离人念故乡。远吟只觉苦，归梦不成长。壁有寒蛩怨，邻闻绿蚁香。登高在何处，明日宴山阳。①

诗的前四句，很有李商隐羁旅诗的况味。"楚馆"句，味近李商隐《细雨》"楚女当时意，萧萧发彩凉"；"归梦不成长"，似从李商隐《滞雨》"归梦不宜秋"化出。全诗幽怨吞吐，含蕴丰厚，置于唐人集中，毫不唐突。

王士禛交口称赞的《暖风》《芳草》等诗，也是极具唐人韵味的作品。王士禛论诗最重风神情韵，讲究妙悟，以盛唐七绝的审美风味为艺术标准，他对赵抃的赞叹感慨，足见赵的近体诗，非常合乎其论诗口味。

赵抃还有一些诗，兼融唐宋风调，极具特色。如《次韵孔宪蓬莱阁》：

> 山巅危构傍蓬莱，水阁风长此快哉。天地涵容百川入，晨昏浮动两潮来。遥思坐上游观远，愈觉胸中度量开。忆我去年亦望海，杭州东向亦楼台。②

颔联两句，显然是从孟浩然《临洞庭湖赠张丞相》的"气蒸云梦泽，波撼岳阳城"，以及杜甫的《登岳阳楼》"吴楚东南坼，乾坤日夜浮"中化出，"天地"便是杜诗中的"乾坤"，"晨昏"便是杜诗中的"日夜"，气势充沛，气象阔大。近代诗人陈衍评曰："三四较孟公'气蒸云梦泽'二语，似乎过之；杜老之'吴楚东南'一联，尚未知鹿死谁手"，③认为本联超过孟浩然，也不在老杜之下。颈联由景之开阔涤荡人之心胸，情怀豪迈，有道学"为天地立心"的气概，又充满理趣。在一首诗中，既富唐韵，又含宋调，景、情、理相交融，抒情主人公的儒者襟怀，毕陈于其中。

宋人的以文为诗，以议论为诗，重讥讽谐趣等，构成宋调的重要特点，也影

响到赵抃的创作。如《双竹》,以竹比人,叙事平直,理过其辞,情韵上就显得颇有不足。《题邛州文同判官五箴堂》,几乎通篇议论,也是宋人常有的习气。再如"此宜无足道,大抵似人生"(《惊涛》)"立身从道思无愧,得路由机患不能"(《除夜泊临安县言怀》)"谁云酌后能移性,南有贪兮北有廉"(《廉泉二首》其二)……不过,这类单纯说理、议论的宋调独奏,在赵抃诗中的数量并不多,他大部分作品,还是唐音,或唐宋调相融合,而以冲淡闲雅为主。在廷争仕宦之外,这些酬唱吟咏,构成赵抃的人生的另一面,也集中反映了他的思想、情怀与志趣。

赵诗的冲淡闲雅,自然是其个性的表露,因这种个性,使得他天然地亲近佛道,与当时高僧、居士多有往来,参禅论道,进而又回馈到诗歌中。如《和宿硖石寺下》:

> 淮岸浮屠半倚天,山僧应已离尘缘。松关暮锁无人迹,惟放钟声入画船。①

这首诗是标准的唐人七绝风神,言尽意远,余味悠长。陈衍将之与张继《枫桥夜泊》相比,云:"令张继见之,前贤岂能不畏后生。"②除了张继,这首诗还会让人想到唐人常建的《题破山寺后禅院》"万籁俱此寂,唯余钟磬声",万籁俱寂,钟声悠远,在山谷间久久回荡。静极而动,动而复静,加上诗的内容又与佛教相关,很自然地会引逗读者的禅悟。赵抃的诗,也是写寺庙与僧人,诗以静写动(松关暮锁—钟声),以萧瑟对绮丽(无人迹—画船),在艺术上是一种映衬和对比,而在禅悟中,却是"静故了群动,空故纳万境"(苏轼《送参寥师》)的悟道方式。因此,在这首诗中,写景语,同时也是参禅语。

赵抃集中,与僧道相往来的酬唱之作极多,涉及的僧人达四、五十众,其不少诗作,也都富有禅悟或哲理意趣,耐人寻味。如《次韵僧重喜闻琴声》:

> 我昔所宝真雷琴,弦丝轸玉徽黄金。昼横膝上夕抱寝,平生与我为知音。一朝如扇逢秋舍,而今只有无弦者。无情曲调无情闻,浩浩之中都奏雅。我默弹兮师寂听,清风之前明月下。子期有耳何处听,自笑家风太萧洒。③

---

① 赵抃《清献集》卷5,文渊阁《四库全书》本。
② 陈衍《宋诗精华录》,第31页。
③ 赵抃《清献集》卷1,文渊阁《四库全书》本。

重喜，是会稽法云寺长老，当时有名的诗僧。此诗演绎陶潜无弦琴的玄妙哲思，结合禅悟静修，犹似禅宗公案机锋。陶渊明抚无弦琴事，最早见于《宋书》本传，云："潜不解音声，而畜素琴一张，无弦。每有酒适，辄抚弄以寄其意。"①后《晋书》进一步将此事细节化，叙述更生动："性不解音，而畜素琴一张，弦徽不具。每朋酒之会，则抚而和之，曰：'但识琴中趣，何劳弦上音。'"②这种以无声胜有声，正是老子"大音希声"之意，体现了玄学脱略行迹的思想，而又与禅宗"不立文字"的趣味相契合。宋代哲学的勃兴，使得当时很多人都投入乐器、演奏与音声的思辨中。苏轼就有《琴诗》："若言琴上有琴声，放在匣中何不鸣？若言声在指头上，何不于君指上听？"极富理趣。无弦之琴，无声之声，无情之情，反而是至音至情。人之相知相契，何须文字、语言或者音声。黄庭坚亦曾云"酒嫌别后风吹醒，琴为无弦方见心"(《送陈萧县》)在这首诗中，"无情""寂听"云云，都是庄玄的境界，诗人与重喜相对，就是庄玄和禅宗的融合。一人默弹，一人寂听，即已莫逆于心，而不必如子期、伯牙那样，泠泠然演奏高山流水。诗中显然以为默弹寂听，相较高山流水胜出一筹。而其之所以胜出，观结尾"子期有耳何处听"，这有声无声，有情无情的区别，恰似《六祖坛经》中，神秀与惠能的"菩提""明镜"偈语，"本来无一物"胜过"时时勤拂扫"。本诗之机锋，有若参禅。重喜作为佛门高僧，能成为诗人的方外友，足见诗人的慧根与佛性，这首诗就是最好的证明。

诗禅对于赵抃，既是性分所适，也是安息修养之所。赵抃虽称宽厚，然其历署台谏，在人事倾轧的最前沿，忤触之人甚多。即如在抵制王安石新法的阵营中，因其君子之仁，反而弄得自己两头受气。即便最后做到参知政事，位极人臣，在北宋复杂的党争漩涡中，也有临深履薄的艰难。受王安石变法所摧折，时人总结熙宁政坛："中书有生、老、病、死、苦，言介甫生、明仲老、彦国病、子方死、阅道苦"，③"阅道"就是赵抃，其"苦"已然传遍朝野，可见他的境遇。《清献集》中，赵抃有长诗《和范御史见赠》，陈述其自历仕途三十余年来，所遇各色人等，"或言同途行异径，或始卓荦终因循，或临利害失趋向，或走势利遗贱贫。或面盱睢背忌刻，或口仁义心顽嚚……"④官场，尤其是在朝廷中枢，日日面临名利是非，令人心力憔悴，其外放到江浙一带，"颍清淮渌榜舟过，橘黄

---

① 沈约《宋书》卷 93，北京：中华书局，1974 年，第 2288 页。
② 房玄龄《晋书》卷 94，北京：中华书局，1974 年，第 2463 页。
③ 魏泰《东轩笔录》卷 9，北京：中华书局，1983 年，第 102 页。
④ 赵抃《清献集》卷 1，文渊阁《四库全书》本。

酒白鲈鱼珍。儿童共游竞嗟赏,闾里故老相欢欣"[1],立刻感受到生命的活力与欣喜。

山水自然,释、道等方外世界的优游岁月,成为赵抃最为向往的生活。"胸中一物不使有,日储月敛唯诗书"(《送周颖之京师》)"一琴一樽一炉药,人间日月从朝昏"(《赠冲妙李先生》),对朋友的生活充满了赞赏和羡叹,因为,这也正是他的理想啊。官身不自由,也只能从朋友那里获得精神上的分享,或者用诗歌来建构聊以托身的理想国。

赵抃的诗,是他内心世界的生动写照,从中可以真切地触摸到他情感起伏的波澜和生命跃动的脉络。他没有像理学家那样,留下大部头的著述,或者有许多弟子传承学说,他的思想和情感,就在这些诗歌中。总体而言,这些诗歌体现的诗禅一味的人生态度与生活方式,是滋养其生命力的土壤,也是他为政简易宽厚的心理基础。

赵抃二十余岁登科入仕,致仕后五年左右去世,终其一生,基本都是官身。在京城署理台谏、参知政事,他的精力多在朝廷行政及各类奏疏上,其诗歌创作,基本都是外放各地时所作。对赵抃个人而言,任职地方,宽简为政,徜徉于各地山水名胜,寻僧访道,有类吏隐;而在地方治理层面,这种宽简无为,营造了宽松而和谐的社会环境,可以说是一种富含诗意的政治实践方式。赵抃在诗中描述过他治睦州的情形,便是典范。睦州治建德,辖桐庐、淳安、遂安等地,富春江蜿蜒而过,严子陵钓台临江而立,那是诗情与美政最佳的试验场。嘉祐元年(1056)九月,赵抃知睦州,将此行比作登仙之旅:

> 昔如李郭去登仙,今复东行并客船。夹岸云山千里路,满襟风月九秋天。持杯旋斫桐江鲙,觅句频赓蜀国笺。君到七闽佳丽地,荔枝红发欲殷然。(《次韵范师道御史》)[2]

他憧憬自己在睦州的生活,在美丽的桐庐江畔,有美酒,有新鲜的鳜鱼,更有美丽的诗句。睦州任上,他确实在践行着自己清简宽厚的施政方式,与同僚相处融洽,民安郡闲,太守也得以放情山水:

---

[1] 赵抃《清献集》卷1,文渊阁《四库全书》本。
[2] 赵抃《清献集》卷3,文渊阁《四库全书》本。

人为闲郡我为荣,僚友多欢事少生。诗里江山人共乐,籍中龙虎旧传名。……(《和范都官述怀》)①

赵抃的风雅诗情,淡泊襟怀,和他的为政两相映照,为其历任之所,留下浓厚的文人印迹。赵抃既不像有些文士,以遁迹归隐来保存自己的情趣,更与那些深陷权力名位的官迷政客,迥然有别。他在山水清音之中体悟世道人心,也陶冶着自己的性情,培育清廉宽厚的情怀,并在主政期间施及地方,为古代文人在出处之间,寻找到平衡的结点,其所提供的士人出处以及文官的生活风范,也具有较强的实践性。

《清献集》中,有组诗《渔父五首》,是赵抃生活与精神的生动写照,也涣释了庄子、屈原以来,士人行藏用舍的矛盾。渔父早在《庄子》和《楚辞》中出现,皆是儒家入世文化的对立面,并因此而成为古代士人高蹈出世、和光同尘的象征。赵抃在一些公开场合,也对渔父的高蹈避世提出批评,如"爱吟潇洒封侯句,耻咏沧浪濯足歌"(《会燕溪亭示同席》),"濯缨岂独酬吾志,清有沧浪示子孙"(《题濯缨亭》),等等,那是其儒臣本分及社会地位对他的要求。实际上,他所不认同的,是渔父不分清浊是非的浑沌论,至于对渔父的高蹈绝俗,可谓心有戚戚。他致仕退居,即于居处筑濯缨亭,并多次题咏,如《濯缨亭》:

亭上秋登远目明,濯缨诚不是虚名。晴波一片如铺练,浮石江心彻底清。②

清江濯缨,是诗人自书皎洁磊落之襟怀。诗中的抒情口吻,似是清高绝尘的隐者,而非浸淫宦海四十余年的官僚。不过,对赵抃来说,它具备了更丰富的意义。于仕途,这显然象征了他一生磊落,清白可鉴天地。公门之中好修行,自古只属于逸者的林泉高致,赵抃虽然浮沉宦海,最终却也殊途同归。

"濯缨""沧浪"等,都可以说是《渔父》的系列诗。回到《渔父五首》,这组诗既写到渔父在沧波碧山间的垂钓之乐,又有钓名逐利的隐喻,如"丝头漫有潭中意,逐浪鱼儿不上钩"(《其三》)"任公信是宜钓者,只候垂钩钓巨鳌"(《其四》)。除了《楚辞》里的渔父,还有《庄子》里任公子这样的钓周猎秦、以天下为鱼的钓客。组诗结合人生的见闻体会,将渔父的故事及其内涵,作了延伸和拓

---

① 赵抃《清献集》卷3,文渊阁《四库全书》本。
② 赵抃《清献集》卷5,文渊阁《四库全书》本。

展。如果说《楚辞》中的渔父是道,任公子就是儒,此外,还有禅。"丝头漫有潭中意,逐浪鱼儿不上钩",已含有禅味,而组诗开篇第一首,更是通篇有禅:

> 一带寒波雪浪流,谢郎终日在孤舟。沙鸥数只和烟落,笑倚栏桡独点头。①

谢郎,即谢三郎。系后梁福州玄沙寺师备禅师,俗姓谢。《宋高僧传》卷十三有传。禅宗语录中多处以之为喻说法。《杨岐后录》:"俗士问:'人王与法王相见,合谈何事?''师云:钓渔船上谢三郎'"。方会和尚传道,要人"心法双忘",②谢郎钓鱼,而忘其所事,正可为喻。禅宗有偈语"清白十分江上雪,谢郎满意钓鱼船"(《宏智广录》卷四)故首二句即禅语。独钓于雪浪寒波,其意本不在鱼,此所以无心也。"沙鸥数只和烟落",用《列子》鸥鹭忘机事,同样是写无心之状。临事而无机心,一片纯然天真。诗所状写的万化冥契、天机自运的禅境,就是诗人体悟与追求的生命至境。

《清献集》中,还有大量类似的诗作,生动展现了赵抃无限丰富的精神世界和淡泊清简的日常生活。儒家的进取与严谨,道家的洒脱和浑朴,佛家的机敏和通透,相互交融、渗透,涵蕴着诗人的思考和创作,极大地提高了赵诗的思想品格。也为我们理解赵抃在北宋政坛的作为,提供了可资观照的第一手材料。

四、结　语

陈寅恪先生曾说华夏之文化,造极于赵宋之世。这个文化,当然是涵盖极为广泛的概念,政治、经济、文学、历史、哲学、制度、名物,等等,然文官以及由其为骨干而组构的文官制度,无疑居于核心。因为他们是文化的创造者与承载者,是赵宋文化的行为主体。

赵抃是北宋文官的杰出代表。他所表现出的丰富性和复杂性,是考察北宋文人、北宋文官制度以及北宋政治变革的上佳标本。由于赵抃久署台谏,在这两个部门都表现得极为刚直耿介,被人目为"铁面御史"。在《宋史》中,他与包拯合传,进一步固化了其"铁面"的形象。而当时从皇帝到百僚,对赵抃还有一个高度共识的评价:简易宽厚。学界对于其历任地方的政绩,如体恤子民、兴办教育、为政清简,以及其个人的清正廉洁,等等,已有较充分的研究。然

---

① 赵抃《清献集》卷5,文渊阁《四库全书》本。
② 《杨岐方会和尚语录》,《大正藏》第47,台北佛陀教育基金会印,第647页。

而,这只是一种现象与事实的还原。

本文将重点放在赵抃思想、情感的组构及其成因,探究其行政风格的内在因由。认为赵抃的儒学修养,固然也受到理学家推尊孟子的影响,如其在台谏职位时刚直不阿的表现,就颇有大丈夫的气概。然其为政宽厚仁慈,则多近儒家的孔、颜之道。在他的身上,君子气要多于大丈夫气。孔、颜相对通达包容,也使得赵抃接受佛学较少障碍,在与僧人的交往中,培育了其思想及气质的另一面:淡泊简易。其文学的修养也进一步促进了他的佛学意趣,诗禅相生,在仕途经济之外,为他的生命开辟了一片生机盎然的境界。这种生命涵育又会反馈到他的政治行为中,深化其清简宽厚的行政风格。

北宋的文官制度,是同时期世界史上最为先进的行政制度,然其行政效率以及政策、措施,又是处在高低优劣的变动中,时而积极,时而消极,这主要就是人的因素在发生作用。从某种意义上说,北宋文官制度中人的作用,大于制度的作用。在该制度高效运转,政治清明的时刻,多是因为背后有道德、才华与见识俱佳的文人群体。赵抃进入政坛,已经错过了北宋文官政治的黄金时期,但他以个人的坚持和努力,在自身的范围内,充分发挥了这一制度的优势,为国家和黎民做出许多贡献。通过对赵抃的考察,深刻认识制度中人的因素的重要性,对今天也有一定的现实意义。

[作者简介]　李翰,上海大学文学院教授,博士生导师。

《振鹭集》与明弘治后期的诗唱和[*]

伍飘洋

[摘　要]《振鹭集》是孔子第六十二代嫡孙、李东阳之婿孔闻韶弘治十六年(1503)奉召入觐袭封衍圣公,将返回阙里之时,刘健、李东阳等九十五人赠行唱和的诗集,正德元年(1506)陈镐辑录成帙。此次活动中,文人主要依据官职分为"馆阁""卿寺""东阳门生"三批会集唱和,彼此间不存在流派界限。唱和者对《诗经》颂美、劝讽传统的重申,反映了台阁文学思想的遗存,亦是对成、弘间"审美主义"诗学倾向的反拨。唱和诸人表现出的政治复古、礼乐复古倾向,也体现出弘治中后期的思想动向。

[关键词]《振鹭集》　诗唱和　流派界限　劝讽之旨　复古

明弘治间,以诗唱和为重要形式,京师文人交往、文学活动活跃、频繁。当时先后显于文坛的分别为以李东阳为核心的所谓"茶陵派",以李梦阳为首的所谓"复古派"。学界对弘治间文学活动、文学流派、文学思想的研究也多围绕二者展开,试图还原弘治、正德年间文学流派、文学思想冲突与演变的真实情况。然而事实上,弘治间文人亦无犁然之流派界限,诗文创作也并非当时文学活动开展的根本意图,这从《振鹭集》一书中可以得知。

《振鹭集》是孔子第六十二代嫡孙、李东阳之婿孔闻韶弘治十六年奉召入觐袭封衍圣公,将返回阙里之时,刘健等九十五人赠行唱和的诗集,正德元年由陈镐辑录成帙。该书记录了弘治后期京师一场盛大的文学活动。活动参与者众多,可谓空前绝后,且包含了当时活跃文坛的重要人物如李东阳、靳贵、储巏、乔宇、王九思等人。无论从参与者的广泛性还是代表性来看,该书都应当

---

　　* 本文系国家社科基金重点项目"明弘正复古思潮的文学史层累与还原研究"(项目编号22AZW010)的阶段性成果。

视为考察弘治间文人关系、文学写作"现场"与弘治后期思想状况的重要文献材料。这也是本文试图通过《振鹭集》来探讨弘治后期诗唱和的原因。

一、《振鹭集》的创作与辑录

《振鹭集》的辑录者是陈镐。陈镐(1462—1511),字宗之,号矩庵,浙江会稽人。成化二十三年(1487)中进士,任礼部主事,后改任南京吏部。弘治十五年二月,始任山东按察司副使,提调学校。①在《振鹭集序》中他记叙了这部书成书的始末:

> 弘治癸亥秋,袭封衍圣公孔君知德受命于朝。比归,缙绅士大夫自内阁元老先生以下咸有言为赠。录为三轴,轴弁以文,诗次焉。镐得而读之,叹曰:一时名笔,尽在是矣。是固足以征圣泽之深、好德之同,非寻常文字比,宜锲诸枣以传。而名其集曰"振鹭"。……正德元年岁次丙寅孟夏吉日,赐进士出身、中宪大夫、山东等处提刑按察司副使、奉敕提督学政江东陈镐书。②

按:孔闻韶(1482—1546),字知德,乃孔子第六十二代嫡孙,李东阳之婿。从序中可得知,弘治十六年秋,孔闻韶奉召入觐京师,袭封衍圣公。他即将返回阙里之时,"馆阁""卿寺"等一时名流士夫赠行唱和,成诗三轴,每轴诗前有序文一篇。时隔两年,督学山东的陈镐得到这三轴诗,于正德元年四月,将其编辑刊刻,取名"振鹭集",并为该集作了这篇序。

明人高儒《百川书志》载:"《振鹭集》三卷,录在朝缙绅送袭封衍圣公孔闻韶还阙里诗文三卷梓行也。"③而清四库全书馆采进《振鹭集》的情况,《衍圣公交出书目》记道:"孔子六十二代孙闻韶入朝廷臣赠答《振鹭集》(一卷,明陈镐编),一本。"④《四库全书总目提要》又记道:"《振鹭集》一卷,衍圣公孔昭焕家藏本,明陈镐编。……镐时为山东提学副使,乃合而梓之。"⑤该书今于浙江图

① 《明武宗实录》卷八一,《钞本明实录》第 12 册,北京:线装书局,2005 年,第 466 页;《明孝宗实录》卷一八四,《钞本明实录》第 11 册,第 373 页。
② 陈镐编《振鹭集》,《四库全书存目丛书》集部第 292 册,济南:齐鲁书社,1997 年,第 672—673 页。
③ 高儒《百川书志》卷二〇,上海:古典文学出版社,1957 年,第 312—313 页。
④ 吴慰祖校订《四库采进书目》,北京:商务印书馆,1960 年,第 171—172 页。
⑤ 陈镐编《振鹭集》,《四库全书存目丛书》集部第 292 册,第 688 页。按:夏定域在《四库全书提要补正》中指出:"《振鹭集》一卷,明陈镐编。首正德六年丙寅陈镐序,镐自题提刑按察司副使提督学政,《四库提要》称其山东提学副使(集部总集类存目二),误。"该补正有两处失检。其一,陈镐作序时间乃正德元年丙寅。其二,"山东提学副使"之称无误。据龚延明考察,"提学副使"乃(明)提刑按察副使、提督学道省称","非明代有提学正使、副使之设"。(夏定域遗著,夏锡元整理《四库全书提要补正》,载《中国历史文献研究集刊(第五集)》,长沙:岳麓书社,1985 年,第 164 页;龚延明《中国历代职官别名大辞典》,上海:上海辞书出版社,2006 年,第 691 页)

书馆有藏,《浙江图书古籍善本书目》著录为"《振鹭集》一卷,明陈镐辑,明正德元年刻本,一册"①,可见《振鹭集》不分卷,《百川书志》所记"三卷"或由"三轴"致误,实际还是"一卷",即《四库提要》所言:"馆阁自大学士刘健以下三十五人为一轴,吴宽为之序。卿寺自马文升以下三十六人为一轴,谢铎为之序。闻韶为李东阳婿,故朝士出东阳之门者又别为一轴,凡二十一人,靳贵为之序。"②

《振鹭集》中诗唱和的参与者,在数量上与《四库提要》所言略有不同。现《四库全书存目丛书》中据浙江图书馆藏本影印的《振鹭集》实收录吴宽诗序一篇,刘健等三十七人诗各一首;谢铎诗序一篇,马文升等三十六人诗各一首;靳贵诗序一篇,储巏等二十一人诗各一首。

谢铎的序时间最早,云:

> 弘治十六年夏六月十有七日,巡抚山东都察院右副都御史徐公源奏:阙里主祀袭封衍圣公缺,宣圣六十二代孙闻韶以世胄当嗣。上可之,命吏部驿召至。秋九月二日乙丑,闻韶陛见,赐光禄酒馔。越三日己巳,乃命袭封为衍圣公。又八日丁丑,赐玉带、织金麒麟衣一袭,仍赐玺书,俾还阙里以主祀事。于是朝之公卿大夫若少师兼太子太师吏部尚书马公、太子太保刑部尚书闵公、户部尚书佀公、礼部尚书张公、兵部尚书刘公、工部尚书曾公、都察院左都御史戴公,以及通政司、大理寺诸公与其僚佐,凡三十有四人,睹兹盛典,各赋诗以赠。既成而以属予序。……是岁重九后十有二日,嘉议大夫、礼部右侍郎、掌国子祭酒事、经筵官、前翰林侍讲、兼修国史台人谢铎序。③

靳贵的序作于十月十日,云:

> (闻韶)今官保尚书大学士西涯先生李公之婿也……以世胄袭封公爵,受玉带、麒麟文绮、白金之赐,又受敕谕以宠嘉之。朝绅士大夫凡诵法孔氏者,皆为之喜。而出先生之门者,又各赋诗以歌咏其盛,且退(笔者注:当为"推")贵为序。……弘治十六年岁次癸亥孟冬十日,赐进士及第、

---

① 浙江图书馆古籍部编《浙江图书馆古籍善本书目》,杭州:浙江教育出版社,2002年,第435页。
② 陈镐编《振鹭集》,《四库全书存目丛书》集部第292册,第688页。
③ 谢铎《衍圣公知德袭封还阙里赠行诗序》,陈镐编《振鹭集》,《四库全书存目丛书》集部第292册,第680—681页。

奉训大夫、左春坊右谕德、兼翰林院侍讲、经筵讲官、皇太子讲读官、兼修会典京口靳贵序。①

吴宽作序则已到了十一月,云:

> 徐源等上言:宣圣孔子之后,自汉以来累加封典。至国朝,以其嫡裔一人定封衍圣公,专奉庙祀……今六十二代孙曰闻韶,次当袭封。……是岁九月,公乘传至……越月,公卜日将还,馆阁自少师刘公而下,以皆诵法孔子、获见其后,际盛时、被盛典,相率为诗篇以赠。诗成,以其序属之宽。……是岁癸亥冬十一月吉旦,资善大夫、掌詹事府事、礼部尚书、兼翰林院学士、经筵国史官、会典副总裁长洲吴宽序。②

三篇诗序较为详细地叙述了孔闻韶入京以及诗唱和活动发起的前因后果。自汉代以来,孔子后人皆得封爵赐名之荣典。至明朝,以嫡系子孙受封衍圣公,主持祭祀之事成为定制。据《明孝宗实录》载,当初,孔子第六十一代嫡孙袭封衍圣公孔弘绪因事获罪被革爵,孔弘泰以嫡弟"借袭"③。弘治十六年五月,孔弘泰卒,"其爵宜归弘绪之嫡子闻韶"④。因此,该年六月,都御史徐源以"主祀袭封衍圣公缺",奏请第六十二代嫡孙孔闻韶袭封衍圣公。九月二日孔闻韶入朝觐见,得孝宗赐酒馔,九月六日受封,此乃常制;九月十四日又得赐玉带、麒麟衣、玺书,此乃殊荣;十一月前后还阙里主持祀事。于是观此盛典之公卿大夫相率赋诗,咏其盛,赠其行。

据谢铎诗序所言,"卿寺"诗轴成于九月二十一日,该唱和诗会最早,在孔闻韶陛见受封后不久。谢铎说"凡三十有四人""赋诗",现《振鹭集》中实有三十六人之诗,分别是:马文升、闵珪、佀钟、张升、刘大夏、曾鉴、戴珊、史琳、焦芳、梁储、王俨、顾佐、陈清、李温、李杰、王华、沈禄、熊翀、熊绣、屠勋、李士实、李镒、张达、阎仲宇、田景贤、杨守随、王景(笔者注:当为"王璟")、陈勛、李浩、艾璞、张泰、吴一贯、丛兰、熊伟、邓璋、费铠。唱和者为各部尚书、侍郎、御史,

---

① 靳贵《衍圣孔公袭爵东归诗序》,陈镐编《振鹭集》,《四库全书存目丛书》集部第292册,第684—685页。

② 吴宽《赠衍圣孔公袭封还阙里诗序》,陈镐编《振鹭集》,《四库全书存目丛书》集部第292册,第674页。

③ 《明孝宗实录》卷一九九,《钞本明实录》第11册,第452页。

④ 《明孝宗实录》卷二〇〇,《钞本明实录》第11册,第459页。

通政使、通政、参议，大理寺卿、寺丞。

靳贵作序的"东阳门生"诗轴成于十月十日，收储罐、沈焘、许天锡、王经、任良弼、刘淮、陈玉、萧柯、刘绩、丁凤、董恬、乔宗、李永敷、王崇文、马宗范、乔宇、赵式、边宪、赵永、刘钊、崔杰二十一人诗各一首。他们大多是李东阳担任成化二十年、弘治九年、弘治十五年殿试读卷官，成化二十二年顺天府乡试考试官，弘治六年会试考试官①时所取举人、进士。

吴宽作序的"馆阁"诗轴成于十一月一日，作于孔闻韶临行之际，收录刘健、李东阳、谢迁、张元祯、刘机、江澜、武卫、张芮、杨廷和、刘忠、刘春、杨时畅、白钺、张天瑞、靳贵、毛澄、张溙、朱希周、傅珪、蒋冕、伦文叙、陈澜、罗玘、徐穆、沈焘、王瓒、陈霁、叶德、丰熙、刘龙、孙清、李廷相、王九思、刘瑞、潘辰、夏赉、刘讯三十七人诗各一首。赋诗者皆为在内阁、翰林院、詹事府任职的官员。

二、唱和群体的构成与性质

通过对这三次诗唱和会情况的梳理大致可见，参与文人众多，覆盖范围极广，人员构成复杂，阁臣、尚书及郎署士人都参与了这场诗唱和活动。当中有诸多今学界界定的"茶陵派"②成员，亦有少数"复古派"③成员。从本次活动的缘起和性质来看，唱和者因遭逢国家一时之"盛典"而会集、赠行唱和，该文学活动某种程度上带有政治活动之"附属"的特殊性。因此，当时唱和者主要是以官职（政治身份）聚集，即有"馆阁""卿寺""东阳门生"之分，彼此之间并不存在流派界限。这具体表现在：

其一，《振鹭集》主要是以唱和者当时的职位官阶分轴、排列的。从整体上看，三组唱和人员皆以任职情况及其显要程度聚集唱和。任职翰林院者，品阶不高而地位清显，自成一轴；"卿寺"一轴的文人则主要是正二、正三品大臣，品

---

① 参钱振民《李东阳年谱》，上海：复旦大学出版社，1995 年，第 95、104、126、143、166 页。

② 关于"茶陵派"成员，学界说法不一。司马周在《茶陵派与明中期文坛研究》中以"活动时间""创作主张""唱酬情况""传统评论"为标准，确定了一批"茶陵派"成员，考察较为系统、全面。本文所言"茶陵派"成员主要参考了司马先生的考论。（司马周《茶陵派与明中期文坛研究》，长沙：湖南人民出版社，2010 年，第 31—64 页）

③ 简锦松在《明代文学批评研究》中指出"关于嘉靖中期前复古派之范围，大多于复古派与前七子间划一等号"，事实上"曾持复古派论见者"，"几乎尽为弘治六年至正德九年间登科之进士，彼等往往因论见相同，意气相投，遂结为倡和之友"。黄卓越在《明永乐至嘉靖初诗文观研究》中又对矜式周汉的"前七子派主要成员"进行了界定，伍飘洋、孙学堂《明弘治诗倡和与"文学复古"新探》则对弘治间引领、参与京师唱和活动的主要人员作了进一步考察。除"七子"外，包括了储罐、乔宇、杭济、许天锡等文士。本文所言"复古派"基于此。（简锦松《明代文学批评研究》，台北：台湾学生书局，1989 年，第 186—187 页；黄卓越《明永乐至嘉靖初诗文观研究》，北京：北京师范大学出版社，2001 年，第 97—98 页；伍飘洋、孙学堂《明弘治诗倡和与"文学复古"新探》，《首都师范大学学报（社会科学版）》2021 年第 1 期）

阶较低的参议、寺丞亦为正五品官员；而"东阳门生"一轴虽以学缘关系而论，即为李东阳所取举人、进士，还有受业于李东阳的亲族等等，但他们官职不高，除储巏、乔宇、边宪为正四品官员外，其余几乎为五品以下之士，或如赵永为庶吉士，刘钊、崔杰为举人、贡士，非官无职，由此而论，亦是由官位聚集。而轴内诗作的排列同样如此，大体以作者品阶高低为序①。其后陈镐编辑诗轴不以唱和时间顺序先"卿寺""东阳门生"，后"馆阁"，而先"馆阁"，后"卿寺""东阳门生"，从某种程度上说，与当时唱和者以职位官阶分批唱和、排列诗作的思路一致。

其二，这些文人组成的唱和群体是自由、松散的，并不固定。首先，参与唱和的有刚入京任职者或在京刚受任新职者。如"卿寺"轴中的礼部侍郎李杰乃弘治十五年三月由南京礼部侍郎改任（《明孝宗实录》卷一八五），同轴中的王华于弘治十六年六月由翰林院学士升任礼部右侍郎（《明孝宗实录》卷二〇〇），他们参与唱和、与同僚组成唱和群体，与他们当时恰好入京、升职有很大关系。其次，还有因奉召入京，恰逢盛会而参与唱和者，边宪是一个典型例子。成化二十年进士及第后，边宪历任青州府推官、监察御史、淮安知府，后"以父忧归，服除，改凤阳"②，在京师任职时间并不长。边宪之父卒于弘治十四年，边宪于弘治十七年任职凤阳③，由以推测，边宪或在服阕后奉诏受职而入京，因此参与了弘治十六年饯别孔闻韶的诗唱和活动。再次，唱和者还有新进士，如孙清、李廷相、赵永皆为弘治十五年进士，他们入京、在京不久便参与了唱和。由此可见，因官职变动等原因，诗唱和群体的组成、划分带有一定的偶然性。

其三，所谓"茶陵派"与非"茶陵派"人员在此次饯别诗会中相与唱和，并无派别界限。如"卿寺"一轴中的闵珪、张升、刘大夏、曾鉴、戴珊等十一人，"馆阁"一轴中的李东阳、谢迁、杨廷和等九人是学界界定的"茶陵派"成员。他们与非"派"中人员唱和，并无自许一派的意识。而且，学界认定的"复古派"核心人员王九思亦在"馆阁"一轴中，与"茶陵派"成员相唱和。又如"东阳门生"一轴中有人们认定的"复古派"成员如许天锡、刘绩，亦有人们认定的"茶陵派"成员如任良弼、陈玉等人，还有几位人们所说的既是"茶陵派"又为复古论者，如

---

① "东阳门生"一轴诗作排列依据不甚明晰。

② 过庭训《本朝分省人物考》卷六《边宪》，《续修四库全书》第 533 册，上海：上海古籍出版社，2002 年，第 146 页。

③ 过庭训《本朝分省人物考》卷六《边镛》，《续修四库全书》第 533 册，第 138 页；冯煦修、魏家骅纂、张德霈续纂《凤阳府志》卷六中，合肥：黄山书社，2011 年，第 20a 页。

储巏、乔宇、王崇文①。再如，东阳门生沈焘②时任翰林编修，在"东阳门生""馆阁"轴中各有七律一首，参加了两次唱和，既与李东阳等"茶陵派"相唱和，又与许天锡等"复古派"唱和。总之，在这次文学活动中，参与者主要由官职，亦即他们的政治身份、所处的政治地位组成唱和群体，并无流派观念。

三、《振鹭集》的劝讽之旨

在饯别孔闻韶的诗唱和活动中，参与者之间并无门户之见、流派之别，从诗歌创作的情况看，也并未遵循任何流派之理论主张或是口号进行创作。但他们所言亦有不约而自同之处：文士当日因"诵法孔氏"、幸逢"盛典"而会集唱和，孔氏垂范后世之功绩、孔子嫡孙袭封等相关政治活动自然成为他们描写的主要内容，诗歌也由此普遍带有浓厚的政教色彩。换而言之，唱和者在诗歌中颂盛事、赞圣贤，寄寓规劝之旨的思想一致，表现出重诗歌政教功用的思想倾向。

吴宽在"馆阁"一轴的诗序中谈"诸诗之义"如是说：

> 盖自有载籍以来，莫古于六经，其次为《论语》、为《中庸》，又其次为《家语》。其书皆出孔氏，乃天下万世之所传者也。……举诸子百家之言，虽废之可也，他尚何以加之。今观诸诗之义，亦惟称叹其盛而已，未敢有助于公，意盖出此。然公于是试一读之，必思所以仰答乎上，自不能已。虽谓诗之有助于公，亦可也。③

唱和之诗不过是"称叹其盛"罢了，这里的"盛"应当既指孔氏删述六经、德泽后人之事业，亦指孔闻韶袭爵、承业之盛典，"未敢有助于公"指的则是诗歌无助于孔氏之德业、功业。但接下来话锋一转又说，孔闻韶览诗后若能受到感召、鼓舞，尽其力、有所为以仰答圣恩，那诗歌也算是有助于孔闻韶了。这里吴宽从诗歌功用的角度，点出了"馆阁"诸诗背后劝勉忠义的意旨。"卿寺"轴中谢铎之序把诗唱和中劝讽的意旨说得更为直白：

---

① 弘治中，王崇文与李梦阳有着相同的文学主张，即以《诗经·国风》为楷模，重视诗歌的比兴之义、风人之旨，亦可谓弘治间复古者。（李梦阳《诗集自序》，李梦阳著，郝润华校笺《李梦阳集校笺·李梦阳诗文补遗》，北京：中华书局，2020 年，第 2051—2053 页。）
② 沈焘为弘治六年进士并被选为翰林庶吉士，该年李东阳为会试考试官及庶吉士教习。
③ 吴宽《赠衍圣公孔公袭封还阙里诗序》，陈镐编《振鹭集》，《四库全书存目丛书》集部第 292 册，第 674 页。

> 　　春秋之义,责备贤者。盖望之深,则责之备,责之备,则其处之也益难矣。……今衍圣公知德以妙龄美质克遵祖训,承藉世泽,享有土田,爵为上公,富贵之极,亦云无以加矣。贵不期骄,富不期侈,谓非知德之所当念者乎?①

　　作为圣人之后,孔闻韶所承恩宠之重、世泽之深,无以复加,更应当珍之念之,勤修德业不息。陈镐在《振鹭集序》中归结唱和之作的主旨时也说道:

> 　　夫《振鹭》之诗,周人为二王之后作也。圣系实出有殷,而国家崇象之典视周有加焉。赠言之作,诚有合于是诗者。且诗人首赋其容貌之修整,继期以声誉之有终。美不忘规,古之道固然也。君以圣人之后,珪璋特达,毓学修仪。陛见之日,朝野欣动,其称述愿望,出于人心之同……。②

　　"振鹭于飞,于彼西雝。我客戾止,亦有斯容",以白鹭美誉君子有洁白之貌与德,乃陈镐所言"首赋其容貌之修整";"在彼无恶,在此无斁。庶几夙夜,以永终誉",劝讽君子夙夜勤勉以保持美德、美誉,乃其所言"继期以声誉之有终"③。陈镐认为,赠言之作不但记一时"国家崇象之典",且能做到"美不忘规",合于《振鹭》诗者④正在于此,这也是"人心所同"之处。

　　从创作具体情况看,如"馆阁"轴中翰林院学士张元祯之诗云:

> 　　功与天地准,泽应天地长。世才六十二,人更异寻常。玉带金麟委,文缗百两将。新恩方浚发,新庙正嵬昂。⑤

　　首二句美"圣人之功德与天地同其大,则其子孙之盛亦宜与天地同其久"。三四句乃美孔闻韶才质度越寻常。五六句乃美孝宗,"玉带金麟"言宠命优渥,"百两将"用《诗经·鹊巢》之典,言赏赐规格之高,即美孝宗朝崇儒象贤之典。

---

　　① 谢铎《衍圣公知德袭封还阙里赠行诗序》,陈镐编《振鹭集》,《四库全书存目丛书》集部第 292 册,第 680—681 页。

　　② 陈镐编《振鹭集》,《四库全书存目丛书》集部第 292 册,第 672—673 页。

　　③ 毛亨传,郑玄笺,陆德明音义,孔祥军点校《毛诗传笺》,北京:中华书局,2018 年,第 461—462 页。

　　④ 此处之"合"当就诗作内容、主旨而言。四库馆臣认为"以圣系出自殷后,故以《振鹭》为名。然衍圣公非三恪之列,数典颇为不切也",乃从事实考证而言。(陈镐编《振鹭集》,《四库全书存目丛书》集部第 292 册,第 688 页)

　　⑤ 陈镐编《振鹭集》,《四库全书存目丛书》集部第 292 册,第 675 页。

最后"新恩""新庙"两句言孝宗崇儒典制之新、阙里灾后重建孔庙之新,言外之意当即孝宗方锐意图治,圣贤之业有待孔闻韶发扬。整首诗确如吴宽所言,不过"称叹其盛"罢了,但劝勉之意在美颂间则不言自明。劝讽、教化之用一直是张元祯用于评判、衡量诗歌的标准。成化间,张元祯在《圣制跋》中便深美"齐风贤妃进戒之作",不喜唐人"绛帻鸡鸣之倡和"①。齐风即《诗经·鸡鸣》,有劝诫勤勉之旨。"绛帻鸡鸣"即王维应圣制"雨中春望"诗,当指代唐人应制状物之作,在张元祯看来不免有"留于逸欲"之嫌,无益于政教之用。弘治十八年三月,他还曾向孝宗进言讲诵有关教化之诗:

> 诗即今之歌曲、古之乐章,与载事之书不同,吟咏抑扬实有感动人心处。故孔子曰:"兴于诗。"又曰:"诗可以兴。"……成周盛时,声诗为乐,用之闺门,用之邦国,用之乡人以化成天下,此亦治道所系。②

张元祯认为诗歌可"感动人心",感发人的意志,可用于一家、一国、一乡,关乎国家政治,亦为施政之要。张元祯重申的依旧是《诗经》,尤其是《国风》的劝讽传统、政教之用,即"下以风刺上","上以风化下"。这与他于诗唱和中寄寓规劝之旨的思想可以说并无二致。

同样表现出重诗歌政教之用、劝讽之旨的唱和者还有储巏。储巏时任太仆寺少卿,为李东阳成化二十年所取进士,诗在"东阳门生"一轴:

> 上公超拜赤墀前,玉带麟袍称少年。舆隶不闻三代后,云仍独与六经传。通家再接登龙迹,爱客还歌振鹭篇。从此昌辰看祝寿,泗滨长舣上京船。③

首联美孔闻韶受爵、受赐之盛典,位列三公之上的尊荣。颔联美孔氏德泽源远流长,言孔氏后人因六经之传而荣显。"通家"句乃美座主李东阳得婿如龙。"爱客"句用"振鹭"之典,将赠行之言比作《振鹭》之篇,当有陈镐所言"美不忘规"之意,点明了赠诗主旨。最后言孔闻韶觐见祝寿,当为储巏描绘的愿景,亦

---

① 张元祯《东白张先生文集》卷二一《圣制跋》,《四库全书存目丛书补编》第75册,济南:齐鲁书社,2001年,第189页。
② 张元祯《东白张先生文集》卷二三《奏议》,《四库全书存目丛书补编》第75册,第213页。
③ 陈镐编《振鹭集》,《四库全书存目丛书》集部第292册,第685页。

含有劝勉孔闻韶竭忠尽诚之意。弘治间,储巏在《户部郎中王君若思省祭诗叙》中曾说道:

> 巏尝读诗,见先王盛时,群臣有事于四方,卿士大夫必咏歌其德业,揄扬其宠荣。章更什继,沨沨乎其音。所以著一时明良之盛,而鼓舞万世者也。①

"先王盛时"指唐虞三代之治,"大夫咏歌","章更什继",当指唐虞三代之赓歌。在储巏看来,当时卿士大夫赋诗主要是歌咏德业、赞扬荣宠。而更迭唱和中所记一时贤君、忠臣之盛,亦可使观诗者受到感召、鼓舞而奋起。孔闻韶袭爵受赏,归而主祀事。储巏在唱和中揄扬孔闻韶所受宠荣,实际上亦为宣扬当日孝宗之圣明、孔闻韶之贤德,以感发孔氏后人的意志。其中所表现出的思想倾向都是重诗歌劝勉忠义的政教之用。

再如李东阳之诗云:

> 夜来佳气绕门阑,晓听郎君已拜官。鲁郡山川归旧国,孔林蘋藻荐新盘。田无公税堪为养,家有遗书正好看。从此云霄是平地,道途长为报平安。②

首二从孔闻韶入京、受爵写起,乃送别缘由,末二为临别之际翁婿间叮咛、关怀之语,乃送别正题。而中间两联"归旧国""荐新盘""看遗书"为东阳想见之场景。他遥想孔闻韶归鲁后主持圣庙祀事、读书治学,实际上是对孔闻韶的规劝勉励,乃赠别主旨所在。整首诗歌所言依旧不出劝讽之旨。李东阳重视的也是诗歌可以"感激奋发","考得失,施劝戒,用于天下"③的政教功用性。

此外,白钺诗云"好勤诗礼学,不愧圣贤门……懋载忠与孝,今古照乾坤",蒋冕云"君恩天地宽,祖训日星丽……勉旃孝与忠,肯负平生志",张升云"感激不胜忠义在,只应跬步念皇恩",赵永云"三朝赐玉崇儒意,千里持旌遣使情。如此遭逢应感激,只将忠孝答升平",等等,皆为颂扬今日之盛世与今人之才

---

① 储巏《柴墟文集》卷七《户部郎中王君若思省祭诗叙》,《四库全书存目丛书》集部第 42 册,济南:齐鲁书社,1997 年,第 477 页。
② 陈镐编《振鹭集》,《四库全书存目丛书》集部第 292 册,第 675 页。
③ 李东阳撰,周寅宾、钱振民校点《李东阳集·文后稿》卷三《春雨堂稿序》,长沙:岳麓书社,2008 年,第 959 页。

贤,以劝勉孔闻韶尽忠义、建功业,于颂赞中寄寓劝讽之旨。

唱和者在诗歌中寄寓规劝之旨,强调诗歌政教功用,这反映了弘治后期文学思想的一些动向。学界一般认为,弘治一朝文学思想倾向呈现出多元并存的状态,有台阁文学思想的遗存,亦有以抒情、审美为主的倾向,还有复古思潮的前奏①。在饯别孔闻韶的这场诗唱和中,重诗歌颂美、劝讽的政教功用乃活动表现出的主要思想倾向,也是一些唱和者当时所推崇的诗歌写作理念。这与重视文学经世致用价值,将文学价值与王政、世教挂钩的台阁文学思想一脉相承,相差无几。由此我们更清楚地看到了台阁文学思想在弘治一朝遗存或者说回归的具体情况。此外,弘治间重声律、形式等诗歌审美特征的文学思想流布,发展到后期显露出诸多弊端②。王九思曾言"予始为翰林时,诗学靡丽,文体萎弱"③,王崇文弘治间亦言当时"文人学子顾往往为韵言,谓之诗","出于情寡而工于词多"④,反映的都是弘治间文坛流靡、浮华之风盛行的情况。此次唱和无体裁之限,无声韵之定,唱和者各写其情志,无斗丽争巧者。诗歌之作正如陈镐所言"陛见之日,朝野欣动,其称述愿望,出于人心之同",乃有感而发。因此,无论是思想上对诗歌颂美、劝讽传统进行重申,还是形式上不事虚文、不务虚华,这场规模盛大的唱和活动,从某种角度也可看作是对弘治间"审美主义"流布、文藻过盛的一种平衡甚至是反拨。

四、唱和参与者的复古倾向

弘治十六年这场诗唱和活动中还表现出某些思想特征,具有较为鲜明的时代特色,值得我们注意:

首先,诗唱和具有浓厚的政治复古色彩,或者说唱和者表现出强烈的政治复古意图。无论是崇儒还是崇圣,他们根本的目的在于培养治国安民之才,接续、复兴古之治世,实现今日国家的稳定繁盛。靳贵在《衍圣孔公袭爵东归诗序》中指出:

> 凡一治朝之兴,则必有名世者出。……我国家驱胡元之乱以自立,光岳之气于是复完。其气运之盛,实有出前代之上者。盖自高皇帝建国之

---

① 本文所言"台阁文学思想"指兴盛于永乐至正统朝的文学思潮,其核心乃政教文学观,景泰至弘治初在文学领域有所淡化。(参罗宗强《明代文学思想史》上册,北京:中华书局,2019 年,第 2、217 页)

② 黄卓越《明永乐至嘉靖初诗文观研究》,第 150 页。

③ 王九思《渼陂集·序》,《续修四库全书》第 1334 册,上海:上海古籍出版社,2002 年,第 2 页。

④ 李梦阳《诗集自序》,李梦阳著,郝润华校笺《李梦阳集校笺·李梦阳诗文补遗》,第 2051—2052 页。

初，即召其长嗣，定封爵。至于列圣，又表章六经，加乐舞，以帝祀宣圣。崇儒右文之典有加焉，是宜名世之人度越前圣者迭作于下也。今当庙宇载建之秋，轮奂维新，车书萃止。而知德适以是时承召袭爵，主祀事以归，意者固有不偶然者存乎？知德气温而色庄，谦谦自牧，且好学不倦，又得我先生为之依，归其所就，其必为我皇明名世之人，不占可知也。则吾徒所以为知德庆者，岂特以其膺显爵、承隆恩，以为一身之光荣而已哉？①

明朝建立在异族统治中原多年之后，于汉族士大夫而言可谓是"日月重开""天地重光"。而在唱和者看来，孝宗更是励精图治、开明有为的"圣天子"。因此，参与唱和的诸卿士夫多怀有"遇时得位"，则"当尽著其能以答朝廷，以求追配古人又将超之"②的理想与抱负。他们唱和歌咏，并非为孔闻韶所受"一身之光荣"，望"名世之人度越前圣者迭作于下"，实现"一治朝之兴"这才是唱和背后的根本意图。刘讯诗"右文图治当朝事，异数褒崇轶汉唐"，毛澄诗"应念我生逢盛际，肯将家学负前人"，刘健诗"宣尼垂教肇斯文，奕代孙枝更有闻"等，将今世与先秦汉唐相较，除了展现出一种时代的自豪与自信之外，亦表露出他们对于治世人才的渴望，以及力追古人、古治这一思想倾向。

其次，复古政治思想在这场诗唱和中还突出表现在"礼乐文章"复古方面。如上所引靳贵所作诗序中谈到，明代自开国以来，宣召孔子嫡系子孙入朝"定封爵"，"表章六经，加乐舞，以帝祀宣圣"，渐成定制。他说孔闻韶在孔庙重修之际，国家典章制度一统、完备之时"承召袭爵，主祀事以归，意者固有不偶然者存乎"，既是感慨孔氏一家宗祀之礼得以延续、兴举，其实也是借此倡导国家宗庙礼乐之复兴。又如"馆阁"轴中潘辰写道：

> ……式严宗祀重，洵美孝心虔。庙宇隆新构，烝尝待吉蠲。……戴恩还阙里，展奠祝皇乾。佾舞陈干羽，神差洁豆笾。斯文增壮观，正脉发灵渊。③

张溎诗云：

---

① 靳贵《衍圣孔公袭爵东归诗序》，陈镐编《振鹭集》，《四库全书存目丛书》集部第 292 册，第 685 页。
② 张元祯《东白张先生文集》卷九《送翟金宪之任山西序》，《四库全书存目丛书补编》第 75 册，第 83 页。
③ 陈镐编《振鹭集》，《四库全书存目丛书·集部》第 292 册，第 679 页。

……告庙威容肃，传家重器陈。纲常肩素业，礼乐赞洪钧。海内闻风起，朝瑞属望频。念兹昭祖训，一敬好书绅。[1]

"戴恩"四句与"告庙"四句实际上是作者遥想孔闻韶归阙里后操持宗祀礼乐之事。"佾舞""豆笾"即祭祀先圣孔子之仪文。[2]而"式严宗祀重""礼乐赞洪钧"强调祭祀礼乐乃国家政治生活中的大事，不可不慎重。潘辰、张溟希望孔氏一家知尊祖、尽礼，他们也更期望看到"海内闻风起"，即更多的人受到感召，知礼法仪文，知尊祖敬宗，知"斯文""正脉"所在，以最终达到他们复古之政治、风俗的目的。正如弘治十七年，李东阳在《代告阙里孔子庙记》中所云："褒崇之典，虽于圣人无所加损，而与世道常相为重轻。……明乎祭之义，则可以治国；使天下知孔子之当祭，则知其道之当行。"[3]宗庙祭祀关系治道。倡导兴礼乐从而复古治，是为此次唱和根本宗旨所在。

在唱和中表现出复兴宗祀礼乐思想的，还有如刘瑞云"雨露一时沾桧柏，庙廷三日荐蔬瓜。文风可但扬乡国，芳誉还应薄海涯"，丁凤云"周朝文献今何远，汉代牲牢古尚存"，杨守随云"阙里山川秀气钟，威仪文采自温恭。圣朝遵古封公爵，世系从今复正宗"，等等。需要指出，唱和者所说的"文采""文风""文献""右文""文章"等，并非指的诗文辞章，而主要指包括了"政治、礼教、修身"在内的"大文"[4]。由此亦可见当日诗唱和不以声律文词为重。

值得一提的是，弘治十一年二月，参与饯别孔闻韶唱和的杨廷和、白钺、靳贵、储巏、乔宇等人，曾参与京师盛极一时的饯别王云凤诗唱和活动[5]，该活动唱和者前后将近三十人。同年七月，衍圣公孔弘泰以贺圣节事毕，将归阙里，李东阳曾与程敏政、周经、屠滽、朱辅、白昂、倪钟、刘大夏、傅瀚，焦芳九人赋诗唱和，为其饯行。[6]其中李东阳与倪钟、刘大夏、焦芳三人后来在饯别孔闻韶时，分别参与了"馆阁"与"卿寺"的唱和。他们会集唱和或与一时的政治事件有关，或因国家典礼，也反映出弘治间唱和群体具有松散性，无犁然之流派界限。此外，唱和中他们同样表现出较为强烈的复古倾向，与饯别孔闻韶活动中

---

① 陈镐编《振鹭集》，《四库全书存目丛书·集部》第 292 册，第 676 页。
② 据《明史》载："（成化）十二年从祭酒周洪谟言，增乐舞为八佾，笾豆各十二。弘治……九年增乐舞为七十二人，如天子之制。"（张廷玉等《明史》卷五〇，北京：中华书局，1974 年，第 1297—1298 页）
③ 李东阳撰，周寅宾、钱振民校点《李东阳集·东祀录》，第 1436 页。
④ 关于"大文"的概念可参左东岭《大文观与中国文论精神》，《文学遗产》2017 年第 1 期。
⑤ 饯别王云凤诗会的具体情况可参伍晓洋、孙学堂《明弘治诗倡和与"文学复古"新探》。
⑥ 程敏政《篁墩程先生文集》卷三五《西堂雅集诗序》，沈乃文主编《明别集丛刊（第一辑）》第 61 册，合肥：黄山书社，2013 年，第 356—357 页。

所表现出的复古理想基本一致。可见在李、何倡导诗文复古之前,复古之说在弘治中已然存在,在诗唱和群体中广为流传,但其主要内涵还是政治复古。

综上所论,《振鹭集》记录了弘治后期崇儒之盛典,文人唱和之盛况,对于考察当时文人关系、写作"现场",了解当时文坛思想状况有较为重要的价值。从钱别孔闻韶这场诗唱和活动的人员构成、唱和内容及唱和中所表现出的思想倾向来看:在此次文学活动中,文人因遭逢国家"盛典"而会集,唱和赠行,该活动一定程度上带有"附属"于政治活动的特殊性,因此,当时唱和者主要依据官职(政治身份)分为了"馆阁""卿寺""东阳门生"三批唱和,彼此之间也不存在流派界限;唱和者重申《诗经》颂美、劝讽传统,这反映了弘治间台阁文学思想(主要是政教文学观)的遗留或者说回归,亦是对成、弘间"审美主义"诗学倾向的反拨;除此以外,复古思想在弘治中后期已然兴盛,其主要内涵是政治复古,以及宗庙礼乐之复兴。

[作者简介] 伍飘洋,山东大学文学院博士研究生。

袁中道履任徽州府及其宦游书写的文学意义*

邢云龙

[摘　要]　袁中道一生仕途蹭蹬,坎壈漫长的求仕经历使得晚年及第后重新体认了关于个人出处的思想博弈,择选"仕隐之间"处世,与自身疾痛体验、生命意识考量和晚明政治环境影响密切相关。袁中道赴任履职徽州府期间,游赏自然山水胜概、融入地方生活和社交网络,以"纪行互见"的形式展现书写的变创,描绘出一幅宦游立体图景。与此同时,袁中道裒辑刊印《新安集》以型塑徽州地方记忆,"行旅诗纪化"与"游程日记化"具有重要意义;有意地弱化宦情意识,以疏离而又自适的心态展露个人游居的直观感受。考察袁中道的宦游书写,有助于管窥晚明文人型官员如何融入地方、塑造地方,为寻绎日常行旅生活提供一种新的研究视角。

[关键词]　袁中道　公安派　《新安集》《游居柿录》　宦游书写

　　袁中道一生仕路偃蹇,于进退之间夷犹不定,直至万历四十四年(1616)考取进士,翌年授徽州府学教授。作为晚明诗文坛坫的知名人物,袁中道反对复古模拟,标举"性灵"独创;尤其在袁宏道殁后,力扛文学大纛、适时矫正公安派末流浅露轻率之疏失。[①]万历四十五年(1617)十月,袁中道赴任履职徽州府,宦游徜徉山水胜概,放旷蹀足泉石幽遐,积极融入地方生活和社交网络。笔耕不辍的自主意识促使袁中道建构起丰富独特的"文学作品的地理空间"[②],袁

---

　　* 本文为国家社会科学基金重大项目"日韩所藏中国古逸文献整理与研究"(项目号:20&ZD273)的阶段性成果。
　　① ［日］入矢义高《公安から竟陵へ:袁小修を中心として》,《东方学报》1954年第25册。
　　② "文学作品的地理空间"是存在于作品中的由情感、思想、景观、人物、事件等诸多要素构成具体可感的审美空间,参见曾大兴《文学地理学概论》,上海:商务印书馆,2017年,第137—143页。

辑刊印《新安集》以型塑徽州地方记忆。

目前学界有关袁中道的研究虽已蔚为可观①,但对其求仕之路上的行迹与心境迁变、履徽始末与思想博弈等,以及置于文学史研究的"空间维度"②视野中来看,则罕有涉略。基于此,本文拟以袁中道求仕行迹及宦游书写为考察核心③,冀希为袁中道研究乃至明清文人研究提供一条可资借鉴的考察路径。

一、场屋之累:袁中道求仕历程与履徽始末

袁中道生于明穆宗隆庆四年(1570),卒于熹宗天启六年(1626),是时明朝国祚已显缀旒,殆将沦坠。从传统主流价值观来看,科考入仕是士子夤缘向上的首选,契合世俗社会所认可的利禄功名。然而,科举制度长期以来积压诸多流弊,"近日仕进之路甚狭,刀笔不屑为,科第多徼天幸"④,仕路艰阻而近乎壅塞。此外,晚明社会受经济发展的结构性影响,士人追欲逐利、享逸生活,"其所反映出的时代特征,一是士子们不再以仕途作为唯一的出路,二是此类士子更有其个性张扬的追求"⑤,充盈着与前中期迥不相侔的物质与精神文化需求。

袁中道自小由父亲袁士瑜悉心培护,"母氏早丧,三孤备尝茶苦"⑥,愈加促成父子相须为命。袁中道成年后,对仲兄袁宏道深表服膺,视为海内第一知己。事实上,袁宏道仕宦意愿并非强烈,慨叹"一条懒筋真难拔,大人频以为言"⑦。家庭施压与世俗缰锁催迫着袁氏昆仲步履不停⑧,尤其是袁中道屡败屡战⑨,与科举难解的尘缘葛藤,如附骨之疽般羁缚终生。

明代"科目者沿唐宋之旧而稍变其试士之法",时间是"子、午、卯、酉年乡

① 钱伯城根据《珂雪斋近集》《珂雪斋前集》《珂雪斋集选》《珂雪斋外集》《游居柿录》等,点校辑成《珂雪斋集》(上海古籍出版社1989年版),为研究袁中道及公安派文学提供了一定的便利。刘尊举《袁中道晚年文学思想转变及成因探微》(首都师范大学2003年硕士学位论文)较早阐述了袁中道晚年文学思想的"转变",孟祥荣《袁中道:公安派最后的"掌门人"——兼论其生命态度和价值立场》(《长江大学学报》2004年第1期)考察袁中道晚年生命态度和价值立场,贺莉莉《袁中道入仕后文学创作考论》(南京师范大学2007年硕士学位论文)分析袁中道入仕后的创作特色。

② 朱万曙《文学史研究的"空间维度"》,《文艺研究》2021年第10期。

③ 近年来,"地域文学"渐趋成为学界关注的热点之一,文学作品中描写某个地理空间,一般被称为"地方书写"(Topographical Writings),港台学者称之为"地志书写",参见李贵《地方书写中的空间、地方与互文性——以黄庭坚〈书磨崖碑后〉为中心》(《学术月刊》2014年第3期)。鉴于此,本文将袁中道赴任履职徽州府时的创作,试以"宦游书写"的观照视角切入。

④ 袁中道著,钱伯城点校《珂雪斋集》,上海:上海古籍出版社,1989年,第433页。

⑤ 商传《走进晚明》,北京:商务印书馆,2014年,第205页。

⑥ 袁中道著,钱伯城点校《珂雪斋集》,第1245页。

⑦ 袁宏道著,钱伯城笺校《袁宏道集笺校》,上海:上海古籍出版社,1981年,第1273页。

⑧ 袁中道《答陈布政志寰》提及"乃不忍见大人之郁郁也",转述袁宏道所言"大人在堂,势难速遁故园";《心律》叙及来世俗社会的压力:"至于利之上者为科第,亦利也。少而学之,长而营之,此根盘据久矣。天地之间,如谓不中一制科,便不比于人。"

⑨ 袁宗道二十七岁举会试第一,袁宏道二十五岁登进士第,袁中道迟至四十八岁时才得"中式捷音"。

试,辰、戌、丑、未年会试"①。袁中道从万历乙酉(1585)至癸卯(1603)中举,共参加七次乡试;而万历甲辰(1604)至丙辰(1616)考取进士,期间四度参加会试(癸丑适逢考丧,缺考一次)。前后跨越三十余载,其人生轨辙与心境历经多重迁变,约略可分为三个阶段:

(一)读书与漫游——"人生奔波几时休"

第一阶段是万历十三年(1585)至万历二十七年(1599)。"三袁"早年与外祖父龚大器及诸舅结社论学,漫游山水,"性灵"之思于此萌蘖。而袁中道"自辛卯(1591)后,连摈斥"②,喟叹"人生奔波几时休"③。万历二十一年(1593),袁中道买舟与丘长孺等友人顺江直下,远抵金陵、吴县等地。此次东游之旅,畅写情志,"寂寞文身地,隐逸自生存""一丘足自适,余皆可弃捐"④,追慕古代侠隐之士的风范懿行。"人生能几何,愁思郁肺肝"⑤,自勉纾解历史与现实赋予的郁郁愁思。

万历二十三年(1595),袁中道应梅国桢函邀至幕府作客,漫游塞上并缔为知交;后转道至吴县,期间创作大量诗歌,书写落第漂萍的游子形象,《清河》:"枫林萧瑟带寒烟,入夜鸣榔倍惨然。人逐雁行投暗浦,舟随竹箭下青天。飘零绮帐颜如月,羞涩金樽酒似泉。南北东西辛苦尽,不知犹有阿谁怜。"⑥"枫林萧瑟""入夜鸣榔"渲染孤寂氛围,"惨然""飘零"等词尽显凄清;四处奔碌尤为辛苦,独游偶影的羁旅写照,跃然纸上。

万历二十四年(1596),袁宏道在吴县任上为袁中道梓刻诗集,《叙小修诗》概述其青年生涯:"既长,胆量愈廓,识见愈朗,的然以豪杰自命,而欲与一世之豪杰为友……盖弟既不得志于时,多感慨;又性喜豪华,不安贫窘;爱念光景,不受寂寞。"⑦万历二十五年(1597)冬,中道下第后,抵京去投宗道;翌年春,宏道亦至。"三袁"重逢并偕同参禅论学⑧,结集"蒲桃社",蔚为风行。此时游子怀乡与求仕不遇的感伤有所稀释,日常流露更多的是优游自适之情。

(二)困踬与落寞——"不向深山何处归"

第二阶段为万历二十八年(1600)至万历四十三年(1615)。此前"三袁"与

---

① 张廷玉等撰《明史》卷七〇,北京:中华书局1974年,第1693页。
② 袁中道著,钱伯城点校《珂雪斋集》,第877页。
③ 袁中道著,钱伯城点校《珂雪斋集》,第8页。
④ 袁中道著,钱伯城点校《珂雪斋集》,第34—35页。
⑤ 袁中道著,钱伯城点校《珂雪斋集》,第43页。
⑥ 袁中道著,钱伯城点校《珂雪斋集》,第59页。
⑦ 袁宏道著,钱伯城笺校《袁宏道集笺校》,第187—189页。
⑧ 何宗美《公安派结社考论》,重庆:重庆出版社,2005年,第115页。

众友在葡萄园结社聚谈,遐迩闻名。可惜盛筵难再,万历二十八年九月,袁宗道猝逝。紧接着,京师结社谈禅受忌者弹劾。万历三十年(1602),李贽遇害、黄辉被罢官、陶望龄以典试出京,政治倾轧哗变,社集星散崩解。《游西直门柳堤上,时伯修已逝》:"依然垂柳覆长堤,落日沉沉万树西。惟有水声浑不似,当初如笑近如啼。"①垂柳依然、落日映树等景致虽在,但潺湲水声已非曩日,"如笑"到"如啼"的奇异对比,衬映世事变幻之遽,可以想见"物是人非"。

万历三十五年(1607),袁中道会试落第后辗转各地,始终未能挣脱尘缘。万历三十七年(1609),袁中道游览东南山水名刹,在金陵与诸名士结集"冶城大社",三四十余人荟聚秦淮水阁。同年九月,一路北上由漕入都,该年底袁宏道主试秦中事毕返京,友于相聚并与朋侪晤谈。袁中道又和钱谦益、贺函伯在极乐寺结社修业,过从甚密,在京还参与众多集会活动。

万历三十八年(1610)春闱既毕,袁中道"形神俱惫"②,遂南归卜居;未料袁宏道于该年九月病逝,"从今海内无知己,不向深山何处归"③,失去"相爱相知之慈兄"④致使心神凄凉。翌年三月,父亲病逝,"仆少如健犊子,自经父兄之变,百感横集,体日羸瘦"⑤,犹如"孤雁天末,哀云喷雨"⑥,足见内心凄怆。为遵照"不辍进取"之嘱托,以及来自友朋"乞与人间一小修"⑦的呼唤,万历四十三年(1615)闰八月,袁中道最后一次北上赴京计偕。"两年来如醉如梦,强以山水之乐,苦自排愁破涕"⑧,这一时期心境转为真正的孤寂落寞。

(三)"了债"与宦游——"悠然出帝畿"

第三阶段是万历四十四年(1616)考中进士及以后。袁中道在科场虽连连落拓,劳苦不堪,但已声闻海内。万历丙辰(1616)"得中式捷音"⑨,放榜时"人竞指其名相告"⑩。然而,"考选事竟成不了之局"⑪,遂束妆告假,暂返故里。

万历四十五年(1617)春,袁中道在公安拜别先茔后入京候选,所作《入都

① 袁中道著,钱伯城点校《珂雪斋集》,第 121 页。
② 袁中道著,钱伯城点校《珂雪斋集》,第 601 页。
③ 袁中道著,钱伯城点校《珂雪斋集》,第 262 页。
④ 袁中道著,钱伯城点校《珂雪斋集》,第 1009 页。
⑤ 袁中道著,钱伯城点校《珂雪斋集》,第 666 页。
⑥ 袁中道著,钱伯城点校《珂雪斋集》,第 1053 页。
⑦ 汤宾尹《睡庵稿》卷八,明万历三十九年刻本。
⑧ 袁中道著,钱伯城点校《珂雪斋集》,第 1030 页。
⑨ 袁中道著,钱伯城点校《珂雪斋集》,第 1359 页。
⑩ 邹漪撰《启祯野乘一集》卷七,明崇祯十七年柳围草堂刻本。
⑪ 袁中道著,钱伯城点校《珂雪斋集》,第 1077 页。

门,辞大人墓四言六章》等,尤为情恳意切。五月抵京,乞得徽州府学教授一职。袁中道与友人屡次提及"卑卑一第,聊了书债"①,"书债已了,世局可结"②,徽州府学教授虽是卑官,但也"至是始脱经生之债"③,卸下几十年来为举业驱驰的沉重负累。十月初十日,袁中道离京赴任,《将赴新安任,出都门》:"喧极翻成静,悠然出帝畿。人因南去喜,春在腊前归。风软貂犹谢,晴酣羽尚挥。不须吹玉律,到眼尽芳菲。"④"悠然"一词,足见此时轻松状态,"南去"欢喜之情,溢于言表;想象在春和日丽时睹见芳菲景致,令人满怀憧憬。

至此,袁中道以优游不迫的姿态宦游山水,骋怀直抒内心,让倡导性灵、不受局束的他焕新体悟了生命的意旨,也随之改换了嗣后的思想轨迹与生活图景。

二、"仕隐之间":袁中道宦游之际的思想博弈

作家的文学作品及风格,与其人生经历、心态活动桴鼓相应,探讨袁中道宦游书写所呈现的风貌,绕不开对其入仕前后思想倾向的动态考察。晚明变动不居的时代环境为士人们带来巨大考验,或进取以出仕、或退藏以栖隐,成为重要的抉择问题。袁中道历经坎壈流离,于经世与逸乐之间睠顾回隐,数十年奔走场屋换得"卑卑一第"以致蹀躞在理想和现实的鸿沟落差中,最终择取了缓和自我内心矛盾的权宜方式——"仕隐之间"。

钟林斌指出,袁中道一生是在"落榜、栖隐、漫游、再试、再落榜、再栖隐、再漫游"反复交替的岁月中所度过。⑤这是对其人生行藏的精炼概括,同时这也是晚明文人出处沉浮不定的一个典型写照。万历四十四年(1616)二月,袁中道参加会试第三场后,直言"第与不第不可知,思了此一局,或仕或隐,当别有计也"⑥。甫一考取进士(候选),致梅之焕信中说道:

> 弟才入仕途,已觉不堪矣。荣途无涯,年寿有限,弟自谓了却头巾债,足矣,足矣!升沉总不问也。年兄年仅四十,即具解组之疏,乃知王微、陶潜,去人不远。⑦

---

① 袁中道著,钱伯城点校《珂雪斋集》,第 1069 页。
② 袁中道著,钱伯城点校《珂雪斋集》,第 1071 页。
③ 袁中道著,钱伯城点校《珂雪斋集》,第 1359 页。
④ 袁中道著,钱伯城点校《珂雪斋集》,第 386—387 页。
⑤ 钟林斌《公安派研究》,沈阳:辽宁大学出版社,2001 年,第 275 页。
⑥ 袁中道著,钱伯城点校《珂雪斋集》,第 1358—1359 页。
⑦ 袁中道著,钱伯城点校《珂雪斋集》,第 1080 页。

字里行间可见登仕热情已渐阑珊,羡慕友人能够像王微、陶潜等前贤解组归田。《寄石洋》重申:"年已望五,浮沉郎署间以老足矣,无显贵人之想也。非仕非隐之间,可以闲却意根究性命事,便为大乐。"①在自我憬悟与劝慰晚辈时,亦免不了吐露心迹:"我望五之年,得此一第,已足结局。意在闲适,不乐仕进,便欲从此挂冠,遍游天下名山,何往不乐?"②万历四十五年十月,袁中道赴任途经山东:"予南来入东国界,李开府梦白遣使者逆于路曰:'君本吏隐,不妨迁数舍,一晤故人。'予诺之。"③虽则已获官职并由此步入仕途,但在挚友心中袁中道是以"吏隐"处世。

何谓"吏隐"? 蒋寅《古典诗歌中的"吏隐"》指出"吏隐"是地位不高的小官僚诗人居官如隐的一种处事态度。④"吏"与"隐"代表两种截然不同的出处抉择,"吏隐"则是调和二者对立要素的复杂张力而臻至均衡状态。袁中道一路宦游山水,"吏隐"主题屡被书写,《戊午元日采石舟中试笔,时值大雪》:"纤尘不到小舟边,天赉余生简淡缘。有寺有楼何异宅,非官非隐亦疑仙。爱山恰好添鲜色,作客同忻兆稔年。鸟迹人踪都灭尽,携筇一拜李青莲。"⑤崇尚"简淡",登山探幽,冀以"非官非隐"悠游于世。面对随之而来的身份变换,宣称"冠带场中为隐士,烟岚国里作官人"⑥,既非恋栈,亦无须挂冠。《由芜湖入新安道上杂咏》(其三):"几回披叶与穿花,于役登临望已奢。驿路只随晴雪去,山城常被晚岚遮。何村不是王官谷,到处堪为处士家。石骨鳞鳞溪练疾,故将竹筏代游槎。"⑦沿途踏山涉水,毫无纷扰喧嚣,"王官谷""处士家"均是理想的抽簪之地,适时以"竹筏"代替"游槎"乘溪而驶,期待着行将面临的徽州山水世界。

万历四十六年(1618)五月,袁中道正式履职已两月有余,编订文集时自序总结:"吾向者无一事非任也,吾今者无一事非让也。以出世言,已将超悟让之人,退而修香光之乐矣;以用世言,已将经济让之人,退而处仕隐之间矣。"⑧"仕隐之间"正是弥合"仕""隐"对跖的折衷之举⑨,与"吏隐"别无二致。⑩"与其

---

① 袁中道著,钱伯城点校《珂雪斋集》,第 1082 页。
② 袁中道著,钱伯城点校《珂雪斋集》,第 1069 页。
③ 袁中道著,钱伯城点校《珂雪斋集》,第 686 页。
④ 蒋寅《古典诗歌中的"吏隐"》,《苏州大学学报(哲学社会科学版)》2004 年第 2 期。
⑤ 袁中道著,钱伯城点校《珂雪斋集》,第 398 页。
⑥⑦ 袁中道著,钱伯城点校《珂雪斋集》,第 401 页。
⑧ 袁中道著,钱伯城点校《珂雪斋集》,第 20 页。
⑨ 袁中道在《答德州守谢容城》一文中亦提及:"然弟聊处仕隐之间,本无大志,得一转即飘然矣。"
⑩ 天启元年,袁中道由国子监博士改授南京礼部仪制司主事,《答蔡观察》述及:"生一官落魄,心爱南中山水秀丽,意欲吏隐于此,偶有仪曹一部,求之得之。"

舍尘劳求净业,不若即尘劳为净业"①,转换为地方官对山水田园的娱情享受,同时这也是对客寓居官身份的心理调适。

"朝堂魏阙"与"江湖田园"作为出处选择不同维度之间的并峙场域,自古以来仁人志士对此有着探求与衡估,所谓"形在江海之上,心存魏阙之下"②。在袁中道内心之所以会出现上述的思想博弈,或可从自身疾痛体验、生命意识考量以及晚明政治环境影响等方面来追溯。

首先,袁中道长期奔走场屋,蹇滞失意之苦,令其备受熬煎,《心律》云:

> 追思我自婴世网以来,止除睡着不作梦时,或忘却功名了也。求胜求伸,以必得为主。作文时,深思苦索,常至呕血,每至科场将近,扃户下帷,摈弃身命……自十九入场,今年亦四十一岁矣,以作文过苦,兼之借酒色以自排遣,已得痼疾,逢时便发。③

并未避言此前追求功名的热切,为了排遣苦闷,"甚者乘兴大饮后,兼之纵欲,因而发病,几不保躯命"④。沉溺放纵酒色,染上痼疾,《答王章甫》:

> 弟今年自春至秋,一病几殆……但弟之病,实由少年谭无忌惮学问,纵酒迷花所致。年来血气渐衰,有触即发。兼之屡遭失意,中外多忤心之境。知己骨肉,一朝永别。⑤

袁中道饱受血疾之症(疟疾、肺病等)的磨折,积郁病羸使其深陷忧惧之中。虽然从未笃定地舍弃"举子业",但退居情绪实则过早地深植入内心,"岂以心灰分去住,总缘身病决行藏"⑥,成为痛定思痛后自我清晰认知的印证。

其次,随着年岁老迈以及亲友陆续陨殁带来的心理摧击,袁中道愈加明悉生命之可贵。宗道逝世时"家中寂寞之景,殆不忍言""作官十五年,尚有千金之债,归去又无一宅可居",中道感喟:"人生果何利于官,而必为之乎?"⑦迨至宏道辞世,《寄苏云浦》:

---

① 袁中道著,钱伯城点校《珂雪斋集》,第 974 页。
② 刘勰著,范文澜注《文心雕龙注》卷六,北京:人民文学出版社,1958 年,第 493 页。
③ 袁中道著,钱伯城点校《珂雪斋集》,第 961 页。
④ 袁中道著,钱伯城点校《珂雪斋集》,第 1025 页。
⑤ 袁中道著,钱伯城点校《珂雪斋集》,第 1048 页。
⑥ 袁中道著,钱伯城点校《珂雪斋集》,第 306 页。
⑦ 袁中道著,钱伯城点校《珂雪斋集》,第 972 页。

> 弟所以处困穷而不戚戚者，止以知己之兄在耳。今复化去，弟复有何心在世中？肠谁与吐，疑义谁与析，风月谁与共欢，山川谁与共赏？锦绣乾坤，化作凄凉世界。已矣，已矣！恐弟亦不久于世矣![1]

至此陷于"凄凉世界"，世事顿觉幻灭。因为"兄弟寿命短促，即致身青云，亦复何用"[2]。即使最终考取进士，"两兄皆早世，仆隐隐有深怖"[3]，生命的无常意识时刻刺激着袁中道的敏感神经，成为在仕进与栖隐之间角力的重要因素。

最后，在主观因素之外，晚明社会政治环境也助推了袁中道选择"仕隐之间"。"仆于中外骨肉，由登第至盖棺，皆亲见之。作宦之味，亦历知之矣"[4]，虽未是以望岫息心，但仕宦亦非唯一动力。袁中道致友人钱谦益：

> 大端我辈毕竟是一肚不合时宜，弟入座数月，已悉知之矣。况世道日下，好以议论相磨戛，即不能效鸟飞鱼沉，为长往之计，而庶几处非仕非隐间，聊以藏身而玩世。[5]

其所道出的个人境况实是普遍现象，以"非仕非隐"能动地应对"世道日下"。"如此世界，陆沉下僚，以官为隐，亦何不可"[6]，"以官为隐"亦是"仕隐之间"的一体两面，映现了多变不安的政治环境下地方官们共有的思想倾向。

晚明时势阽危，吏治窳败，民生凋瘵，国家处于内忧外患之中。文人士子们如何走出世情泥淖，寻求精神皈依之所，一直是横亘于心的问题。徽州远离政治版图中心，流转此地的文士们大多处于睽阻状态，彼时"新安多旅士"[7]。袁中道以"仕隐之间"立身于世，登临山水，宦游书写并推动着徽州地方文化的型塑。

三、"纪行互见"：袁中道宦游书写的双重面相

袁中道著述颇夥[8]，在其生前已梓行《南游稿》《小修诗》《渔阳集》《筸笤

---

① 袁中道著，钱伯城点校《珂雪斋集》，第 999 页。
② 袁中道著，钱伯城点校《珂雪斋集》，第 1007 页。
③④ 袁中道著，钱伯城点校《珂雪斋集》，第 666 页。
⑤ 袁中道著，钱伯城点校《珂雪斋集》，第 1072 页。
⑥ 袁中道著，钱伯城点校《珂雪斋集》，第 1067 页。
⑦ 袁中道著，钱伯城点校《珂雪斋集》，第 406 页。
⑧ 关于袁中道著述及其研究情况，参看入矢义高《公安三袁著作表》(《支那学》十卷一期，弘文堂书房1940 年版，第 167—168 页)、吴武雄《公安派及其著述考》(东海大学 1981 年硕士学位论文)、戴红贤《袁中道早期诗集〈南游稿〉〈小修诗〉考论》(《武汉大学学报(人文科学版)》2010 年第 5 期)。

集》等小集,可惜皆散佚不存。万历后期,袁中道诗文著作陆续锓梓,《珂雪斋近集》是其万历三十六年到四十三年所作诗文合集;《珂雪斋前集》所收诗文直至万历四十六年为止;《珂雪斋集选》有所增删,增殖内容为万历四十六年后所作。①有趣的是,后二种"全集"是袁中道居官徽州府后刻印于世。

日本国立公文书馆藏有明刻本《新安集》(索书号"集 039-0001")②,该集亦由袁中道履任徽州后印行于世,目前所知是其存世唯一的小集。《新安集》不分卷,"乾""坤"二册,分体编次井然,所收 97 首诗歌、27 篇文章按时间先后顺序编排;成书范围是起于袁中道万历四十五年(1617)十月出都门赴新安途中游历,以及讫于万历四十六年(1618)十月底所作。

值得注意的是,袁中道从万历三十六年(1608)十月初一日起,有计划地记录自己的游居行程、见闻琐事和交游往来等,至万历四十六年(1618)十一月二十八日截止,最终衮辑成《游居柿录》(《珂雪斋外集》)十三卷。③《游居柿录》之"柿",原意是指"小木片","小修用此字作书名,大约亦是取其琐屑之意耳"④,藉此记述琐碎日常的行旅生活。联系《新安集》可知,对应的内容是《游居柿录》卷十二和卷十三。为便于比较,兹以表格形式摘录对照如下⑤:

时间	《游居柿录》	《新安集》
万历四十五年	十月初十日,赴新安校。	《将赴新安任,出都门》
	十九日,驻德州。	《德州张民部钟石署中,同马远之分韵。予曾访旧友刘元定钦此》
	是日李开府梦白、毕直指邀饮大明湖上。	《趵突泉,兼呈大中丞李梦白、直指毕东郊二先生四首》《趵突泉记》《大明湖记》
	灵岩山,远望之,峰如刻镂绣缬。	《灵岩》《灵岩记》
	游绎山,有记。	《峄山》《游绎山记》
	香泉在全椒,有池二。	《全椒道中》《香泉》
	芜湖挂帆至西梁山,雨微作,晚泊采石矶。晨起,买一小舟,溯姑熟溪……	《采石》《采石阻风》《姑熟溪》《雨泊采石》《采石度岁记》

①《珂雪斋近集》刻印于万历四十三年(1615)至万历四十六年(1618)之间,《珂雪斋前集》刻印于万历四十六年重阳节前后,《珂雪斋集选》刻印于天启二年(1622)九月前后。

②《新安集》在国内散佚已久,"普天之下仅内阁文库存此孤本",参见黄仁生《日本现藏稀见元明文集考证与提要》(长沙:岳麓书社,2004 年,第 351 页)。关于此集版本情况及文学文献价值,笔者另有专文详考,待刊。

③ 万历三十七年、万历三十八年记录较多,各分为两卷,其余均采用一年一卷的体例。

④ 沈启无《珂雪斋外集游居柿录》,《人间世》1935 年第 31 期。

⑤ 按:《新安集》一栏中,加着重号者为文,其余为诗。

续　表

时间	《游居柿录》	《新安集》
万历四十六年	戊午正月初一日,住采石……登峨眉亭看雪……舟中稍霁。午发舟,别采石,如别故人。	《戊午元日采石舟中试笔,时值大雪》《雪中登峨眉亭》《峨眉亭怀曹元甫》《雪霁放舟东下》
	芜湖早发,午饭桃冲铺,晚出南陵县。	《芜湖早发入新安》
	出新安城西……与楚人李谪星、王稚吕及潘景升三人数数泛舟。	《初至新安,李谪星招饮泛舟,同王孝廉稚吕、程茂才孔达》
	潘景升招饮问政山寺,寺多种竹。	《潘景升招饮山寺,即席赋》
	往郑村晤秦京,沿村山水清丽……	《郑村访秦京兄》
	五月初七日……觅游舟放生于河西。	《初度,同秦京及诸公泛舟二首》
	敬亭山甚坦迤……是日,汤霍林、潘景升及同年詹冲南同游。	《夏日同汤祭酒霍林、同年詹翀南、潘景升、孙晋仲兄弟游敬亭山》
	六月二十三日,送诸生至句容考校。	《赴句曲送校士》
	(七月)初五日,游茅山……	《游三茅山》
	毕侍御见召于园……	《毕东郊见召郊园,有述(二首)》
	程如晦遥游霞山,至南门以舟往。	《秋日同程彦之、程如晦、汪惟修往游霞山》
	六斋日,宝相寺僧请食斋,偕者为王先民、程产之、汪惟修。	《邀王先民、彦之宝相寺食斋有述》《同先民、彦之宝相寺食斋,便往聂仙墓》
	十月初一日,往游黄山,有记……	《黄山(四首)》《游黄山记》
	水西寺,水绕其前……	《游水西寺》

　　由上表可觇《新安集》《游居柿录》之间的"互见"机制。《新安集》严格依循"以时编次"体例,作为自编性质的"一官一集",这种编纂模式最早可追溯至南朝梁王筠"自撰其文章,以一官为一集"①,"所谓'一官一集',指的是做官的诗人,每做一官就编撰一部作品集,多数是以自编或近乎自编的形式编成的"②。就《游居柿录》而言,该书是以时间为线的日常笔记,属于"日记体"著作;而"录"式著述主要是以地理为线的纪行叙写,隶属行记文献。③历时性地从文体发展角度来看,真正熔"日记""行记"于一炉并奠立范式的是范成大"石湖三录"④,

① 李延寿《南史》卷二二,北京:中华书局,1975年,第611页。
② 浅见洋二《文学的历史学——论宋代的诗人年谱、编年诗文集及"诗史"说》,收入氏著《距离与想象:中国诗学的唐宋转型》,金程宇、[日]冈田千穗译,上海:上海古籍出版社,2013年,第329页。
③ 李德辉提出"行记"孕育于汉代,发展于魏晋南北朝,盛行于隋唐两宋,尤其是在宋代呈现了新特点,参见李德辉《论汉唐两宋行记的渊源流变》(《中华文史论丛》2010年第3期)、李德辉《论宋代行记的新特点》(《文学遗产》2016年第4期)。
④ "石湖三录"指的是《揽辔录》《骖鸾录》《吴船录》,关于范成大的纪行文学及其研究,参看叶晔《互见与内向转型:论范成大的地方书写观念》,载《新宋学》第六辑(复旦大学出版社2017年版)。

而《游居杮录》实是南宋以降日记体行记的典范之作。

袁中道似有意识地预先安排并构筑作品群,诗、文的时空定位较为明晰;在继承前贤基础之上融铸采用"纪行互见"的形式,表现为时空层面的"点线层叠"与主题层面的"离中有合";运用超轶文学之上的地方书写观念来详尽记录宦游行旅见闻,兼及体悟自然历史、表抒人事感怀。

其一,在叙写宦游行历中,不仅注重考释历史遗迹和辨析地理沿革,而且保存了对地方风土人情的记录。袁中道曾在山东逗留多日,驻德州时对颜真卿《守平原说》"重内轻外之弊"深表赞许并兴发议论。游览趵突泉、千佛寺和峄山等,以丰富形象的笔触描绘了山水名寺。《灵岩》诗云"石花珂蕊深藏寺,蜡泪螺烟巧作峰"①,此地梵宫禅宇向来密布,灵岩古寺为天台智者所建"四绝"之一,而今志皆已不载,故置疑以"俟再考"。考证趵突泉发源及其径流,大明湖水"而今盛乃尔,已不可晓"②,袁中道躬身所见并结合所闻,考辨相关遗迹渊源。

或援古证今,泺水流经华不注山汇为鹊山湖,东北流入大清河,而"读李太白泛湖诗,居然巨浸,而今皆变为荒田"③;或吊古伤今,于大雪之时仍登太白楼,祭拜诗仙,遵循地方风习。到任徽州府所在地歙县(新安),身临其境并记述当地风土民俗,"新安人于三月三日为竞渡之戏。是日雨,有二舟泛水,观者皆冒雨执盖着屐往看,奔走如狂"④,"清明,从郡守诸公往祭厉"⑤,等等。袁中道游览峰峦湖泉、寺观庙宇和亭台园圃等,领略地方的岁时活动、祭祀与信仰崇拜等;以徽州府为活动中心,游居空间呈现相对的集中性,地方静态书写与流动书写融合贯通。

其二,在纪行描写过程中巧妙采用拟人、比喻和夸张等修辞手法,综合运用抒情、说明等表现手法,联系历史与现实并抒发人事感怀。袁中道偶阅会稽女子留下的题壁诗,"不觉泫然,犹冀其未必死也"⑥,赋诗三首以示同情与愤慨。远望灵岩山"峰峦簇花攒蕊,青翠照人",何以谓"灵",乃在其"色""骨""态",如人之"颖慧者"⑦。袁中道舟泊采石、溯姑熟溪,迨至驶离此地,真情直抒"别采石,如别故人"⑧。饱览徽州城中的乌聊山胜景,感叹"欲赋二语肖之,

---

① 袁中道著,钱伯城点校《珂雪斋集》,第 389 页。
② 袁中道著,钱伯城点校《珂雪斋集》,第 1397 页。
③ 袁中道著,钱伯城点校《珂雪斋集》,第 1398 页。
④⑤ 袁中道著,钱伯城点校《珂雪斋集》,第 1403 页。
⑥ 袁中道著,钱伯城点校《珂雪斋集》,第 394 页。
⑦ 袁中道著,钱伯城点校《珂雪斋集》,第 687—688 页。
⑧ 袁中道著,钱伯城点校《珂雪斋集》,第 1401 页。

竟不能得，以山景太奇故也"①。游览"貌山多溢语，此地愧难诠"②的黄山，与之交流、对话，"游人乍见之，有若山灵遣一使以逆客者"③，以别具一格的拟人手法刻画黄山的秀美奇绝，形容山川亦有"性灵"之美。诸如此类的描写，不仅代表了对自然、历史积淀的一种称许，寄寓其中的或是对地方的文化认同。

综上，袁中道有意识地缝合诗歌、散文与日记体行记之间的罅隙，内容层面的"互见"与文体之间的"互参"相辅相成④，是为表达多样化地方文化的精心预设，进而缓解单一文体纪行叙写可能造成的无形压力，充分展延地方及风土物情的文化深度和广度。由是观之，通过交互对读三种文体及其内容指涉，可以窥出所勾勒的正是一幅宦游立体图景。

四、袁中道宦游书写的革新意义

如前所述，通过对比考察袁中道宦游书写的"互见"机制，游程记事、行旅体验和景观描写的整体风貌得以呈现。袁中道自万历四十五年十月离京赴任、履职徽州府，一年多以来的宦游书写，成为考察其晚年文学创作的重要维度。⑤对此，大致可以划分为前、后两个阶段：赴任途中和履职期间。前者区域跨越范围较广，主要是远途行旅间的分时分地创作；后者空间较为集中，主要是围绕府县治所和游览周边景观名胜、与僚属友朋燕集交游等的短途行旅，以及因公事而踏出府县（至邻边地区）进行多日乃至数十日不等的中途行役所作。

地方官因为身份的加持，宦游显然迥异于普通人的漫游或旅游，前者关涉"事""地"兼具公私属性，与之相应的空间呈现与书写也更为繁复。山程水驿间的行途游览、以居官治所为轴心，成为文人型官员们积酝才思并自我突破的重要场域。袁中道择选"仕隐之间"，决定了精神基本指向是归依于自然山水，即使身负吏责也不因之闭塞"性灵"，日常生活也不牵累于此，而是经由宦游得以扩大广阔诗意空间和社交网络，将这一独特的创作场域发挥效力最大化。

袁中道一向酷嗜山水，因为"山水之乐，能濯俗肠"⑥，这与晚明"山水与文

---

① 袁中道著，钱伯城点校《珂雪斋集》，第 1404 页。
② 袁中道著，钱伯城点校《珂雪斋集》，第 412 页。
③ 袁中道著，钱伯城点校《珂雪斋集》，第 693 页。
④ 文体互参是中国古代文学创作中的一个习见现象，详见蒋寅《中国古代文体互参中"以高行卑"的体位定势》，《中国社会科学》2008 年第 5 期。
⑤ 万历四十七年夏，袁中道升国子监博士，约于同年十月离徽北上赴任。
⑥ 袁中道著，钱伯城点校《珂雪斋集》，第 461 页。

人共持之"①的谐和企慕风气密不可分。而袁中道赴任履职期间与山水的情感联结蕴积着一定的新变,"天下之质有而趣灵者莫过于山水,予少时知好之,然分于杂嗜,未笃也。四十之后,始好之者"②,借自然山水纾解僻处他方的宦情羁思,"宦"的价值追寻无形消融于"游"的当下体验。这不仅是对六朝以来地方官咏赏山水传统的书写承继③,同时也是晚明特殊环境下文人宦游创作已疏离于应对行迹出处的叩问而聚焦于对"人生贵适意"的高度体悟。

袁中道宦游书写的革新意义表现在"行旅诗纪化"与"游程日记化"的铺陈融合。通观《新安集》,根据诗题所含地名已可窥空间的移动,例如,赴任途中所作《将赴新安任,出都门》《雄县道中》《过郧州城》《白沟河》以及将抵徽州境内所作《扬州早发》《芜湖早发入新安》等,一一可窥离京南下行经地点。绾合《游居柿录》则能将那些因"时"或"地"或"事"缺席而区隔的作品串联起来。试看《由芜湖入新安道上杂咏》:

> 春水平田鹭一群,黄花陌上野香熏。若为雨霁犹屯雾,总以松多易染云。洞拂古莎来鹿女,原留新迹过山君。马蹄闲踏萧森影,夜月朝曦两不分。(其一)
>
> 长途一缕蚀山腰,肩至时逢伐木樵。地僻乍存三两户,溪多何止百千桥。小园处处花相接,远岫重重雪未消。半壁已惊千丈落,登峰犹自路迢遥。④(其二)

"其一"写作者驰马由芜湖出发入新安,白鹭于水田自由飞翔,路旁野花散溢幽香,"马蹄闲踏"可见作者此时轻松无拘的悠闲心境。"其二"续写所见乡村优美景致,穿行于僻静山路,劳顿思绪又兼小园花事的拨动,使得行旅道上的诗人冀期于抵达可以安居的徽州。游兴激发才思并通过诗化的语言对自然客体进行描摹,毫无掩饰地将欣忭之情寓之于景表现出来。

袁中道采用"诗歌+散文"组合形式展现书写的变创,游览趵突泉、灵岩山、岱宗、峄山和黄山等,创作《趵突泉,兼呈大中丞李梦白、直指毕东郊二先生四首》《灵岩》《登岱宗(十首)》《峄山(二首)》《黄山(四首)》诗歌与《趵突泉记》

---

① 王思任著,李鸣注评《王思任小品全集详注》,北京:北京联合出版公司,2018年,第353页。
② 袁中道著,钱伯城点校《珂雪斋集》,第460页。
③ 学界常见的是对"郡斋诗"(以出任郡县的官吏为创作主体、在郡斋县衙等官舍所创作的诗歌)进行研究,参见葛晓音《中晚唐的郡斋诗和"沧洲吏"》,《北京大学学报(哲学社会科学版)》2013年第1期。
④ 袁中道著,钱伯城点校《珂雪斋集》,第401—402页。

《灵岩记》《游岱宗记》《游绎山记》《游黄山记》散文。徜徉山水之间,并实时记录游踪线路、游览场所的地理方位;"诗纪"与"日记"的组合书写使得读者读起来更有亲近感和"在场感",同时亦可窥见文本之间的丰富意蕴与情志展露。又如,袁中道创作多首"采石"主题诗歌(《采石》《采石阻风》《雨泊采石(二首)》《除日采石阻风,兼柬曹元甫》《采石岁暮即事(二首)》《戊午元日采石舟中试笔,时值大雪》等),又撰作《采石度岁记》游记散文补充叙写,增添纪程记事的生动性和翔实性,黏合成日记体组合模式,组诗内部及不同序列作品群整体构建起详略互文和张弛有度的文本系统。

袁中道宦游书写的展拓意义,还在于革新了创作观念。事实上,"宦游"一直是文官仕宦生涯的重要创作契机,从六朝"二谢"至唐代韦应物,再到宋代欧阳修、苏轼、曾巩、范成大和杨万里等人,均无差别地在书写过程中尽力消解"仕宦—吏责"与"栖隐—游览"之间可能存在的对立。在袁中道这里,有意地弱化宦情羁縻主导意识,代之以较为客观洗练地展现个人的实际游观感受。抵达之时,袁中道纪录并惊叹,"二月二十一日午,至徽州府。万山攒簇,一水界练,真烟云国也"[1]。徽州山水为其提供了广阔的诗意空间,亦可见出山水佳兴带来的绝佳审美体验,而这正是宦游行旅创作的动力源泉。袁中道在徽州府应程明哲之邀,与门生、友人们登临霞山,《秋日同程彦之、程如晦、汪惟修往游霞山》诗云:

> 扶藤如渴骥,水陆历金汤。溪路先辞暑,风柯已变商。盖飘陈果落,衣染淡花香。标建蒸霞丽,涛鸣叠雪凉。裂云成大道,绝洞起飞梁。臂接同猿饮,身轻似鸟翔。雉城分仔细,虎节辨微茫。楼阁霄端接,闾阎井底藏。孤峰祠火帝,十刹奉空王。神木天呈瑞,文波地发祥。新安千古胜,大好忆萧皇。[2]

此次游赏活动,在《游居柿录》中亦有记录:"程如晦邀游霞山,至南门以舟往。登岸,步过紫阳山,听鱼梁水声甚厉,望之如积雪,上沸可里许。至紫阳桥,甚整丽,左右不用栏,俱以石砌,精工坚密,非新安物力不能有也。又里许为霞山,以山色似霞,故名。"[3]徽州山川胜概激发袁中道的游兴与诗情,赋诗

---

① 袁中道著,钱伯城点校《珂雪斋集》,第1402页。
② 袁中道著,钱伯城点校《珂雪斋集》,第410页。
③ 袁中道著,钱伯城点校《珂雪斋集》,第1412页。

吟咏并叙写经过,所见所闻令人目不暇接,故而盛赞道"新安千古胜"。这显然迥异于袁中道自述未仕前"偶尔寄兴,模写山容水态之语"①的创作心态。

袁中道凭借在诗文坛坫的一定影响力,致使"一时僚友多贤者"②,"客以竿牍至者踵相接"③。袁中道在徽州地方上屡屡探寻自然山水,乐于泛舟适意、诗酒酬赠,创作《初至新安,李谛星招饮泛舟,同王孝廉稚吕、程茂才孔达》《潘景升招饮山寺,即席赋》《王稚吕招饮泛舟,同谛星》《首夏买舟邀夏濮山明府泛河西,并游太平寺,雨中有还》《梧桐洞小饮》《同张令君芝亭社兄泛舟话旧》《饮丁孺三碧霄楼,同程试可》《初度,同秦京及诸公泛舟二首》《詹日至、刘旭招饮澄江亭,即席赋(二首)》等诗篇,或是应地方文士之邀泛舟,或是主动买舟偕友共游,"烟云归散吏,风日媚游船"④,觞饮畅谈并主动投入地方社会生活中。《初度同秦京及诸公泛舟二首》诗云:

> 何处堪怡悦,名蓝聚水西。利锥逢快友,文练出清溪。上客全寒素,
> 微官半隐栖。决云还纵壑,鱼鸟任高低。
> 我本无公事,那能不泛船。肯将闲日月,孤却秀山川。戏水生能悦,
> 浮家岁合延。君看鼓揖者,偏得唤长年。⑤

袁中道与友朋乘舟聚会庆生,享受这种"微官半隐栖"的游居生活,以"我本无公事"的闲情立场深入探索徽州的村野田园,乐于与"寒素"文士畅游在自然山水之间。袁中道《赴句曲送校士》:"余睡扰在目,残梦如潺援。山深滴雾露,侵晨弄微寒。乱峰围沃壤,禾穗亦已繁。微官无远虑,身劳心所安。束带非有苦,不敢话归田。散步绮吟间,岂复异乡园。聊作无心云,异患何能干。"⑥公务之余游览山间田地,以闲心释脱官身之累。七八两句隐匿着一种微妙的平衡:任职"微官"遂没有"远虑",身虽劳瘁而心安自得。这并非故作高蹈姿态,而是以"仕隐之间"心态履践吏责的同时,寄情山水乃至忘却身心的委顿,纾解日常世事甚至公务的压力,由此获得精神上的自遣和超越。袁中道居官徽州时愈来愈谙习于疏离庙堂的场景书写,审美特质在此得到了展露无遗的呈现,

---

① 袁中道著,钱伯城点校《珂雪斋集》,第20页。
② 袁中道著,钱伯城点校《珂雪斋集》,第504页。
③ 袁中道《秦京文集序》,《新安集》"坤"字册,明刊本,日本国立公文书馆藏。
④ 袁中道著,钱伯城点校《珂雪斋集》,第402页。
⑤ 袁中道著,钱伯城点校《珂雪斋集》,第407页。
⑥ 袁中道著,钱伯城点校《珂雪斋集》,第409页。

而这与其新变的创作观念不无关联。

五、余 论

袁中道一生在科举之路上艰辛求索,晚年及第后重新体认了关于个人出处的思想博弈,以"仕隐之间"调和自我内心矛盾和精神张力。赴任履职徽州府期间,袁中道以优游不迫的姿态游赏自然山水,融铸采用"纪行互见"的形式描绘出一幅宦游立体图景,反映了晚明文人自觉的地方书写观念走向成熟。"行旅诗纪化"与"游程日记化"具备独特品质和融摄意义,袁中道有意地弱化宦情意识,保持以疏离而又自适的心态展露个人游居感受。就认识论角度而言,折射出晚明时代背景下个人在山水与朝堂、仕进与遁世之间的显微角力过程;从创作论角度来看,体现了地方自然环境的"江山之助"和人文环境的交际融会对其宦游书写的生成作用。文官阶层的生活世界和社会关系由此亦得映现,这对于探讨晚明地方文化、地方官的日常行旅生活等也不无裨益。

自然环境(山川形胜、物产节候和地域景观等)会对作家的宦游书写产生影响,人文环境(士绅百姓、风俗历史和人际交往等)也潜在推动文学思想和创作风格的转变。徽州自然与人文环境拓宽了袁中道晚年的审美视界,丰富了生活空间,提供了大量知识资源和创作素材;而"文学作品不能简单视为是对某些地区和地点的描述,许多时候是文学作品帮助创造了这些地方"[①],袁中道匠心地进行艺术化提纯,使得宦游书写的作品更具生命力和感染力。值得一提的是,袁中道履徽期间,文化心态趋于内省、审美旨趣渐至改观,对诗学理论及文学批评有了重新审视,撰写了《珂雪斋前集自序》《宋元诗序》《秦京文集序》《袁中郎全集序》等,总结自己和仲兄袁宏道的文学生涯,提出"本之以性灵,裁之以法律"重要理论,完善公安诗学体系、修正末流浅露轻率之疏失,在明代文学史和批评史上具有重要意义。关于这一方面,仍有待进一步探讨。

[作者简介] 邢云龙,南京大学文学院博士研究生。

---

① [英]迈克·克朗著,杨淑华、宋慧敏译《文化地理学》,南京:南京大学出版社,2005年,第40页。

韩愈与"后姚鼐时代"的理论实践探索

孙车龙

[摘　要]　"后姚鼐时代"桐城后学的理论实践探索围绕心慕手追韩愈而展开。他们在面对姚鼐辞世、汉宋学纠纷及嘉、道后社会危机加深等种种不利局面时,积极向韩愈靠近,如在"明道"上,方东树慕学推尊韩愈,立言救时以捍卫理学道统与桐城文统;在"辞章"上,梅曾亮汲纳韩愈"陈言务去"之独造精神而提出"因时"主张,促使桐城文章紧贴时代,保持活力;曾国藩则意在矫桐城懦缓之弊,深感昌黎辅时及物用心而为桐城义法注入"经济"要素,并引入韩愈之雄奇瑰玮文风,深味韩愈"务反近体"而采纳骈体等以扶正桐城文章。"后姚鼐时代"桐城后学通过借重韩愈使得桐城派得以自振甚至增广了影响,同时在挽救人心风俗,救时扶弊上亦发挥了桐城力量。

[关键词]　桐城派　韩愈　古文

　　韩愈是古典文学研究的热门话题,近百余年来,所结成果丰硕。只是经验成果的丰富积累并不意味着研究已到了故步自封的境地,还尚有许多新领域等待发掘。例如在清代,虽抑韩频现,但韩愈依旧是清人眼中颇可珍视的遗产①。尤其是"学行继程朱之后,文章在韩欧之间"②的桐城派,对韩愈研习"不遗余力"。这种文学现象遂成为以新视角察寻两者交融迭变的有效考察,无疑拓宽了韩愈、桐城派研究的视野,从而增加新成果创出的可能性。而考察韩愈与桐城派渊源脉络的有效性,如果放置在"后姚鼐时代"则更为显豁。在桐城

---

　　①　由于清人对韩文的过度推崇,并由此上升到刻板摹习,而有反省者将批判矛头直指韩文。又有韩诗为崇尚汉唐之诗家视为无足称道,且一些理学家又责韩愈欠学问功夫,而将其排除在道统正宗之外,但清人对韩集的整理完善,对韩愈诗文乃至思想的承继,又昭示着可颉颃宋代又一韩愈接受高潮的来临。

　　②　方苞《方苞集》,上海:上海古籍出版社,1983年,第916页。

派两百余年的发展史中,作为代表性人物的姚鼐,在宋学萎靡,乾嘉汉学如日中天的特殊时期,虽恒处寂寥之境而苦心经营,在培育传人的同时,自铸新论,构建桐城文统,使桐城派最终确立,并为其在接下来的残酷竞争中站稳脚跟甚至得以光大提供了系统性资源。虽然,在时人眼中,姚鼐并非因功至开宗立派而神圣不可批判[①],但在其弟子及私淑者看来,授业之师兼具门派领袖的姚鼐自是擎天玉柱,架海金梁。故而在其逝后,后学朱琦在贺梅曾亮六十寿诗中有云:"方姚惜已往,斯道坠尘境。"[②]在朱琦等人认知中,姚鼐辞归道山,文道即坠入尘境,桐城派不免有颓落之虞。巨人已逝,丧失引领的桐城派人在沉痛迷茫之余又遇嘉、道后社会风云诡谲的阴霾,那么,如何在"后姚鼐时代"自振以保全传绪甚至增广门派的影响,如何挽救人心风俗以救时扶弊,是随后数十年学术活动的中心话题。而对向来"绝学绍韩欧"的方东树、梅曾亮、曾国藩等人来说,取法韩愈乃至因其新变,无疑是解决以上问题的绝佳之径。

一、挑战与应对

虽姚鼐以高屋建瓴之姿为桐城派的后续行驶铺设了一段不短的坦途,然失去灯塔后的迷茫与窘境仍需惶遽的桐城后学们迅速振作以应对。他们面临着两大挑战。一是,如何在汉宋之争的学术纠纷中有力回应汉学家的诘难,从而坚守桐城派的道统文统;二是,如何在嘉、道后经世思潮的垒涌中凸显桐城力量,立言救时。

桐城派因信奉程朱,而常对战汉学家并为其所质疑责难。汉宋学争端中,汉学家以非毁宋儒为能,常批判宋学家义理非孔孟之道。戴震便认为:"宋以来儒者,以己之见,硬坐为古贤圣立言之意,而语言文字实未之知。"[③]从根本上否定理学的道统。理学既不正统,遑论尊程朱的古文家,焦循便嘲讥:"赵宋以下,经学一出于臆断,古学几亡。于是为词章者,亦徒以空衍为事,并经之皮毛,亦渐至于尽,殊可闵也。"[④]钱大昕更是直指方苞学问粗疏不过关:"若方氏乃真不读书之甚者。吾兄特以其文之波澜意度近于古而喜之,予以为方所得者,古文之糟粕,非古文之神理也。王若霖言灵皋以古文为时文,却以时文为

---

① 如陆继辂《与吴仲伦书》云:"姬传续出之文,颇有违心徇人之作,而序惕甫集为尤甚。"(陆继辂《崇百药斋续集》,《清代诗文集汇编》第506册,上海:上海古籍出版社,2010年,第272页)

② 朱琦《伯言先生六十初度同人集龙树寺设饮赋诗邵蕙西舍人诗先成因次其韵》,《怡志堂诗初编》卷五,清咸丰七年刻本。

③ 戴震《与某书》,《戴震集》,上海:上海古籍出版社,1980年,第187页。

④ 焦循《与孙渊如观察论考据著作书》,《雕菰集》卷一三,《续修四库全书》第1489册,上海:上海古籍出版社,1996年,第246页。

古文,方终身病之。"①同时,汉学家亦认为程朱之学于世有害,不切实用。"近世有为汉学考证者,著书以辟宋儒,攻朱子为本……究其所以为之,罪者,不过三端。一则以其讲学标榜,门户分争,为害于家国。一则以其言心、言性、言理,坠于空虚。心学禅宗,为歧于圣道。一则以其高谈性命,束书不观,空疏不学,为荒于经术,而其人所以为言之恉,亦有数等。"②总之,在汉宋学的激烈争端下,汉学家质疑程朱承接孔孟道统的合法性,訾言理学的于世无用,嘲讽桐城派学问的粗疏,其种种发难无疑成为桐城派必须要回应的难题。此为"后姚鼐时代"桐城后学所面临的挑战之一。

不只是汉学家的责难,嘉、道后内外环境的恶化亦须桐城派人倾力应对。嘉庆后,清廷统治愈发腐坏,各地起义蜂起,社会贫穷普遍,而外部环境持续恶化,渐有乱亡之象。姚莹愤懑概言:"承平日久,生齿繁而地利不足养,文物盛而干盾不足威,地土方而民心不能靖,奸伪滋而法令不能胜,财用竭而府库不能供,势重于下,权轻于上,官畏其民,人失其业,当此之时,天下病矣,元气大亏,杂证并出,度非一方一药所能愈也。"③内与外的生存危境对敏锐的士人群体而言是何等的影响巨大。故社会思潮随之涌动,舆论环境加速转变,自省振作渐成士林风习。在此意义上,"救时"不免成为姚鼐后桐城文人的常谈,故观乎此时桐城诸人言论便看到。姚莹以为:"人生天地间,当图尺寸之益于斯人斯世,乃为此生不虚。"④方东树认为:"要之文不能经世者,皆无用之言,大雅君子所弗为。"⑤梅曾亮亦言:"士之生于世者,不可苟然而生……以昌明道术、辨析是非治乱为己任。"⑥总之,在矛盾激化,华夏有失坠之险的危急关头,桐城派该如何引领风向,贡献力量,此又为姚鼐逝后桐城派人所面临的挑战之一。

而从后续的应对措施来看,面对汉学家责难所造成的道统危机,华夏有失坠之险的"亡天下"危机,桐城派后学从韩愈处得到了启发以努力挽避消弭。

"尚韩"是桐城派传统。追溯该派接受韩愈历程,早期如方苞以"文以明道"为模板,主"义法"而深度接受韩文,而后刘大櫆"神主气辅",姚鼐"阳刚"之美,无不是参学韩愈以自变的成果。而姚鼐之后桐城后学之所以顺畅自然地

---

① 钱大昕《潜研堂文集》,上海:上海古籍出版社,1989 年,第 608 页。
② 方东树《汉学商兑》,钱钟书主编,朱维铮导读《汉学师承记》(外二种),北京:生活·读书·新知三联书店,1998 年,第 235—236 页。
③ 姚莹《复管异之书》,《东溟文后集》卷六,清同治六年姚濬昌安福县署刻本。
④ 姚莹《复李按察书》,《东溟文集》卷三,清同治六年姚濬昌安福县署刻本。
⑤ 方东树《复罗月川太守书》,《仪卫轩文集》卷七,清同治七年刊本。
⑥ 梅曾亮《上汪尚书书》,彭国忠、胡晓明校点《柏枧山房诗文集》,上海:上海古籍出版社,2020 年,第 24 页。

取法韩愈,不仅仅是传统"家法"的影响,更因他们看到在相似的处境下,韩愈应对挑战之卫道救时的成功。

在桐城派人看来,应对两大挑战的措施是一致的,卫道即是救时,救时也即卫道。而韩愈恰好身兼卫道者与救时者双重身份。韩愈之卫道本自救时而来。陈寅恪先生论韩愈为唐古文运动之领袖及谏迎佛骨之勇者的肇因,抉其根本是他对"夷夏之防"准确一贯的认知①。相关思想集中在他的"五原"作品中。"五原"正名儒家而攘斥佛老。其述排佛原因有深浅两层:佛教冲击政治经济,直接触惹韩愈以抵牾。继续深究,韩愈排佛态度炽烈更因他恐"中国之法"因"夷狄之法"流广而将失坠以致"亡天下"。"举夷狄之法而加之先王之教之上,几何其不胥而为夷也!"②这种结合经学的现实关切与个人"国家意识"觉醒的恐忧,在后世也不乏回响。顾炎武云:"易姓改号,谓之亡国;仁义充塞,而至于率兽食人,人将相食,谓之亡天下……是故知保天下,然后知保其国。"③在他们认知中,"亡有迭代之时,而中华无不复之日"④,一家宗庙可湮塞,"天下"绝不可沦亡。因此,韩愈自我定位:"释、老之害过于杨、墨,韩愈之贤不及孟子。孟子不能救之于未亡之前,而韩愈乃欲全之于已坏之后。"⑤故韩愈卫道救时作《五原》《论佛骨表》等排挞释教,桐城后学据此亦立言著述回应汉学挑战,以回挽宋学势力,达到救时的目的。这其中以方东树最得韩愈三昧。

方东树极为尊崇慕学韩愈。认为"论读书深,志气伟耳","如韩公便是百世师"⑥,言诗以韩与杜并称,又说"韩如六经"⑦。桐城派所奉朱子便言"六经,治世之文也"。⑧所以从这点看,方东树尊奉韩诗文至等同六经治乱的地位,评价即使放在桐城派内部也无疑是殊誉了。同样,韩愈立言以卫道救时为方东树所效仿。方氏认为:"昔张衡称立事有三,言为下列。下列且不可庶矣,奚冀其二哉。性喜文字,亦好深思,利害之际,信古求真。"⑨认为"立事"始于立言。

① 参见陈寅恪《论韩愈》,《金明馆丛稿初编》,北京:生活·读书·新知三联书店,2015 年,第 328—329 页。

② 韩愈著,马其昶校注《韩昌黎文集校注》,上海:上海古籍出版社,2021 年第 24—25 页。

③ 顾炎武著,陈垣校注《日知录校注》,合肥:安徽大学出版社,2007 年,第 722—723 页。

④ 《日知录校注》,第 362 页。

⑤ 《韩昌黎文集校注》,第 304 页。

⑥ 方东树《昭昧詹言》,北京:人民文学出版社,1961 年,第 23 页。

⑦ 《昭昧詹言》,第 219 页。

⑧ 黎靖德编,王星贤点校《朱子语类》卷一三九,北京:中华书局,1986 年,第 3297 页。

⑨ 《昭昧詹言》,第 1 页。

又明言"君子立言,为足以救乎时而已"。①为此,方东树著述《汉学商兑》《昭昧詹言》等针砭汉学,勾连道统,以期达到捍卫宋学及匡正时弊的双重目的。

方东树捍卫理学道统的历程伴随着汉学的势大、衰落而波潮迭起。乾、嘉时,汉学如日中天,其勃兴甚至引得姚鼐为之预流、对抗乃至告退②。桐城派正因此带有抗衡汉学的使命为姚鼐所倾心培植直至树立。汉学之势大,即使立派的一代文宗尚且避其锋芒,遑论尚未成长起来的姚门弟子。甚至,在姚鼐逝去的三十四年后,其徒梅曾亮对待汉宋之争仍持"时规难合重低首,古学争鸣亦藏舌"③这种"消极"的态度④。然道光六年(1826),方东树便顶住压力著《商兑》反击江藩,支持宋学。此时汉学虽弊端渐露,桐城派亦渐获声望,但汉学仍旧势大,名宿仍在,且正朝着义理化的革新方向驶进⑤。所以方东树此举恰如韩愈谏迎佛骨那般展现出了抗颜扶弊的莫大勇气。

嘉、道后汉学走向衰落,其失在于埋头考据,渐忘却为现实服务。乱世迫临,却抛弃义理探究,无法发挥救时效用。故时人言:"近世言汉学者,喜搜古义,一字聚讼,动则数千言,几如秦近君之说《尚书》。当天下无事时,文章尔雅,以之润色太平可矣。及其有事,欲以口耳之学,当天下之变,宜其束手无策。"⑥汉学的窘蹙促成提倡德治以整顿人心风俗的宋学势力回潮。因此,方东树《商兑》驳斥汉学、扶植宋学时多站在"致用"的角度。所著虽有门户相争的情感因素,但此书更是激于乾嘉考据困境以及嘉、道后国势的衰颓而形成。《商兑》四十余条辩驳,多数是围绕"致用"展开,尤其是针对汉学时,更是极欲证明汉学"无用"。"言言有据,字字有考,只向纸上与古人争训话形声,传注驳杂,援据经籍,佐证数百千条,反之己心身行,推之民人家国,了无益处,徒使人狂惑失守,不得所用。"⑦讥讽汉学家欲通过考证来实现治

---

① 方东树《仪卫轩文集》卷一,清同治七年刊本。

② 姚鼐与汉学之纠葛可详参王达敏《姚鼐与乾嘉学派》(北京:学苑出版社,2007年)一书。

③ 《柏枧山房诗文集》,第600页。

④ 梅曾亮对汉宋学争端不甚关心,虽部分原因在于其性格简淡,又不深窥性理,以文人自许。但恐怕也有其师姚鼐败退于汉学的前车之鉴影响。也恰因其在京师期间静观人事,肆力为文,奖掖后进,方使桐城派文事大盛,四海造请。

⑤ 一些汉学家已认识到专注考据非大益于世,而转向肯定、研习宋学。段玉裁晚年道:"寻其枝叶,略其本根(按:程朱)","老大无成,追悔已晚。"(段玉裁《博陵尹师所赐朱子小学恭跋》,《经韵楼集》卷八,清嘉庆十九年刻本)焦循也曾著述《论语通释》《孟子正义》,阐发义理之学。阮元晚年趋于调和汉宋,"两汉名教得儒经之功,宋、明讲学得师道之益,皆于周、孔之道得其分合,未可偏讥而互诮也。"(阮元《拟国史儒林传序》,《揅经室集(一)》,北京:中华书局,1993年,第37页)

⑥ 张瑛《读毛诗传》,《知退斋稿》卷一,《清代诗文集汇编》第694册,第504页。

⑦ 方东树《汉学商兑》,《汉学师承记(外二种)》,第276页。

世,到头来却"无关于身心性命、国计民生、学术之大"。①又说:"经者,良苗也;汉儒者,农夫之勤菑畬者也,耕而耘之,以殖其禾稼;宋儒者,获而舂之,蒸而食之,以资其性命,养其躯体,益其精神也。非汉儒耕之,则宋儒不得食;宋儒不舂而食,则禾稼蔽亩,弃于无用,而群生无以资其性命。今之为汉学者,则取其遗秉滞穗,而复殖之,因以笑舂食者之非,日夜不息,曰:吾将以助农夫之耕耘也。卒其所殖,不能用以置五升之饭,先生不得饱,弟子长饥。以此教人,导之为愚;以此自力,固不获益。毕世治经,无一言几于道,无一念及于用。"②方东树以为,"经"乃良苗,汉儒释经就如农夫耕耘,护植秧苗;宋儒阐释经义,就如处理谷物成食品以滋养生命精神。他在此处既回应了汉学家责难,褒赏宋学之致用,且并未回避汉儒治经之功,而是极力反对今之汉学家的皓首穷经,认为他们仅是复殖汉儒之"遗秉滞穗",忘却现实需求,是真正的于世无用。

方东树通过《商兑》批评汉学家为考据而考据,轻忽现实关切,以强调儒家治经的经世作用,这无疑有利于扶弊救时,其立言被程朱拥趸甚至一些汉学家予以肯定。李兆洛便言:"读大著,私心畅然,知负荷世教自有人也……窃谓汉、宋纷纭,亦事势相激而然,得先生昌言之,拔本塞源,廓清翳障,程、朱复明,此亦'功不在禹下'者也。"③盛赞方氏济世卫道之功。

方东树受韩愈影响之"立言"并不止步于捍卫理学道统,其又著《昭昧詹言》借推尊韩愈以勾连孔孟学说,树立理学道统的合法性与权威性,最终应对汉学家责难及救时治乱的双重挑战。

《昭昧詹言》以"文、理、义"为"学诗之正轨"④,虽身披诗学外衣,却内含理学之核,与《商兑》有异曲同工之妙。方东树在《昭昧詹言》中提出"一佛二祖五宗"论,虽以杜甫为佛,韩愈、苏轼为祖,黄庭坚、陆游等为宗,但言诗以杜、韩并称。把韩愈置于杜甫同等地位,原因除却韩诗艺术造诣颇为夺目外,还在于韩诗与杜诗一样,其中的济世功用惹得方东树这一卫道者分外青睐。方氏认为杜、韩"真气脉作用在读圣贤古人书、义理志气胸襟源头本领上。"⑤又说:"读杜、韩两家,皆当以李习之论六经之语求之,乃见其全量本领作用。"⑥所谓"李

① 方东树《汉学商兑》,《汉学师承记(外二种)》,第405页。
② 方东树《汉学商兑·重序》,《汉学师承记(外二种)》,第411页。
③ 方东树《汉学商兑》,《汉学师承记(外二种)》,第414页。
④ 《昭昧詹言》,第7页。
⑤ 《昭昧詹言》,第211页。
⑥ 《昭昧詹言》,第218页。

习之论六经之语",即李翱所言:"列天地,立君臣,亲父子,别夫妇,明长幼,浃朋友,六经之旨也。浩浩乎若江海,高乎若邱山,赫乎若日火,包乎若天地,掇章称咏,津润怪丽,六经之词也。"①韩门李翱的文学之旨承自韩愈,即"悦古人之行者,爱古人之道也"②,注重文以明道。他认为"六经"之旨在于正纲常明人伦,彰行教化。方东树以此嫁接论杜、韩诗歌,非是仅言两人作诗造语自"六经"处来,更是要着重昭显他们诗歌的世教功用。

方东树认为"韩如六经",又说:"韩公后出,原本六经,根本盛大,包孕众多,巍然自开一世界。"③然韩愈诗接"六经",非方氏一家之言,清代诗论家多持此论。李重华认为:"诗家奥衍一派,开自昌黎。然昌黎全本经学,次则屈宋扬马,亦雅意取裁,故得字字典雅。"④所谓"奥衍",若无强烈自觉的拟经意识则不能探得。翁方纲说:"韩文公约六经之旨而成文。其诗亦每于极琐碎极质实处,直接六经之脉。"⑤而理学家视"六经"为治世之文,这便无怪乎方东树进一步阐发韩诗:"韩公修业明道,语关世教,言言有物。"⑥"世教"是方东树治学侧重,"盖昔人论文章不关世教,虽工无益,故吾为文务尽其事之理而足乎人之心"。⑦在方东树看来,"世教"是孔孟道德性命之学对人心约束的具象,又是道统对政统的现实影响。其分外强调韩愈"语关世教",正因他修业明道的作为,是彻底反击汉学家质疑理学道统与桐城派文统的有力武器。

汉学家意欲通过责难程朱"歧于圣道""空衍为事"而从根本上否定理学的道统和现实价值。方东树为此在梳理前贤学说中抬出推尊韩愈以作出回应。韩愈是程朱通向孔孟不可或缺的人物。虽为一代文雄,作品中的哲学理趣也囿于排斥释老的现实意义而时常为经学家批为"大醇小疵",然而他对孔孟与"道统"的提倡,使儒道的统系和学说得以明确并加强,这便实开了"宋明新儒家之先河"。⑧其作"五原"在攘斥佛老的同时,对儒学进行了一番新解读。他以"相生相养"来强化孔孟仁爱精神,又通过明确以仁德为核心的道统来实现道统与政统的统一。这对唐以后的儒家学者道统政统观念的塑造,对儒学入世有为功用的强化都有不小的影响。因此,方东树在论诗时抬高韩愈的诗学地位,同时不辞辛劳地凸显其诗"语关世教"的教化作用以明确韩愈的儒学贡

---

①② 李翱《答朱载言书》,董诰等编《全唐文》卷六三五,北京:中华书局,1983 年,第 6411 页。

③《昭昧詹言》,第 5 页。

④ 李重华《贞一斋诗说》,丁福保辑《清诗话》,上海:上海古籍出版社,1978 年,第 932 页。

⑤ 翁方纲《石洲诗话》,北京:人民文学出版社,1981 年,第 61 页。

⑥《昭昧詹言》,第 130 页。

⑦ 方东树《仪卫轩文集自序》,《仪卫轩文集》,清同治七年刻本。

⑧ 冯友兰《韩愈李翱在中国哲学史中之地位》,《清华周刊》第 91 期,1932 年 5 月,第 3 页。

献,皆是意欲通过韩愈来勾连宋儒与孔孟①,反击汉学家对理学道统的正宗及现实作用的质疑和责难。

总之,以方东树为代表的"后姚鼐时代"桐城后学在应对学术之争及时代变化的双重挑战时,从韩愈处得到了启发,最终成功应对。只是这种包含"君子立言,为足以救乎时"志向的实现及对汉学家质疑的回应尚属于"明道"一途上的精彩展现,而如何在"辞章"上对时势变化做出因应,则要关注梅曾亮、曾国藩等人的努力。

二、通时合变

不同于韩愈之起衰济溺在明道与古文上皆有建树,"后姚鼐时代"桐城后学量自身才具,在义理、辞章上执一端而首重专精②,可道及者如方东树注心理学道统及桐城诗学,梅曾亮则甘居"文人之畸",处"寂寞之道而不悔"③,磨砻辞章。在当时的学术氛围中,时人多视辞章之学是艺而非道,虽有以偏概全之谬,但熟练辞章而不深究圣道义理自是不受经学家的肯定追捧④。然熟练辞章之文人自是最能以文学敏锐反映时代之更迭变化。在这方面,以文人自许的梅曾亮可谓桐城派中的翘楚,换句话说,这也就不难理解"因时"这一重要主张在他这里被明确提出来。

梅曾亮"因时"之论启自韩愈"陈言务去"。"陈言务去"是韩愈治学戛戛独造,能自树立精神的具现。虽然近现代以来的文学研究惯于在文论的维度上看待此范畴,但衡之韩愈的文学活动事实及自述,"陈言务去"实是其用以探至道境的具体手段。

韩愈认为,明"古道",得其精神的切实途径在于行古文。而古文如何做得好?除了要有"道"之义理外,他认为还要有求新求变的意识。《答李翊书》一文因韩愈自述如何通过古文矻矻研磨,修养坚毅砥砺以优入道德圣域而成就

---

① 朱熹或不以韩愈作为承接孔孟的重要一环,但在桐城派内部,除方东树外,曾国藩亦肯定韩愈勾连孔孟的地位作用,具体可参见其《祭韩公祠文》一文。

② 桐城派治学有首重专精之习。姚鼐少尝作词,后受王鸣盛、戴震影响而搁置:"词学以浙中为盛,余少时尝效焉。一日,嘉定王凤喈语休宁戴东原曰:'吾昔畏姬传,今不畏之矣。'东原曰:'何耶?'凤喈曰:'彼好多能,见人一长,辄思并之。夫专力则精,杂学则粗。故不足畏也。'东原以见告。余悚其言,多所舍弃,词其一也。"(姚鼐著,刘季高标校《惜抱轩诗文集》,上海:上海古籍出版社,1992年,第646页)

③ 《柏枧山房诗文集》,第62页。

④ 如汉学家甚屑辞章之学。戴震获悉好友方矩倾心古文,遂致书规之:"得郑君手札,言足下大肆力古文之学。仆尝以为此事在今日绝少能者,且其途易歧,一入歧途,渐去古人远矣。古今学问之途,其大致有三:或事于理义,或事于制数,或事于文章。事于文章者,等而末者也。"(戴震《与方希原书》,《戴震文集》,北京:中华书局,1990年,第143页)

千古名篇："始者，非三代两汉之书不敢观，非圣人之志不敢存。处若忘，行若遗，俨乎其若思，茫乎其若迷。当其取于心而注于手也，惟陈言之务去，戛戛乎其难哉！其观于人也，不知其非笑之为非笑也。如是者亦有年，犹不改。然后识古书之正伪，与虽正而不至焉者，昭昭然白黑分矣，而务去之，乃徐有得也。当其取于心而注于手也，汩汩然来矣。其观于人也，笑之则以为喜，誉之则以为忧，以其犹有人之说者存也。如是者亦有年，然后浩乎其沛然矣。吾又惧其杂也，迎而距之，平心而察之，其皆醇也，然后肆焉。"①韩愈的古文创作是通过观上古之书，存圣贤之志，"陈言务去"到辨书之正伪精粗，以有己见，最后方在静心察醇之后横肆挥洒。在这不倦的古文探索中，道德修养也在精进，文章最终"肆焉"，自身也随之进入"从心所欲不逾矩"的精神境界。韩愈在此为后之学者开示了治学的至高境界和由以达之的具体途径，即包括"陈言务去"等一系列治学的手段。观察韩愈为文修养过程，可发现"陈言务去"是具体可操作的，而他也在不断深化此论："或问：为文宜何师？必谨对曰：宜师古圣贤人。曰：古圣贤人所为书具存，辞皆不同，宜何师？必谨对曰：师其意，不师其辞。"②"师其意，不师其辞"，是精神的继承，语言的革新，是复古与创新的结合。他又说"惟古于词必己出，降而不能乃剽贼"，"然而必出于己，不袭蹈前人一言一句"。③"陈言务去""词必己出"，说到底是要孕育能自树立不因循的革新能力。

正因这种戛戛独造，韩愈方能在诗文上雄奇肆意，在儒学经解中创意立言。虽然，文章巨手韩愈本人在"陈言务去"上亦未彻底地如愿以偿，但仍不掩此论的艺术水准与价值。后世学者深受影响，如在清代，恐怕没有比桐城派人更能汲取善用这一理论，并且他们尚未止步，还做到了承变开新。

桐城派的承变有一个发展过程。首先方苞肯定"陈言务去"的价值，"理正而皆心得，辞古而必己出，兼是二者，昔人所难，而今之所当置力也"。④借此批评一些人只学古人"形貌"，而无自我见解；姚鼐认为："文士之效法古人，莫善于退之，尽变古人之形貌，虽有摹拟，不可得而寻其迹也。"⑤"摹拟"是继承，"不可得而寻其迹"那便是创新了；深刻体悟此论的是刘大櫆，刘大櫆有论文"十二贵"，是他首重"文之能事"的理论总结。"十二贵"中列有"文贵去陈言"，

① 《韩昌黎文集校注》，第240—241页。
② 《韩昌黎文集校注》，第293页。
③ 《韩昌黎文集校注》，第774页。
④ 《方苞集》，第95页。
⑤ 姚鼐《古文辞类纂》，北京：中国书店，1986年，第1页。

很明显承袭韩愈。他强调,"文贵去陈言。昌黎论文,以去陈言为第一义"。又说:"大约文字是日新之物,若陈陈相因,安得不目为臭腐?原本古人意义,到行文时却须重加铸造,一样言语,不可便直用古人,此谓去陈言。"①这说明刘大櫆触摸到了此论中文字常新,文学关乎时代的特性。然行至此处,他却也止住了足,未能更进一步,这种体悟直到梅曾亮才完全地被阐发出来。

梅曾亮是桐城派传衍中期的领军人物。留都近二十载,期间"复守姚氏之绪,讲艺京师,四方魁桀笃敏之士萃焉"②,光大了桐城声势。他对桐城理论贡献不少,其中突出者便是"因时"主张。"因时"的提出非一蹴而就,而是有一个渐进过程。道光五年(1825),梅曾亮作《覆上汪尚书书》描绘了该论的大致轮廓:"夫君子在上位,受言为难;在下位,则立言为难。立者非他,通时合变、不随俗为陈言者是已。昔苏文忠说仁宗,以有为谏神宗之兴事,非更变多而锐气消也,所值之时异也。贾生一见文帝,而劝以削藩国、系匈奴,知文帝所谦让者在此也。故欲救其弊而扶其偏,使其虽从吾言必不至过而为患,不然,则谊者亦晁错、王恢矣。岂惟贾生?"③此文围绕立言而论,立言为儒家"三不朽"之一。他认为下位之人立言困难,难处在于要做到"通时合变、不随俗为陈言",否则贸然救弊扶偏将有晁错、王恢之虞。道光二十七年(1847),他作《答朱丹木书》进一步明揭:"惟窃以为文章之事,莫大乎因时。立吾言于此,虽其事之微,物之甚小,而一时朝野之风俗好尚,皆可因吾言而见之。使为文于唐贞元、元和时,读者不知为贞元、元和人,不可也;为文于宋嘉祐、元祐时,读者不知为嘉祐、元祐人,不可也。韩子曰:'惟陈言之务去',岂独其词之不可袭哉!夫古今之理势,固有大同者矣,其为运会所移,人事所推,演而变异日新者不可穷极也。执古今之同而概其异,虽于词无所假者,其言亦已陈矣。"④时梅曾亮六十二岁,已服京官十余载,故这段论说可谓是久观人事,钻研文道后的理论精粹。从其自述中可看到,"因时"之论直接启自韩愈,但明显又有所突破。梅曾亮认为,时代在发展,物情人事自然也"演而变异日新",若要依古今通行之论而敷以文章,则"其言亦已陈矣",因而文章之事要做到"因时"以反映时代。这便要求创作者在思想及手段上有所创新,既要抱有"通时合变",不"执古今之同而概其异"的求新求实意识,也要有语辞更新,"词无所假"的手段。

---

① 刘大櫆《论文偶记》,北京:人民文学出版社,1959年,第11页。
② 陈宝箴《龙壁山房文集叙》,王拯《龙壁山房文集》卷首,清光绪七年陈宝箴刻本。
③ 《柏枧山房诗文集》,第30页。
④ 《柏枧山房诗文集》,第38页。

梅曾亮治学意在求"真","吾以是知物之可好于天下者,莫如真也"①,"吾非贵古也,贵古之能得其真"②,"因时"即要求文章创作能够真实反映时代际会与人事物情,要有"时代真"的思想内核。具体而言,即创作主体要对时代、国事及社会情态有清晰正确的认知,继而用文章去揭示优弊,解决问题。这与方苞、姚鼐等人所阐述的纯文学义理明显不同,显然受到了当时经世思潮的影响。梅曾亮虽自许文人,却是有待于世。其在《馆陶县知县张君墓表》中如此界定"文人":"人以君为文人杰魁者矣,而未意其能为循吏如是。嗟夫,是乃所以为文人也。夫政不达而言立者,盖亦寡矣。"③很明显,梅曾亮认为文人应如张琦那般兼得政声与文名。故主张"因时"的他对时代变化十分敏感,亦激于此常借文章直指时弊。典型如《民论》《刑论》《臣事论》三篇论说在不同方面展现他的淑世观念。《民论》于"天下方全盛,乱端未兆"④之际析理乱民、奸民两种性质不一的祸端,透见他审察世情的敏锐和深度;又针对当时法理错乱而不思改良致使产生"生人者少而杀人者多"的局面,作《刑论》予以揭露并提出解决办法;又作《臣事论》直书当时制度对待大臣小吏态度不公而造成官者不用事的弊病,并认为在事责分明的前提下,尤要治理大臣,做到一视同仁,方能祛除时弊。

"因时"主张展现了梅曾亮深厚的古文功底与勇于革新的气魄。在他看来,"因时"既是评定诗文价值高低的轨尺,又彰显了文人"使命"的责任和意义。它最终是要求文人关注现实,文章要有经世的价值,这与同时期桐城派人的"立言救时"行径如出一辙。从这方面看,认同或继承"因时"之人,自然会敏感于时代,赍持淑世的用心。虽然在桐城派内部,文学要紧贴时代非是梅曾亮首倡阐释,但从后续进程看,显然其"因时"逐渐成为桐城派学术文章努力靠近的共识标的。梅曾亮之后,桐城派"中兴大将"曾国藩轨辙相继桐城前贤,除姚鼐外,沾溉他最多的便是梅曾亮,即李详所言"湘乡曾氏古文,导自梅伯言氏"⑤。所以曾氏在《欧阳生文集序》中勾勒桐城传承脉络时直白道:"文章与世变相因"⑥,在明示自己与梅曾亮"曹溪传法"关系的同时,无疑也更真实还原了韩愈对桐城派的持续强烈影响。此外,姚鼐逝后桐城派能够延续增长,自

---

① 《柏枧山房诗文集》,第 115 页。
② 《柏枧山房诗文集》,第 95 页。
③ 《柏枧山房诗文集》,第 329 页。
④ 朱琦《怡志堂文集》卷六,民国二十四年桂林典雅铅印本。
⑤ 李详《药裹慵谈》,南京:江苏古籍出版社,2000 年,第 55 页。
⑥ 曾国藩《曾国藩全集·诗文》,长沙:岳麓书社,2011 年,第 205 页。

然有道统师统的正面作用及名家迭出的影响存在,但梅曾亮承自韩愈并出新的"因时"所催发的紧跟时代无疑使桐城派有力地抓住历史机遇,以枯木逢春的姿态得以延绵以至光大。因此吴孟复称许道:"梅曾亮在'桐城派'中的地位是仅次于方苞、姚鼐。这不仅因为他起了传播作用,还因为:他在文学理论上与创作实践上都对方、姚有所发展。其原因是他处在近代史开端的时期,由于时代变化,'桐城派'也不能不有所发展变化,而他正是主张'通时合变'的人。"①

三、一扫窳弱

以常理论之,方苞、刘大櫆之后,桐城派在姚鼐手上已颇具规模。姚鼐逝后,桐城派虽迷茫失措,但不碍姚门弟子意气风发地推动发展,然有学者论及此时期该派处境之窘困:"道咸间,桐城派之说盛行,而实为其学者甚少。"②甚至要依靠幕府的稳定环境来存续传衍③。桐城派之所以低迷,除了姚鼐逝去的原因,其自身局限及外部环境的突变也是影响的巨大因素。以方刘姚三位桐城文祖所确立及维系的师统文统虽然可以提升桐城派在文坛及社会中的延存甚至是光大的能力,也可因砥磨辞章而实现对全国的扩张影响。但文统理论的束缚、师统下的盲目跟从,均会掣肘桐城派的持续发展。与此同时,时局动荡所引起的社会风向的转变也会为桐城派的前行设下新的障碍。

学者多訾言桐城有空疏窳弱之病。典型如刘师培说:"望溪方氏,摹仿欧、曾,明于呼应顿挫之法,以空议相演,又叙事贵简,或本末不具,合事实而就空文,桐城文士多宗之……然以空疏者为之则枯木朽荄,索然寡味,仅得其转折波澜。"④桐城义理自有深论,然却也有易流于不学之弊。此非异见者刻意刁难,桐城派自身理论确有惹人訾诟之处。方苞倡义法指向言有物有序,以"雅洁"为贵,这是他评点《史记》《左传》以及昌黎等文章而总结归纳的成果。而清代评点之学往往与科举时文挂钩,方氏古文与时文相通,这便成为批评者的攻击之处。钱大昕便说:"方所谓古文义法者,特世俗选本之古文,未尝博观而求其法也。"⑤古文沾上时文气,便不伦不类。钱氏进一步否定方苞"义法":"法

---

① 吴孟复《桐城文派述论》,合肥:安徽教育出版社,2001 年,第 120 页。

② 章廷华《论文琐言》,王水照主编《历代文话》第 9 册,上海:复旦大学出版社,2007 年,第 8410 页。

③ 1826 年至 1835 年间,邓廷桢巡抚安徽,方东树、梅曾亮、管同等人陆续入其幕。王达敏认为邓廷桢幕府"成就了晚年的管同,也为梅曾亮、方东树后来的映发积蓄了实力。"(《姚鼐与乾嘉学派》,第 222 页)张知强也认为邓幕"对流派成员提供了很多帮助,为桐城派向全国的扩散积蓄了力量。"(张知强《邓廷桢幕府与"后姚鼐时代"桐城派的传衍》,安徽大学学报(哲学社会科学版)2022 年第 2 期)

④ 刘师培《论近世文学之变迁》,《国粹学报》第 26 期,1907 年。

⑤ 《潜研堂文集》,第 607 页。

且不知,而义于何有?"①方苞主张文贵雅洁,为此也制定了许多条条框框,对"语录中语、魏晋六朝人藻丽俳语、汉赋中板重字法、诗歌中隽语、南北史佻巧语"②等一概不学。这无疑束缚了文章情感抒发和发展演进的能力。方东树读方文后便感慨:"树读先生文,叹其说理之精,持论之笃,沉然黯然纸上,如有不可夺之状。而特怪其文重滞不起,观之无飞动嫖姚跌宕之势,诵之无铿锵鼓舞抗坠之声,即而求之无玄黄采色。"③发展到姚鼐这里,问题也未解决,姚鼐虽添以"考据"顺应时代风气,但到底只是一种补充。"桐城文派虽以姚鼐为祖,而奉其'义理、考据、词章三者并重'之说,但姚氏本身即系以文章义法相号召。其于义理,既一无所得;于考据,更为茫然。故习其术者,亦惟取其为文之义法而已。是时正值汉学大兴,而桐城派之文人又复抱残守缺,不能追及前辈,故势必销声匿迹,以待其自亡。"④故桐城派越是强调正统与规范,其流传愈广愈久,则空疏窳弱之病越重。当文章离事虚言,无关乎历史兴亡,不反映时代变迁,那么它对当下将不再具有典范意义,桐城派所大力树立起来的"指引"也将失去功效,所谓"天下文章,其在桐城"亦将成为梦言呓语。

后之学人识见桐城派弊病的还有不少,像"阳湖派"中恽敬、张惠言等人在努力补弊,但效果不彰;亦有汪中、洪亮吉等"汉魏派"不拘桐城规矩,学习汉魏以期重振骈文;又有龚自珍、魏源等经世派反对专讲空浮"义理",认为桐城派等"近世治古文者"皆"离事与礼而虚言道以张其军"⑤,力倡文章要经世致用。这种诘难可谓在很大程度上捉住了桐城派的痛脚。嘉、道后,时局动荡,金戈肃杀之气影响当时,士人倔强之气、慷慨奋发之志为之催发高昂。由此,文坛风向转变,崇向瑰玮俊健,气象光明的体用兼顾之文涌现。故经世派对桐城古文的抨击结合了当时国家乱亡之危机背景,且带有"开眼看世界"的先进视野,这便犹显诘难的力度和信服力。总之,种种迹象表明,桐城派窳弱之病已然有碍该派的传衍,亟需补救,幸而曾国藩适时出现,携慕学韩愈之精神,对桐城派进行了出色的革新。

"国藩功业既焜耀一世,桐城派亦缘以增重。"⑥虽然,创立"湘乡派"的曾国藩,自立门户意图强烈,并曾言"雅不欲溷梅郎中之后尘"⑦以否认与梅曾亮

① 《潜研堂文集》,第 607 页。
② 沈廷芳《方望溪先生传书后》,钱仪吉《碑传集》卷二五,北京:中华书局,1993 年,第 843 页。
③ 方东树《书望溪先生集后》,《考槃集文录》卷五,清光绪二十年刻本。
④ 姜书阁《桐城文派评述》,上海:商务印书馆,1930 年,第 68—69 页。
⑤ 包世臣《与杨季子论文书》,《艺舟双楫》卷一,《续修四库全书》子部第 1082 册,第 605 页。
⑥ 梁启超《清代学术概论》,《饮冰室合集》,北京:中华书局,1989 年,第 49 页。
⑦ 曾国藩《复吴南屏》,《曾文正公书札》卷九,清光绪二年传忠书局刻本。

的师承关系,但曾国藩私淑姚鼐,问道梅曾亮亦是不争事实①。其继梅氏而起,维持桐城斯文久为不坠,故而学者把曾国藩归入桐城派系中,视其为该派"中兴大将"。

以"曹溪传法"为喻,自任传桐城衣钵之人,但也兼有自立门户意图的曾国藩②,自然对桐城派的发展状况以及桐城文章的优弊有亲身的体会和客观清晰的认知。曾国藩在对桐城派的"中兴",对其羸弱之弊的有效革除中借重韩愈颇多。韩愈便是以雄肆矫弱靡,以新奇矫陈腐,提高古文艺术格调的成功实践而沾染整个时代及后世。曾国藩尊仰慕学韩愈之甚,以至时人以"文祖韩愈"③目之,而他自己也坦率承认对韩愈的心慕手追:"述作窥韩愈"④,甚至认为整个桐城派的根基都在于学习韩愈:"文笔昌黎百世师,桐城诸老实宗之。"⑤

具体说来,曾国藩借重韩愈以矫桐城懦缓之失,举措如下:

一是引入昌黎辅时及物的用心及"陈言务去"之独造精神。曾氏深切佩服韩愈知言养气工夫:"彼自有知言、养气工夫。惟其知言,故常有一二见道语,谈及时事,亦甚识当世要务。惟其养气,故无纤薄之响。"⑥洞察昌黎明见时事,拯世济民的用心。而桐城学术羸弱之病表现之一就在于"有序之言虽多,而有物之言则少"⑦,故韩愈辅时及物的知言养气工夫对养治桐城学术来说不啻为灵丹妙药。为此,曾氏趋步韩愈,不仅尽数接纳梅曾亮"因时"主张,认为"文章与世变相因",在继承韩愈"务去陈言",能自树立精神的同时,也为桐城派义法注入"经济"要素。曾氏云:"为学之术有四:曰义理,曰考据,曰辞章,曰经济。义理者,在孔门为德行之科,今世目为宋学者也。考据者,在孔门为文学之科,今世目为汉学者也。辞章者,在孔门为言语之科,从古艺文及今世制义诗赋皆是也。经济者,在孔门为政事之科,前代典礼、政书,及当世掌故皆是也。"⑧曾氏把"经济"勾连"孔门四科",显然是为抬升该论的地位。他的"经

① 曾国藩私淑姚鼐之事显豁,而是否问法梅曾亮则久来晦暗不清,至彭国忠先生据湖南省图书馆所藏梅曾亮致曾国藩十一通书信,终揭示其师法梅氏的事实。详情可参见彭国忠《曾国藩与梅曾亮文学关系新论:基于新材料的考察》(《学术界》2020 年第 9 期)一文。

② 曾国藩赠梅曾亮诗:"两般妙境知音寡,它日曹溪付与谁",诗见曾国藩《曾国藩全集·诗文》,第 71 页。

③ 刘蓉《与曾涤生侍郎书》,《养晦堂诗集》,《清代诗文集汇编》第 663 册,第 568 页。

④ 曾国藩《曾国藩全集·诗文》,第 9 页。

⑤ 曾国藩《曾国藩全集·诗文》,第 71 页。

⑥ 曾国藩《曾国藩全集·日记》,长沙:岳麓书社,2011 年,第 156 页。

⑦ 曾国藩《曾国藩全集·书信》,长沙:岳麓书社,1991 年,第 6 页。

⑧ 曾国藩《曾国藩全集·诗文》,第 486 页。

济"之论要求学术文章紧贴、反映时代物情人事,更要归旨于济世。"经济,经国济世也。曾国藩用于此实为经世致用的代名词。"①这一主张与刘大櫆所持"经济"之说已然不同,经世色彩更为浓重,与姚莹"经济"论相类。

二是引入韩愈之雄奇瑰玮文风。对此,钱基博总结道:"曾国藩以雄直之气、宏通之识,发为文章,而又据高位,自称私淑于桐城,而欲少矫其懦缓之失。故其持论以光气为主,以音响为辅,探源扬马,专宗退之,奇偶错综而偶多于奇,复字单词杂厕相间,厚集其气,使声彩炳焕而夐焉有声,此又异军突起而自为一派,可名为湘乡派。"②方刘姚所为之文,贵在雅洁平易,然却少奇崛,失之力缓气懦。钱基博所谓曾氏以"雄直之气""光气为主,音响为辅""奇偶错综""复字单词杂厕相间"矫正,都与摹习韩愈脱离不了关系,故言"专宗退之"。

早在中唐,针对文章力缓气懦,韩愈便接孟子"知言养气"之传,而有"气盛言宜"之应对。故曾国藩思蹑从之欲以"气"养桐城文章。曾国藩视"气"为文章第一要义,"行气为文章第一义。卿云之跌宕,昌黎之倔强,尤为行气不易之法。"③跌宕、倔强之气同为曾氏所向往,但他更倾心昌黎的倔强之气。其《家书》便说:"予论古文总须有倔强不驯之气,愈拗愈深之意,故于太史公外,独取昌黎、半山两家。论诗亦取傲兀不群者。"④文章要求得雄奇瑰玮之美,那么这种奇崛之气便必不可少,这正是力主"气盛言宜""不平则鸣"的韩愈所深具的。

曾国藩对韩愈的雄奇文章极为推重。"余好古人雄奇之文,以昌黎为第一,扬子云次之。"⑤雄奇是曾国藩心目中古文的理想境界。他曾论学文之法,"雄奇者,瑰玮俊迈,以扬马为最;诙诡恣肆,以庄生为最;兼擅瑰玮诙诡之胜者,则莫盛于韩子。惬适者,汉之匡、刘,宋之欧、曾,均能细意熨贴,朴属微至……惬适未必能兼雄奇之长;雄奇则未有不惬适者。学者之识,当仰窥于瑰玮俊迈,诙诡恣肆之域,以期日进于高明。若施手之处,则端从平实惬适始"。⑥"惬适"或许易达,雄奇则未必。作文如攀行需从惬适处始,而要登峰造极则是要达到昌黎那种瑰玮诙诡兼擅的境界。

而曾氏论雄奇与惬适又与其以阴阳论文一脉相通。曾氏曾作《古文四象》选文 236 篇,除诗经 80 首外,所选以韩愈为最多,共 30 篇,足见他对韩愈的崇

① 郭延礼《中国近代文学发展史》,济南:山东教育出版社,1990 年,第 408 页。
② 钱基博《现代中国文学史》,上海:上海书店出版社,2004 年,第 29 页。
③ 曾国藩《曾国藩全集·家书》,长沙:岳麓书社,1985 年,第 853 页。
④ 曾国藩《曾国藩全集·家书》,第 54 页。
⑤ 曾国藩《曾国藩全集·家书》,第 629 页。
⑥ 唐浩明《曾国藩诗文集》,长沙:岳麓书社,2015 年,第 424—425 页。

敬。他在《古文四象》中划分文风为"太阳""少阳""太阴""少阴"四种,所谓"太阳"即"大抵阳刚者,气势浩瀚"①,表现文之雄奇瑰玮,为曾氏最为重视。这种以太极阴阳之道作为锚定辞章的风格标准,是古之传统的论文方式,今日看此取定似玄之又玄,但在时人的认知世界中,这种划分却常常显有实效并为人所信服。吴汝纶便说:"自吾乡姚姬传氏以阴阳论文,至公而言益奇,剖析益精,于是有四象之说。又于四类中各析为二类,则由四而八焉。盖文之变,不可穷也如是。至乃聚二千年之作,一一称量而审定之,以为某篇属太阳,某篇属少阴,此则前古无有,真天下瑰伟大观也。"②阳刚阴柔之论肇自姚鼐,而曾国藩承袭之并创造性发挥③。姚鼐"阴阳刚柔"论见道前人所未道,是他以审美审视探索文章体性的创举。然姚鼐虽标举阳刚阴柔,但在实际创作中却未得全美臻善。曾国藩论姚鼐等人文章,"其不厌人意者,惜少雄直之气、驱迈之势。姚氏固有偏于阴柔之说。又尝自谢为才弱矣"。④姚鼐创作仍以欧阳永叔、归熙甫为旨归,文风偏向平易纤柔,缺乏雄迈之气,其后学末流学此遂不免滑入气懦痱弱,这也是曾国藩借韩愈加以矫正的原因所在。

三是深味韩愈之"务反近体",引入骈体以扶正桐城文章。钱基博所谓"奇偶错综而偶多于奇,复字单词杂厕相间,厚集其气,使声彩炳焕而戛焉有声"已揭曾氏文章的骈散兼容之貌。以常理论之,"眩耀为文,琐碎排偶,抽黄对白,噪唞飞走"⑤的骈四俪六虽极尽辞藻之美,但好典故而易失于敷衍文字,正违背贵乎雅洁的桐城义法。然在"后姚鼐时代"桐城后学的认知中,骈散相济为用是最可实现扫除桐城文章痱弱的有效手段之一。梅曾亮尝言:"文贵者,辞达耳。苟叙事明,述意畅,则单行与排偶一也。"⑥其少好骈文,虽入桐城但一生不辍骈文创作。潜移默化之下,其散文兼采骈文痕迹明显,典型如《李芝龄先生诗集后跋》《马韦伯骈体文序》等长句短句逐次推进,安排得当,尽显骈散兼济的魅力。彭国忠先生亦认为其骈文也是援散入骈,"以疏宕萧散之气驰行于骈句中""增加散句数量""大量使用虚词斡旋"⑦;刘开甚是重视骈文,他关于骈文的论说和创作皆有可观之处。刘开认为骈散两者俱出"圣经",难言

---

① 曾国藩《曾国藩全集·日记》,第 24 页。

② 吴汝纶《记古文四象后》,《古文四象》卷首,台北"中央研究院"傅斯年图书馆藏 1929 年刊本。

③ 梅曾亮亦深得此妙法,且对曾氏刚柔文论有所影响。详情可参见彭国忠《曾国藩与梅曾亮文学关系新论:基于新材料的考察》。

④ 曾国藩《曾国藩全集·书信》,第 7496 页。

⑤ 柳宗元《乞巧文》,《柳宗元集》,北京:中华书局,1979 年,第 489 页。

⑥ 《柏枧山房诗文集》,第 110 页。

⑦ 彭国忠《从重古轻骈到援散入骈——古文大家梅曾亮的骈文创作》,《文学遗产》2012 年第 2 期。

优劣:"宗散者鄙俪词为俳优,宗骈者以单行为薄弱,是犹恩甲而仇乙,是夏而非冬也。夫骈散之分,非理有参差,实言殊浓淡,或为绘绣之饰,或为布帛之温,究其要归,终无异致;推厥所自,俱出圣经。"①而骈散兼采更无疑是两者相成:"骈中无散则气壅而难疏,散中无骈则辞孤而易瘠,两者但可相成不能偏废。"②

曾国藩更是对骈散兼容倾心倾力。他希望通过吸收骈赋的典丽偶排之辞藻及声韵之铿锵,来赋予文章以雄厚多变,进而造就文章之雄奇。在曾国藩的体认中,文章理想的境界是融骈散一体的:"古人措辞之深秀,非唐以后人所可及。特气有骞翥俊迈者,亦有不尽然者,或不免为文词所累耳。若以颜、谢、鲍、谢之词,而运之以子云、退之之气,岂不更可贵哉。"③他认为好文章贵在骈散兼得,既有辞藻之丽,音韵之美,又有气势之长。正如刘开为骈散兼用找寻形而上的理论支撑一样④,曾国藩在《送周荇农南归序》也说道:"天地之数,以奇而生,以偶而成。一则生两,两则还归于一。一奇一偶者,互为其用,是以无息焉。物无独,必有对……故曰一奇一偶者,天地之用也。文字之道,何独不然?"⑤曾氏借形而上理论锚定和增强所论说服性的手法,与其以"四象"释古文是一样的。这也表明刘开、曾国藩等奉守古文的桐城派人对待骈文的态度是谨慎的,他们认为在散体对骈文的吸纳中,无法单纯依靠文体互通这一理论来支撑,而更需要一种形而上的哲学工具来确立这种"悖论"。当然,身为桐城派人,在对待骈散的立场上,自是以古文为本,骈文只是内部自我改良的工具,即骈散兼采本意在于借骈文的句式安排和韵律铿锵之美来补救桐城古文的气弱之弊。

此外,曾氏也在先贤的理论与实践中努力找寻支撑依据。他注意到极力追求"务反近体",却在创作中吸收了骈文优长的韩愈极有现身说法之效,于是他说道:"虽韩、李锐志复古,而不能革举世骈体之风。此皆习于情韵者类也。"⑥又说:"文字之道,何独不然?六籍尚已,自汉以来,为文者莫善于司马迁……其他善者,班固则毗于用偶,韩愈则毗于用奇……韩氏有言'孔子必用墨子,墨子必用孔子。不相用,不足为孔墨。'由是一言之,彼其于班氏,相师而

---

①② 刘开《与王子卿太守论骈体书》,《刘孟涂集》卷二,清道光六年姚氏檗山草堂刻本。

③ 曾国藩《曾国藩全集·日记》,第242页。

④ 刘开《与王子卿太守论骈体书》:"夫文辞一术,体虽百变,道本同源。经纬错以成文,玄黄合而为采。故骈之与散并派而争流,殊途而合辙。千枝竞秀乃独木之荣,九子异形本一龙之产。"

⑤ 曾国藩《曾国藩全集·诗文》,第236页。

⑥ 曾国藩《曾国藩全集·诗文》,第218页。

不相非明矣。耳食者不察,遂附此而抹杀一切。"①他认为,韩愈虽"毗于用奇",但到底是吸纳了"毗于用偶"的班固文。后世"不察"这曲微之处,遂以韩愈作为摒斥骈文的工具。

在陋学者看来,引入骈体对深奉古文,追求"雅洁"之道的桐城派来说是如此荒谬,正如韩愈之坚定"务反近体"却也吸纳骈体一样亦是令人不可思议。然而韩愈文章之雄伟瑰丽离不开对八代之美的借纳吸收,苏轼评韩愈"文起八代之衰",但并非就说韩愈尽扫了八代,其为学包容广大,对汉六朝文学自有吸纳,包括骈文也是取精汰粗,其古文经典如《原毁》《进学解》等便不舍骈偶。故有论认为《进学解》"不尽脱偶语,盖自《宾戏》《客难》《解嘲》化出"②,包世臣更明确指出《送李愿归盘谷》"间入骈语"③。"后姚鼐时代"桐城后学对此有清醒认知,刘开便说道:"夫退之起八代之衰,非尽扫八代而去之也,但取其精而汰其粗,化其腐而出其奇,其实八代之美,退之未尝不备有也。"④指出韩愈对骈俪的摄融,这与曾国藩的认知是一致的。

曾国藩进一步提出,作文要以古文辞为本,同时要兼得骈文句式与声韵。"骈体文为大雅所羞称,以其不能发挥精义,并恐以芜累而伤气也……吾辈学之,亦须略用对句,稍调平仄,庶笔仗整齐,令人刮目耳。"⑤在曾国藩身上,可看到骈散兼采在理论上已无需要打通突破的阻碍,在他具体的文学实践中,亦可见骈散交融的忙碌身影。其古文多有骈文之痕迹,典型如《大界墓表》《灵谷龙神庙碑记》《唐确慎公墓志铭》等骈散合一,声情气势皆具,彻底践行了他的"一奇一偶,互为其用"的创作理念。总之,正因有韩愈这种"导乎先路",曾国藩的骈散兼行落实到作品上便铸成了"声彩炳焕而夐焉有声"的雄奇瑰玮文风,才能一举扫除桐城古文窳弱之弊,实现了该派的中兴。

四、余 论

自韩愈忧恐"中国之法"有失坠之险而排挞释老,引领光大古文运动,其功绩便非苏轼"文起八代之衰,而道济天下之溺"一语尽为概括。韩愈之举不仅影响当代,亦沾染后世不绝。嘉、道后,危机四伏,世道更迭而促使思潮、文风

---

① 曾国藩《曾国藩全集·诗文》,第 236 页。

② 郭正域《合并黄离草三十卷》卷一八,《四库禁毁书丛刊》集部第 14 册,北京:北京出版社,1997 年,第48 页。

③ 包世臣《书韩文后上篇》,《艺舟双楫》卷二,《续修四库全书》子部第 1082 册,第 623 页。

④ 刘开《与阮芸台宫保论文书》,《刘孟涂集》卷四,清道光六年姚氏檗山草堂刻本。

⑤ 曾国藩《曾国藩全集·诗文》,第 532 页。

多变,然桐城派长久耸立,甚至中兴新变,风靡一时,这既得益于桐城派后学勤修内功,矻矻研文,也离不开韩愈的献功。桐城派对韩愈的思想理论也非全盘接受或者说一成不变的接纳,而是深谙"陈言务去"之求新求变精神,做到了承中有变,能自树立。观察这种承变可以发现,桐城派对韩愈的接纳发挥恰如拾级,逐步积累直至厚积新变。如在曾国藩借重韩愈以雄直奇崛扫除桐城萎弱之前,姚门弟子便已经着手进行了尝试。管同与刘开文章有别于乃师的平易阴柔,而呈现一种阳刚之美,他们也力主文章要避免"靡弱无劲",管同说:"仆谓与其偏于阴也,则无宁偏于阳。何也?贵阳而贱阴,信刚而绌柔者,天地之道,而人之所以为德者也。"①认为文章需以阳刚为尚,方符合天道纲常。刘开也说:"肆意于奇谲倜傥之文,以激荡其志气,且又不背于道。是诚可以论古,可以共学。"②奇谲倜傥,激荡志气之文正是韩愈文章的显征。姚门弟子的主张与创作实践表明了当时桐城派俊彦对时局有足够的清醒认知,也有宏达识见及勇气去尝试补救文派弊端,此类草蛇灰线已昭示了桐城文风行将转换。这对问道姚、梅,而志于改良桐城派的曾国藩来说,无疑是一种强有力的启发。而桐城后学在姚鼐逝后,世道更迭之时踵武韩愈的成功举措也充分凸显了韩愈持久强烈的现实价值和艺术魅力。

[作者简介]　孙车龙,复旦大学中国语言文学系博士后。

---

① 管同《与友人论文书》,《因寄轩文初集》卷六,清光绪十三年刻本。
② 刘开《赠陆子愉序》,《刘孟涂集》卷六,清道光六年姚氏檗山草堂刻本。

海外咏史怀古诗研究探赜

——以傅汉思、高德耀、米欧敏为例 *

张 月

[摘 要] 目前国内关于咏史怀古诗的研究如火如荼,常有专著和论文发表。为了推进研究,本文对傅汉思、高德耀、米欧敏三位海外汉学家的咏史怀古诗论著加以叙述和评论,侧重分析他们的研究方法和视角。傅汉思以新批评理论为主,以文本细读为核心,研究咏史怀古诗的创作灵感来源与写作动因,探讨同主题诗歌的创作,以及历史想象在咏史怀古诗中的作用。高德耀则注重由诗歌文本的简约性、模糊性而带来的文本阐释的多样性。虽然对于某首诗歌可能存在数种不同的解读,但是在具体的社会和文学环境中,哪一种解读更接近诗歌创作时的情况,对诗歌的政治解读是否适用于咏史怀古诗,高德耀的研究在这些方面进行了探索。米欧敏从文化研究的层面,通过考古、出土文献、地理、方志等视角来解读咏史怀古诗,探讨了怀古之地的传说和故事的变迁,以及怀古诗歌如何成为历史记忆的有机组成部分。最后,本文将在这些研究的基础上进一步探讨咏史怀古诗未来新的学术增长点。

[关键词] 傅汉思 高德耀 米欧敏 咏史诗 怀古诗 新批评 文化研究

对域外文献的研究是文学研究的一种途径,也是一个重要的学术增长点。在谈到其具体内涵时,刘跃进提到了两个方面:"一是域外的原始文献,一个是域外的研究成果。"①本文探讨的是第二个方面,即具体考察海外汉学对咏史怀古诗的研究成果。咏史诗和怀古诗之间关系微妙。概而言之,咏史诗大多

---

* 基金项目:澳门大学 MYRG 项目(MYRG2022-00058-FAH 和 MYRG-GRG2023-00028-FAH)。
① 刘跃进《文学史研究的途径与意义》,《岭南学报》2015 年第一、二辑合刊,第 467 页。

是诗人在阅读历史典籍时,有感而发创作的诗歌;而怀古诗常常是诗人游览古迹时有所思、有所想,从而抚今追昔,"观古今于须臾,抚四海于一瞬",即是看到历史遗迹后有感而发创作的诗歌。然而,咏史诗和怀古诗二者"你中有我,我中有你",不可截然分开,且在每个历史时期二者的内涵和外延也有所不同;即使是同一时期的不同作家,有时对咏史、怀古的理解和用法也不尽相同。鉴于此,我们不可过分拘泥于诗歌概念本身。为了行文的方便,本文将两者连用,称之为咏史怀古诗,总括以历史为题材的诗歌,以此作为本文的研究对象。①目前国内有关咏史怀古诗的研究进行得如火如荼,有多部专著问世,但是学界对英语世界中此类诗歌研究成果的关注却尚待提高。②汉学家的一些研究方法和视角可为我们所借鉴,本文以英语写作的相关论著为研究对象,通过探讨傅汉思、高德耀、米欧敏的咏史怀古诗研究来论述其在海外的接受情况,并在此基础上加以总结,进而阐述咏史怀古诗的未来学术增长点。本文希冀能促进海内外咏史怀古诗的研究与交流,并拓展其研究领域和方法。③

一、傅汉思与文本细读

傅汉思(Hans H. Frankel)是中国文学、文化研究的专家,侧重诗歌研究,代表作有《梅花与宫闱佳丽——中国诗选译随谈》和《孟浩然传记》等。④耶鲁大学孙康宜认为,傅汉思的贡献在于其将中国文学与西方文论有机地结合在了一起,使西方读者更容易理解和接受中国古典文学。除此之外,傅汉思还为海外汉学界的发展培养了一大批优秀的人才,这其中就包括哈佛大学的宇文所安(Stephen Owen)、耶鲁大学的史景迁(Jonathan Spence)、加州大学尔湾

① 关于咏史诗和怀古诗之间复杂而又微妙的关系,参见 Yue Zhang, *Lore and Verse*：*Poems on History in Early Medieval China*（Albany：State University of New York，2022）。
② 本文在引用英文原著时,若有中译本,笔者会参考,或直接引用,或在中译本的基础上修改。若无中译本,对原著的引用或综述是笔者据英语原文直译或意译而来。原著中的主要观点配有脚注,标示页码。
③ 本文之所以将傅汉思、高德耀、米欧敏三位放在一起,是因为三人在不同时代均从事咏史怀古诗研究,可以借此管窥海外汉学家研究中国历史题材诗歌的方法和特点。另外,他们的学术背景也有互补性,前两位主要是在美国读书、在美国高校任教,后一位在英国读书、在亚洲大学任教。宇文所安（Stephen Owen）也做过较多的咏史怀古诗研究,笔者已另有专文论述,在此就不赘述。参见张月《论宇文所安咏史怀古诗研究的方法和视角》,《长江学术》2020 年第 3 期,第 50—58 页。田晓菲的近作《赤壁之戟：建安和三国》也有关于咏史怀古诗的分析,参见 Xiaofei Tian, *The Halberd at Red Cliff*：*Jian'an and the Three Kingdoms*（Cambridge：Harvard University Asia Center，2018）。张月,《英语世界〈三国演义〉本体研究近况（2010—2019）及启示——以田晓菲、罗慕士、葛良彦、辛兆坤的研究为中心》2022 年第 2 期,第 315—333 页。
④ 傅汉思 1916 年生于德国,1935 年全家移民到美国加州,1942 年在加州大学伯克利校区获得博士学位。二战后他曾在北京执教,其后,回美任教于伯克利、斯坦福大学。他于 1961 年至 1987 年在耶鲁大学执教,也曾在德国汉堡大学、波恩大学、慕尼黑大学和美国哥伦比亚大学担任访问教授。关于傅汉思的生平和背景介绍,详见"Chinese literature scholar and translator Hans Frankel dies," Yale Bulletin & Calendar, accessed August 5, 2020, http://archives.news.yale.edu/v32.n2/story11.html。

校区的傅君劢(Michael Fuller)。①

傅汉思是西方较早评点及研究咏史怀古诗的学者,在其《唐代的怀古诗》一文中,②他对唐代怀古诗创作灵感的来源进行了总结,主要包括六个方面:"登高怀古、遥望古迹、山水永恒与人世短暂的对比、历史人物和现存古迹之联想、历史场景的缺失以及哀伤情感的抒发。"③这六个方面都可以促发诗人抚今追昔,进而写作咏史怀古诗。傅汉思通过仔细分析孟浩然《与诸子登岘山》、王昌龄《万岁楼》、刘希夷《代悲白头翁》、杜甫《玉华宫》、岑参《登古邺城》、李白《登金陵凤凰台》、陈子昂《蓟丘览古赠卢居士藏用七首》、杜甫《咏怀古迹》等诗歌来阐述唐代怀古诗的写作来源和灵感。其分析指出,这些诗歌常包含相同或相似的典故和意象。例如,陈子昂在以下两首诗中都提到了"荆轲刺秦"的典故和人文意象:④

《蓟丘览古赠卢居士藏用七首·燕太子》
　　秦王日无道,太子怨亦深。
　　一闻田光义,匕首赠千金。
　　其事虽不立,千载为伤心。⑤

《蓟丘览古赠卢居士藏用七首·田光先生》
　　自古皆有死,徇(一作循)义良独稀。
　　奈何燕太(一作丹)子,尚使田生疑。
　　伏剑诚已矣,感我涕沾衣。⑥

"荆轲刺秦"的故事从战国时期到诗人身处的唐代一直广泛流传,早已成为家喻户晓的典故。陈子昂两次选择以此事入诗,可能源于以下两点:"第一,荆

---

① 另外,1968 年傅汉思将康达维(David R. Knechtges)延揽入耶鲁教席。尽管后来康达维远赴西雅图华盛顿大学执教,二人仍保持着密切的交流。David R. Knechtges, "Hans H. Frankel, Teacher and Scholar," *T'ang Studies*, 13(1995): pp.1 - 5.

② Hans H. Frankel, "The Contemplation of the Past in T'ang Poetry," in *Perspectives on the T'ang*, ed. Arther F. Wright and Denis Twichett(New Haven: Yale University Press, 1973), pp.345 - 366. 该书是一本集合了多位欧美的唐代研究专家论文的论文集。

③ Frankel, "The Contemplation of the Past in T'ang Poetry," p.347.

④ 关于荆轲在古代文学中的接受,参见 Yuri Pines, "A Hero Terrorist: Adoration of Jing Ke Revisited," *Asia Major* 21, no. 2(2008): pp.1 - 34.

⑤ 中华书局编辑部《全唐诗》(增订本)卷八三,北京:中华书局,1999 年,第 894 页。以下所有唐诗均出自此版本,注释从简。

⑥ 中华书局编辑部《全唐诗》(增订本)卷八三,第 894 页。

轲、田光、太子丹等人因反抗暴秦的统治而具有高尚的节操，同时，他们为高尚事业而牺牲自己，是悲剧英雄；第二，他们知道刺秦胜算很小，明知不可为而为之。陈子昂很可能结合了自己的身世，有感而发。"①陈子昂于七首诗中吟咏了七位人物，而这些人物都由同样的怀古之地联系着。诗与史不同，这体现在诗人处理历史题材时采用的视角和方式与历史学家不同，他们并不只是单纯地回顾过去的事情，而是借古讽今、借古喻今。②唐代的诗人认为，过去和现在既有相似性也有不同点："正是因为二者有相似性，咏史怀古帮助理解、阐明当下的问题，并且将之置于更广阔的框架和视野内。被诗人唤起的过去虽然被用以展示与当下的某些相似点，但是不幸的是，现在与过去的情况并不一样。"③尤其是处在衰败时期的诗人们大多秉持"退化"史观，认为辉煌的过去已经消逝，一去不复返了，在此之后更是一代不如一代，可谓今不如昔。因此，诗人们往往更关注历史上失败的故事而不是成功的经验。在这些诗歌里，像荆轲和诸葛亮这样的悲剧英雄较多，故咏史怀古诗的感情基调多是哀婉、悲伤的，古今对比的主题也经常出现。④另外，典故的运用、自然之永恒与人世之短暂的对比也是咏史怀古诗常用的写作策略。

傅汉思在其另外一篇文章《对历史的思考》中也同样运用了文本细读的方法来研究咏史怀古诗。⑤他首先提到诗人们写作这类诗歌的动因："写作历史与写作散文和诗歌的是同一阶层的文人，因此，毫不奇怪，中国诗歌充满了对历史事件、场景和人物的再现。"⑥书写历史与进行文学创作的文人受过儒家教育，因其自身所具有的多重身份，他们在写作咏史怀古诗时会更加关注与道德伦理相关的主题。同时，这些与道德伦理相关的诗歌也体现了历史在中国传统中所发挥的知古鉴今的作用。例如，王安石在《桂枝香》结尾处提到："至今商女，时时犹唱，后庭遗曲。"⑦这会使人想起陈后主的《玉树后庭花》和杜牧

① Frankel, *The Contemplation of the Past in T'ang Poetry*, p.358.

②③ Frankel, *The Contemplation of the Past in T'ang Poetry*, p.363.

④ Frankel, *The Contemplation of the Past in T'ang Poetry*, pp.363 – 364.

⑤ 傅汉思著，王蓓译《梅花与宫闱佳丽——中国诗选译随谈》，北京：生活·读书·新知三联书店，2010年。英文原版参见 Hans H. Frankel, *The Flowering Plum and the Palace Lady: Interpretation of Chinese Poetry*(New Haven: Yale University Press, 1976)。傅汉思在该书第九章阐释了数首经典的咏史诗。他通过文本细读来解读咏史诗的特点，所选取的诗歌跨越多个时代，包含从西晋到宋代的经典咏史作家，如左思、陈子昂、孟浩然、王昌龄、杜甫、常建和王安石等。在研究中，他侧重关注诗歌所运用的对偶、意象、典故等文学技巧。

⑥ 傅汉思《梅花与宫闱佳丽——中国诗选译随谈》，第199页。本句译文以中译本为基础，参考原文修改而成。原文参见 Frankel, *The Flowering Plum and the Palace Lady: Interpretation of Chinese Poetry*, p.104。

⑦ 傅汉思《梅花与宫闱佳丽——中国诗选译随谈》，第234页。

的《泊秦淮》。①诗人通过在诗歌中进行道德批判或讽刺来体现自身对于历史及当下的反思。咏史怀古诗中的道德主题也是这类诗体的代表性特色之一,但并不是所有此类诗歌都涉及这一主题,有时诗人很可能"就史论史"来抒发情感,并不一定有明确的政治寄托和道德寓意。例如,戴维斯(A. R. Davis)在解读陶渊明咏史诗时就秉持着"就史论史"这一理念,在没有充分证据的前提下不对诗歌进行政治解读、阐释。②

在傅汉思所选择细读的咏史怀古诗中常见"登高"元素,包括陈子昂《白帝城怀古》、孟浩然《与诸子登岘山》和王昌龄《万岁楼》等。③

陈子昂《白帝城怀古》

日落沧江晚,停桡问土风。

城临巴子国,台没汉王宫。

荒服仍周甸,深山尚禹功。

岩悬青壁断,地险碧流通。

古木(一作树)生云际,孤帆出雾中。

川途去无限,客思坐何穷。④

孟浩然《与诸子登岘山》

人事有代谢,往来成古今。

江山留胜迹,我辈复登临。

水落鱼梁浅,天寒梦泽深。

羊公碑字(一作尚)在,读罢泪沾襟。⑤

王昌龄《万岁楼》

江上巍巍万岁楼,不知经历几千秋。

年年喜见山长在,日日悲看水独流。

① 傅汉思《梅花与宫闱佳丽——中国诗选译随谈》,第 236—237 页。

② 张月《戴维斯〈陶渊明集〉英译副文本的学术批评和问题意识》,《人文论丛》2021 年第 1 辑,第 101—110 页。

③ 傅汉思在《唐代的怀古诗》中考察了二十首左右的怀古诗,他在篇末总结了这些怀古诗的一些共同特征,其中之一便是它们的标题都有"登"这个字,衍生出怀古诗中"登高"这一惯用主题。参见 Frankel, Frankel, *The Contemplation of the Past in T'ang Poetry*, p.363。

④ 中华书局编辑部《全唐诗》卷八四,第 908 页。

⑤ 中华书局编辑部《全唐诗》卷一六〇,第 1648 页。

猿狄何曾离暮岭,鸬鹚空自泛寒洲。

谁堪登望云烟里,向晚茫茫发旅愁。①

这些诗歌中有五个因素促成了"登高"与"咏史怀古"二者的紧密联系:其一,山岳作为自然界的一部分常被用以对比历史人物的过往,诗人登高望远,所见之景对其有所触动,由物及人,诗人由此思考人生与人世的发展、变迁;其二,山岳的地理位置特殊,给诗人提供了宽广的视野;其三,纪念历史的实体常常出现在山林之中,如碑文、石刻等;其四,"登高"与文学创作之间的彼此联系已经成为了文学传统的一部分,即"登高而赋";最后,山林与人世变换、表达哀婉情感之间也有着文学传统上的渊源,这可追溯至宋玉的《九辩》和潘岳的《秋兴赋》等作品。②

如前文所述,怀古诗大多是诗人拜访古迹后创作的。然而有时也有例外,诗人很可能并未亲临他所提到的历史遗迹,这时诗歌创作更多的是凭借想象而非亲身经验,例如杜甫《咏怀古迹》五首之一:

支离东北风尘际,漂泊西南天地间。

三峡楼台淹日月,五溪衣服共云山。

羯胡事主终无赖,词客哀时且未还。

庾信平生最萧瑟,暮年诗赋动江关。③

杜甫在写作此诗时并没去过江陵。④这种怀古很可能是通过想象建构的,这与有些边塞诗人没去过边陲却写作边塞诗的情况是一样的。诗人们借助瑰丽的想象,结合自己的知识与阅历,通过冥想之旅来体验未曾亲历过的世界与生活,这也成为除古今对比主题、道德主题之外,怀古诗创作的又一项特点。⑤

二、高德耀与文本多样化解读

高德耀(Robert Joe Cutter)是美国的六朝研究专家,现为内华达大学瑞

---

① 中华书局编辑部《全唐诗》卷一四二,第 1440 页。
② 傅汉思《梅花与宫闱佳丽——中国诗选译随谈》,第 214—215 页。
③ 中华书局编辑部《全唐诗》卷二三〇,第 2510—2511 页。
④ 傅汉思《梅花与宫闱佳丽——中国诗选译随谈》,第 227 页。
⑤ 傅汉思《梅花与宫闱佳丽——中国诗选译随谈》,第 227 页。另外,该书的附录有《历史与传说中的人物和事件》一节,简明扼要地介绍了一些在咏史怀古诗中经常出现的历史人物及其事迹梗概。

欧校区教授。①他的代表作有《斗鸡与中国文化》《皇后与宦官：裴松之〈三国志〉注选译》《曹植诗赋集》，目前从事曹植作品的研究工作。②高德耀《解读曹植的〈三良诗〉：咏史诗还是登临诗？》一文探讨的内容不限于曹植的《三良诗》，而是以其为中心来讨论三良主题的后世接受，以及在对三良诗的解读中所遇到的问题。三良为秦穆公殉葬之事作为一类诗歌主题被众多诗人反复吟咏。高德耀通过阅读《诗经》与曹植、王粲和阮瑀吟咏三良的诗歌，并结合建安时期具体的政治环境进行分析，认为曹植的《三良诗》很可能是一首登临诗，是其追随曹操进行军事征伐后路过三良墓时所作，属于怀古诗的一种。

　　这篇论文采用将曹植的诗歌与其所处的政治环境相联系的研究方式。政治解读是非常流行的诗歌分析方法，尤其是对处于社会动荡之中的汉末建安时期诗歌而言。三良的故事在汉末以前就已经出现在一些典籍之中，如《诗经》《左传》《史记》。《诗经·黄鸟》是有关三良故事的最早记载：

> 交交黄鸟，止于棘。
>
> 谁从穆公？ 子车奄息。
>
> 维此奄息，百夫之特。
>
> 临其穴，惴惴其栗。
>
> 彼苍者天，歼我良人！
>
> 如可赎兮，人百其身！
>
> 交交黄鸟，止于桑。
>
> 谁从穆公？ 子车仲行。
>
> 维此仲行，百夫之防。
>
> 临其穴，惴惴其栗。

---

① 高德耀 1983 年于西雅图华盛顿大学获得博士学位。他曾长期执教于威斯康辛大学麦迪逊校区和亚利桑那州立大学，为两校的荣休教授，也曾任美国东方协会（American Oriental Society）主席。关于高德耀的学术背景和经历，参见 "Robert Joe Cutter, Ph. D.," University of Nevada, accessed August 5, 2020, https://www.unr.edu/world-languages/faculty/robert-cutter.

② 高德耀的代表作如下：其一，Robert Joe Cutter, *The Brush and the Spur*: *Chinese Culture and the Cockfight*（Hong Kong：The Chinese University of Hong Kong Press, 1989）；该书中文版，参见高德耀著，张振军、孔旭荣等译《斗鸡与中国文化》，北京：中华书局，2005 年。其二，Robert Joe Cutter and William G. Crowell, *Empresses and Consorts*: *Selections from Chen Shou's Records of the Three States with Pei Songzhi's Commentary*（Honolulu：University of Hawai'i Press, 1999）。其三，Robert Joe Cutter, trans., *The Poetry of Cao Zhi*（Berlin：De Gruyter, 2021）。关于高德耀的学术出版情况，参见 "Joe Cutter," Arizona State University, accessed August 5, 2020, https://isearch.asu.edu/profile/852129。

　　　　彼苍者天,歼我良人!
　　　　如可赎兮,人百其身!

　　　　交交黄鸟,止于楚。
　　　　谁从穆公? 子车针虎。
　　　　维此针虎,百夫之御。
　　　　临其穴,惴惴其栗。
　　　　彼苍者天,歼我良人!
　　　　如可赎兮,人百其身!①

诗歌中"临其穴,惴惴其栗"出现三次,而它的主语是谁? 换句话说,这里谈的是谁的感受? 高本汉(Bernhard Karlgren)、阿瑟·韦利(Arthur Waley)和理雅各布(James Legge)都认为是三良,这与宋代朱熹的见解一致。然而,郑玄却认为主语是秦人,谈的是他们来到三良墓后的感受。②诗歌语言的简约性促使解读多义性的出现,这种情况也存在于曹植的《三良诗》中:

　　　　功名不可为。忠义我所安。
　　　　秦穆先下世。三臣皆自残。
　　　　生时等荣乐。既没同忧患。
　　　　谁言捐躯易。杀身诚独难。
　　　　揽涕登君墓。临穴仰天叹。
　　　　长夜何冥冥。一往不复还。
　　　　黄鸟为悲鸣,哀哉伤肺肝。③

曹植的诗歌中写到"揽涕登君墓","揽涕"的主语是谁,是何人所为? 另外,"君墓"中"君"又是指谁? 魏塔克(K. P. K. Whitaker)认为"揽涕登君墓"的主语是三良,这里"君"指的是秦穆公。④赵幼文认为"君"指的是三良,但没有明确

----

① 程俊英、蒋见元《诗经注析》,北京:中华书局,1991 年,第 351—353 页。
② Robert Joe Cutter, "On Reading Cao Zhi's 'Three Good Men': *Yong shi shi* or *Deng lin shi*?," *Chinese Literature: Essays, Articles, Reviews* 11(1989): pp.3 - 4.
③ 逯钦立《先秦汉魏晋南北朝诗·魏诗》,北京:中华书局,1983 年,第 455 页。
④ K. P. K. Whitaker 的中文译名依据范子烨的翻译。参见范子烨《鱼山声明与佛经转读:中古时代善声沙门的喉音咏唱艺术》,《中国文化》2011 年第 1 期,第 107 页。

指出"揽涕登君墓"的主语。日本学者伊藤正文则认为这一主语应是"曹植",高德耀也觉得这种论断的可能性较大,因为从现存的史料来看,曹植很可能拜访过三良墓。另外一位日本学者花房英树则觉得此句的主语应是"三良"。① 因此,到底是谁登上了墓地? 这一直是个疑问,直至后来吟咏三良的诗歌对此也没有确指。此外,学者常常认为曹植《三良诗》的写作与其个人失落的经历有关,但曹植在这段时间的经历却与此猜测相反:"建安十六年,封平原侯。十九年,徙封临菑侯"②,其正值仕途得意之时。所以这首诗的写作应该与曹植失宠无关。③

除了曹植的《三良诗》以外,建安时期另外两首吟咏三良的诗歌是王粲的《咏史》和阮瑀的《咏史》。

王粲《咏史》:

  自古无殉死。达人所共知。

  秦穆杀三良。惜哉空尔为。

  结发事明君。受恩良不訾。

  临没要之死。焉得不相随?

  妻子当门泣。兄弟哭路垂。

  临穴呼苍天。涕下如绠縻。

  人生各有志。终不为此移。

  同知埋身剧。心亦有所施。

  生为百夫雄。死为壮士规。

  黄鸟作悲诗。至今声不亏。④

阮瑀《咏史诗》:

  误哉秦穆公。身没从三良。

  忠臣不违命。随躯就死亡。

  低头窥圹户。仰视日月光。

  谁谓此可处。恩义不可忘。

---

① Cutter, "On Reading Cao Zhi's 'Three Good Men'," p.4.
② 陈寿撰、裴松之注《三国志》,北京:中华书局,1959 年,第 557 页。
③ 晚近的学术研究对曹植诗歌的"士不遇"解读也提出了质疑。参见徐艳《声失则义起——汉魏五言诗之经典化重塑》,《光明日报》2020 年 3 月 30 日,第 13 版。
④ 逯钦立《先秦汉魏晋南北朝诗·魏诗》,第 363—364 页。

　　　路人为流涕，黄鸟鸣高桑。①

关于这两首诗歌创作时间的争议也不少。高德耀不赞同其作于黄初二年（公元 221 年）和建安二十年（公元 215 年）的两种说法，而认为建安十六年（公元 211 年）到建安十七年（公元 212 年）这段时间的可能性较大。另外，阮瑀与曹植很可能在此时都参加了曹操组织的军事征伐。② 曹植的《离思赋》和曹丕的《感离赋》都提到曹植参与了这次军事活动，《典略》中记载阮瑀也参加了此次征伐，他们在归途中路过三良墓，有感而发写作了三良诗，而对于王粲是否参加则没有资料记载。

　　除了创作时间以外，学者对王粲和阮瑀三良诗的创作背景也提出了不同意见。王粲的这首三良诗常常被赋予政治含义，例如《汉魏六朝百三名家集》的编者张溥说道："孟德阴贼喜杀贤士，仲宣《咏史》托讽《黄鸟》，披文下涕，几秦风矣。"③张溥的这种看法值得商榷。高德耀认为："王粲是曹操的同党，他的《从军诗》赞颂了曹操。王粲的三良诗虽然感情较为饱满，却更多的是批判秦穆公，并谈论三良事件对秦国民众的影响，而较少关注三良的经历；这与王粲诗歌的整体风格相关，例如他的《七哀诗》也是将苦难主题置于社会的层面来探讨。"④如果我们结合王粲的生平及其作品来分析，其三良诗应该没有批判曹操的内涵与意旨。那么，阮瑀的三良诗有没有明确的政治寓意呢？

　　在《咏史诗》中，阮瑀开篇批判秦穆公的错误行为，并将三良殉葬之事看作是历史的必然。从儒家道德伦理的角度来讲，"忠臣不违命"，三良的行为是忠贞的表现。因此，三良之死被上升到道德伦理的高度进行探讨。那么，究竟王粲、曹植、阮瑀的三良诗有没有社会、政治寓意呢？高德耀在文章的最后引用了缪文杰（Ronald Miao）关于王粲诗歌的评点。缪氏认为："王粲的咏史诗不仅吟咏了历史人物，而且通过对秦穆公和当代的统治者曹操进行对比，揭示出秦穆公的残暴、愚昧，从而变相衬托出曹操的仁慈、开明。"⑤高德耀觉得这种阐释有过度解读之嫌，评论道："虽然建安时期的文人会在意想不到的地方创作诗歌来赞颂曹操和曹丕，但是没有必要做这种硬性的解读。"⑥基于以上分析，他认为王粲的三良诗应该是一首登临诗，属于怀古诗的一种。另外，三良

　　① 逯钦立《先秦汉魏晋南北朝诗·魏诗》，第 379 页。
　　② 建安十六年，曹操亲率大军进行军事征伐，收复关内。
　　③④ Cutter, "On Reading Cao Zhi's 'Three Good Men'," p.10.
　　⑤⑥ Cutter, "On Reading Cao Zhi's 'Three Good Men'," p.11.

诗是对历史的感悟与反思,并非与当下的现实政治有很强的联系。①高德耀运用文本细读的方法,并结合中国诗歌语言的简约性及解读的多义性特点分析了数首三良诗。②他在解读诗歌时,参考和引用了中国、日本、美国等不同国家学者的观点,在此基础上加以辨析并列出异同,有时还会列出多种可行的解读方案,给读者留下了较为广阔的思考空间。

三、米欧敏与文本的文化研究

米欧敏(Olivia Milburn)目前为香港大学教授,主要研究中国早期历史和文学。③她写作了以怀古为主题的专著《怀古:古吴国的文化建构》,侧重研究吴地历史及其关键人物的建构过程。④她此前完成了《越绝书》的翻译工作,后写作了有关古代苏州地区地方志的研究著作。⑤其代表作《怀古:古吴国的文化建构》于 2013 年由哈佛大学亚洲中心出版,隶属于哈佛燕京书系。该书以其博士论文及先期发表的四篇论文为基础,对古代吴地的文化以及代表性人物进行考察。此书分为两大部分:第一部分以吴国历史为中心介绍吴世家,关注吴国的主要国王和一些权臣。这部分对吴国上层的活动考察较多,而对下层百姓的描述较少,因为现有的文献和出土文物对这方面的记载都很少。第一部分研究的难点在于我们对古代吴国的传统和习俗知之不多,学者们也大多认同此点。如汪春泓指出:"关于吴、越国之命运,以及导致两国亡国之过程内情,后人已不可知矣。"⑥该书第二部分是对吴国个案的分析,侧重对延陵季子(季札)、吴王阖闾墓、灵岩山、姑苏台进行讨论。该书所引用的材料来源广泛,包括正史、杂史、地方志、地理著作、文学作品、出土文献、考古文物等,其中

---

① Cutter, "On Reading Cao Zhi's 'Three Good Men'," p.11.

② 关于诗歌解读的简约性和多义性的论述,参见张月《东学西渐——北美课堂上的中国古典诗歌》,《古典文学知识》2019 年第 4 期,第 134—141 页。

③ 米欧敏(Olivia Milburn)在牛津大学和剑桥大学获得本科和硕士学位,于 2003 年在伦敦大学亚非学院获得博士学位。她长期关注中国江南地区的古代历史和文化。除了致力于中国古代文学和文化的翻译和研究以外,她近年来也从事中国现当代小说的翻译工作。例如,她与克里斯托夫・佩恩(Christopher Payne)合译了麦家的《解密》《暗算》和蒋子龙的《农民帝国》。关于米欧敏的学术经历和著作,参见"Olivia Milburn," School of Chinese, The University of Hong Kong, accessed August 14, 2023, https://web.chinese.hku.hk/en/people/staff/129/1790/.

④ Olivia Milburn, *Cherishing Antiquity: The Cultural Construction of an Ancient Chinese Kingdom* (Cambridge: Harvard University Asia Center, 2013).

⑤ Olivia Milburn, *The Glory of Yue: An Annotated Translation of the Yuejue shu* (Leiden: Brill, 2010), *Urbanization in Early and Medieval China: Gazetteers for the City of Suzhou* (Seattle: University of Washington Press, 2015), *The Spring and Autumn Annals of Master Yan* (Leiden: Brill, 2016).

⑥ 汪春泓《〈史记・越王勾践世家〉疏证——兼论〈史记〉"实录"与"尚奇"之矛盾》,《华东师范大学学报(哲学社会科学版)》2018 年第 1 期,第 87 页。

部分涉及咏史怀古诗。①

关于季札的文学和传说，主要集中在赞颂其不接受王位的贤良美德方面。纪念季札的主要实体包括当地的季札墓、季札庙、石碑等。除了实体的纪念，历代文人墨客也留下了不少诗歌来祭奠这位贤才，如六朝陈代张正见就作有《行经季子庙诗》。全诗如下：

> 延州高让远。传芳世祀移。
> 地绝遗金路。松悲悬剑枝。
> 野藤侵沸井。山雨湿苔碑。
> 别有观风处。乐奏无人知。②

张正见对季札的故事颇为了解，对季子挂剑、让位、熟稔音律等典故也运用自如。诗人感慨时光荏苒、岁月如梭，对于季札去世后出现的"乐奏无人知"现象进行慨叹，以此表达对其高超音乐造诣的赞许。③诗歌里也提到了与名人效应同时产生的自然界奇观，如"野藤侵沸井"中出现了"沸井涌泉"的奇特景象。与季札相关的古迹成为文人时常拜访之地。到了宋代，梅尧臣写作了《夫子篆》（另题名为《和颍上人南徐十咏其八夫子篆》）：

> 季札墓傍碑，古称尼父篆。
> 始沿春秋义，十字固莫划。
> 磨敲任牧童，侵剥因野苏。
> 嗟尔后之人，万言书不浅。④

梅尧臣受到相传为孔子所书的十字碑"呜呼有吴延陵君子之墓"和好友欧阳修《集古录》的影响而创作此诗，但是"磨敲任牧童，侵剥因野苏"正说明了历史遗迹并没有受到良好的保护，反倒是任凭牧童和自然力量对其进行"磨敲"和"侵剥"。此外，关于季札的历史记忆在不同时代的文人心目中有着相似的印象，

---

① 该书以现存的原典为基础进行论述，例如《左传》《春秋》《史记》《汉书》《吕氏春秋》《国语》《吴越春秋》《说苑》《越绝书》等。除了这些典籍的记载以外，米欧敏还运用了地方志、青铜器铭文以及以古镜（如姓氏镜和尚方镜）为主的出土文物。这些文物遍布于世界各地的博物馆和展览馆，如南京博物馆、上海博物馆以及美国克里夫兰博物馆。
② 逯钦立《先秦汉魏晋南北朝诗·陈诗》，第 2491 页。
③ Milburn, *Cherishing Antiquity*, pp.197 - 198.
④ Milburn, *Cherishing Antiquity*, pp.200 - 201.

后人常对其忠贞、重诺等美好节操加以肯定与赞赏。诗僧宗泐《延陵季子祠送张守》便是其中一例：

> 延陵古名郡，季子有祠宫。
> 古木阶前合，长河户外通。
> 仁风垂后代，让德继先公。
> 太守之官去，褒贤礼更崇。①

这首诗吟咏了季札的高风亮节，暗指史传中对其故事的记载，赞颂其"仁风""让德"。眼前之景印证了季子祠在诗人的时代仍保存完好，景观错落有致。有些怀古诗创作的灵感触发点是诗人与古迹的不期而遇，但有时又是诗人的特意拜访。明代孙一元的《游吴》便写出了自己慕名来访的情况："短褐心愈壮，铜铙歌自闻。薄游吴王国，来寻季子坟。"②不同时代文人对季札的纪念彰显了他的独特魅力和吸引力，古迹的拜访人群遍及帝王将相、诗人学者与乡绅百姓，这无不说明了季札的影响力之深远。对其相关古迹的修缮、维护也能看出当地人的文化认同感和归属感。同时，这些纪念季札的古迹也提升了吴地的文化品位和知名度。③

《怀古：古吴国的文化建构》中第二个案例的研究与虎丘山和阖闾墓相关。围绕阖闾墓也有很多传说和故事。高启的《阖闾墓》就是与古代传说的隔空对话：

> 水银为海接黄泉，一穴曾劳万卒穿。
> 谩说深机防盗贼，难令枯骨化神仙。
> 空山虎去秋风后，废榭乌啼夜月边。
> 地下应知无敌国，何须深葬剑三千。④

在米欧敏看来，高启对此诗的创作以《越绝书》等典籍为基础，由此展开联想和想象，并对阖闾墓的相关故事进行了改造。例如，"一穴曾劳万卒穿"中的"万

---

① Milburn, *Cherishing Antiquity*, p.213.
② Milburn, *Cherishing Antiquity*, p.216.
③ Milburn, *Cherishing Antiquity*, pp.216 – 217.
④ Milburn, *Cherishing Antiquity*, p.267.

卒"，按历史典籍中的记载应为一百万。①第二联是将对秦始皇陵墓的描述和相关故事搬挪到阖闾墓上。事实上并没有历史典籍记载阖闾墓与"深机"有关，反倒是秦始皇陵墓有很多机关。在明代，关于秦始皇陵墓的一些轶事很可能影响了诗人对阖闾墓的叙述。"难令枯骨化神仙"也援引了有关秦陵建造的传说：在其建好后，参与建造的工匠被杀害。②在历史上，关于阖闾墓本身的故事也吸引了诸多人物的关注。秦始皇、项羽、孙权等著名历史人物都有去阖闾墓寻宝的经历，但均未找到任何值得一提的宝物，只能无功而返。宋代以后，士大夫对阖闾墓的传说持怀疑态度，经过实地勘察后，有人觉得这只是一个深水池，是自然造物，但是也有文人对此满怀憧憬。明代文徵明等人也受传说影响，在虎丘剑池干涸以后，到这里寻宝。顾湄《虎丘山志》引用了文徵明关于虎丘山的诗歌，前有小序：

> 虎丘剑池，相传深不可测。旧志载秦皇发阖闾墓，凿山求剑，其凿处遂成深涧。王禹偁作《剑池铭》，尝辨其非。正德辛未冬水涸，池空，得石阙中空，不知其际。余往观之，赋诗。贻同游者和而传焉。
>
> 吴王埋玉几千年，水落池空得墓砖。
>
> 地下谁曾求宝剑，眼中吾已见桑田。
>
> 金凫寂寞随尘劫，石阙分明有洞天。
>
> 安得元之论往事，满山寒日散苍烟。③

文徵明对虎丘山的历史传说进行了总结，并于实地考证后有感而发，写作此诗。诗歌结合历来与虎丘剑池相关的历史故事，包含了从秦始皇以降前人对此地的关注。正是因为池水干涸，文徵明才有机会一探究竟。时至今日，对阖闾墓的考古工作仍没有停息，但是考虑到考古工作有可能影响到虎丘塔这一重点保护文物的稳定性，因此始终都没有实质性的进展。目前围绕阖闾墓及其宝物还流传着很多美丽的传说，其作为名胜吸引了不同时代的文人墨客与普通百姓前来观赏，也由此成为了著名的旅游景点。阖闾墓在文学、历史、考古、地理、地方志、佛教等文献中多有记载，成了为数不多的可以唤起人们对春秋战国晚期吴国政权记忆的象征物。同时，围绕阖闾墓流

---

① ② Milburn, *Cherishing Antiquity*, p.268.

③ Milburn, *Cherishing Antiquity*, p.271.中文断句以该书引文所用标点为基础，稍加修改而成。

传的寻宝故事和传说也使阖闾本人的故事广泛流传,成为历史记忆的有机组成部分。①

米欧敏还提到在进行越国怀古研究时遇到了材料的选择问题,记载吴国的早期原始典籍存量较少,而叙述文化建构的过程要运用到不同时代的材料,如何正确地区分和利用材料中的史实性记载和文学性描述也是一个重要的问题。更为抽象的问题是,文本的生成及观念的建构与这些材料之间的关系又如何? 对这些问题的辨析与探讨,有助于更好地理解春秋战国末期吴国的情况以及后世接受视域中的吴国。在文本的生成与观念、历史的建构这些方面,有些学者通过个案分析进行了详细的讨论。例如,邓骏捷将"诸子出于王官"置于汉代的学术和政治背景中,探讨其建构过程及其主要观念,认为"它所构建的学术话语框架为后世皇权政治与学术的关系奠定了足以仿效的模式,深远影响着中国古代政治与思想的整体走向"。②再如,汪春泓以《史记·越王勾践世家》为个案研究的两篇论文讨论了文学和历史、"实录"与"尚奇"之间的关系。他认为,司马迁在写作这篇传记时遇到的问题是没有更多的"信史"资料,因此其参考了《国语》和《战国策》等典籍。这些材料本身的传奇性、小说性较强,再加上司马迁的想象和润色,使得传记的虚构成分较多,于是才有了与范蠡相关的很多故事。《左传》里没有关于范蠡的记载,但是在《国语·越语》中,他却成为主要人物。范蠡的形象塑造源于几个因素:"其一,范蠡政治成就高,其隐退经商乃是功成身退的代表。其二,范蠡所体现的财富观与司马迁相同。其三,范蠡的故事性较强。"③司马迁对吴越故事的建构经历了如下过程:《战国策·秦策》里的故事被《吕氏春秋》搬到了吴越之争中,而司马迁又沿袭了《吕氏春秋》的故事。④历史人物和传记的建构过程被展示出来,说明了文学中的艺术真实与历史中的史实真实之间存在区别。这两篇论文是以《史记·越王勾践世家》为个案进行研究,顺着这种思路,还可以考察《史记》中的其他代表性传记,从而进一步发掘文学和历史之间的关系及其背后的深层意义。这

---

① 本部分选取了与吴国相关的两个人物季札和阖闾以及与之相关的咏史怀古诗,从中可以看出米欧敏咏史怀古诗的研究特点。该书还有其他个案研究,侧重在灵岩山和姑苏台,本文就不再列举了。

② 邓骏捷《"诸子出于王官"说与汉家学术话语》,《中国社会科学》2017 年第 9 期,第 184—204 页,第 209 页。引文载于第 204 页。

③ 汪春泓《〈史记·越王勾践世家〉研究——兼论文学和史学之间的边界问题》,《东吴学术》2018 年第 3 期,第 102—103 页。

④ 汪春泓《〈史记·越王勾践世家〉疏证——兼论〈史记〉"实录"与"尚奇"之矛盾》,第 88 页。

些方面无不对咏史怀古诗的发展产生深远的影响。①

四、结　语

　　海外汉学研究通常从对具体作品的文本细读切入,然后再提炼出值得讨论、研究的课题。傅汉思、高德耀、米欧敏三位学者的论著对中国咏史怀古诗从不同角度进行了解读。时过境迁,他们提到的一些问题以及采用的一些方法,有的值得回味与借鉴,有的尚待深入发掘其潜力。英语世界的中国咏史怀古诗研究,无论从主题、时代还是作家来说都还有很大的拓展空间。同时,翻译是学术研究的基础,目前英语汉学界已经有了左思、陶渊明、杜牧、李商隐等少数知名咏史怀古作家诗歌的英译,但是对其他作家的咏史怀古诗则翻译得较少。②另外,目前海外汉学中咏史怀古诗研究集中在晚唐时期,对于其他时期的研究尚待开拓。至于咏史怀古诗的研究方法,也不妨运用文化记忆、接受史、互文性等方法进行深入分析。③例如,接受理论已被广泛地运用到了中国文学研究中,目前主要用于研究如陶渊明、杜甫、李清照这样的经典作家及其作品的经典化过程,并侧重探讨这些作家在不同时代文人心目中的地位和影响。④对于不同时期的接受情况,学者们分析了其背后的原因,并探讨了与之相关的思想史和社会政治等方面的问题。此外,接受史研究也可以与记忆理论结合,应用于咏史怀古诗研究,从而深入发掘历史题材诗歌的特点:诗歌中出现的历史人物和事件大多已经在史传等典籍中有所记载,那么这些人物和事件在诗歌中又是如何呈现的,诗人如何"接受"和回忆他们,诗人记忆、记载历史人物的方式、方法与历史学家又有什么不同? 这些方面都有待深入探讨。

---

　　① 诗人写作咏史诗时高度浓缩所选历史人物的故事,再加以放大,而这种被放大的文学形象比史传中的历史形象影响更加深远,后世文人对该历史人物的认知和理解常常源于咏史诗中所塑造的文学形象。关于此点的论述,参见张月《左思〈咏史〉中的诗与史》,《文学研究》2019 年第 2 期,第 85—99 页。

　　② 关于左思、陶渊明、杜牧和李商隐的英译研究,参看 Yue Zhang, "Self-Canonization in Zuo Si's 'Poems on History'," *Journal of Chinese Humanities* 5(2019):pp.215 - 244;James Hightower, *The Poetry of T'ao Ch'ien*(Oxford:Oxford University Press, 1970);A.R. Davis, *T'ao Yüan-ming*(AD 365 - 427):*His Works and Their Meaning*, 2 vols.(Cambridge:Cambridge University Press, 1983);Stephen Owen, *The Late Tang:Chinese Poetry of the Mid-Ninth Century*(827 -860)(Cambridge:Harvard University Asia Center, 2006)。

　　③ 关于从接受史和文化记忆的角度研究诗歌与历史之间的关系,参见张月《记忆、统治与"造宋"文学——以谢瞻〈张子房诗〉为中心》,《中国人民大学学报》2023 年第 4 期,第 157—166 页。

　　④ 晚近英语世界中以接受史为主题的专著,举例如下:Wendy Swartz, *Reading Tao Yuanming:Shifting Paradigms of Historical Reception*(427 -1900)(Cambridge:Harvard University Asia Center, 2008);Ronald C. Egan, *The Burden of Female Talent:The Poet Li Qingzhao and Her History in China*(Cambridge:Harvard University Asia Center, 2014);Ji Hao, *The Reception of Du Fu*(712 -770) *and His Poetry in Imperial China*(Leiden:Brill, 2017)。关于接受史方法在北美汉学界的运用,参见张月《晚近北美汉学研究方法与文学史编撰管窥》,《国际汉学》2019 年第 3 期,第 185—191 页。

灵活运用文学理论并将其与中国古代文学的实际相结合,必将大大推进咏史怀古诗的研究。

[**作者简介**]　张月,澳门大学中国语言文学系副教授、博士生导师,人文社科高等研究院研究员。

塑造王朝正典

——评《润色鸿业:〈汉书〉文本的形成与早期传播》

徐光明

陈君先生近年来致力于《汉书》文本的形成与影响研究,相关成果以论文形式早先发表,而后修订增补,后以著作形式呈现在读者面前,即《润色鸿业:〈汉书〉文本的形成与早期传播》。①该书精彩地描绘出了《汉书》的生成轨迹,揭示了文本背后的权力干预因素,勾勒出《汉书》在中古时代的传播图景,堪称《汉书》研究的又一部杰作。

一、引 言

自孔子因鲁史记作《春秋》,尊扬周室,贬抑诸侯,一字之内寓褒贬,“《春秋》之义行,则天下乱臣贼子惧”,②而后四百余年,诸侯相兼,史记放绝。至汉兴,司马迁成《太史公书》,“据《左氏》《国语》,采《世本》《战国策》,述《楚汉春秋》,接其后事,讫于天汉”,③这引起了汉武帝的注意,“闻其述《史记》,取孝景及己本纪览之,于是大怒,削而投之。于今此两纪有录无书”,④《太史公书》究天人之际,通古今之变,成一家之言,追求精神独立与著述自由,不虚美不隐恶,秉笔直书,其中记录了不少汉朝社会存在的积弊与顽疾,对最高统治者的治国方针和对外政策亦颇有微词,⑤这些记录引起了武帝的反感,司马迁因而

---

① 陈君《润色鸿业:〈汉书〉文本的形成与早期传播》,北京:北京大学出版社,2020 年。
② 《史记》卷四七《孔子世家》,北京:中华书局,1982 年,第 1943 页。
③ 《汉书》卷六二《司马迁传》,北京:中华书局,1962 年,第 2737 页。
④ 《三国志》卷一三《魏书·王朗附王肃传》,北京:中华书局,1982 年,第 418 页。
⑤ 参见《史记》卷三〇《平准书》,第 1420 页;卷一一〇《匈奴列传》,第 2919 页;卷一二二《酷吏列传》,第 3154 页;卷一二三《大宛列传》,第 3175—3176 页。

遭到打击报复。①统治者运用权力对著述者进行肉体摧残,对作品加以删削,面对皇权的威压,个人之力显得脆弱而苍白。幸运的是司马迁并未屈服于权力的淫威,《太史公书》也有赖于杨敞、杨恽父子的保存而流布人间,在此后的历史长河中,最终成为史家与史学的经典。②

汉成帝以前的《太史公书》,世人难以得见,成帝之后传播渐广,当时学者对此表现出极大的兴趣,赓续者甚多,从中可见著述力量日益彰显。同时私人修史之举也引起了统治阶层的注意,对于其中的负面描写,他们运用权力有意地删除、篡改,以达到维护国家正面形象之目的。③这一问题同样摆在东汉统治者面前,如何对《太史公书》中的不利言论和思想加以控制、导引,是在位者极为关心的问题。东汉政府采取了如下数项举措:(一)禁私家修史,设"私改作国史"罪,将史权收归官方;(二)官修《汉书》,颂美功德,取代《太史公书》;(三)诏令杨终大规模删削《太史公书》,仅余十余万言。④三管齐下,手段完备,思虑缜密。继《太史公书》而起的《汉书》便是在这样的时代背景下产生的,这部在官方意识形态指导下出现的著作,既是符合东汉王朝价值观念的典范,又是可资后人探讨两汉之际史学转变的绝佳案例。《润色鸿业:〈汉书〉文本的形成与早期传播》正是立足于两汉之际的时代背景,探讨班氏一族在皇权的指示下如何修撰《汉书》,以达到知识与权力的共谋共识,为此后千余年的王朝正史编修树立了典范模式。

二、相关章节介绍

全书由绪论、上编、下编构成。

绪论分五小节,"经传汉事"讲《汉书》文本的形成,"共识与共谋"将《汉书》定位为王朝史学,"帝典"讲《汉书》实现了经史范式的转换,"比肩五经"确立了《汉书》的经典地位,"自由与秩序"比较了以《史》与《汉》为代表的中国传统史学中的两种力量。绪论揭示全书主旨,驾驭全书行文思路,是一篇高度凝练、概括性的总论文章。

上编共七章,相关内容可以用"文本形成的曲折过程、文本背后复杂的权

① 范子烨《一场文字狱:司马迁遭受宫刑原因新说》,《竹林轩学术随笔》,南京:凤凰出版社,2012 年,第 187—189 页。王肃的看法,唐人亦有认同者,《旧唐书》卷九四《徐彦伯传》记其作《枢机论》有言:"史迁轻议,终下蚕室。"(北京:中华书局,1975 年,第 3005 页)
② 逯耀东《抑郁与超越:司马迁与汉武帝时代》,北京:生活·读书·新知三联书店,2008 年。
③ 吕世浩《从〈史记〉到〈汉书〉——转折过程与历史意义》,台北:台湾大学出版中心,2009 年,第 129—150 页。
④ 吕世浩《从〈史记〉到〈汉书〉——转折过程与历史意义》,第 202—237 页。

力关系以及对后世的深刻影响"①来概括,主旨则是"润色鸿业"。以下简述第一、三、五、七章主要内容,二、四、六章的介绍与引述详见下节。

第一章"《汉书》编纂前史"。第一部分:零散的诸家"续《太史公书》"。辑录两汉之际《太史公书》续作者,如刘向刘歆父子、冯商、褚少孙、扬雄等十余人事迹,指出他们的著作属于集体性事业,且很可能依附《史记》,并未单行。第二部分:班彪《史记后传》的整齐化。两汉之际时局动乱不安,身兼外戚与儒族的扶风班氏代表人物班彪虽心怀汉室,然不得已依附于边境豪族以图苟安,这也激发了他的潜力去完成续补《史记》的工作,这便是《汉书》的基础,《汉书》部分篇章明显带有班彪印记,班固沿用其父底稿,不能因此指责孟坚盗窃父书。

第三章"包举一代:《汉书》的文本世界"。《汉书》的材料来源,非常丰富,大致包括如下来源,如①武帝以前的汉史采自《史记》。②武帝以后取自诸家"续《太史公书》"、刘向《说苑》《新序》、班彪《史记后传》等。③刘向刘歆父子《洪范五行传》类著作与《别录》《七略》等书。④谍谱、自序、别传。⑤西汉子书。⑥朝廷原始档案。⑦辞赋文章等。《汉书》的编纂方法,包括抄录法、合并法、互见法、补叙法、插叙法、存异闻等。最后介绍了有关《汉书》编撰的两种异闻,即全部抄自刘歆《汉书》说和班固"受金始书"说,前一种说法作者不认可,后一种则存疑。

第五章"昭著汉德:《汉书》的历史使命"。分三小节:两汉之际的史学趋向、一种新的意识形态工具、遮蔽:历史书写的另一面。两汉之际的史学写作可以概括为地方史的写作、旧史籍的改造、历史编纂的制度化三点,而第三点对《汉书》的影响最大,东汉以皇权主导学术,使历史编纂出现制度化、机构化的趋势。东汉立国,重谶纬、符命,使经学、文学服务于政治,史学也被纳入这一范畴,成为服务于政治的新的意识形态工具,这在班固身上体现得最为明显,经学之《白虎通义》、文学之《两都赋》《典引》、史学之《汉书》,昭著汉德,佐助皇权。第三小节分析详见下文。

第七章"中古时代的《汉书》注释传统"。《汉书》经典地位的确立,注释的作用不容忽视,而中古(案:东汉至唐初)正是《汉书》注最为发达的时期。大致分为三阶段:东汉至西晋,由相对简单的"音义"发展为综合注释的"集注"阶段。南北朝至隋代,南北朝《汉书》出现分流,南朝《汉书》注发展迅猛,北朝则相对寂寥;北朝后期颜之推的《颜氏家训》预示了新学术时代的到来;隋平陈,

---

① 陈君《润色鸿业:〈汉书〉文本的形成与早期传播》,第303页。

南学北传,萧该、包恺、姚察等人将《汉书》的先进成果带到北地。唐代一统,出现了颜师古《汉书注》这一集大成之作,深刻影响了此后一千多年的《汉书》研究。

下编:班彪班固父子年谱。依据相关史料等文献,始自西汉平帝元始三年(3)班彪出生,截止东汉和帝永元四年(92)班固卒于狱中,将九十年间的历史事件依据时间进行汇编。最后附有主要参考书目、人名索引、书名篇名索引,方便读者查阅。

三、王朝正典的塑造与影响

第二章"从冲突到合作:政治影响下的班固《汉书》",细致描绘了《汉书》最初的文本形态,从无到有的产生过程。其中,汉明帝的干预,在班固创作过程中起到了决定性的作用。班彪死后班固返回乡里,续补《史记后传》,因"私改国史"入狱,后经查实得以免罪,并受到明帝赏识,入职兰台,时在永平五年(62),此乃班固一生的转折点。明帝前期,班固与陈宗、尹敏等负责撰写包括《世祖本纪》在内的二十八篇本朝中兴传记(《东观汉记》蓝本),至永平十五年完成。这项工作受到明帝的格外关照,忌讳甚多,又成于众手,难免质量不一,不免招来后世的非议,如傅玄对比《汉书》与《东观汉记》后以为:"观孟坚《汉书》,实命代奇作。及与陈宗、尹敏、杜抚、马严撰中兴纪传,其文曾不足观。岂拘于时乎? 不然,何不类之甚者也?"①此后明帝开始关心前朝史的写作,于永平十七年下诏问班固、贾逵等人《史记·秦始皇本纪》中赞语,单独召见班固。明帝对两司马态度鲜明,贬抑司马迁非"谊士",肯定司马相如为"忠臣",以诏令形式加以宣布。"在班固撰写《汉书》的敏感时刻,明帝与之讨论《史记·秦始皇本纪》末的赞语以及司马迁对武帝的态度问题,显然有警告之意——人主论学对班固撰史的深刻影响,是怎样高估也不过分的"。②诚然如是,明帝作出指示后,班固撰史的立场与态度无疑会发生重大转变,颂美成为他此后编纂《汉书》的指导性原则。永平十七年的云龙门对诏也成为中国传统史学撰述的转捩点,具有深远的影响。③已有学者从体例、论赞、天人观与古今观方面指出

① 刘知几著,浦起龙通释,王煦华整理《史通通释》卷九《覈才》,上海:上海古籍出版社,2009 年,第233 页。
② 陈君《润色鸿业:〈汉书〉文本的形成与早期传播》,第 49 页。
③ 参见吕世浩《从〈史记〉到〈汉书〉——转折过程与历史意义》,第 228—234 页;张宗品《略论东汉史学之转向》,《中华文史论丛》2012 年第 1 期,收入《校书与修史:东观与东汉帝制文化整合》,北京:社会科学文献出版社,2019 年。

《汉书》对《史记》的改造，①固然明帝的示意起到了关键的指导作用，但是班固修史思想的转变并非无源之水、无本之木，永平年间的社会环境也时刻影响着班固，原因如下：一则明帝性情偏激，重视刑理，当朝吏治深刻，《后汉书》记："帝性褊察，好以耳目隐发为明，故公卿大臣数被诋毁，近臣尚书以下至见提拽。尝以事怒郎药崧，以杖撞之。"②宋均以为："苛察之人，身或廉法，而巧黠刻削，毒加百姓，灾害流亡所由而作。及在尚书，恒欲叩头争之，以时方严切，故遂不敢陈。"③永平七年宋均拜尚书令，他所切齿的"苛察之人"正是明帝重用的文法吏。永平十三年楚王英案，死徙者数千人。二则国家政治安定，祥瑞频出，太平盛世之兆已显，歌颂盛世成为当代的主旋律，文学创作多以符瑞为主要题材，④班固、贾逵、傅毅、杜抚则是御用文人的不二人选，据班氏父子《年谱》可知，永平十七年五月，班固等人集体创作《神雀颂》，此后班固、杜抚作《汉颂》，更是将明帝朝的宣汉思想发挥到了极致，当年十月即有云龙门对诏事，个中关联，耐人寻味。《汉书》虽秉持颂美原则记录前朝历史，然而这种理念并未在实践中得到彻底的执行，对西汉社会的阴暗面依然有所揭露，如宣帝时夏侯胜批判汉武帝无德泽于民，不宜为立庙乐；路温舒上书国家狱治深刻，致使人民多陷刑网。⑤笔者推测，这些文本当出自班固早期的记载，或未尽行删削所致。

　　《汉书》之后，无论是撰前朝史或是本朝史，官方无时无刻不发挥着介入与导引的作用，如西晋惠帝时修国史，重提此前的晋书限断问题，时贾谧为秘书监，"上议，请从泰始为断。于是事下三府"，⑥"三府"即"三公府"，《后汉书》李贤注："三府谓太尉、司徒、司空府。"⑦可见朝廷的重视。南朝刘宋大明六年（462），徐爰领著作郎，关于国史断限问题，朝臣议论纷纷，在义熙元年（405）、元兴三年（404）、宋公元年等具体年份上纠缠不休，最终孝武帝下诏："项籍、圣公，编录二汉，前史已有成例。桓玄传宜在宋典，余如爰议。"⑧以皇权的命令终结了这场纷争。孝武帝还对徐爰修史作出过具体的指示，《高僧传》昙迁传

---

① 吕世浩《从〈史记〉到〈汉书〉——转折过程与历史意义》，第289—340页。
② 《后汉书》卷四一《锺离意传》，北京：中华书局，1965年，第1409页。
③ 《后汉书》卷四一《宋均传》，第1414页。案：宋均当作宗均，参见应劭撰，王利器校注《风俗通义校注》卷二《正失》引王先谦语，北京：中华书局，1981年，第122—123页。
④ 参见陈君《东汉社会变迁与文学演进》，北京：中国社会科学出版社，2012年，第38—39、136—138页。
⑤ 《汉书》卷七五《夏侯胜传》，第3156页；卷五一《路温舒传》，第2369—2371页。
⑥ 《晋书》卷四〇《贾充附贾谧传》，北京：中华书局，1974年，第1174页。
⑦ 《后汉书》卷二七《承宫传》，第945页。
⑧ 《宋书》卷九四《恩幸·徐爰传》，北京：中华书局，1974年，第2309页。

记："及范晔被诛,门有十二丧,无敢近者。迁抽货衣物,悉营葬送。孝武闻而叹赏,谓徐爰曰:'卿著《宋书》,勿遗此士。'"①史称徐爰"便僻善事人,能得人主微旨",②可以肯定徐氏所修《宋书》必然为昙迁立传,然检阅今本沈约《宋书》,并无昙迁传记,可见沈约在徐爰《宋书》基础上又有所剪裁、重组。③孝武帝甚至身体力行,亲自撰史,"大明中撰国史,世祖自为义恭作传",④"臧质、鲁爽、王僧达诸传,又皆孝武所造"。⑤

再如南齐建元二年(480),檀超、江淹纂修国史,《南齐书》记:

> 上表立条例,开元纪号,不取宋年。封爵各详本传,无假年表。立十志:《律历》、《礼乐》、《天文》、《五行》、《郊祀》、《刑法》、《艺文》依班固,《朝会》、《舆服》依蔡邕、司马彪,《州郡》依徐爰。《百官》依范晔,合《州郡》。班固五星载《天文》,日蚀载《五行》;改日蚀入《天文志》。以建元为始。帝女体自皇宗,立传以备甥舅之重。又立《处士》、《列女传》。诏内外详议。左仆射王俭议:"金粟之重,八政所先,食货通则国富民实,宜加编录,以崇务本。《朝会志》前史不书,蔡邕称先师胡广说《汉旧仪》,此乃伯喈一家之意,曲碎小仪,无烦录。宜立《食货》,省《朝会》。《洪范》九畴,一曰五行。五行之本,先乎水火之精,是为日月五行之宗也。今宜宪章前轨,无所改革。又立《帝女传》,亦非浅识所安。若有高德异行,自当载在《列女》,若止于常美,则仍旧不书。"诏:"日月灾隶《天文》,余如俭议。"⑥

最终齐高帝以诏令形式支持了王俭的看法,确定了修国史的体例。齐武帝时,沈约修《宋书》,也受到了皇权的关照:

> 世祖使太子家令沈约撰《宋书》,拟立《袁粲传》,以审世祖。世祖曰:"袁粲自是宋家忠臣。"约又多载孝武、明帝诸鄙渎事,上遣左右谓约曰:"孝武事迹不容顿尔。我昔经事宋明帝,卿可思讳恶之义。"于是多所省除。⑦

---

① 释慧皎撰,汤用彤校注《高僧传》卷一三《齐乌衣寺释昙迁》,北京:中华书局,1992年,第501页。
② 《宋书》卷九四《恩幸·徐爰传》,第2310页。
③ 李翰、石维娜《沈约前后刘宋史著及〈宋书〉撰成考述》,《广西师范大学学报》(哲学社会科学版)2018年第2期。
④ 《宋书》卷六一《武三王·江夏文献王义恭传》,第1651页。
⑤ 《宋书》卷一百《自序》,第2467页。
⑥ 《南齐书》卷五二《文学·檀超传》,北京:中华书局,1972年,第891—892页。
⑦ 《南齐书》卷五二《文学·王智深传》,第896—897页。

沈约就是否为袁粲立传请示齐武帝,并在齐武帝的指示下对宋明帝多有回护。萧梁时吴均修齐史,因为直录其事而遭到梁武帝的严厉斥责,"先是,均将著史以自名,欲撰齐书,求借齐起居注及群臣行状,武帝不许,遂私撰《齐春秋》奏之。书称帝为齐明帝佐命,帝恶其实录,以其书不实,使中书舍人刘之遴诘问数十条,竟支离无对。敕付省焚之,坐免职。寻有敕召见,使撰《通史》"。①经历《齐春秋》一事的风波,吴均心有余悸,撰写《通史》必然小心翼翼,断不敢重蹈覆辙,梁武帝恩威并施,驭人有术,吴均的经历不由得令人联想起班固。唐初高祖至高宗年间,修前朝五代史及《晋书》,直接以重臣领衔史职并参与撰述,②并演变为成熟的史馆制度。③

第四章"《汉书》的政治观念与文本权力",设"周汉一脉""盛衰之变""双轨制"三节,探讨《汉书》文字背后的史家微意,并阐释其中隐含的政治观念及文本意图。首先,"周汉一脉"即班固对西汉王朝的历史定位,《汉书》得名、篇数均源于《尚书》(东汉初《尚书学》受到帝王重视,在社会上较为流行),文人撰著多规仿周代作品,将汉与周相提并论;《汉书》行文中亦常常透露出"大汉继周"的观念与意识,如《吾丘寿王传》中的"汉宝"之对,《司马相如传》中的"继周氏之绝业"之言。周代的礼乐文明令人神往,汉朝则是官僚制度与国家机构日趋完备、成熟化的帝制时代,周汉都是中国历史上绵延数百年的统一昌盛王朝,产生过辉煌灿烂的文明,"周汉一脉"对后世的影响极为深远,后代往往"周汉并称",两朝代表了专制时代理想的王朝典范。如曹魏蒋济遗书卫臻:"汉祖遇亡虏为上将,周武拔渔夫为太师;布衣厮养,可登王公,何必守文,试而后用?"④东晋太宁三年(325)八月,明帝下诏:"昔周武克殷,封比干之墓;汉高过赵,录乐毅之后,追显既往,以劝将来也。"⑤刘宋元嘉十二年(435)夏四月丙辰,文帝下诏:"周宗以宁,实由多士,汉室之隆,亦资得人。"⑥南齐永明五年(487)九月丙午诏书:"善为国者,使民无伤,而农益劝。是以十一而税,周道克隆,开建常平,汉载惟穆。"⑦陈

① 《南史》卷七二《文学·吴均传》,北京:中华书局,1975年,第1781页。相关分析参见李猛《梁武帝萧衍的早年行止(建元至隆昌)——兼谈萧衍对其早年形象的塑造》,《中国典籍与文化》2020年第4期,收入《齐梁皇室的佛教信仰与撰述》,北京:中华书局,2021年。

② 《旧唐书》卷七三《令狐德棻传》,第2597—2598页;王溥《唐会要》卷六三《史馆上·修前代史》,北京:中华书局,1955年,第1090—1092页。

③ 参见谢保成《隋唐五代史学》,北京:商务印书馆,2007年,第93—113页;杜希德著,黄宝华译《唐代官修史籍考》,上海:上海古籍出版社,2015年,第12—17页。

④ 《三国志》卷二二《魏书·卫臻传》,第648页。

⑤ 《晋书》卷六《明帝纪》,第164页。

⑥ 《宋书》卷五《文帝纪》,第83页。

⑦ 《南齐书》卷三《武帝纪》,第54页。

天嘉元年(560)七月丙辰,尚书八座奏言:"本枝惟允,宗周之业以弘,盘石既建,皇汉之基斯远,故能协宣五运,规范百王,式固灵根,克隆卜世。"①北魏孝武帝永熙三年(534)八月戊辰,制书言:"姬祚中微,践土有勤王之役;刘氏将倾,北军致左祖之举。用能隆此远年,克兹卜世。"②

无论是周汉一脉或周汉并称,其实寄托的是后世政权希踪前代,追求正统的愿望和信念,典型之例便是对国号的沿用,如蜀汉、李特成汉、刘渊之汉诸政权,乃至侯景乱梁,自立朝廷也以汉为国号,孙英刚认为:"汉朝灭亡之后,经历三国时期的蜀汉、十六国时期的刘渊、南北朝时期的刘裕,一直到唐代,都有政治集团试图打着汉帝国继承者的旗号造势。将自己的合法性根植于历史上的伟人(圣人、神、先行者),或者根植于已经被大家认可的伟大帝国、辉煌文明,是一个贯穿人类历史的政治传统。"③见解精到。其次,"双轨制",班固撰史的叙事策略是在《汉书》中存在一个隐现并用的"双轨制",显的是西汉十二帝纪,隐的是二百三十年的年历,将包括西汉、新莽、更始帝在内三朝历史归入在汉元年(前206)到更始二年(24)之内,巧妙地实现了两汉历史的衔接,如纪传的安排,以《王莽传》为例,此传篇幅巨大,将王莽从发迹、崛起到代汉、灭亡的过程详细记录下来,关涉新朝一代的诸多历史事件和重要人物,不啻于一部《新莽本纪》,其使命便是承担两汉历史的衔接。班固显然无法为王莽立本纪,于是他便转换撰述方式,以个人传记替代帝王本纪,从历史记叙的客观视角展开书写,既表明了贬低王莽历史地位的本朝价值立场,又实现了勾连起两汉历史的书写策略,可谓高明。这种名"传"实"纪"的书法为后代所继承,并加以改造运用,如陆机记晋史,《史通》批评道:"陆机《晋书》,列纪三祖,直序其事,竟不编年。年既不编,何纪之有?"④陆机以传写纪受到历史现实的限制,因为司马懿父子曹魏时身份为臣,且在司马炎建晋之前均已逝去。为晋初三祖立纪,但具体写作却只能用传的方式,对此陆机有清醒的认识,他在《晋书限断议》中写道:"三祖实终为臣,故书为臣之事,不可不如传,此实录之谓也。而名同帝王,故自帝王之籍,不可以不称纪,则追王之义。"⑤陆机这种为晋初三祖立纪而以传书写的形式或许正是借鉴自《汉书》为王莽立传实则以纪书写的方法,二者在本质上并无不同,陆机博学多通,曾参与贾谧的学术沙龙,有《讲〈汉书〉诗》一首传世,⑥十分熟

① 《陈书》卷二八《世祖九王·鄱阳王伯山传》,北京:中华书局,1972年,第360页。
② 《魏书》卷一一《出帝平阳王纪》,北京:中华书局,1974年,第291页。
③ 孙英刚《神文时代:谶纬、术数与中古政治研究》,上海:上海古籍出版社,2015年,第28页。
④ 刘知幾著,浦起龙通释,王煦华整理《史通通释》卷二《本纪》,第34页。
⑤ 严可均校辑《全上古三代秦汉三国六朝文》,《全晋文》卷九七,北京:中华书局,1958年,第2017页。
⑥ 逯钦立辑校《先秦汉魏晋南北朝诗》,《晋诗》卷五,北京:中华书局,1983年,第678页。

悉《汉书》,在修国史的实践中模仿班固的历史记述手段而变通用之,不无可能。

第六章"构建认同:《汉书》的中古传播",以时间为顺序讨论《汉书》的早期传播,从文学创作、史学编撰、政务处理等方面展开,包括时人对《汉书》的习得、讲学之风、批评思潮、记诵逸事、《汉书》选本、文章总集选录等诸多案例,勾勒出《汉书》在汉晋之间广泛流布到南北朝时南盛于北而至隋唐时期全面繁荣的线性发展脉络。《汉书》的传播足迹还扩大到禹域之外,东至扶桑,西极流沙,展现出一幅世界性的文化交流图景。①《汉书》以其经典性的地位,树立了中古史学的典范模式,目前学界的研究也相当丰富,在此领域的研究要想有所推进,或进一步精耕细作,显得有些举步维艰,作者勇于探索,为我们树立了一个颇为宏大的研究框架,汉唐间的《汉书》学依然有进一步探究的学术空间。"《汉书》的中古传播"即中古《汉书》的影响,笔者分两点引述:(一)结合中古门阀士族,可以发现《汉书》在世家大族内部甚为流行,众多家族以《汉书》为家学,《汉书》成为家族内部的重要读物,永嘉南渡后,《汉书》研究南胜于北,世家在保存《汉书》文本、传播《汉书》知识方面作出了不可磨灭的贡献。②(二)《汉书》与文章总集的关系,以《文选》为例,西汉文章多录自《汉书》,③司马相如、扬雄入选作品最多,其文章特点正是"体国经野"、"润色鸿业",长卿之《子虚赋》、《上林赋》、《上书谏猎》、《喻巴蜀檄》、《难蜀父老》、《封禅文》,子云之《甘泉赋》、《羽猎赋》、《长扬赋》、《赵充国颂》,颂美之作居多。有学者指出,结合萧统的皇太子地位和襄助乃父致力于本朝文化建设,争夺正统地位的因素不容忽视,萧统之所以选录这些典范文章,一方面凸显汉代的礼乐文明,垂范后世,另一方面则是希望以此原则来指导、建构本朝的礼乐文化。④以往的《文选》研究多从文学视角入手,由政治视角切入未尝不是一种可行的探索。

四、学术优点、启示与观点补充、商榷

纵观全书,有许多优点值得肯定。首先是班氏父子年谱的编撰,老一辈学者治学,最重资料长编,唯有全面掌握、熟悉史料,方能轻车熟路,驾驭文献,而

---

① 陈君《润色鸿业:〈汉书〉文本的形成与早期传播》,第125—148页。
② 徐光明《中古〈汉书〉世家与家学论略》,《魏晋南北朝隋唐史资料》第44辑,上海:上海古籍出版社,2021年。
③ 骆鸿凯《文选学》,北京:中华书局,2015年,第225—229页;清水凯夫著,韩基国译《六朝文学论文集》,重庆:重庆出版社,1989年,第108、110页;胡大雷《〈文选〉编纂研究》,桂林:广西师范大学出版社,2009年,第86—100页;力之《〈文选〉录扬雄六文而其五当来自〈汉书〉考——兼论〈扬雄传·赞〉以上本"雄之〈自序〉"非"未加裁割"》,《古典文献研究》第16辑。
④ 许圣和《王官与正统:〈昭明文选〉与萧梁帝国图像》,台北:元华文创,2017年,第353—358、371—390页。

编纂年谱可谓不二法门。然年谱的编写,最为费时费力,枯燥无味,现代学者往往对此嗤之以鼻,非有毅力与恒心者不可为之,作者这一项辛苦工作的展开,有助于全面了解班氏父子及东汉初期的历史和文学。其次是宏观视野,以第六、七章最为显著,将《汉书》的传播与注释放在东汉至唐这一跨度数百年的长时段历史时期加以观察,提炼其中的核心观点,分析《汉书》学发展的历史趋势,对中古时期的《汉书》有较为全面、清晰的理解和认识。再次是文本细读,《汉书》以"宣汉"立场歌颂西汉王朝的文治武功,然而在第五章第三小节"遮蔽:历史书写的另一面"中,作者选取《武帝纪》《匈奴传》《西域传》三篇赞文绝口不提武功征讨之事,认为这正反映出东汉初期的军事退守与兴复礼乐时代趋势。本书尚有许多有价值的学术启示,管见所及,抉取数点介绍。

(一)地域因素视角。在续修《太史公》书过程中,关中地区的作者是主力,如冯商、刘向父子、金丹、冯衍、班彪,显示出关中地区在两汉之际史学发展中的独特地位。重视地理因素,秉承自作者一以贯之的地域研究学术视角,以其博士论文为基础出版的专著《东汉社会变迁与文学演进》,上编第四章为"地理分布与文学活动",第一节讨论东汉前期关中文人的优势地位,下编单列第五章"班固"、第七章"马融",讨论关中作家,[①]以及近年来考察汉晋时期的关陇与青土、江汉隐逸群体,[②]均从地理视角切入,博观约取,立论坚实。这也揭示出在两汉之际历史转折过程中,关中士族的作用依然值得进一步思考。[③]

(二)《汉书》注之新见。《汉书》学有传授与注释两种形态,传授的传统始自马融从班昭受学,诚然如是。注释传统,作者以为始自班昭,《幽通赋注》是目前所知最早的《汉书》文本注释。[④]以往学界多以为《汉书》注释始自无名氏的《汉书旧注》,以及东汉末延笃、胡广、蔡邕、服虔等人的《汉书音义》《汉书音训》诸作。[⑤]作者的看法颇为新颖,将《汉书》注释的肇始时代定位在东汉中前期,言之有据,对传统观点甚具冲击力。班昭注《幽通赋》自然早于延笃等人注《汉书》的时间,但二者在形式上又有所不同,前者注释《汉书》中的单篇文章,[⑥]后

①　陈君《东汉社会变迁与文学演进》,第 204—212、237—289、324—352 页。

②　陈君《中古隐逸传统中被忽略的一环——关陇高士及其对隐逸传统的建构》,《中山大学学报》(社会科学版)2014 年第 4 期;《汉晋之间的青土隐逸及其文学与学术影响》,《文学遗产》2015 年第 6 期;《中古时代的江汉隐逸》,《湖北社会科学》2022 年第 12 期。

③　王尔《"长安系士人"的聚散与东汉建武政治的变迁——从"二〈赋〉"说起》,《中国史研究》2019 年第 4 期。

④　陈君《润色鸿业:〈汉书〉文本的形成与早期传播》,第 150 页。

⑤　张倩生《〈汉书〉著述目录考》,《女师大学术季刊》第 2 卷第 2 期,1931 年,第 2—5 页;管雄《唐以前诸家〈汉书〉注考》,《魏晋南北朝文学史论》,南京:南京大学出版社,1998 年,第 307—311 页;郑鹤声《正史汇目》,天津:天津古籍出版社,2009 年,第 60—63 页。

⑥　《幽通赋注》的文学价值,参见栗山雅央《后汉から两晋时期における赋注の确立について》,《中国文学论集》第 45 号,2016 年,第 15—20 页,收入《西晋朝辞赋文学研究》,东京:汲古书院,2018 年,第 183—189 页。《汉书》单篇文章的注释,颜师古《汉书叙例》中记有张揖注《司马相如传》,郭璞注《司马相如传序》及游猎诗赋。

者注释《汉书》全书。颜师古注《汉书》不录曹大家,且《幽通赋》注在《文选》注中得以保存,这或许是曹大家注不被认为是《汉书》注的主要原因。

(三)"音义"体的产生受到印度文化的影响。《汉书》注释中较多的一类便是题名"《汉书音义》"的著作,"音义"多以注音释义解释之,而"音义"起源,《汉书》研究多未措意于此。作者以为这或许与古印度语有关,梵文中音义是一个复合词,写作"vāgartham",在四五世纪迦梨陀婆的长篇叙事诗《罗怙世系》中有记载,考虑到东汉桓灵时期旅居洛阳的西域侨民较多,印度的"音义"观念很有可能经过中亚,辗转来到中国。此论极富启示性,从字音变化(微观)和中外文化交流(宏观)视角,揭示了"音义"的起源和流传问题,尽管尚属推测,却是一个令人兴趣盎然,富有学术价值,值得深入思考和讨论的话题。联系学界讨论较多的鱼山梵呗问题,①中外文化的交流依然饶有趣味。

(四)西晋在汉魏六朝文化发展中重要地位的重估。《汉书》在由简单的音义到西晋时集注的出现,并非偶然。西晋不仅学术文化繁荣,而且是对汉魏文化遗产进行总结的时代,如图书整理有荀勖《中经新簿》,经学有杜预《春秋经传集解》,文学有挚虞《文章流别集》,史学有晋灼《汉书集注》,西晋可谓文化总结的时代。汉魏六朝时,除两汉和齐梁有过两次重要的文化总结外,实在不能忽视西晋对前代文化遗产进行的总结活动,这也是作者十余年来一直关注的问题。②以挚虞为例,就文学而言,其所编纂的《文章流别集》,《隋书·经籍志》将之列在集部总集第一位,总集序云:"晋代挚虞,苦览者之劳倦,于是采摘孔翠,芟剪繁芜,自诗赋下,各为条贯,合而编之,谓为《流别》。是后文集总钞,作者继轨,属辞之士,以为覃奥,而取则焉。"③堪称总集之祖,是后世总集编纂的典范,其体例和文体理论是《文选》编纂和《文心雕龙》文体论的重要资源。④就史学而言,范晔《后汉书》在史部中首立《文苑传》,规仿的对象便是挚虞《文章志》,如章学诚所言:"晋挚虞创为《文章志》,叙文士之生平,论辞章之端委;范史《文苑列传》所由仿也。自是文士记传,代有辍笔,而文苑入史,亦遂

---

① 这一问题的较近研究,参见张振龙《佛道关系背景下曹植"鱼山梵呗"传说的再审视》,《世界宗教研究》2019年第4期;《曹植创制"鱼山梵呗"传说的地域因素》,《世界宗教研究》2021年第4期;范子烨《曹植和鱼山梵呗》,《文史知识》2019年第10期。

② 参见陈君《西晋荀〈录〉与汉魏乐府》,《乐府学》第二辑;《〈文章流别集〉与挚虞的文体观念》,《广西师范大学学报》(哲学社会科学版)2015年第5期。

③ 《隋书》卷三五《经籍四》,北京:中华书局,1973年,第1089—1090页。

④ 参见力之《总集之祖辨》,《郑州大学学报》(社会科学版)2000年第2期;徐昌盛《〈文章流别集〉与总集典范的建立》,《文学遗产》2020年第1期,收入《〈文章流别集〉与魏晋学术新变》,上海:上海交通大学出版社,2021年。

奉为成规。"①有学者指出不但《文苑传》取资《文章志》，范史中其他文人传记也采用了"文体分类＋篇数统计"的书写体例，②这一体例被后续中古正史中的文苑、文学列传所继承。

当然，作者的观点也有未尽之处和值得商榷的地方，以下对相应观点略作补充、商榷。

补充观点如下：（一）有关班彪《史记后传》篇目问题。王充以为百余篇，至范晔、《隋志》有数十篇，至唐刘子玄明言六十五篇，作者以为："王充所说的'百篇以上'，原是百余篇独立的任务传记，合并以后才成为范晔所说的'数十篇'和刘知幾的'六十五篇'。"③这一看法有理，笔者意欲补充的是，从王充到范晔再到刘子玄，也存在篇章散缺亡佚的可能性，自东汉至唐初相隔数百年，《史记后传》由上百篇到仅剩六十五篇，也算是不幸中的万幸了。（二）有关范晔《后汉书》"志"的部分。作者以为有《礼乐志》《舆服志》《五行志》《天文志》《州郡志》等五篇。根据相关研究，范晔书十志尚可补充的篇目有《百官志》《律历志》《刑法志》《食货志》《艺文志》，《州郡志》当作《郡国志》。④（三）有关班固"受金而始书"的说法，除作者引用的《文心雕龙》《周书》《史通》外。尚有一则，孝文帝迁都洛阳后，与韩显宗有过一次对话，韩氏言："臣仰遭明时，直笔而无惧，又不受金，安眠美食，此臣固优于迁、固也。"⑤直笔无惧指太史公作《史记》，受金即班固修《汉书》。此事稍早于《文心雕龙》的成书时间，⑥可见这一说法在南北朝同步流传。

商榷观点如下：（一）西晋盛行讲《汉书》之风，作者指出："在皇太子（后来的惠帝司马衷）周围大概也存在着这样的学术活动，颜师古《汉书叙例》就有'刘宝侍皇太子讲《汉书》'的记载。"⑦案：此处的皇太子非惠帝司马衷，乃惠帝子愍怀太子司马遹。《通典·礼三十二·嘉十七》"天子追尊祖考妣"条，引晋愍怀太子问中庶子刘宝汉高祖时太公家令说太公事，⑧符合刘宝"太子中庶

① 章学诚撰，叶瑛校注《文史通义校注》卷六《外篇一·和州志前志列传序例中》，北京：中华书局，2014年，第795页。
② 苗壮《〈后汉书·文苑传〉的成立》，《文学遗产》2018年第2期。石雅梅不同意这种看法，参见《〈后汉书〉文章著录方式与东汉别集编纂理念》，《文艺理论研究》2020年第1期。
③ 陈君《润色鸿业：〈汉书〉文本的形成与早期传播》，第36页。
④ 于溯《范晔〈后汉志〉篇目考——兼说"蜡以覆车"与〈后汉志〉存佚》，《古典文献研究》第20辑上卷。
⑤ 《魏书》卷六〇《韩麒麟附韩显宗传》，第1343页。
⑥ 《文心雕龙》的成书时间，学界以为或在齐，或在梁，相关成果颇多，兹不具引。
⑦ 陈君《润色鸿业：〈汉书〉文本的形成与早期传播》，第131页。
⑧ 杜佑《通典》卷七二《礼三十二》，北京：中华书局，1984年，第393页。

子"的身份,亦与《汉书叙例》记其"侍皇太子讲《汉书》,别有《驳义》"①相合。甚至可以推测,《通典》此卷所载刘宝之议即《汉书驳义》佚文。严可均《全晋文》有刘宝《孙为祖持重议》文一篇,②辑自《通典》(卷八八)。《全晋文》可据此补充刘宝另一佚文。此外,杜志强亦以为刘宝辅佐的太子是愍怀太子,出任太子中庶子得到张华的推荐。③(二)作者提及梁代有"《汉书》真本"三十八卷。④案:此"《汉书》真本"仅有《叙传》一卷,不存在三十八卷本的说法,如《梁书》记萧琛:"在宣城,有北僧南度,惟赍一葫芦,中有《汉书序传》。"⑤《序传》虽一卷,却足以反映全书的面貌,所以刘之遴能够据此与传世本相互参校,条例异状十事。再则,根据一个葫芦的容量计算,完全可以存放一卷书籍,却无法容纳三十八卷本的书籍体量。⑥

行文中难免手民之误,无伤大雅,在此指出,希望再版更正。如(一)《华阳国志》卷〇下。案:漏字,当作"《华阳国志》卷一〇下"。(二)"王充曾受学于班彪,虽因师弟关系不免有所揄扬"。案:"师弟"当作"师徒"。(三)"赐苍钱千五百匹"。案:"匹"字当作"万"。(四)《陔余丛考》所用版本,为栾保群、吕宗力校点本,河北人民教育出版社 1990 年,第 103—104 页。案:出版社和页码有误,更正为:河北人民出版社,第 89 页。⑦

综上,就学界目前的《汉书》研究现状而言,《润色鸿业:〈汉书〉文本的形成与早期传播》的出版,毫无疑问对深化这一领域的相关研究起到了积极的推进作用,拓宽了学界对《汉书》认识的广度和深度,作者为此付出了艰辛的劳动,值得尊重,取得的丰硕成果,令人钦佩。与作者的创见和成就相比,笔者所提的商榷意见和文字指误皆是白璧微瑕、吹毛求疵之举,固然无损于作者的卓越成绩。仅借此机会,提出一些不成熟的看法,旨在求教于作者和大方之家。

[作者简介]　徐光明,南京大学文学院博士后。

①《汉书》,《汉书叙例》,第 5 页。

② 严可均校辑《全上古三代秦汉三国六朝文》,《全晋文》卷七五,第 1894 页。

③ 杜志强《西晋名士刘宝生平发微》,《中国典籍与文化》2015 年第 2 期。

④ 陈君《润色鸿业:〈汉书〉文本的形成与早期传播》,第 137 页。

⑤《梁书》卷二六《萧琛传》,北京:中华书局,1973 年,第 397 页。同参《南史》卷一八《萧思话附萧琛传》,第 506 页。

⑥ 李广健《天监初南传所谓〈汉书〉"真本"探讨》,《汉学研究》第 33 卷第 3 期,第 50—51 页。

⑦ 上举四例见陈君《润色鸿业:〈汉书〉文本的形成与早期传播》,第 24 页注①、37 页、45 页、90 页注①。

《中国文学研究》稿约

　　《中国文学研究》由教育部人文社会科学重点基地复旦大学中国古代文学研究中心主办，系中文社会科学引文索引（CSSCI）来源期刊。主要发表与中国古代文学相关的学术论文，也希望每期能固定刊登学术书评，目前每年出版两辑。热忱吁请国内外同行赐稿，共同办好这一学术园地。

　　本刊设立编辑委员会与编辑部，实行主编、副主编负责制，稿件能否刊用，则采取严格的匿名评审制度，由审稿委员会决定。担任审稿委员者均为复旦大学及其他高等院校的著名专家。本刊发表的稿件，注重学术价值和学术规范。既欢迎视野开阔、论述严谨、具有前沿性和开拓性的研究成果，也欢迎文献翔实、辨析可据的考证性、资料性论文。

　　限于编辑部人力，仅接受电邮投稿。倘若赐稿，请以附件形式发送电子邮件至zgwxyj@fudan.edu.cn，并附作者简介（包括姓名、出生年月、性别、工作单位、职称等），注明通讯地址和邮编。请勿一稿多投。

　　由于本刊编辑部人力有限，来稿一律不退，作者务请自留底稿。本刊审稿周期为三个月，如三个月内未接到采用通知，请另投他刊。

《中国文学研究》编辑部

《中国文学研究》撰写格式

一、请使用简体字、新式标点符号，引号用""''，不用『』「」。

二、文内所分层级，依次标示为"一、二、三……""（一）（二）（三）……""1. 2. 3……""（1）（2）（3）……"。

三、文中首次涉及某古代年号时，括注公元纪年，如：建元元年（前140）、武德九年（626）。

五、独立引文每段首行前空四格，回行前空二格。所有引文均须核实无误，援据版本当力求精善。

六、注释采用页下注，在正文中用①②③标注。基金项目、致谢语等信息以" * "标注于文章题目之下。注释不避重复，勿用"同注几""同上注""同前注"等形式。体例如下：

（一）征引一般古籍的整理本，首次出注时须注明作者、整理者、整理方式、书名、卷次、篇章、出版地点、出版机构、出版时间、页码等，再次出注时省去出版机构、出版时间。如：

李德裕撰，傅璇琮、周建国校笺《李德裕文集校笺》卷一九《谢恩改封卫国公状》，北京：中华书局，2018年，第456页。

（二）征引古籍刻本，用原刊本叶次，首次出注时须注明版本信息。如：

《全唐文》卷七九一《请元正权御宣政殿疏》，中华书局影印清嘉庆刻本，北京：中华书局，1983年，第8287页下栏—8288页上栏。

（三）征引今人论著与译著，首次出注时须注明作者（外国作者前加方括号标示国籍）、书名、出版地点、出版机构、出版时间、页码等，再次出注时省去出版机构和出版时间。如：

郭绍虞《宋诗话考》，北京：中华书局，1979年，第75页。

［日］尾崎康著，乔秀岩、王铿编译《正史宋元版之研究》，北京：中华书局，2018年，第604页。

（五）征引期刊、集刊论文，须注明作者、文章名、刊物名、刊期等。如：

陈尚君《李白诗歌文本多歧状态之分析》，《学术月刊》2016年第5期。

（六）征引外文论著，可依照中文格式，论著名使用斜体。如：

M. I. Finley, *Politics in the Ancient World*, Cambridge University Press, 1979, pp.11 -12.

七、随文请提供内容提要（200—300字）、关键词（2—5个）和英译标题。

图书在版编目(CIP)数据

中国文学研究.第 37 辑/教育部人文社会科学重点
研究基地复旦大学中国古代文学研究中心主办.—上海：
上海人民出版社,2023
ISBN 978 - 7 - 208 - 18678 - 1

Ⅰ.①中…　Ⅱ.①教…　Ⅲ.①中国文学-古典文学研
究-文集　Ⅳ.①I206.2 - 53

中国国家版本馆 CIP 数据核字(2023)第 232812 号

责任编辑　邵　冲
封面设计　夏　芳

中国文学研究(第三十七辑)

教育部人文社会科学重点研究基地复旦大学中国古代文学研究中心　主办

出　　版　上海人民出版社
　　　　　(201101　上海市闵行区号景路 159 弄 C 座)
发　　行　上海人民出版社发行中心
印　　刷　上海新华印刷有限公司
开　　本　787×1092　1/16
印　　张　18.25
插　　页　1
字　　数　301,000
版　　次　2023 年 8 月第 1 版
印　　次　2023 年 8 月第 1 次印刷
ISBN 978 - 7 - 208 - 18678 - 1/I · 2126
定　　价　68.00 元